CULPAS COMPARTIDAS

AF275259

Planeta Internacional

MICHAEL HJORTH & HANS ROSENFELDT

CULPAS COMPARTIDAS

(Serie Bergman 8)

Traducción de Pontus Sánchez

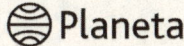 Planeta

Título original: *Skulden man bär*

© Michael Hjorth & Hans Rosenfeldt, 2023
Publicado por acuerdo con Salomonsson Agency
© por la traducción, Pontus Sánchez, 2024
© Editorial Planeta, S. A., 2024
Avda. Diagonal, 662-664, 08034 Barcelona (España)
www.editorialplaneta.es
www.planetadelibros.com

Primera edición: julio de 2024
ISBN: 978-84-08-29094-0
Depósito legal: B. 10.878-2024
Composición: Realización Planeta
Impresión y encuadernación: Rotoprint By Domingo, S. L.
Printed in Spain - Impreso en España

El odio.

Se sentía atravesado por él, lo llenaba de arriba abajo. Era la pulsión que lo empujaba. Desde que se despertaba por la mañana hasta que se quedaba dormido unas horas, a menudo de puro agotamiento.

El odio.

Puro y genuino.

Llevaba un tiempo cargando con él, sobre todo desde aquel fatídico día, pero antes de eso solo había estado diluido, a veces incluso a la sombra de otros sentimientos: pena, desesperación, rabia, insuficiencia.

En ese momento no. En ese momento, todas las demás emociones se habían desvanecido.

Solo quedaba el odio.

Era un riesgo que asumía. La noche de junio era templada y luminosa. El barrio, concurrido. Bajar con la mujer inconsciente a cuestas hasta el agua y, una vez muerta, volver al coche no dejaba de ser una auténtica temeridad. Podía aparecer alguien en cualquier momento, verlo, desintegrar por completo su esgrimida venganza antes de que hubiese podido dar siquiera el primer paso.

La mujer.

Sentía lástima genuina por ella.

5

Era inocente. Es más, también era una víctima. Pero, desgraciadamente, algunas estaban obligadas a morir. Él lo lamentaba de verdad, deseaba con todo su corazón que hubiese habido otra manera, otro camino. El hecho de que hubiese que cobrarse vidas era lo que le había hecho dudar, dedicar cierto tiempo a buscar alternativas, pero no las había. Esto era lo único que despertaría el interés que él andaba buscando, la atención que él necesitaba.

En la tele y las películas, matar parecía tan fácil... Si leías la prensa y escuchabas pódcasts de crímenes reales, daba la sensación de que cualquier persona estaba capacitada para arrebatarle la vida a otra.

Pero matar no era tan simple.

Él agradecía que la mujer estuviera inconsciente, que no opusiera resistencia mientras él la mantenía bajo la superficie, sumergiendo su bota para la lluvia en los apenas diez centímetros de agua que había. Lloraba, pero no podía evitarlo; la muerte de aquella mujer era algo necesario.

Tal y como ponía en el libro: «Era importante que él entendiera, que él supiera, que iba dirigido contra él. La pulsión no era el acto en sí de matar, eso era un desafío, una comparación de fuerzas. Hinde quería, por poderes, compararse a sí mismo con él. Era una lucha de titanes».

Una lucha de titanes.

Dos intelectos brillantes en un mano a mano.

La mujer en el maletero era la primera. Cuántas más serían era algo que dependía enteramente de su adversario, si es que de verdad era tan inteligente como acostumbraba decir él mismo.

Ese cabrón arrogante.

Sebastian Bergman.

6

Otra vez de vuelta.

Había estado evitando la ciudad a plena conciencia, llevaba meses sin poner un pie en ella, no la había pisado desde que formó parte de la Unidad de Homicidios para investigar a un violador en serie que resultó ser una mujer y que le había hecho sufrir uno de los períodos de mayor ansiedad de su vida. Unos meses en los que creyó que podía ser el padre de...

¡No! Nada de volver a pensar en ello. Todo había salido bien. Él era el abuelo de Amanda, nada más.

Por lo menos a nivel biológico. Amanda lo llamaba Sebastian. A quien llamaba abuelo era a Valdemar. Era complicado. Como tantas otras cosas entre él y Vanja.

Su hija.

Jefa de la Unidad de Homicidios desde que Torkel se había visto obligado a prejubilarse.

Su primer caso como máxima responsable lo habían resuelto bastante rápido. Dos francotiradores de Karlshamn. Pero nadie hablaba de ello. Todo había quedado eclipsado por el hecho de que Billy, que había formado parte del equipo durante muchos años y había sido el mejor amigo de Vanja —quizá su único amigo, pensaba a veces Sebastian—, había resultado ser un asesino en serie.

Esa era la razón por la que había vuelto a Uppsala.

7

Por eso estaba cavilando tanto.

Incluso lo más difícil era más fácil de gestionar que el hecho de que un compañero en el que habían confiado, que les caía bien a todos y a quien creían conocer se había pasado varios años yendo de un lado a otro matando a gente. Después de la dramática detención, en la que tanto Torkel como Ursula casi se dejaron la vida, Billy se había transformado. Lo había confesado todo sin rodeos, se había mostrado dispuesto a cooperar, había explicado detalladamente cómo había actuado y dónde había escondido los cuerpos. Al principio, a Sebastian le había dado la sensación de que era todo un juego, una manera de intentar conseguir una sentencia menor en el juicio que le esperaba. Pero la única condena plausible era cadena perpetua, y cuanto más tiempo pasaba, cuantas más veces se reunían, más convencido estaba de que Billy se sentía de veras aliviado de haber sido detenido.

De que se hubiese acabado todo.

Él siempre había sabido que estaba obrando mal, había lidiado con la vergüenza y el arrepentimiento entre un asesinato y otro, pero la pulsión, la necesidad, había sido demasiado fuerte. No podía resistirla. A pesar de ser consciente de lo caro que le podía salir. Lo había dicho el propio Billy, en una de las muchas conversaciones que habían mantenido desde su detención: cuando My se quedó embarazada, cuando él supo que iba a ser padre, decidió parar, no dejarse llevar. Tenía demasiado que perder. Podía perderlo todo. Después terminó en Karlshamn, y se le presentó la ocasión de cometer lo que él pensaba que sería el crimen perfecto.

Una última vez. Un último asesinato.

Pero no era esa la razón por la que Sebastian volvía a estar en Uppsala.

Sino el primer asesinato, la cuarta víctima.

8

Billy había abatido a dos personas cumpliendo servicio. En ambas ocasiones, tras completar las investigaciones posteriores había quedado exculpado, pero aquello fue el origen de su necesidad, el momento en que había sentido por primera vez la malsana conexión entre matar y el placer. Ahí fue cuando saboreó el poder absoluto que implica tener la vida de otra persona en tus manos y arrebatársela. La tercera víctima había sido Jennifer, una compañera con la que había mantenido una relación de amantes, pero tampoco esa había sido premeditada. Billy ni siquiera había sido consciente de haberla matado hasta que a la mañana siguiente la encontró sin vida en la cama, tras una noche de abundante alcohol. Un accidente, dijo que había sido.

No se podía decir lo mismo de Hugo Sahlén. Diecisiete años. Su padre tenía una consulta veterinaria enfrente de un local en el que, durante un tiempo, un grupo de mujeres estuvieron vendiendo servicios sexuales. Hugo, el emprendedor, había engrosado su beca de estudiante a base de fotografiar a los puteros y sus coches, encontrarlos a través del portal de la Dirección Nacional de Tráfico y extorsionarlos para que le pagaran. Cantidades pequeñas, apenas unos cientos de coronas. Un precio razonable para no ser delatado.

A menos que fueras policía.

A menos que fueras Billy Rosén.

—Aquí a la izquierda —se oyó desde el asiento de atrás. La mujer que conducía el coche de incógnito, Therese «Algo» (Sebastian no se había quedado con el apellido), activó el intermitente para que el coche que tenían detrás supiera que iban a girar.

—¿Estás segura? —dijo Sebastian, y se volvió hacia el asiento trasero.

Billy estaba esposado detrás de la rejilla, mirando por la luna lateral. Su rostro se mostraba inexpresivo, como casi siempre

9

esos últimos tiempos. La vista, por lo general fija en el horizonte. Se limitó a asentir brevemente con la cabeza.

—Este no es el camino que has dicho antes —dijo Therese Algo un tanto contenida.

—Perdón, pero este es el correcto... No recuerdo con demasiada claridad, aquel día estaba bastante... —Billy se quedó callado.

Sebastian pensó un momento cómo podría haber continuado Billy la frase. Estaba bastante ¿qué?

¿Nervioso? ¿Excitado? ¿Colocado?

Todas las palabras le parecían demasiado pequeñas y fútiles como para describir la sensación que Billy debió de tener después de haber acabado a sangre fría con la vida de una persona tan joven. Seguramente por eso se había quedado callado.

Los demás cuerpos ya los habían encontrado. Billy no había tenido que estar presente, les había bastado con disponer de mapas y comunicación directa por teléfono con uno de los agentes de policía para guiarlos. Pero con Hugo Sahlén no había funcionado. Tras las indicaciones de Billy, habían buscado en tres zonas distintas, sin obtener resultado alguno, y al final se había tomado la decisión de que él mismo los acompañara.

Se habían reunido en un sitio que se llamaba «bosque primario de Fiby», en el lugar en el que Billy había asesinado al adolescente, estrangulándolo, según sus propias palabras. Después de ofrecer una corta descripción de los acontecimientos tal y como él los recordaba, se habían montado en uno de los coches y le habían dejado que fuera señalando el camino.

En ese momento se adentraron por un camino de tierra que era poco más que dos roderas con una tira de hierba en el medio.

—¿Dónde estamos? —preguntó Sebastian en voz alta.

—No lo tengo del todo claro, en algún sitio de Stora Branden

10

—respondió Therese Algo, pero Sebastian no le dio vueltas a qué sería Stora Branden; dio por hecho que se trataría de un área recreativa, una reserva natural o algo por el estilo. No tenía importancia.

—Después de la curva hay un apartadero —dijo Billy en voz baja desde el asiento de atrás—. Para ahí.

Efectivamente. Giraron y aparcaron delante del cartel que indicaba que era un apartadero. El coche de atrás los imitó.

—Está un poco más adentro, en esa dirección —dijo Billy, y señaló con la cabeza el denso bosque que veía al otro lado de la ventanilla derecha.

Therese Algo apagó el motor y se bajó. Abrió la puerta del asiento de atrás y ayudó a Billy a apearse. Sebastian se quitó el cinturón y salió a acompañarlos. Los agentes del otro vehículo soltaron a un perro de la jaula que llevaban en el maletero. Billy señaló de nuevo entre los árboles con la cabeza y toda la comitiva echó a andar en silencio.

Sebastian miró a Billy con el rabillo del ojo mientras caminaban. Las heridas que Torkel le había ocasionado se habían curado, el único rastro que quedaba eran los restos de un moratón en el ojo, un matiz amarillento junto al tabique nasal justo por debajo de un ojo. Billy había perdido la mayor parte de la visión en su ojo izquierdo, pero eso era algo que no se veía desde fuera. Para cuando se celebrara el juicio, Billy tendría su aspecto habitual.

Afable, arreglado, elocuente.

«No tiene pinta de asesino en serie», diría la gente.

Pero aún faltaban varios meses para ese proceso. La investigación del caso era extensa y llevaría su tiempo. Sebastian cruzaba los dedos para que, con un poco de suerte, el juicio coincidiera con la publicación del libro. Un periódico había bautizado a Billy como «el policía asesino». Lo habían puesto en letras ne-

11

gras sobre fondo blanco encima de cada artículo que habían publicado sobre él.

Era un buen nombre.

Un buen título.

Si Sebastian se daba un poco de prisa y conseguía terminar el libro, despertaría mucho interés. Su obra anterior, *El aprendiz*, no se había vendido en absoluto igual de bien que sus predecesores. No había recibido la misma atención ni había sido tan comentado. En consecuencia, las apariciones en la tele y las colaboraciones en pódcasts habían sido escasas, y ya nadie parecía interesado en contratarlo para hacer conferencias. Sebastian no tenía una red sobre la que caer ni favores que cobrarse, puesto que se había convertido en *persona non grata* en la mayoría de los sitios, y la gente que en teoría podría haberle echado una mano lo evitaba activamente. Contaba con dinero más que suficiente para apañárselas, pero a su carrera profesional no le iría nada mal un empujoncito, ahora que ya estaba en la recta final. Al fin y al cabo, tenía más de sesenta años...

Pronto se cumplirían seis semanas desde la detención de Billy, pero aun así seguían publicando artículos sobre él cada día. Si encontraban a Hugo Sahlén, se escribirían todavía más. El único problema de escribir sobre Billy y sus actos era que Sebastian no tenía claro si las conversaciones y los encuentros que habían mantenido podrían convertirse en un libro.

Billy no había dado su permiso. My tampoco.

No era que Sebastian lo necesitara, él podía escribir lo que quisiera y de quien quisiera, pero teniendo en cuenta que sus encuentros se habían llevado a cabo bajo la premisa de que Sebastian quería ayudarlo, aclarar lo que había pasado, desentrañar todas las emociones, intentar hallar un camino por el que seguir adelante y ser un enlace entre él y My —quien se negaba a ver a Billy—, Sebastian podía considerarse el terapeuta de Billy.

12

Y, como tal, no debía escribir ni una frase. A él se la sudaba que fuera poco ético, pero no podía permitirse el lujo de que fuera ilegal. No tenía fuerzas para enfrentarse a denuncias ni al riesgo de perder en un proceso judicial que podía alargarse. Al mismo tiempo, no había nada puesto por escrito entre ellos, Sebastian no tenía ninguna tarea oficial de carácter terapéutico. Ni por parte de Billy, ni de My, ni del servicio penitenciario. Él solo era... un amigo.

Un apoyo en una época difícil.

Un apoyo que pensaba sacar tajada.

—¿Cómo te sientes ahora? —preguntó Sebastian al mismo tiempo que Billy señalaba a la derecha y todos abandonaban el sendero por el que habían caminado.

Billy no respondió, solo siguió andando mientras miraba a un lado y al otro.

—¿Cómo te sentiste aquel día? ¿Lo recuerdas?

—¿Cómo está My? —preguntó Billy, en lugar de contestar.

A Sebastian no le cogió por sorpresa. Cuanto más asimilaba Billy sus actos, cuanto más claras quedaban las consecuencias, más le costaba poner palabras a sus emociones. Sebastian había ido a verlo a la prisión preventiva y habían celebrado sesiones en las que Billy apenas había abierto la boca.

—Se puede decir que le has destrozado la vida —dijo Sebastian encogiéndose de hombros. Nada que Billy no supiera.

—Pero ¿está bien? ¿Los niños están bien?

—No está bien, tardará un tiempo en estarlo.

—¿Aún la ves?

—Sí.

—¿Le das recuerdos de mi parte?

—No los quiere.

Billy asintió con la cabeza y se detuvo. Señaló el bosque de la izquierda, a un gran árbol caído cuyas raíces habían sido arran-

13

cadas del suelo entre dos pinos grandes y que hacían pensar en las fauces abiertas de la ballena que emerge de las profundidades en una película de Pinocho.

—Está ahí. En el hueco de las raíces. —Los dos agentes de policía de la unidad canina se acercaron al sitio—. Está tapado con piedras y tierra.

Cuando apenas faltaban unos metros, el perro marcó el rastro. Therese Algo se hizo a un lado y pidió refuerzos. Y herramientas para cavar. Uno de los policías de la unidad canina comenzó a meterse con cuidado en el agujero. Billy se quedó mirando. Una lágrima solitaria bajó rodando por su mejilla. Resultaba imposible decir si estaba llorando por su propia situación o por la víctima. Sebastian tampoco se lo preguntó.

Estaba bastante seguro de que ni siquiera Billy lo sabía.

—Siéntate.

Rosmarie Fredriksson hizo un gesto con la cabeza para señalar una de las sillas al otro lado de su escritorio. Vanja obedeció. Cruzó las piernas, se reclinó un poco en el respaldo e intentó parecer lo más relajada posible, a pesar de sentirse como si la hubiesen llamado al despacho del director para una reprimenda. No es que le hubiese ocurrido nunca. Como estudiante, no era de las que pasaban por el despacho de nadie. Tampoco había estado nunca en el de Rosmarie Fredriksson, por lo que aprovechó para echar un vistazo rápido. El despacho hacía esquina. Penúltima planta. Vistas a Kronobergsparken y a la calle Kungsholmsgatan. Cuadros bastante anodinos en las paredes, pero ella no tenía ni idea de arte, podían valer una fortuna. En una mesita auxiliar junto a una de las ventanas había un jarrón con lirios que esparcían su leve aroma dulce por toda la estancia. Un escritorio y dos sillas. En un rincón, tres sillones pequeños alrededor de una mesa de centro, todo encima de una alfombra gruesa de dibujo ancho. Otra mesita auxiliar con cafetera. Un lugar para encuentros bastante más relajados de lo que iba a ser este.

—¿Cómo va todo?

Con una dosis de amabilidad, la pregunta podría interpretarse como una muestra de consideración, un interés genuino

15

por cómo se encontraban Vanja y todo su equipo después de los acontecimientos tan conmovedores de las últimas semanas, pero no había nada en el tono ni la mirada de Rosmarie que reforzara esta teoría.

—¿Respecto a qué? —quiso saber Vanja.

—Tu unidad.

—Ursula ha vuelto, así que vamos trabajando, ella, Carlos y yo —respondió Vanja encogiéndose discretamente de hombros. ¿Qué más podía decir? Billy le había fallado a un nivel que Vanja creía imposible, e incluso había intentado matar a Ursula. Cualquier persona con una mínima capacidad de empatía debería entender cómo estaban las cosas en su unidad.

—Ya. —Rosmarie se levantó y fue hasta la cafetera—. De Homicidios no queda gran cosa, ¿no?

—No, vamos a tener que reclutar a personal nuevo.

—Si es que seguís. ¿Café?

Vanja se sorprendió tanto que no pudo más que asentir en silencio. Rosmarie pulsó un botón de la máquina y esta comenzó a moler granos a un volumen que imposibilitaba continuar la conversación. De todos modos, Vanja tampoco sabía qué decir. Así que se quedó callada mientras la cafetera llenaba la tacita blanca, y Rosmarie se le acercó para dársela.

—¿Si es que seguimos? —preguntó despacio después de que Rosmarie volviera a sentarse al escritorio.

—Se supone que sois una de las mejores unidades del país, y ni siquiera os disteis cuenta de que teníais a un asesino en serie entre vosotros. No inspira mucha confianza que digamos.

—Supo ocultarlo muy bien y era un compañero, un amigo...

Vanja se quedó callada. Se percató de que había sonado más a la defensiva de lo que pretendía. Más de lo que era necesario. Incluso una policía puramente de oficina debería comprender que a) si había alguien capacitado para cometer crímenes y sa-

16

lirse con la suya era un inspector de homicidios formado, inteligente y con experiencia, y b) nadie iba por la vida sospechando que sus compañeros habían cometido crímenes que ni siquiera se habían descubierto.

—Estáis englobados dentro del Departamento Operativo Nacional, cuya jefa soy yo.

—Lo sé —dijo Vanja, y acto seguido comprendió por dónde iban los tiros de la conversación. Iba a ser testigo de lo que tanto Sebastian como Torkel habían comentado en varias ocasiones que era la principal característica de Rosmarie Fredriksson: la voluntad de salvar su propio pellejo.

—Te voy a ser sincera —dijo Rosmarie; se inclinó sobre la mesa y miró a Vanja con algo que seguro que a ella le parecía una mirada confidencial, pero que recordaba más a la de una serpiente que había localizado un ratón desprotegido—. Cuando una de mis unidades se hunde en la mierda, a mí también me salpica.

Vanja se limitó a asentir con la cabeza; ¿qué podía decir al respecto? Para no parecer desinteresada, dio un trago de café y volvió a asentir, esa vez con un poco más de ímpetu, como para mostrar que realmente había entendido la gravedad de la situación.

—Pero tengo una idea con la que tanto yo como vosotros podríamos salir más o menos ilesos.

Vanja tampoco respondió a esto, convencida como estaba de que oiría la continuación lo quisiera o no.

—Necesitamos un chivo expiatorio.

Rosmarie se reclinó en la silla mientras Vanja se quedaba de piedra.

—¿Quién? —preguntó en voz baja, a pesar de estar bastante segura de que ya conocía la respuesta.

Ella era nueva, relativamente joven, estaba en su primer

17

puesto como jefa. El principio de Peter: un empleado de éxito que asciende hasta el nivel en el que resulta incompetente. Vanja ni siquiera sabía si su puesto había salido anunciado de la forma correcta. Ella solo... se había hecho con el puesto cuando Torkel se había mostrado incapacitado para ocuparlo. Perfecto. ¡Joder! Vanja jamás conseguiría un nuevo empleo si la tildaban de responsable de aquella tormenta de mierda.

—Torkel —dijo Rosmarie con un tono de obviedad que hacía que cualquier otra cosa resultara impensable.

Vanja dio tal respingo que por poco se le cae el café. De todos los nombres que había, ese era el último que se había esperado oír.

—Seremos claros en que todo esto tuvo lugar durante su mandato —continuó Rosmarie—. Filtraremos discretamente sus problemas con el alcohol de forma elegante, daremos a entender que tenía el juicio nublado.

—Billy estuvo actuando durante varios años —replicó Vanja—. Los problemas de Torkel comenzaron cuando murió Lise-Lott.

—Pero esa fue la razón por la que se vio obligado a apartarse.

—Todos trabajamos con Billy. Nadie sospechaba nada, ni siquiera Sebastian.

—Sebastian, sí... —La boca de Rosmarie se contrajo en lo que podría ser tanto una sonrisita de satisfacción como una mueca de desagrado. Imposible saberlo—. He revisado sus contratos, en las ocasiones en las que ha tenido uno.

—Trabajaba más como asesor...

—Solemos firmar contratos incluso para nuestros asesores. Y a él nunca se le hizo ningún examen de seguridad, por lo que he podido ver.

—Torkel lo conocía bien.

18

—Pero no es así como colocamos a gente en puestos de responsabilidad, ¿verdad que no?

—No.

Vanja se hundió un poco en la silla. Podía ver todo lo que estaba por venir. Los medios de comunicación hurgarían en busca del material más antiguo posible sobre Torkel. Vanja sabía que la época posterior a su primer divorcio tampoco había estado exenta de problemas. De Rosmarie podían decirse muchas cosas, pero su capacidad de elegir un chivo expiatorio creíble era envidiable. Años de entrenamiento, suponía Vanja.

—¿Sabes qué opina la gente? —preguntó Rosmarie, interrumpiendo sus cavilaciones.

—¿De qué?

—De los jefes. Sobre todo, de los jefes de administración... Que, igual que ocurre con los políticos, nunca se les exige responsabilidades, que siempre salen indemnes de todo. Si los echan del trabajo, normalmente es para enviarlos más arriba. —Le lanzó a Vanja una mirada que le recordó al instante a la de una política en época de elecciones. Una mirada que aseguraba que la suposición de Rosmarie era una verdad indiscutible y que la jefa no pensaba aceptar ninguna réplica. Vanja tampoco tenía ninguna—. Es hora de que alguien asuma la responsabilidad por su mal liderazgo.

—Torkel es el mejor jefe que he tenido nunca. —«Cien veces mejor que tú», quiso añadir, pero esperaba que sus ojos se ocuparan de transmitirlo. Si lo hicieron, Rosmarie Fredriksson lo ignoró por completo.

—Te doy una oportunidad de salvar a la Unidad de Homicidios, tu trabajo.

—Y eliminar toda la mala publicidad que pueda caer sobre ti. —Vanja casi se mordió la lengua. ¿Demasiado duro? ¿Demasiado sincero? El hecho de que, por el momento, Rosmarie la

19

hubiera tomado con Torkel no era garantía de que ella estuviera a salvo. Pero Rosmarie se limitó a encogerse un poco de hombros.

—Y sobre ti. Te hago un favor. Tú serás el futuro, la novedad, la mujer joven que tiene que limpiar el rastro dejado por el abuso de poder de los hombres mayores que la han precedido.

—¿Y si no quiero ser la mujer joven?

Rosmarie la miró como si no terminara de entender lo que Vanja quería decir. Como una niña contestona que replicaba solo porque podía, no porque fuera a conseguir nada. Exhaló con un pequeño suspiro, y Vanja lo interpretó como la primera señal de irritación que expresaba su superior.

—Entonces, lo más probable es que se haga una investigación interna y que se llegue a la conclusión de que la unidad ha sido desatendida y que está fuera de control. Habrá una reorganización, con la que la Unidad de Homicidios dejará de funcionar como un departamento independiente.

—Esto es chantaje.

Rosmarie volvió a inclinarse hacia delante.

—Tú no te quedarás en Homicidios, Vanja. Tú llegarás más arriba. —Por primera vez, a Vanja le pareció ver una calidez genuina en Rosmarie. Como una mentora que compartía uno de sus secretos para que la adepta pudiera alcanzar todo su potencial—. Este es el juego que tendrás que aprender a jugar.

—¿Vender a mis amigos?

—Luchar por lo que es realmente importante para ti.

Vanja se quedó callada. Desde que había dado a luz a Amanda tenía otras prioridades, el trabajo y la carrera profesional ya no eran lo más importante de su vida, pero sí, seguía siendo ambiciosa, quería conseguir mucho. Todo lo posible. Pero no a cualquier precio.

—Torkel es importante para mí.

Rosmarie se reclinó de nuevo en la silla y ya ni trató de disimular el suspiro de irritación. Apoyó las manos sobre el escritorio y se levantó de una manera que no podía interpretarse más que como una señal de que la reunión se había terminado.

—Torkel tendrá que comerse el marrón —zanjó—. La pregunta es si os arrastrará a ti y a toda la unidad con él.

Estaba muerto.

Era el único pensamiento febril que le ocupaba la mente.

Se había ido, para siempre. Su padre estaba muerto.

Las lágrimas brotaron de nuevo. En silencio, pero implacables. Parecía que fueran menos, aunque el dolor y la pena seguían siendo iguales; iba a sentirlos durante mucho tiempo. Cathy respiró hondo varias veces para calmarse. Aún sentía el shock como un ser físico en el cuerpo.

Tim no había vuelto a casa, como le había prometido, y ella había tenido tiempo de preocuparse. Lo había llamado sin obtener respuesta. Por cada minuto que pasaba, estaba más convencida de que había ocurrido algo. No era propio de él no avisar si veía que iba a llegar tarde o si había tenido un cambio de planes. Habían quedado para comer juntos, pasear por el centro y visitar la embajada estadounidense a las 16.00 para hablar del visado de Cathy.

Al final no harían nada de eso.

La policía la había llamado hacia la hora de comer.

Una mujer al otro lado de la línea le había preguntado si era familiar de Tim Cunningham. Lo habían hallado acurrucado en un portal cerca de la plaza Stureplan. Probablemente, un ataque al corazón, según había informado el personal sanitario de la ambulancia. Lo habían declarado muerto allí mismo.

22

Sumida en un estado de confusión, Cathy había ido al hospital Karolinska, adonde habían llevado el cuerpo. Había deambulado por los pasillos hasta encontrar a alguien que supiera algo. Por fin había logrado llegar a Medicina Forense, solo para que le dijeran que no podía ver el cuerpo. Tendría que esperar a un médico responsable, y ni siquiera entonces era seguro que pudiera verlo. Las normas eran rigurosas. Cathy había estado desde entonces sentada en la triste salita de espera de color gris azulado, llorando. Le parecía que llevaba allí una eternidad.

De pronto se dio cuenta de que ya no estaba sola. Una familia joven con dos críos había entrado y se había sentado un poco más allá. La mujer paseaba la mirada por la salita con ojos rojos de tanto llorar, pero sin fijarse en nada; el hombre hojeaba un cómic infantil e iba leyendo en voz baja para los niños. Estaban allí por el padre de la mujer o algún otro pariente cercano, se dijo Cathy, y trató de recomponerse para controlar las lágrimas. Nada de llorar delante de desconocidos. Era algo que le había enseñado su madre. No había motivos para mostrar emociones intensas frente a gente que no conocías. En el peor de los casos, podía interpretarse como una señal de debilidad.

Saludó a la mujer con un discreto movimiento de cabeza y se levantó del asiento. Por costumbre, comenzó a toquetear el anillo de mariposa que llevaba colgado de una cadenita al cuello. Era suyo desde que tenía uso de razón, incluso antes. Se lo habían comprado en Tailandia durante las fatídicas Navidades en que el tsunami azotó el país. A veces creía recordar aquel día, el agua, el caos y el pánico, pero sus recuerdos podían provenir perfectamente de vídeos que había visto en diferentes momentos, o de historias que había oído mucho más tarde. Como, por ejemplo, que habían comprado el anillo en el mercado ese. Era imposible que pudiera acordarse. Como toda su familia había sobrevivido, a Cathy le había dado por pensar que el anillo le traía suerte. Acariciarlo solía infundirle calma. Un trocito barato de plata con piedrecitas rojas y azules que ella siempre había vinculado a una sensación de seguridad, y por muchas veces que su madre le hubiese dado la murga, ella se había negado a desprenderse de la sortija. Nunca había querido tener algo más caro y más propio de una persona adulta. Para ella, el anillo significaba algo para lo que no tenía palabras.

Era una de las pocas batallas que su madre nunca había ganado.

Cathy se puso a caminar de vuelta a recepción. Necesitaba saberlo. ¿Qué le había pasado a su padre? Necesitaba verlo. ¿Cómo podía haber ocurrido? Tenían tantos planes... Ella iba a ir a Estados Unidos, él a... Lo veía todo confuso.

Fuera había un hombre trajeado hablando con un miembro del personal. En cuanto vio a Cathy, zanjó rápidamente la conversación y fue a su encuentro. ¿No lo había visto antes en alguna parte?

—¿Cathy? —preguntó él al mismo tiempo que le tendía una mano—. Stan Ludlow, compañero de tu padre en Heyman & Schroder. Lamento mucho tu pérdida —dijo en un buen inglés, y le estrechó la mano con afecto.

Ya lo reconocía. Se habían visto fugazmente en algún evento de empresa y su padre le había hablado muy bien de él en varias ocasiones.

—Tim me había puesto como persona de contacto si ocurría algo, así que he venido lo más rápido que he podido. ¿Cómo estás? —continuó en tono afable.

Ella trató de parecer fuerte, pero no terminó de conseguirlo. Sus ojos se inundaron otra vez de lágrimas.

—No lo sé. No logro entenderlo... —fue todo lo que pudo decir.

—No tienes que preocuparte por nada. Te ayudaremos con

24

toda la parte práctica y estaremos a tu lado. Cualquier cosa que necesites, te lo aseguro.

Cathy no sabía qué contestar. El hombre era amable, pero toda la situación se le hacía extraña. Heyman & Schroder siempre había estado en un segundo plano, casi como orquestando sus vidas. En ese momento daba un paso al frente y se dejaba ver, apenas unas horas después de que su padre hubiese fallecido.

—Gracias —dijo con cierta firmeza en la voz—. Ni siquiera me han permitido verlo todavía, así que no sé qué necesito.

Stan retrocedió y esbozó una sonrisa de disculpa.

—Te pido perdón. Ha sonado... como si fuera el trabajo el que me envía. Estoy aquí porque se lo prometí a tu padre. Era mi amigo. Él no quería que estuvieras sola.

Cathy lo miró extrañada. No encontraba la manera de encajar lo que el tal Stan le acababa de decir.

—¿Cómo? ¿Le pidió que viniera? ¿Cómo iba él a...? Quiero decir, ¿cómo lo sabía?

Cathy se quedó callada. Stan parecía más incómodo que otra cosa, no respondió, pero el silencio hablaba por sí solo. Ella entendía lo que decía, lo que significaba, pero era imposible. No podía ser.

—¿Sabía que iba a morir?

Deseó con toda su alma que Stan lo refutara, que negara con la cabeza o que esbozara una sonrisa triste que dijera que Cathy lo había entendido mal, pero en lugar de eso Stan se limitó a asentir brevemente con la cabeza antes de continuar.

—Hace unos meses, Tim se hizo una revisión médica rutinaria, y el médico de la empresa le descubrió un aneurisma en la aorta, una hernia en la arteria abdominal. Era bastante grande y tenía muy mala pinta.

—¿Sabía que iba a morir y no me dijo nada? —Cathy miró con urgencia al hombre que tenía delante. En ese momento ya

25

no era que deseara una respuesta negativa, sino que la necesitaba. Aquello era demasiado, se le hacía demasiado grande. Inabarcable.

Stan la miró con calidez y una expresión compasiva en los ojos.

—Sabía que existía el riesgo. Estuvieron hablando de hacer una operación preventiva, pero era... complicada. No quería que te preocuparas, teniendo en cuenta la mudanza y todo.

Cathy trató de poner orden a sus sentimientos contradictorios, pero sin demasiado éxito. La oscura pena que había estado sintiendo contaba entonces con la repudiable compañía de una rabia efervescente dirigida contra el hombre al que iba a echar de menos el resto de su vida.

—Pero ¿sabía que se podía morir? —Su voz sonó más fuerte de lo que había querido y pretendido.

Stan alargó el brazo y volvió a tomarla de la mano. Esta vez, más suave. Consolador.

—Él creía en la vida, Cathy. Más allá de lo que hiciera o dejara de hacer, actuó pensando en ti. Hizo lo que consideraba que sería lo mejor para ti.

—Pues igual tendría que haberme dejado participar en esa decisión.

Ya no era capaz de retener más las lágrimas. Sintió un vahído por un instante, como si la abandonaran todas las fuerzas. Stan dio un paso adelante y la rodeó con los brazos. La contuvo, la mantuvo de pie. Su padre solo llevaba unas horas muerto, pero Cathy ya lo echaba terriblemente de menos. ¿Cómo iba a poder arreglárselas una vida entera sin él? Desde que su madre murió, solo habían estado ellos dos. En todas las partes del mundo, todo el tiempo. Juntos. En ese momento ya no había nadie.

Estaba sola.

26

La sensación se intensificó cuando, un rato más tarde, estuvo de pie al lado de su padre para despedirse. Una vela encendida en un carrito de acero inoxidable. No estaba tumbado en una cama, sino en una camilla de metal brillante y frío, con una sábana blanca hasta la barbilla. Sin ventanas, sin muebles. No era una habitación ni una sala, sino una estancia en la que la muerte era una invitada tan habitual que ya no había que disimular cuando acudía a hacer una de sus innumerables visitas.

El médico responsable los había dejado entrar y les había confirmado que Tim había muerto a raíz de la rotura de la aorta; después de la autopsia lo sabrían con total certeza. Cathy había cuestionado que tuvieran que abrirlo, pero como lo habían encontrado en la calle, sin una causa de la muerte evidente, se consideraba un caso policial, por lo que no tenían elección.

Estaban allí de pie. En silencio. La hija de Tim y su compañero. Su familia y su trabajo. Las únicas cosas que le habían importado en vida.

Cathy le pidió a Stan que se marchara. Cogió la tarjeta de visita que él le ofreció y le prometió que lo llamaría si necesitaba algo, pero en ese momento prefería estar sola. Después de que se hubiese ido, cogió una silla y se sentó al lado de lo que una vez había sido su padre. Estuvo un rato callada, simplemente mirándolo. La cabeza le iba a mil. Por un instante se preguntó adónde había ido a parar la ropa que llevaba puesta en la casa de Bromma cuando había salido esa misma mañana. No importaba. Lo veía en paz, eso la tranquilizaba. ¿Había sido rápido? Tendría que buscar información acerca del aneurisma aórtico abdominal, se dijo, y le acarició la mejilla, que estaba demasiado fría.

—Deberías habérmelo contado —logró decir.

Quería seguir enfadada con él, la rabia sabía gestionarla, pero le resultaba imposible. En ese momento entendía mejor

27

los acontecimientos de esa última época. Todo encajaba: el comportamiento extraño que le había visto; su deseo de dejar la casa unifamiliar; el nuevo puesto que había solicitado en otro país; el haber arreglado los estudios de Cathy en Estados Unidos. La había estado preparando para una vida sin él. De eso había ido todo.

Iba a echarlo tanto de menos...

En ese momento no podía decidir qué iba a hacer con su plaza en Yale; ya lo haría más tarde. Heyman & Schroder se ocuparía de todas las cuestiones prácticas, pero había algo inacabado en Suecia. Algo no verbalizado que para su padre era importante y que no había podido terminar. Estaba segura de que era algo que él le habría querido explicar, que le pesaba por dentro. Era imposible decir el qué, pero en la última época Cathy había percibido una preocupación en él. Una inquietud que ella asociaba con aquel psicólogo al que había comenzado a ir de pronto y que había insistido mucho en que ella también fuera a verlo.

Sebastian Bergman.

Una respiración honda.

Tenía claro lo que quería decir, pero no sabía cómo hacerlo. Intuía cómo iba a ser recibido, y eso no le facilitaba las cosas, pero dar media vuelta y marcharse no era una opción. No después de todos los años que llevaban trabajando juntos, no después de todo lo que él había hecho por ella. Una nueva respiración, y entonces pulsó el timbre de la puerta con el pulgar. La cerradura se accionó por dentro más rápido de lo que se había esperado, y cuando la puerta se abrió entendió por qué. Ursula.

—Hola, ¿estás aquí?

Incluso como pregunta retórica era de lo más tonta, pero, mientras la hacía, Vanja sintió como lo que estaba obligada a hacer, que ya era lo bastante difícil de por sí, se volvía aún más cuesta arriba con la presencia de su compañera de trabajo.

—Sí, adelante, pasa. —Ursula dio un paso al lado y la dejó entrar en el piso—. Torkel está en la cocina.

Vanja colgó el abrigo en el perchero y se quitó las botas antes de acompañar a Ursula al interior del piso.

Torkel estaba sentado a la mesa de la cocina. Aunque solo hacía unas semanas que lo había visto por última vez, le pareció que se había encogido y, sobre todo, que estaba mucho más envejecido. Una sombra del hombre que hacía menos de un año había estado llevando las riendas de la Unidad de Homicidios.

Era el resultado de una combinación de tristeza, consumo de alcohol y graves heridas. Vanja se había sorprendido al oír que le iban a dar el alta. Quieras que no, había recibido dos disparos y había sufrido quemaduras de tercer grado en ambas manos. Pero por aquel entonces los hospitales querían despachar a los pacientes lo antes posible, y Torkel no era ninguna excepción. Había escasez de camas y de personal. Una enfermera iba dos veces al día a su piso para echarle un ojo, pero, por lo demás, tenía que apañárselas él solo. Por suerte, Torkel contaba con Ursula, quien Vanja intuía que pasaba bastante tiempo allí.

En cuanto la vio entrar en la cocina, a Torkel se le iluminó la cara con una amplia sonrisa e hizo ademán de levantarse, pero Vanja se le adelantó y le dio un abrazo mientras aún estaba sentado en la silla.

—Qué alegría verte —dijo él, y la invitó a sentarse en la silla de enfrente.

Vanja tomó asiento. Ursula se quedó de pie en el umbral de la puerta.

—¿Quieres tomar algo? —preguntó Torkel señalando los fogones y la nevera con la cabeza.

—No, gracias, estoy bien.

—¿Cómo está Amanda? ¿Y Jonathan?

—Bien, todo bien. Vamos a tope.

Torkel asintió con la cabeza y después se hizo el silencio. Podía interpretarse como una invitación a que Vanja expusiera el motivo de su visita, pero ella prefería evitarlo un poco más. Quería tomarse unos minutos de charla distendida y amistosa antes de destruirlo todo.

—¿Cómo te encuentras? —quiso saber.

Torkel se encogió de hombros y se abrió de brazos con sus manos protegidas con guantes de algodón.

30

—Pues... supongo que lo mejor que puedo encontrarme, dadas las circunstancias. Estoy sobrio. Otra vez.

—Me alegro de oírlo. —Vanja no conocía demasiado la historia de Torkel con la bebida. Ursula no le había contado nada y Vanja no había querido preguntar—. ¿Y el cuerpo? ¿Las manos y todo?

—Se van curando, poco a poco. De las heridas de bala me recuperaré. Las manos... Creen que no volverán a ser manos del todo.

Vanja asintió en silencio con un gesto de compasión, al mismo tiempo que notaba un brote de ira en su interior.

¡Puto Billy!

¡Puto Billy de los cojones!

Desde que lo habían detenido, Vanja se había obligado a sí misma a no pensar en él. Le dolía demasiado, se enfadaba demasiado. De todas las traiciones que había sufrido en los últimos años, empezando por la de su madre, la de Billy era la peor de todas. Su mejor amigo, una persona en quien confiaba al cien por cien, a quien dejaba ir a recoger y encargarse de su hija. Volvió a apartar esos pensamientos, pero Torkel al parecer no tenía intención de ponérselo fácil.

—¿Has visto a Billy? —le preguntó.

—No.

—¿Has hablado con él en algún momento, después de todo lo que ocurrió?

—No.

—La lio muy gorda... —dijo Torkel en un tono más bien de pena.

Vanja tuvo que contener una risa de escarnio. «Liarla gorda» era el eufemismo del año, sin duda.

—Pero lo cogimos —se oyó decir a Ursula en la puerta—. Gracias a ti y a Sebastian.

—¿Y a él lo ves? A Sebastian —quiso saber Torkel.

31

—A veces va a recoger a Amanda a la escuela, pero es lo único. No hablamos. —Le lanzó una mirada fugaz a Ursula, quien no hizo gesto alguno que expresara lo que pensaba al respecto. Algo había pasado entre ella y Sebastian. Algo que había hecho que ella se distanciara por completo de él. Vanja no sabía el qué, compartir cosas privadas y personales nunca había sido propio de Ursula. Ni de Vanja, para ser justos.

La cocina volvió a quedar en silencio. Vanja se retorció en la silla. Tanto Torkel como Ursula tenían claro que no había ido solo para charlar un rato. Había llegado el momento de abordar la cuestión.

—Lo cierto es que ese es el motivo por el que estoy aquí —empezó, y los miró a ambos—. Por lo de Billy.

—Ah. —El monosílabo revelaba cierto escepticismo y la certeza de que, fuera lo que fuese de lo que se trataba, no les iba a gustar demasiado.

—He hablado con Rosmarie esta mañana... —La reacción fue más o menos la esperada. Ursula resopló con desdén y a Torkel le asomó una especie de sonrisita torcida en los labios, como si le encontrara una mínima parte de gracia a ver lo mal que podía salir aquello.

—¿Y qué te ha dicho? —preguntó, y se inclinó hacia Vanja, quien titubeó unos segundos, pero no había ninguna manera buena de contarlo.

—Mañana piensa celebrar una rueda de prensa y echarte a ti todas las culpas, alegando que desatendiste tus obligaciones y que fuiste negligente.

—Rata asquerosa —murmuró Ursula.

Torkel se limitó a asentir para sí, como si fuera más o menos lo que se esperaba de su antigua jefa.

—Los presentes se enterarán de por qué dejaste el trabajo, de tu problema con la bebida y todo eso... —continuó Vanja.

32

—Billy estuvo actuando varios años antes de que empezara a beber —replicó Ursula.

—Lo sé, ya se lo he dicho.

—¿Qué más le has dicho?

Vanja se volvió hacia ella. ¿Había percibido cierto reproche en el tono de su compañera? La mirada con la que se topó terminó de confirmarle que así era. La irritación afloró de nuevo. Nada de aquello era culpa suya, joder. Ella solo era la mensajera.

—Le he dicho que ningún miembro del equipo sospechaba nada, que Billy nos engañó a todos, que no es justo señalar a Torkel como chivo expiatorio.

—Es lo que se le da mejor, salvar su propio pellejo —sentenció Torkel.

—¿Tú estarás presente en la rueda de prensa? —Estaba claro que Ursula no pensaba ningunear la implicación de Vanja en todo aquel asunto.

—No tengo mucha alternativa. Me toca hablar del camino a seguir de aquí en adelante.

—¿De tu camino de aquí en adelante?

Vale, ya era suficiente. Vanja no pensaba quedarse ahí sentada y dejarse acusar de ser el perrito faldero de Rosmarie ni de utilizar a Torkel como un trampolín para su propia carrera profesional. Había hecho lo que estaba en sus manos, pero ella no era la jefa superior, así de simple.

—De nuestro camino, de aquí en adelante. La alternativa es que Rosmarie siga tirando a Torkel a las llamas, pero desmantelando Homicidios de paso. No creo que nadie salga ganando con ello.

Ursula no dijo nada, pero se cruzó de brazos, claramente descontenta.

—No es culpa tuya —contestó Torkel con voz profunda, y le

33

lanzó una mirada a Ursula—. Estoy seguro de que has hecho lo que has podido. Todos conocemos a Rosmarie.

—Lo siento mucho —dijo Vanja con total sinceridad—. Pero creo que deberías apagar el teléfono y no ver las noticias durante una temporada.

—Me las apañaré. Gracias por avisarme.

—Era lo mínimo que podía hacer.

Sus miradas se encontraron por encima de la mesa, Torkel esbozó una sonrisa tranquilizadora y Vanja volvió a sentir lo mucho que él había significado para ella y lo buen hombre y lo genuino que era. Se estiró para cogerle las manos, pero detuvo el gesto al ver de nuevo los guantes blancos.

—Lo siento mucho, de verdad —repitió.

—Lo sé.

El teléfono de Vanja comenzó a sonar. Miró la pantalla. Número desconocido. Respondió la llamada. Por lo visto, la policía de Västerås quería hablar con ella.

Tras una breve conversación y después de que le enviaran una foto de la escena del crimen, Vanja se volvió hacia una Ursula con gesto expectante.

—Tenemos trabajo.

En cuanto My abrió la puerta y lo dejó pasar, él notó que algo no iba como debía. Claro que no. My tendría que estar disfrutando de ser madre primeriza, en casa, con sus dos mellizos recién nacidos, completamente metida en una burbuja de bebés. En lugar de eso, estaba intentando digerir que el hombre al que había amado y con el que se había casado, el padre de sus hijos, había confesado una serie de crímenes que lo convertían en uno de los peores asesinos de Suecia de todos los tiempos. Así que nada iba como debía, pero ese día la cosa parecía peor de lo habitual. A My el pelo le colgaba sucio y lacio alrededor de la cara, que estaba pálida y macilenta, dominada por las bolsas oscuras bajo los ojos. Daba la sensación de que solo llevaba puesto un pantalón de chándal manchado debajo de la camiseta extragrande que usaba a modo de camisón para dormir. Estar a solas con dos bebés es extenuante para cualquiera, pero a Sebastian le dio la impresión de que en el caso de My la cosa no se reducía a noches en vela y falta de sueño.

Él había sido el primero en contarle a My las sospechas que tenían contra Billy, él era quien había dirigido las pesquisas que, finalmente, llevaron a que fuera detenido. Por eso se sentía en parte responsable de la situación en la que se encontraba My, de que su vida se hubiese desmoronado. Era tonto e irracional, sin duda, y muy impropio de él, pero al fin y al cabo, de todas las personas

35

que conocía, My era la que más afectada se había visto, y a veces Sebastian no tenía claro cómo reaccionaría a la larga. Por eso procuraba mantener el contacto. Por eso, y porque la perspectiva de My sobre los acontecimientos, su historia, sería importante y conformaría la parte emocional de su próximo libro.

—¿Quieres café? —preguntó My mientras él se quitaba la chaqueta y los zapatos.

—Solo si tú tomas.

—Entonces nada.

My lo invitó a pasar al salón, donde había muy pocos indicios, o ninguno, de que la persona que vivía allí acababa de tener mellizos. No había cosas en el suelo, los cojines decorativos del sofá estaban bien colocados, en la mesita de centro había un mantelito con los mandos a distancia. Flores recién cortadas en las ventanas.

—¿Los peques duermen? —quiso saber Sebastian mientras paseaba la mirada por el piso silencioso.

—No están aquí.

Por un gélido instante, Sebastian tuvo la sensación de que algo terrible había pasado, de que la presencia contenida, casi apagada, de My ocultaba una tragedia.

—¿Dónde están? —preguntó, y para su alegría notó que la breve frase no revelaba nada de su inquietud.

—Con mi madre. —My se sentó en el sofá y subió los pies. Cogió uno de los cojines y lo estrechó mientras Sebastian se sentaba en el sillón de enfrente—. Yo... La cosa se puso peor. Apenas podía mirarlos a la cara. Aún menos abrazarlos y darles el pecho...

Por el tono de voz, parecía que fuera a echarse a llorar, pero sus ojos permanecieron secos y fijos en Sebastian. Él pudo ver parte de la antigua My en ellos. Decidida, determinada, con las cosas claras.

—No es culpa de los niños, nada de esto es culpa suya, lo sé, pero no puedo. Me recuerdan tanto a él que no puedo gestionarlo.

—Date un poco de tiempo y...

—No es una depresión posparto, Sebastian —lo interrumpió, inclinándose hacia delante—. No se me pasará. Ha matado a ocho personas. Porque le apetecía. Porque lo disfrutaba.

«No las tres primeras —pensó Sebastian—. Ellas fueron las que hicieron que le gustara.» No era algo que pensara compartir con My, claro. Ese detalle no suponía ninguna diferencia, o muy mínima.

—Pero tus hijos no son él —tanteó.

—La mitad de su genética, sí.

En cierto modo, la aversión y la preocupación de My eran comprensibles. A Sebastian le parecían innecesarias y exageradas, pero entendía que estuvieran ahí. ¿La pulsión asesina de Billy podía ser algo genético? La «serpiente» de la que él siempre hablaba, la que lo empujaba, ¿qué era, realmente? ¿De dónde procedía? Para Sebastian la respuesta era obvia. Creía conocer lo suficiente la psique humana como para argumentar que los actos y las experiencias de las personas, las relaciones que creaban y las vivencias que tenían las formaban mucho más que la genética. Nadie nacía asesino.

—Eso no significa que vayan a ser como él —decidió decir—. Si quieres meter la herencia genética en la ecuación, son en un cincuenta por ciento tú.

—Sí, así que a lo mejor solo son transmisores del gen de ser un mentiroso infiel que se va de putas.

Amargura. Ira. A la larga terminarían por consumirla.

—Él no era solo eso —dijo Sebastian con calma.

—¡Deja de defenderlo!

—No lo defiendo a él, defiendo a los niños.

37

Por un instante, el espíritu beligerante pareció abandonarla. My suspiró hondo, se reclinó en el sofá y abrazó el cojín con más fuerza.

—Lo sé. Sé que no se convertirán automáticamente en asesinos en serie cuando sean adultos. El problema no es ese.

—Entonces, ¿cuál es? —quiso saber Sebastian con interés sincero.

A pesar de la difícil situación de My, o quizá gracias a eso, las conversaciones con ella eran lo que más motivaba a Sebastian en ese momento. Billy se había ido cerrando cada vez más. A medida que él iba viendo la realidad y las consecuencias que habían generado sus actos, parecía que se iba quedando sin palabras. El hecho de que aquella mañana hubiesen encontrado el cuerpo de Hugo Sahlén no había hecho sino empeorarlo. Billy no había abierto la boca en todo el camino de vuelta a prisión preventiva, se lo había pasado mirando por la ventana, sin ni siquiera contestar cuando le decían algo. My sí hablaba, ponía palabras —o por lo menos lo intentaba— a sus sentimientos. Había una parte de su manera de gestionar lo ocurrido, la manera en que dejaba que la definiera, que Sebastian reconocía demasiado bien. ¿Debería incluir eso en el libro? ¿Incluir su propia experiencia de lo que era la pérdida? ¿Hacerlo más personal? Merecía la pena darle unas vueltas, pero no entonces.

—Es... —comenzó My; se interrumpió como para buscar la mejor forma de expresarse—. El problema es que son un recordatorio constante de cosas que solo quiero olvidar.

Lo dicho, My y él eran iguales. ¿Cuántas veces había intentado Sebastian borrar de su mente todo lo que ocurrió el 26 de diciembre de 2004 sin éxito alguno?

Este año se cumplirían diecinueve años.

Diecinueve años en los que no se había permitido ser feliz, pensando que no se lo merecía. Solo en la oscuridad. Miles de

38

días que se habían fusionado hasta formar un mejunje infinitamente asfixiante en el que las conquistas sexuales puntuales y vacías se habían convertido en una herramienta para reprimirse, para sacar la nariz por encima de la superficie y permitirse respirar un momento.

Por fin lo había dejado atrás.

Había conseguido construir una vida nueva.

Para él había sido una necesidad, y también lo sería para My.

—Ahora lo son, pero con el tiempo podrás distinguir una cosa de otra. —Se inclinó hacia delante, le buscó la mirada—. Lo que te hizo Billy y lo que los niños significan para ti. Serán dos cosas separadas.

—Los voy a dar en adopción.

Sebastian no tenía claro qué respuesta se había esperado, pero esa desde luego no. ¿Acaso se podía hacer, siquiera? Sus dudas debieron de reflejarse en la expresión de su cara, porque My continuó:

—Tienen que intervenir los tribunales y los servicios sociales, pero se puede hacer. Si es por el bien de los críos.

—¿Y tú estás segura de que lo es?

—Se merecen a alguien que los quiera de verdad.

El convencimiento y la sinceridad en su voz detuvieron las réplicas de Sebastian. Dijera lo que dijese, no haría cambiar de parecer a My, al menos ese día.

—Quiero pedirte un favor —continuó My con voz firme.

—¿Qué?

—Billy tiene custodia legal, tiene que dar su consentimiento. La próxima vez que lo veas, pídele que acepte.

—No lo hará.

—Convéncelo. Al fin y al cabo, él no formará parte de la vida de los niños.

—Como tú bien dices, tiene custodia legal...

39

—Que sí, que sí —lo interrumpió My—. A lo mejor tienen que ir a verlo a la cárcel, no lo sé, pero... No lo conocerán, no será una parte importante de sus vidas, yo me encargaré de ello.

—Vale, se lo explico.

—Bien.

Sebastian sintió que se podía discutir si aquello era bueno o no, pero, de nuevo, prefirió no decir nada. Ya le cuestionaría a My lo meditada que estaba su decisión en otro momento, cuando hubiese pasado más tiempo. Sin saberlo, intuía que un proceso de adopción de ese tipo debía de ser bastante lento. Si conocía bien a Billy, este se negaría y pondría todas las barreras posibles hasta el final. De alguna manera, Sebastian sabía que Billy seguía aferrándose a una esperanza ingenua de que, con el tiempo, la relación con My volvería a ser más o menos normal. A lo mejor ella no llegaría a perdonarlo, pero sí a entenderlo, a tolerarlo. Era un deseo ciego de conservar algo de su vida anterior. Sin embargo, Billy no había visto a la My que Sebastian tenía entonces delante.

—¿No tienes intención de hablar con alguien? —preguntó con cuidado, y se inclinó hacia delante.

—¿Hablar con quién?

—Un terapeuta. Alguien que pueda ayudarte a trabajar todo esto.

—Ya te veo a ti.

—Yo no soy tu terapeuta, yo soy un amigo.

—Creo que necesito un amigo más que un terapeuta, pero gracias de todos modos.

El móvil de Sebastian comenzó a vibrar en su bolsillo. En una situación normal lo habría ignorado, pero en ese momento se sentía casi hasta agradecido por la interrupción. Con un gesto de disculpa, lo sacó. Vanja. Por un instante pensó que se había olvidado de pasar a recoger a Amanda a la escuela, que ese día le tocaba a él, pero, para empezar, nunca se olvidaba de algo así, y, además, de haberse olvidado, Vanja ya lo habría llamado hacía rato. No obstante, nunca lo llamaba si no era por algo relacionado con Amanda, así que cogió el teléfono con cierto desasosiego.

Veinte minutos más tarde, Vanja lo pasó a recoger al piso de My y pusieron rumbo a Västerås.

Ya hacía un rato que, por el mero olor que flotaba en el aire, sabían que se estaban acercando. Aun así, cuando se bajaron del coche en el patio no pudieron evitar el shock. El hedor era realmente insoportable.

—¡Joder, qué peste! —soltó Sebastian mientras hacía lo que podía por dar respiraciones cortas por la boca.

—Mil seiscientos cerdos —dijo Vanja mirándolo de reojo con una media sonrisita.

—¿Cómo puede alguien trabajar aquí?

—Supongo que te acostumbras.

—¿A trabajar con cerdos? Sí, te acostumbras —repuso Ursula.

Sebastian hizo caso omiso de la puñalada y se encaminó hacia el gran edificio que había un poco más allá. Varios coches patrulla delante, un agente uniformado y cordón policial; un equipo de técnicos forenses a los que se dirigió Ursula. Apenas había dicho nada durante la hora y pico de viaje que habían pasado juntos en el coche. Era la primera vez que se veían desde los acontecimientos en casa de Torkel. Sebastian sabía que Ursula lo acusaba a él de que todo hubiese salido tan mal, por no haberla avisado. Y no sin cierta razón, tenía que reconocer Sebastian.

Cuando habían ido a buscarlo, él se había metido en el asien-

42

to de atrás. Ursula no le había ofrecido el asiento del copiloto, a pesar de que le sacaba casi veinte centímetros. Sebastian había cerrado la puerta y habían emprendido la marcha sumidos en un silencio que, según él, no era del todo cómodo.

—¿Qué sabemos de esto de Västerås? —había preguntado después de salir de Estocolmo, cuando Vanja aceleró por la autovía E18.

—Lo que te he comentado por teléfono y lo que has visto en la foto que te he mandado.

La foto, sí. Obviamente, existía la posibilidad de que se refirieran a otra persona, que no tuviera nada que ver con él, pero estaba claro que Vanja no lo veía así. Ni él tampoco, para ser sinceros.

—He leído en internet que han encontrado otro cuerpo —se había oído desde el asiento delantero. No era él quien había sacado el tema de Billy. Era Vanja, no él. Lo mínimo que podía hacer era contestar, ¿no?

—Sí, Hugo Sahlén —había confirmado él lanzándole una mirada a Ursula.

—¿Tú también estabas?

—Sí.

—¿Por qué? —había querido saber Ursula sin apartar la mirada de la carretera.

—Él me lo pidió. Lo voy viendo, de vez en cuando.

—¿Por qué?

—Necesita a alguien con quien hablar. —El leve resoplido de Ursula mostraba con una nitidez ejemplar lo que opinaba al respecto—. Ha habido algunos cambios en él desde que fue detenido —tanteó Sebastian.

—¿Se arrepiente?

Sebastian titubeó. No había una respuesta sencilla a esa pregunta. No se podía reducir a un simple sí o no. Tampoco estaba

43

claro si a Ursula le interesaban los factores psicológicos que había sobre la mesa en lo referido a Billy, pero Sebastian por lo menos lo intentaría.

—No cabe duda de que se arrepiente de las consecuencias. De los actos en sí... Quien los llevó a cabo no es el Billy que nosotros conocemos, así que... ni él mismo tiene muy claro cómo debe posicionarse al respecto.

—¿Y tú lo estás ayudando con eso?

—Hago lo que puedo.

Por primera vez desde que Sebastian se había subido al asiento de atrás, Ursula se había vuelto para mirarlo directamente.

—¿Por qué? Para ti Billy no significa una mierda, pero les hizo daño a varias personas que, según tú, son importantes para ti.

—Lo sé.

—Entonces, ¿por qué? ¿Porque eres tan buena persona que piensas siempre en los demás y ayudas a tus congéneres?

Era imposible pasar por alto la fulminante ironía. Ursula debía de ser la persona que mejor conocía a Sebastian en todo el mundo. Si quería conseguir que su relación fuera, cuando menos, correcta, no debería mentirle.

A ella no. Nunca más.

—Estoy escribiendo un libro sobre él.

—¿Él lo sabe?

—No.

—Me lo creo. —Ursula había esbozado una sonrisa maliciosa—. Aprovecharse de otra persona por interés personal, eso ya suena más propio de ti. —Una vez más, Sebastian había tenido que reconocer que Ursula estaba en lo cierto. Su compañera se había acomodado en el asiento y había vuelto a dirigir la mirada al frente.

44

—Vanja corre un riesgo más que considerable llevándote a Västerås. No es que Rosmarie te tenga en su lista de deseos que digamos.

—Después de ver lo que pone en la pared, creo que no tenéis más opción.

—Siempre hay una opción; puedes hacer lo correcto y puedes hacer lo incorrecto.

Otra verdad como una casa. Él se había pasado muchos años eligiendo mal, para castigarse a sí mismo, porque elegir lo correcto podía darle cierto brillo de alegría y felicidad que no se merecía.

—Gracias —le había dicho a Vanja.

—No me des las gracias, solo procura que no me arrepienta de mis decisiones.

Sebastian asintió con la cabeza y se reclinó en el asiento. Esas mismas palabras las había empleado Torkel el día que volvió a meter a Sebastian en el grupo en Västerås, hacía ya varios años. Y mira cómo estaba...

El resto del viaje lo habían hecho en silencio.

Los dejaron pasar por debajo de la cinta policial y un agente de paisano fue a su encuentro con la mano extendida. Cuarenta y cinco años, quizá, pelo castaño y algunas canas en las sienes. Zapatillas deportivas, unos chinos, una sudadera con capucha bajo un chaleco acolchado. Con aquella indumentaria parecía que hubiese llegado directo de una parrillada con familia y amigos.

—Hola, Radjan Micic, os he llamado yo.

—¿Qué sabéis? —preguntó Vanja después de estrecharle la mano y de haberse presentado todos.

—La granja la lleva un matrimonio, los Machado. Uno de los propietarios ha encontrado a la víctima —dijo señalando con la cabeza a una mujer de unos treinta y cinco años que ves-

45

tía ropa de trabajo y que estaba un poco apartada, hablando con un agente uniformado—. Mujer, parece que ronda los sesenta años, no ha sido identificada. Hemos hecho que sacaran a los cerdos, pero cuando nos hemos enterado de que veníais, o mejor dicho, de que venía Ursula, lo hemos dejado todo tal y como está.

Sebastian sonrió para sus adentros. Ursula nunca se había fiado de las autoridades locales a la hora de inspeccionar un escenario del crimen, y jamás se había cortado en compartir su opinión a viva voz. Se sentiría orgullosa de ver que se había hecho respetar, al menos en Västerås. A lo mejor después se lo contaría. Sebastian necesitaba ganarse algún punto positivo.

—¿Los dueños han estado metidos en algo últimamente? —oyó preguntar a Vanja.

—Nada que haya llegado hasta nosotros.

—Vale, gracias.

—A lo mejor no os acordáis —continuó Radjan con una leve sonrisa—, pero nos vimos la última vez que estuvisteis aquí. El chico del Instituto Palmlövska que disparó a su amigo.

El año en que murió la madre de Sebastian y regresó a su ciudad natal después de años sin poner un pie allí. Cuando volvió a trabajar para la Unidad de Homicidios, después de una década. La primera vez que vio a Vanja.

Hacía tanto tiempo...

Habían pasado tantas cosas...

—No, no nos acordamos —dijo Sebastian, y le devolvió la sonrisa—. Nos acordamos del caso, pero no de ti.

—Trabajé con Thomas Haraldsson...

—Sí, no... ¿Hiciste algo memorable?

—Por lo visto no.

Sebastian notó la mirada de Vanja, más que verla, antes de

46

que esta volviera a dar las gracias por la ayuda en un tono como de disculpa, tras lo cual se dirigieron los dos juntos hacia la dueña.

—Vanja Lithner, Unidad de Homicidios —se presentó al acercarse—. Él es Sebastian Bergman.

—¿Ese Sebastian Bergman? —preguntó la mujer lanzándole una mirada de curiosidad.

Por un momento, Sebastian creyó que habían topado con una fan suya. Últimamente no eran muchas, pero las pocas que quedaban eran todas mujeres. La observó un poco más de lo necesario. Ojos castaños, pelo corto y oscuro, sin maquillar, una línea bastante convencional debajo de la ropa holgada que vestía. Demasiado joven para él. Tiempo atrás a lo mejor habría intentado llevársela a la cama de todos modos, pero no en ese momento, ya no. No después de lo de Uppsala. Además, enseguida se percató de que no había ninguna admiración en su mirada, ni siquiera reconocimiento. La mujer solo se refería al nombre que había visto escrito en la pared.

—Sí, probablemente ese Sebastian Bergman —confirmó él asintiendo con la cabeza.

—¿Cómo se llama? —preguntó Vanja.

—Erika Machado. Mi marido y yo somos los dueños de esto.

—Lo sé. Explique lo que ha pasado.

—Acabo de hacerlo —dijo Erika señalando con la barbilla al agente uniformado que en ese momento estaba hablando con Micic.

—A mí no.

—He venido poco después de las cuatro, he entrado, en una de las cuadras había una actividad inusual, he ido a mirar y ahí estaba ella. He llamado a la policía, y aquí están.

—¿Sabe quién es?

—Apenas la he visto, pero creo que no.

47

—¿Estaba usted sola aquí, no había más personal?

—Trabajan de seis a dos.

—¿Después de eso no hay nadie aquí?

Erika negó con la cabeza en silencio.

—Solo falta echar el pienso por la tarde, se hace de forma automatizada.

—¿Y qué estaba haciendo usted aquí? —aprovechó para preguntar Sebastian.

—Esta mañana uno de los dispensadores hacía cosas raras, quería echarle un vistazo.

—¿Se le ocurre alguna razón por la que esto haya podido pasar en su granja?

—No, ninguna.

—¿No ha sucedido nada raro últimamente?

—No.

Vanja oteó el patio de delante de la enorme nave, que recordaba más a un hangar que a una granja.

—¿Tienen cámaras?

—Algunas en la parte de fuera, ninguna dentro. De vez en cuando recibimos la visita de animalistas y veganos...

—¿Guardan el material en alguna parte?

—Se activan con el movimiento. Si se ponen en marcha, se guarda.

—¿Puede comprobar si hoy se han activado?

—Claro.

—Y quédese por aquí, si es tan amable; a lo mejor necesitamos preguntarle algunas cosas más.

Erika asintió con la cabeza y Vanja comenzó a caminar hacia el edificio. Sebastian la siguió.

El hedor era aún más intenso en el interior, como cabía esperar. Como si una caja de arena olvidada se hubiese apareado con amoníaco puro y luego alguien se hubiese cagado en la

48

descendencia resultante. Sebastian tuvo que esforzarse por mantener a raya las náuseas.

Había cerdos por todas partes.

Un mar de lomos de cerdo que se extendía a lo largo de la nave. Gruñendo, chillando, hozando, tumbados, durmiendo. Una cuadra tras otra en largas hileras a ambos lados del estrecho pasillo de hormigón por el que caminaban. Unas verjas de metal que recordaban a vallas antiavalancha mantenían el pasillo despejado y a los animales separados. Un armazón de fluorescentes en el centro del techo iluminaba la estancia lo suficiente, pero las cuadras que quedaban pegadas a las paredes exteriores permanecían en una penumbra constante. No había ventanas. En el techo, chapa corrugada; tuberías vistas de aquí para allá. Si desde fuera recordaba a un hangar, una vez dentro no cabía la menor duda de lo que era.

Una industria. Una fábrica.

Sebastian comía beicon, lomo y jamón, pero había algo horrible en la experiencia de ver a todos esos animales —que, según había leído en un artículo, eran sociales, atentos y más inteligentes que la mayoría de los perros— hacinados y sin nada más que hacer que esperar a la muerte.

Continuaron avanzando en dirección a la única cuadra vacía, que estaba a la izquierda, cerca de la pared de la fachada frontal. Al pasar junto a las demás cuadras, varios hocicos curiosos se asomaron para olfatear. Una vez que llegaron, se detuvieron y contemplaron la escena que tenían delante.

La mujer estaba bocarriba en el suelo de hormigón, en medio de la cuadra. Llevaba una camiseta de color rojo burdeos, pantalón claro, zapatos de tela y calcetines. Tenía heridas profundas que brillaban en sus brazos, sus manos y su rostro. En la mano derecha le faltaban un par de dedos. Ursula estaba sentada de cuclillas a su lado, vestida con el mono blanco de protec-

49

ción. Los técnicos forenses de la policía local trabajaban a su alrededor.

—Ha terminado aquí en algún momento entre las dos y las cuatro —dijo Vanja, sin dirigirse a nadie en concreto.

—Lleva muerta mucho más que eso —señaló Ursula.

—¿Cuánto más?

—No lo sé, pero seguro que más.

A pesar de que Ursula le estuviera dando la espalda, Vanja señaló las heridas del cuerpo con la barbilla.

—¿Las heridas?

—*Post mortem*. Los cerdos la han estado mordisqueando.

Vanja hizo una mueca. En especial, los dedos que faltaban hacían de la escena algo aún más macabro. Esperaba que supieran qué cerdos eran los que habían estado en esa cuadra, para que no los sacrificaran y vendieran. No era problema suyo, a menos que Ursula quisiera encontrar y analizar las partes ausentes.

—Pensaba que era un mito. El de que los cerdos comían personas.

—Por lo visto, no.

—¿Crees que murió aquí?

—No. —Ursula se apartó un poco y apretó suavemente el tórax de la víctima. En el resplandor frío de los fluorescentes, Vanja pudo ver un hilillo de líquido transparente rezumando por la mejilla—. Se ha ahogado.

—Y luego la han dejado aquí. Debe de haber un motivo para hacerlo.

Tendrían que investigar al matrimonio Machado y a sus empleados más a fondo. Comprobar si había algún cuadro de amenaza, si habían estado implicados en algo en el pasado, si conocían a la mujer muerta...

—Y para esto.

50

Vanja se dio la vuelta. Sebastian había dado unos pocos pasos al frente y estaba de pie delante de lo que parecía un pequeño trastero en el rincón del edificio. Paredes hechas con tablones gruesos, una puerta sencilla con pestillo, sin techo.

RESUELVE ESTO, SEBASTIAN BERGMAN

Letras grandes y rojas en la pared, que estaba sin pintar. Vanja se le acercó.

—¿Es sangre?

—Pintura. —Sebastian hizo un gesto hacia un bote de pintura roja que había en el suelo, al pie de la pared. Una brocha descansaba en el canto.

—¿Qué significan los números?

Sebastian miró en la dirección en la que Vanja estaba señalando.

304136

—No lo sé. ¿Un número de teléfono?

—¿De quién, de ser así?

Sebastian se encogió de hombros. No lo sabía. Obviamente, lo de la mujer muerta con la que los cerdos se habían dado el festín era algo terrible, pero no podía negar que había muchas cosas en el lugar del hallazgo que le despertaban interés. La persona que había montado toda esa escenita tenía su gracia.

En realidad, no había motivo para alegrarse de que fuera algo personal, Sebastian ya había pasado por eso en una ocasión. Edward Hinde había utilizado a Ralph Svensson para matar a mujeres con las que Sebastian había mantenido relaciones sexuales. Su libro *El aprendiz* iba de eso.

Pero a la mujer de la cuadra de los cerdos no la conocía.

51

Al menos, eso creía. No la reconocía.

Si era una víctima desconocida para él, se reducía todo a un desafío. Alguien que lo estaba poniendo a prueba, que quería medirse con él. La mujer, el lugar, el número, todo debería decirle algo, algo que Sebastian debería poder descifrar. Eso le ponía. Allí de pie, delante de la pared con la exhortación y el número, con la mujer muerta en la cuadra de los cerdos, Sebastian se sintió más vivo de lo que se había sentido en mucho tiempo.

Después de unas horas en la casa de Bromma, Cathy supo que había tomado la decisión correcta. No quería continuar en Suecia. La casa unifamiliar que había sido el punto de referencia para ambos, su hogar, estaba repleta de objetos con los que ella no tenía ninguna relación. Aparte de algunas cositas personales, Heyman & Schroder se había encargado de que hubiese de todo lo que pudieran necesitar para el día que se instalaron. Sin su padre, la casa no era más que un lugar que le recordaba lo sola que estaba en el mundo.

Había decidido volver al único hogar que realmente sentía que tenía. El sitio al que habían vuelto pocas veces, pero de forma regular: Melbourne. Allí podría reflexionar con calma sobre lo que quería hacer con Yale y el inicio de curso y todo. Era difícil que fuera a sentirse más perdida y sola de lo que se sentía en Suecia. Allí tenía a su abuela. No era que se hubiesen visto mucho a lo largo de los años. La mayor parte del contacto lo habían mantenido mediante pantallas y teléfonos. No se veían desde el funeral de su madre, así que no se podía decir que tuvieran una relación asidua, precisamente, pero no dejaba de ser alguien para ella. En Estocolmo no tenía a nadie.

Había una lista, un par de asuntos que tenía que arreglar. Stan la ayudaría con la mayoría de las cosas. Heyman & Schroder pagaba el alquiler de la casa, de modo que Cathy no iba a

53

tener ningún problema económico. Estaba convencida de que el testamento estaría detallado y muy pensado. A su padre siempre se le había dado muy bien la toma de decisiones, por eso la empresa lo había enviado por todo el mundo.

Algo que encabezaba la lista y que Cathy no podía dejar escapar era lo del tal Sebastian Bergman.

No era capaz de conectar ese nombre con su padre. Una cosa era que él hubiese considerado que necesitaba ir a terapia, encontrar a alguien con quien hablar. Pero ¿Sebastian Bergman? Cathy lo había buscado en Google y había visto que era un psicólogo criminal medio famoso, bastante controvertido y que había trabajado mucho para la policía sueca, pero ya no parecía hacerlo. En cualquier caso, en la actualidad no generaba titulares de ningún tipo. Sus declaraciones eran desafiantes y presuntuosas, rozando lo arrogante. Hacía unos años había publicado dos libros sobre Edward Hinde, uno de los peores asesinos en serie de Suecia, y luego uno sobre un imitador. Había tenido una especie de conflicto en un programa matinal con otro psicólogo criminal de nombre compuesto que Cathy era incapaz de pronunciar, y que había terminado con que el del nombre largo había quedado públicamente reducido a cenizas.

Cuanto más leía acerca de Sebastian Bergman, menos lograba entender por qué Tim lo había buscado a él. Su padre había trabajado en negocios de multinacionales, en cambios y desarrollo de empresa, en gestión y administración... ¿Por qué, de golpe y porrazo, se había interesado por un famosete local controvertido, un psicólogo criminal especializado en asesinos en serie? El único punto en común que Cathy había encontrado era que Bergman también estaba en Tailandia la Navidad de 2004, igual que ella y sus padres. Él había perdido a su esposa y a su hija. Una tragedia, desde luego, aunque eso no explicaba nada. Pero Tim se había empecinado en que debían verse. Lo

54

había mencionado varias veces, había intentado concertar una nueva sesión después de que la primera quedara cancelada, pero le había costado mucho ponerse en contacto con Sebastian, y las pocas ocasiones en que Tim había logrado localizarlo, el psicólogo siempre había tenido un motivo por el que no podían verse. Cathy había empezado a sentir que la repentina mudanza a Suecia después de que su madre muriera tenía algo que ver con él. Pero ¿de qué manera? Tras quedarse viudo, su padre había cambiado. Eso lo tenía claro. ¿Estaba todo conectado de alguna forma?

Solo había una persona a quien se lo podía preguntar.

Cathy cogió el coche y fue hasta la calle Grev Magnigatan. En su móvil, Tim había anotado la dirección postal, el número de teléfono y el código del portal electrónico de Sebastian. Ella había intentado llamarlo, pero siempre le había saltado el buzón de voz, y prefería no dejarle un mensaje. La situación era demasiado complicada para eso. Demasiados interrogantes. Cathy sonaría como una loca, de modo que decidió presentarse directamente en persona, y que fuera lo que tuviera que ser.

El portal era elegante, con una lámpara de araña en el techo. La parte baja del barrio de Östermalm era pomposa y exclusiva, por lo que había podido entender.

El código del portal funcionó.

Bergman vivía en la segunda planta, así que Cathy cogió el ascensor. Vio la puerta con el apellido del psicólogo en cuanto salió. Se tomó unos segundos, se arregló la ropa antes de llamar al timbre. Quería causar una buena impresión, dar buena imagen, infundir confianza.

Era la hija de Tim Cunningham. Su padre quería que se vieran. Por eso estaba ahí.

No tenía ni idea de lo que iba a decir a partir de ese momento. Con un poco de suerte, Sebastian podría arrojar algo de luz sobre la situación. Una última respiración honda para centrarse, y llamó al timbre.

No se oía nada al otro lado de la puerta. Esta no se abrió. Los segundos se convirtieron en medio minuto. Cathy volvió a llamar una vez, y después varias veces más, hasta que no tuvo más remedio que aceptar que no había nadie en casa.

Con un suspiro de decepción, comenzó a bajar la escalera.

Cathy no vio a la mujer que estaba de pie media escalera más arriba, observándola desde el otro lado de la rejilla del hueco del ascensor.

Una mujer a la que no le gustaba lo que estaba viendo.

Ellinor Bergkvist notó el azote de los celos que se le echaban encima. Se vio obligada a contenerlos. Era un mujeriego con todas las letras, su Sebastian, eso ya lo sabía. Así que no era de extrañar que hubiese competidoras. Sobre todo, teniendo en cuenta que ella llevaba una temporada fuera. Él necesitaba una mujer en su vida. No le quedaba más remedio que aceptarlo y gestionarlo como pudiera. Pero también sabía lo que ellos dos habían tenido. En muy poco tiempo habían vivido una historia de amor absorbente, apasionada. Un amor que el resto de los mortales solo encuentra en los libros. Nadie ni nada podía ni debía interponerse en su camino.

Ellinor siguió con la mirada a la joven mujer mientras esta desaparecía por la escalera. Poco después solo se oyó el eco de sus pasos. ¿Quién era? ¿Qué quería? ¿Quién era para Sebastian? Tan joven, casi una niña...

Por Dios, tenía que relajarse un poco.

Todo iba a salir bien.

Pero la jovencita había estado un buen rato delante de la puerta. Se había arreglado la ropa antes de llamar al timbre. Que-

56

ría mostrarse guapa. Atractiva. No era una buena señal. Por otro lado, tampoco parecía que se conocieran muy bien, la mujer había irradiado cierto nerviosismo al llamar a la puerta. La fase inicial de la relación. Demasiado inicial como para disponer de su propia llave.

Ellinor sí que había tenido una copia.

Su mente iba saltando de aquí para allá. Pensamientos intensos. Embriagadores. Como siempre, cuando se trataba de Sebastian.

Respiró hondo. Debía tranquilizarse. Llevaba demasiado tiempo alejada de él, anhelándolo y echándolo de menos. No era extraño que estuviera un poco hipersensible. Pero tenía que dominar sus emociones. De lo contrario, sabía lo que la esperaba.

Le habían concedido la libertad condicional.

Pero también tenía una orden de alejamiento.

Si su supervisora supiera que estaba sentada a cinco metros de la puerta del domicilio de Sebastian, Ellinor acabaría mal parada. Ya le habían dejado claro de qué eran capaces para mantenerlos alejados. No solo acusaciones falsas y cárcel; todas sus cartas le eran devueltas sin abrir. Debía avisar de antemano de todas las llamadas telefónicas que quería hacer, que luego nunca llegaban a materializarse. Habían hecho todo lo posible para mantener a Sebastian alejado de ella. Las autoridades.

Desde que la habían dejado salir de Lövhaga vivía en una habitación de un albergue en Solna, junto con un puñado de chicas ruidosas, vulgares y malolientes a las que detestaba. Pero pronto volvería a estar con el hombre de su vida. Viviendo en un piso en Östermalm. Saber esto era lo único que le permitía soportar la situación.

Solo necesitaba un poco de tiempo a solas con Sebastian, nada más. Para poder explicárselo. Él lo había malinterpretado todo. Había prestado demasiada atención a los demás, y se ha-

57

bía alejado de ella por desconocimiento. A lo mejor la fuerza y el ímpetu de los sentimientos lo habían asustado. Un amor como el que tenían, una llama que ardía con tanto fulgor, tan caliente, podía espantar, pero no hacía falta que Sebastian pidiera la orden de alejamiento.

Iban a ser ellos dos. Para siempre. Juntos.

Lo único que Ellinor necesitaba era que él lo entendiera.

Vale, le había disparado a la compañera de trabajo que estaba aquel día en casa de Sebastian, pero había sido sin querer; Ellinor ni siquiera sabía que ella estaba allí. La bala estaba pensada para él. Un *crime passionnel*, como dirían en Francia. Un indicio de que la pasión era tan intensa en ella que superaba a la razón. Si Sebastian tan solo lo mirara desde otra perspectiva, podría verlo como la declaración de amor que era en realidad.

Bajó los peldaños hasta la bonita puerta de su piso. Era indigno tener que merodear a escondidas por allí fuera, necesitaba encontrar una forma de entrar. Ellinor recordaba lo agradable que había sido pasearse por el piso. Tantas cosas que arreglar y hacer, tantas maneras de conseguir que su vida juntos fuera más cómoda y acogedora... No había nada que ella no estuviera dispuesta a hacer por él. Nada.

Se acercó a la puerta y posó la mano suavemente sobre la hoja, deslizó las yemas de los dedos por el cristal de la mirilla.

—Cariño, ya he vuelto a casa —susurró.

58

Había dormido mal y se había despertado pronto por la mañana. No había hallado paz ni en el cuerpo ni en la mente después de la jornada anterior. Jonathan había llevado a Amanda a la escuela y Vanja los había abrazado a ambos antes de que se marcharan, más rato de lo habitual. Como si quisiera retener lo único bueno de un día para el que no tenía ninguna expectativa favorable. Había ido a pie al trabajo, necesitaba pensar, hacer de tripas corazón. La balanza no se había estado inclinando en favor de la Unidad de Homicidios antes de que hubiese aparecido una mujer muerta en una granja de cerdos con el nombre de Sebastian escrito en letras grandes en la pared.

Las probabilidades de que fueran a sobrevivir a esto eran más bien bajas.

Se habían visto un momento en el despacho de Rosmarie para hacer un repaso antes de la rueda de prensa. Vanja no tenía muy claro qué había hecho Rosmarie, pero toda su presencia irradiaba confianza, determinación y competencia. Si había alguien que iba a salir de la rueda de prensa siendo altamente cuestionada, no sería ella.

Bajaron juntas. Había mucha gente, a pesar de que la rueda había sido anunciada con poco margen y de que era bastante temprano; pero todo lo que tuviera que ver con la Unidad de

59

Homicidios y «el policía asesino» despertaba interés. Más aún después de haber encontrado el cuerpo de Hugo Sahlén.

Rosmarie había empezado dándole la bienvenida a todo el mundo y expresando su comprensión por la rabia, las críticas y la decepción respecto a la implicación de la Unidad de Homicidios en los acontecimientos de los últimos meses. Los agentes de policía que cometían delitos, o crímenes, minaban, y con toda razón, la confianza depositada por la ciudadanía y perjudicaban a todo el cuerpo. Sobraba decir que unos crímenes tan graves como los que los atañían en esta ocasión eran devastadores.

Entonces, ¿cómo había podido ocurrir?

El resto del tiempo lo había dedicado a sumergir implacablemente a Torkel en la inmundicia. Falta de competencia, corrupción nepotista, problemas de alcoholismo, conducta indebida. Rosmarie no se mordía la lengua. Si Vanja no lo conociera en persona, habría pensado que Torkel era el peor jefe de todo el país. Rosmarie terminó con algunas palabras efusivas acerca de su sucesora. Que había sido gracias a la intervención de Vanja que habían podido delatar a Billy, finalmente.

Cierto, pero no era mérito suyo.

Torkel y Sebastian eran quienes habían llevado la batuta, ella se había negado a creérselo hasta el último momento.

Cuando le tocó el turno de palabra, había elegido no hacer ningún comentario acerca de Torkel, sino centrarse en el futuro. Reconstruir la confianza, mostrarse humilde ante la tarea, transparencia frente a la directiva, blablablá. Rosmarie había respondido a la mayoría de las preguntas de la ronda después de las declaraciones, pero no lo había alargado; dio por terminada la rueda de prensa a los pocos minutos, agradeció de nuevo la presencia de todos y salió de la sala con Vanja pisándole los talones. Ninguno de los periodistas presentes había protestado, solo salieron también a toda prisa. Para encontrar más mierda contra Torkel, había supuesto Vanja.

—Ha ido todo lo bien que podía ir, ¿no te parece? —concluyó Rosmarie cuando llegaron de nuevo a su despacho.

—Supongo que sí.

—Habrá que ver adónde nos lleva. —Se acercó a la cafetera en la mesita auxiliar y la puso en marcha sin ofrecerle nada a Vanja.

—¿Te ha llegado mi email?

—El de la granja de cerdos, sí.

—Quiero volver a tener a Sebastian en el equipo.

La reacción fue más o menos la esperada. Una especie de incomprensión iracunda. Acababan de decirle a la prensa que la implicación de Sebastian Bergman en las labores de la Unidad de Homicidios había sido una carga, quizá incluso un ejemplo de infracción indebida, ¿y Vanja quería meterlo otra vez en el equipo?

—El asesinato parece ir dirigido a él, de alguna forma —dijo Vanja tranquilamente cuando consideró que Rosmarie se había quedado sin variantes de «no», «ni hablar» y «de ninguna de las maneras».

—Más razón todavía para mantenerlo alejado.

—Tendremos que hablar con él, enseñarle pruebas, tantear teorías; él dispondrá de la información que nosotros no tenemos.

—No.

—Vale, pero ¿y si lo hacemos sin contratarlo? ¿Si no forma parte del equipo de manera oficial? —Por primera vez desde que Vanja había mencionado a Sebastian en la conversación, Rosmarie no respondió con un «no» inmediato—. No incluiremos su nombre en la investigación.

Rosmarie cogió su café y volvió al escritorio.

61

—En el peor de los casos, si no lo hacemos, él empezará a investigar por su cuenta —dijo Vanja cruzando los dedos para que fuera argumento suficiente—. No tendríamos ningún control sobre él.

Rosmarie dio un sorbito a la bebida caliente y dejó la taza en la mesa. Después clavó la mirada en Vanja.

—No hay margen para cometer errores.

—Lo sé, y yo solía ponerme como una moto cada vez que Torkel decía esto, pero creo que tenemos más probabilidades si contamos con él.

Rosmarie se quedó un momento pensando. Debía de estar intentando calcular si aquello podía repercutir en ella de algún modo, supuso Vanja.

—Colaborad con él de manera no oficial, resolved el caso, pero se acabaron los escándalos y los titulares —dijo finalmente.

—Claro.

—Y quiero reforzar el equipo con dos nombres nuevos.

—¿Eh? ¿Por qué?

—Tú misma dijiste que necesitabais reclutar a personal. —Rosmarie extendió los brazos—. Ya me he encargado yo.

Vanja entró en la sala de reuniones que a lo largo de los años habían llamado, simplemente, «la sala». Ursula y Sebastian estaban sentados una frente al otro a la mesa ovalada. No parecían haber estado enfrascados en ninguna conversación. La mirada de Ursula estaba fija en la carpeta que tenía delante. El silencio pesaba. Carlos Rojas —vestido con un grueso jersey de lana y un elegante chaleco de plumón pese a los veintidós grados de la sala— estaba de pie delante de la pizarra blanca que cubría la práctica totalidad de la pared lateral, colgando fotos del lugar del hallazgo. RESUELVE ESTO, SEBASTIAN BERGMAN. El hangar, los cerdos, la mujer

62

muerta en varios primeros planos. Una imagen ampliada del número «304136».

—Ha salido muy bien —dijo Ursula en un tono tan neutro que resultaba imposible saber si lo decía con ironía o no.

Vanja dio por hecho que sí. Para Torkel, aquella mañana había supuesto una catástrofe, y Ursula se preocupaba por Torkel. Mucho.

—Por favor, ahora no —repuso ella mientras retiraba una de las sillas y tomaba asiento—. La situación es la siguiente —continuó diciendo, y apoyó las manos sobre la mesa—: He hablado con Rosmarie. Seguimos siendo los responsables de este caso, a pesar de todo. Pero el nombre de Sebastian no puede salir en la prensa. Oficialmente, no forma parte de la Unidad de Homicidios. No podemos permitirnos más titulares. —Clavó los ojos en él—. Después de todo lo de Billy, lo que ha pasado es justo lo que no podía pasar. Así que no quiero ver ninguna tontería por tu parte, ¿te queda claro?

—Por supuesto.

—Estamos a esto de que nos cierren el chiringuito —prosiguió, marcando cosa de un centímetro entre el índice y el pulgar.

—Entendido. Ninguna tontería.

Sebastian parecía completamente sincero. Aunque, por supuesto, eso no significaba nada.

Llamaron a la puerta y, antes de que nadie tuviera tiempo de conceder permiso para pasar, esta se abrió y apareció una mujer de unos treinta años, bien vestida, castaña y con autoridad en la mirada. A su espalda asomaba un hombre mayor que ella, con un polo de color rosa que le brindaba un aspecto de recién llegado del campo de golf.

—Buenas, Homicidios, aquí estamos —dijo el hombre, un poco demasiado alegre y ruidoso, y agitó la mano a modo de saludo.

63

Vanja esbozó una sonrisa un tanto forzada mientras observaba a sus compañeros de trabajo.

—No me ha dado tiempo a llegar a ello... Contamos con refuerzos de Crímenes con Violencia. Ya conocéis a Roger Hansson y a Lena Gutestam.

Los nuevos saludaron un poco desde lejos y se sentaron juntos en el lado de la mesa en el que estaba Sebastian. Vanja los siguió con la mirada. Era cierto que eran muy pocos, así que contar con Hansson y Gutestam no suponía ningún problema, a la hora de la verdad.

Si los hubiese propuesto ella misma.

En ese momento no podía evitar preguntarse qué trato habrían hecho con Rosmarie. ¿Eran refuerzos o infiltrados? A Roger ya lo conocía, era legal. Competente pero vago. Lena Gutestam era una nueva estrella. Los rumores decían que era muy espabilada. Que para ella la escuela había sido un paseo en barca. Había llegado a Crímenes con Violencia hacía apenas unos meses. ¿Quería Rosmarie darle una experiencia en la Unidad de Homicidios, por si Vanja fracasaba y ella necesitaba a alguien que tomara las riendas?

Rebuscado, improbable.

Debía relajarse un poco. Se estaba volviendo paranoica, tenía que quitarse de encima todo lo ocurrido en los últimos meses. Mirar hacia delante. Recuperar el control.

—¿Hace frío fuera, o por qué necesitamos dos abrigos? —quiso saber Ursula, echando un vistazo a los nuevos.

Al parecer, estaba pensando un poco lo mismo que Vanja. Esta contuvo una sonrisita e intentó mirar severamente a su compañera.

—Ursula, necesitábamos refuerzos.

—Sabemos que sois un equipo cerrado —repuso Hansson, y extendió los brazos en un gesto de rendición—. Nos han pedido

64

que nos sumáramos y echáramos una mano, nada más. Aquí mandáis vosotros.

Vanja lo creía. Se rumoreaba que Roger Hansson llevaba muchos años deseando entrar en la Unidad de Homicidios. En ese momento tenía la oportunidad de enseñar de lo que era capaz, impresionar a Vanja, que seguía siendo la jefa. Él no haría nada con lo que pudiera correr el riesgo de terminar en su lista negra.

—Sed bienvenidos. Justo íbamos a empezar con el caso —dijo, después de mirar a Ursula con una sonrisa de diversión lo más discreta posible.

—Hemos leído vuestro informe de ayer —intervino Gutestam.

—Bien, entonces ya conocéis el punto de partida. ¿Carlos?

—La víctima se llama Susanne Nordmark. Sesenta y cinco años. Divorciada, vivía en un piso en Rågsved, dos hijos adultos, ambos en el extranjero. Tenía una vida problemática. Extoxicómana, estuvo entrando y saliendo de distintos centros de rehabilitación y penitenciarios hasta el año 2015. Después de eso ya no aparece en ningún registro. Según los servicios sociales, que le pagaban una renta de subsistencia, estaba limpia.

—¿Algún cuadro de amenaza, que sepamos?

—No, nada. Ninguna denuncia, ninguna queja, nada.

Vanja se volvió hacia Sebastian.

—¿La conoces?

Sebastian negó con la cabeza despacio.

—Tiene la misma edad que yo —dijo al cabo de un rato—. ¿De dónde es?

—Västerås —contestó Carlos.

—¿De dónde, concretamente?

Carlos volvió a la mesa, abrió la carpeta que tenía allí y hojeó entre los pocos folios que había.

65

—Bjurhovda. Cursó primaria en el colegio Myringeskolan, secundaria en el Instituto Palmlövska, se mudó a Estocolmo a los diecinueve años.

Vanja se quedó de piedra. Que la mujer fuera de Västerås y la hubiesen encontrado en Västerås a lo mejor no era tan extraño, si el asesino quería vincularla a Sebastian. Era su ciudad natal. Pero que Susanne además hubiese sido alumna del Palmlövska, el internado que había fundado el padre de Sebastian y donde él mismo había estudiado, no dejaba de ser... preocupante.

—¿Cuándo estudió allí? —quiso saber Vanja.

—Ehm... del setenta y cuatro al setenta y siete.

De pronto a Sebastian se lo veía un poco más pálido. Se levantó para mirar las fotos un poco más de cerca. Ursula lo observó detenidamente. Gutestam miró a Hansson un tanto desconcertada, pero solo obtuvo un encogimiento de hombros por respuesta.

—Entonces, coincidimos allí —dijo Sebastian—. Pero no la reconozco. ¿No hay alguna foto de cuando era más joven?

—Aquí tengo una —señaló Carlos, y sacó una nueva fotografía de su carpeta—. A los veintiún años, la primera vez que fue detenida por la policía de Norrmalm. —Se acercó a Sebastian y le dio la foto, un poco más pequeña que las demás.

—Iba a otro grupo del mismo curso —concluyó él después de haberla mirado unos segundos.

—Entonces, ¿la conoces? —preguntó Vanja en tono cansado. Si había albergado alguna duda, ya se había esfumado del todo. Tenían un nuevo caso en el que el asesino elegía a víctimas directamente vinculadas a Sebastian. Ese hombre la sacaba de quicio. Vale, era su padre, y en los últimos años se había esforzado mucho en cambiar.

Pero, aun así, ¡hostia puta!

66

—Era testigo de Jehová, o sus padres lo eran —dijo Sebastian con los ojos fijos en la foto, como si eso lo ayudara a recordar—. Apenas la conocía, pero de eso sí me acuerdo. En su casa eran muy estrictos.

—¿Te acostaste con ella?

Sebastian le lanzó una mirada casi ofendida. Vanja se la aguantó sin pestañear. Tenía que preguntárselo, sobre todo por los dos nuevos en la sala. Vanja partía de la base de que toda la comisaría conocía a Ralph Svensson. Joder, si Sebastian incluso había escrito un libro al respecto.

—No, para.

—Te lo tengo que preguntar. No sería la primera vez.

—No me acosté con ella —dijo Sebastian en voz baja.

—¿De verdad te acordarías, si lo hubieses hecho? —quiso saber Ursula.

—A los diecinueve años, sí, me acordaría.

Se hizo el silencio. Vanja miró de reojo a los dos nuevos. Hansson estaba reclinado en la silla con los brazos cruzados sin mostrar ningún tipo de reacción, mientras Lena Gutestam parecía estar preguntándose dónde coño se había metido. «Bienvenida a Homicidios», pensó Vanja.

Carlos se aclaró la garganta y posó la mano sobre la carpeta abierta que tenía delante.

—Su padre y sus hermanos siguen vivos, residen en Västerås, y tengo la dirección del piso de Rågsved. Si llamamos, alguien nos recibirá con la llave.

—Vale, bien, gracias —dijo Vanja, y lo miró agradecida.

Carlos era el más nuevo del equipo, pero era un auténtico caballo de tiro. No se hacía notar demasiado; sin embargo, era efectivo y metódico: se contentaba con hacer bien su trabajo, sin ambiciones aparentes de ascender. En poco tiempo se había convertido en un recurso muy valioso y, de no ser por la expe-

67

riencia con Billy, también sería alguien en quien Vanja confiaría completamente.

—¿Habéis descubierto algo del número de seis cifras? —preguntó Gutestam señalando las seis cifras en la pared.

—No, no sabemos qué son —respondió Carlos—. Si lo buscas en Google te salen manillas, tiradores, manchas, correas de transmisión, cuerdas de cabrestante... Todo números de artículo.

Por un segundo, Vanja se sorprendió echando de menos a Billy. Era el mejor resolviendo este tipo de tareas. Carlos podía equipararse con él en muchos aspectos, pero no creaba la magia con la tecnología de la misma manera que lo conseguía Billy en sus mejores momentos. Sus pensamientos se vieron interrumpidos por Gutestam, que se volvió hacia Sebastian.

—¿A ti no te dicen nada? Si todo esto está relacionado contigo...

—Lo está, pero las cifras no me dicen nada, lamentablemente —contestó Sebastian.

—¿La víctima nos ha dado algo? —quiso saber Hansson, mirando a Ursula.

—No, lo cierto es que no. —Ursula negó con la cabeza—. La han ahogado. Los moratones en la nuca sugieren que la han empujado hacia abajo. Probablemente, con el pie. Cuando la hemos encontrado, llevaba muerta más de diez horas. El *rigor mortis* era total. Hemos hallado huellas en el barro por donde la han arrastrado hasta el interior de la granja. Terminan en el patio de delante. Así que lo más probable es que el perpetrador llegara en coche.

—¿Las cámaras?

—Nada, pero no cubren todas las entradas posibles.

—¿Y el asesino lo sabía?

—Puede ser, o quizá solo ha tenido suerte.

68

—Entre los dueños y los empleados no hay nada que llame la atención, pero seguiré buscando —ofreció Carlos.

—Vale, haremos lo siguiente —dijo Vanja en un tono que indicaba que la reunión estaba llegando a su fin—: Hansson, Gutestam, vosotros vais a Rågsved, echáis un vistazo en el piso, habláis con los vecinos. Carlos y yo nos encargamos del padre. Intentaremos sacar más información sobre los años en el Instituto Palmlövska, puesto que está vinculado con Sebastian.

Los demás asintieron en silencio y comenzaron a levantarse de las sillas.

—¿Yo qué hago? —preguntó Sebastian, que se había quedado junto a la pared, viendo como el resto del equipo recogía sus cosas con intención de ponerse a trabajar.

—No lo sé. Dale unas vueltas a lo del número, tal vez.

—Puede venir con nosotros —sugirió Gutestam. Vanja la miró un tanto desconcertada—. El caso está relacionado con él, así que podría ir bien conocerlo un poco.

Sebastian se volvió hacia Vanja esperando respuesta, y ella asintió con la cabeza.

—Es buena idea —dijo, y sonrió.

«Podría ir bien conocer un poco a Sebastian Bergman», pensó. Pobre Lena Gutestam. Realmente no tenía ni idea...

Carlos Rojas mantenía una velocidad de crucero de 110 kilómetros por hora mientras conducía por la autovía E18 hacia el oeste. El tráfico fluía bien, igual que sus pensamientos. Iba solo en el coche. Rosmarie Fredriksson había pescado a Vanja en el pasillo para hacer una reunión rápida con la directiva policial. Carlos nunca había visto a Rosmarie, pero por los comentarios que le habían hecho los demás le había quedado claro que hacía más de ladina política que de policía. Al mismo tiempo, entendía que la directiva estuviera preocupada. Los acontecimientos de la última época no tenían parangón en toda la historia del crimen en Suecia.

Un policía asesino.

Metido en la mismísima Unidad de Homicidios.

Sentía auténtica pena por Vanja. A él solo le habían caído algunas pullas en las redes sociales por parte de antiguos compañeros de trabajo en Uppsala, mientras que ella intentaba mantener la compostura a pesar de toda la presión desde todos los flancos. Además, Billy y ella habían sido íntimos amigos. Carlos esperaba que la Unidad de Homicidios pudiera salir adelante. Habían pasado un montón de cosas desde que había aceptado el puesto, hacía ya casi medio año. Le gustaba Estocolmo, él y su pareja acababan de comprarse un pisito en el barrio de Kungsholmen para dormir de vez en cuando, y habían comenzado a barajar la posibilidad de mudarse de Uppsala a la capital, pasar allí unos años. Uppsala no era una ciudad pequeña, pero, en lo referente a oferta cultural, restaurantes y experiencias varias, Estocolmo era muy superior.

Le gustaba trabajar en la Unidad de Homicidios. Formaban un buen equipo y estaba claro que eran muy hábiles. Sería una locura desmantelar la unidad. Sin embargo, Sebastian Bergman había sido señalado, o desafiado o como se le quisiera decir, mientras que Billy aún era carne de primera plana. Oficialmente, Sebastian llevaba dos décadas sin formar parte del equipo, pero aun así de alguna manera había conseguido participar en todos los casos que habían tenido en los últimos años.

Carlos tiritó de frío y subió el climatizador a veintiséis grados.

En muchos sentidos, Sebastian Bergman era un dinosaurio. Chovinista, sin límites, narcisista, brillante pero insoportable; características que se lo ponían difícil para encontrar un sitio natural en una sociedad moderna y cambiante. Por no hablar de la organización policial en 2023. Todas las decisiones las tomaba Vanja, y Carlos las respetaba, pero Sebastian era su padre. Cuando se trataba de la familia, no podías ser totalmente imparcial. Era imposible. Era una experiencia por la que él ya había pasado.

Carlos no tenía nada personal contra Sebastian. Las veces que habían trabajado juntos no habían tenido ningún problema, más allá de que Sebastian podía ser realmente irritante, pero eso podía aplicarlo a otros compañeros con los que Carlos había trabajado a lo largo de los años y que no se llamaban Sebastian Bergman.

Dicho esto, no era ninguna garantía de que Sebastian no pudiera liársela a la Unidad de Homicidios. Pero era tan senci-

71

llo como —tal y como decía Lars von Trier en una de las series favoritas de Carlos— aceptar lo bueno con lo malo.

«Tu destino está a la derecha», le aclaró el GPS cuando Carlos se metió en el aparcamiento y encontró un hueco libre. El destino era la residencia de pisos tutelados Oxbacken, en el centro de Västerås. Un edificio de poca altura de color rojo, situado delante de un gran bloque de pisos de seis plantas de ladrillo amarillo y con balcones acristalados. Setenta y nueve pisos, según la página web. En uno de ellos vivía Roger Nordmark, el padre de Susanne.

Las puertas dobles de cristal se deslizaron hacia los lados en cuanto él se acercó, y luego accedió al vestíbulo. Parquet sintético que pretendía imitar alguna madera oscura. Unos sofás verdes y alguna que otra silla entre columnas blancas con flechas bajo carteles laminados que informaban de lo que había en cada dirección señalada. A la derecha, un gran acuario con algunos peces, y detrás asomaba la cocina de acero inoxidable y las sillas y mesas sencillas que, según el cartel, conformaban el restaurante, aunque recordaba más a un comedor escolar bastante cutre. A la izquierda, un rotafolio junto a un tablón de anuncios al lado de recepción. Se dirigió allí.

—Hola, soy Carlos Rojas, he llamado antes, estoy aquí para ver a Roger Nordmark —dijo, mostrándole su identificación policial a la joven mujer que había detrás del mostrador.

—Un segundo —contestó la recepcionista, y descolgó el teléfono. Unas frases murmuradas más tarde, colgó y miró a Carlos—. Si espera un momento, Najma vendrá para mostrarle el camino.

—Gracias.

Carlos dio media vuelta y se acercó al acuario. Los únicos

72

peces que reconocía eran los tetra neones que nadaban en banco. Había tenido de esos en el acuario que le regalaron de pequeño. Habría preferido tener un perro o un gato o un conejo, pero sus padres no veían claro que en casa hubiera un animal de compañía «de verdad». Los pájaros también quedaban descartados, así que al final Carlos se había puesto pesado con lo del acuario. Con tetra neones, algunos cíclidos enanos y un par de peces gato de cristal. No había tardado demasiado en perder el interés, y por último la labor de mantener los cristales limpios había superado a los pobres peces gato. Pocos años después de haber llegado al estante de su habitación, desaparecieron. Nadie los echó de menos.

—¿Carlos Rojas? —Este se dio la vuelta y vio a una mujer negra con *hijab* que se le acercaba—. Najma, lo llevaré hasta el piso de Roger.

Le tendió una mano y Carlos se la estrechó antes de seguirla por el edificio.

—Es de la policía —comentó ella mientras subían en ascensor, después de haber pulsado el cuatro.

—Sí.

—¿Ha pasado algo?

Una pregunta más o menos retórica, claro. Era obvio que había pasado algo. Si no, la policía no estaría haciendo una visita.

—Tiene que ver con su hija —respondió Carlos sin desvelar demasiado.

Najma lo miró desconcertada.

—¿Roger tiene una hija?

«Tenía», pensó Carlos, pero no había motivo alguno para informar de ello a su acompañante.

—Sí —se limitó a contestar.

—Mira tú por dónde.

Se bajaron en el cuarto piso y Najma lo guio hasta la pri-

73

mera puerta de la izquierda. Antes de llamar, se volvió hacia Carlos.

—¿Ya se conocen?

—No.

—Vale, pues Roger ha sufrido un ictus. Tiene una parálisis parcial, sigue padeciendo cansancio cerebral y a veces se desconcentra.

—Pero ¿me entenderá cuando le hable? —quiso saber Carlos, esperando no haber hecho todo el trayecto en vano porque el viejo era un vegetal.

—Sí, y en principio no tiene ningún problema de memoria, pero puede cansarse bastante rápido. En otoño cumplirá noventa. —Después llamó suavemente a la puerta y abrió sin esperar respuesta.

—Hola, Roger, tienes visita.

Silencio. Mientras entraba detrás de Najma, Carlos paseó la mirada por el pequeño piso individual con alcoba. Era muy diferente al pasillo de colores claros de fuera. Sobrecargado con muebles de roble oscuros, cortinas oscuras, una cruz de plata en la pared, una mesilla con la nueva traducción de la Biblia al lado de la cama, junto a algunos ejemplares de *La Atalaya* y *¡Despertad!*, y sobre la cama un cuadro de Jesús que a Carlos le parecía bastante feo. Olía a cerrado y a vejez. El anciano estaba tumbado de lado, de cara a la pared, con una manta sobre las piernas. De momento no había dicho nada ni se había movido. Carlos se preguntó si estaba siquiera despierto. Najma le puso una mano en el hombro con cuidado.

—Roger, ha venido un policía para hablar contigo.

Roger soltó un leve ruido gutural mientras se daba la vuelta lentamente. Se esforzaba por que todo su cuerpo siguiera el movimiento. Najma lo ayudó a incorporarse, le metió un cojín extra bajo la cabeza. Roger mantenía los ojos clavados en Carlos,

74

pero parte de su rostro permanecía inmóvil, helado en una mueca torcida que no le infundía un aspecto afable.

—Los dejo solos —dijo Najma—. Puede avisarnos si ocurre algo.

—Gracias.

Najma salió del pisito y Carlos esperó hasta que oyó cerrarse la puerta. Después se inclinó un poco hacia la cama.

—Disculpe que le moleste. Me llamo Carlos Rojas y vengo de la policía.

—¿Qué... ha pasado? —dijo el hombre despacio.

—Es por su hija, Susanne.

Un breve titilar en los ojos de Roger, pero luego apartó la cara y se quedó mirando la pared.

—Yo no tengo ninguna hija —replicó con voz débil.

—¿Disculpe? —Carlos se acercó un poco más. ¿Se había equivocado de persona, o es que Roger Nordmark estaba más ido de lo que el personal le había dado a entender?

—No tengo ninguna hija... Tengo dos hijos, cinco nietos y dos bisnietos —continuó el hombre lentamente—. Pero ninguna hija.

Carlos se sintió un tanto incómodo. Estaba en la habitación correcta, tenía a la persona correcta delante y no había rastro de desconcierto ni de demencia en la mirada de aquel hombre. Tuvo la sensación de que Roger, por alguna razón, había elegido no tener una hija. La había apartado o había sido apartado. A lo mejor las malas noticias que estaba obligado a dar conseguirían generar algún tipo de reacción.

—Estoy aquí porque la hemos encontrado muerta. Lo lamento...

Roger Nordmark se dio la vuelta y miró a Carlos sin expresar ninguna emoción. Ni rastro de shock, pena ni desesperación en su rostro rígido. Carlos se preguntó si era fruto de la parálisis

75

o si realmente no tenía sentimientos. Con independencia de la buena o mala relación que tuvieran, no dejaba de ser su hija de la que estaban hablando.

—Lo eligió ella misma. Hicimos todo lo que pudimos para llevarla por el buen camino —prosiguió Roger al cabo de un rato—. Pero ella eligió darle la espalda a Jehová.

O sea, que era la familia quien la había apartado. Habían dejado de hablar con ella. Por lo que parecía, llevaban mucho tiempo sin hacerlo. Carlos tendría que continuar con cautela, si quería obtener alguna información útil de aquel hombre.

—¿Cuándo fue la última vez que la vio?

—En 1977. Cuando eligió lo terrenal. Después de aquello, ya no podíamos seguir teniendo relación con ella.

Roger cerró los ojos. No porque se sintiera afectado, como cabía esperar, sino porque estaba cansado y punto. No le interesaba el tema. Carlos guardó silencio. Él no tenía hijos, pero ¿cómo coño podía ser? ¿Qué podría haber hecho una chica de diecinueve años para ganarse el rechazo de por vida de su propia familia? Nada, estaba bastante seguro de ello.

—Sospechamos que ha sido víctima de un homicidio. —Una hija que muere es una cosa; una hija que ha sido asesinada tiene que ser mucho peor, quieras que no.

—¿Qué diferencia hay? —preguntó Roger en tono casi de rendición y contradiciendo al instante a Carlos—. A Susanne la perdimos hace tiempo. —El anciano volvió a abrir los ojos y su mirada parecía rogarle a Carlos que dejara de hablar—. ¿Lo entiende? No me interesa.

—¿Sabe de alguien con quien pueda hablar? —inquirió Carlos, haciendo un esfuerzo por mantener un tono neutro, a pesar de sentir más rechazo por aquel hombre a cada segundo que pasaba—. ¿Alguien que tuviera contacto con ella últimamente?

El hombre en la cama negó con la cabeza.

76

—De vez en cuando intentaba ponerse en contacto con Ulf.

—¿Y Ulf es...?

—Su hermano pequeño, pero él se ciñe a las decisiones tomadas por la iglesia. El escudo de Jehová es fuerte.

Carlos habría jurado que Roger parecía casi satisfecho, como si estuviera orgulloso de haber conseguido mantener a su hija alejada de la familia a lo largo de tantos años, de que todo el mundo le hubiese obedecido. O a la iglesia o a quien fuera que decidía aquellas cosas. A Carlos, la vida de Susanne ya le había parecido triste nada más leer los informes de los servicios sociales, pero en ese momento por lo menos entendía por qué las cosas habían ido como habían ido.

—Independientemente de su relación, tengo que intentar descubrir quién lo ha hecho —dijo, y él mismo oyó el tono tajante en su voz. Si había una conexión entre Susanne y Sebastian, debía de ser previa al momento en que fue desterrada de la familia. ¿Estaría Roger dispuesto a hablar de ello? O sea, de aquella época, cuando aún tenía una hija—. ¿Sabe si pasó algo en el Instituto Palmlövska?

—Todo pasó allí —dijo Roger, y sus ojos brillaron de rabia, su voz se intensificó—. Fue allí donde la perdimos.

Había vuelto.

Jamás se lo reconocería a los demás, desde luego. Lo bien que le sentaba hallarse de nuevo en el epicentro de los acontecimientos. Hacía años que no formaba parte activa de la Unidad de Homicidios. A través de Vanja y Ursula se había mantenido al día del último caso que habían tenido, el de los francotiradores de Karlshamn, pero no había estado *in situ*, sino que se había pasado las jornadas en su casa, recibiendo a pacientes, a cuál menos interesante. Un flujo constante de sinsentidos. *Odio* era una palabra muy fuerte, pero a veces se sentía tan aborrecido que le picaba el cuerpo, y las sesiones siempre tardaban una eternidad en llegar al final y que lo dejaran en paz. A bote pronto, solo le venía a la cabeza un cliente que, a decir verdad, sí que le había interesado: Tim Cunningham. Al final se había visto obligado a concluir su relación de cliente-psicólogo, porque habían comenzado a acercarse a algo que podía parecer una amistad. Cargaban con experiencias similares en la mochila y se habían dado apoyo el uno al otro. Luego se le había cruzado todo aquello de Billy y Ursula y Torkel, Sebastian había tenido que cancelar un par de citas con Tim y ya no habían retomado el contacto. Se ocuparía de ello.

Después de que se resolviera el caso en el que su nombre aparecía escrito en una pared en un escenario del crimen.

Después del desafío.

Notaba que la había echado realmente de menos. La energía que lo llenaba. La sensación de notar la adrenalina bombeando. La expectación y la impaciencia. El asesino lo planeaba todo bien, era metódico, racional. Encontrar a una mujer del pasado de Sebastian, asesinarla, trasladarla hasta Västerås, entrar con un cadáver en la granja de cerdos sin ser visto y conseguir llamar su atención...

Un adversario más que digno.

Por tanto, la elección de la víctima no podía ser aleatoria, de ninguna manera. No bastaba con que hubiesen nacido en la misma ciudad y hubiesen ido al mismo centro educativo durante tres años. Tenía que haber otra cosa, algo personal. Sebastian había intentado caer en qué podía ser.

Algo que hubiesen hecho juntos.

No se le había ocurrido nada.

La familia de ella había sido muy creyente, y el padre era un miembro destacado de los testigos de Jehová en Västerås. Susanne se crio teñida por esta influencia, claro, pero lo que Sebastian recordaba de ella era que se la veía una chica como cualquier otra, quizá un poco más retraída, pero que aun así participaba en las actividades, tanto dentro como fuera del instituto.

No recordaba ningún incidente en absoluto que hubiese podido conducir a aquello.

—Nos encontraremos con ellos en el número doce de la calle Askersundsvägen y vendrán con la llave —dijo Gutestam desde el asiento del copiloto, después de colgar una llamada de móvil y sacando a Sebastian de sus cavilaciones.

—Bien —dijo Hansson, y aceleró.

Parecía gustarle conducir deprisa. Igual que a Billy. A veces habían bromeado con que no conducía demasiado rápido, sino

79

que volaba demasiado lento. En la época en la que se podía hacer bromas con Billy. Mencionar su nombre.

Iban de camino a Rågsved. Salieron del túnel que hay al lado del aeródromo de Årstafältet y, al otro lado de las ventanillas, comenzaron a pasar los barrios de las afueras del sur de la ciudad. A decir verdad, Sebastian habría preferido ir con Carlos antes que juntarse con los dos nuevos, pero no había tenido demasiada elección. Por lo menos tenía la oportunidad de intentar descubrir si realmente habían acudido para reforzar el grupo o si estaban allí para hacer de espías a cuenta de Rosmarie.

—¿Cómo has terminado en Homicidios? —preguntó Gutestam volviéndose hacia él en el asiento de atrás.

—¿Te refieres a la primera vez o...?

—No, esta última vez. Llevabas un tiempo sin participar.

—Me han necesitado. —Sebastian se encogió de hombros, como si fuera algo evidente—. Se me da jodidamente bien lo que hago.

—¿Ah, sí?

—Sí. —Sebastian notó que le empezaba a subir la irritación y se inclinó hacia delante—. ¿O estáis pensando en Billy? ¿Que como experto en perfiles que soy debería haber sospechado algo?

A Gutestam se la vio sorprendida de verdad, como si jamás se le hubiese pasado por la cabeza.

—No estaba pensando en nada...

—Fui yo quien lo resolvió. Lo pillaron gracias a mí.

Sebastian se reclinó en el asiento; sintió que igual mejor se mordía la lengua. ¿De qué se estaba defendiendo? Ya sabía por qué. Las punzadas de culpa. La vocecilla que se empecinaba en decirle que era indirectamente responsable de las víctimas de Billy. Por no haber actuado con la información que tenía en las manos. Con lo que había visto. Por no haber hecho nada.

Volvió a mirar por la ventanilla lateral y continuaron el trayecto en silencio.

Calle Askersundsgatan. Seis bloques de pisos idénticos de doce plantas que debieron de levantarse en la década de los sesenta. Una zona residencial igual de anónima que tantas otras. Funcionalidad por delante de la estética. Muchas personas en poco espacio. Un sitio para hospedarse, no para vivir.

El administrador de fincas los recibió delante del portal. Un hombrecillo rechoncho con mono azul que se le ceñía a la barriga. Les mostró el camino mientras le explicaba que nunca habían tenido ningún problema con Susanne Nordmark. Los servicios sociales le pagaban el alquiler, pero ella siempre se había comportado. Nadie se había quejado nunca de ella.

Su piso estaba en la segunda planta. Hansson hizo un alto en la primera y comenzó a llamar a las puertas de los vecinos. Su intención era ir picando piedra, intentar descubrir si alguien había visto a Susanne últimamente. En tal caso, cuándo, y si había ido acompañada de alguien. O si alguna persona desconocida les había llamado la atención. Sebastian y Gutestam continuaron hasta la siguiente planta y se acercaron a la puerta que había a la izquierda del ascensor. El administrador de fincas abrió con la llave y se la entregó a Gutestam.

—Avísenme cuando hayan terminado.

—Claro. Gracias.

El piso en el que entraron no era grande, quizá tenía unos treinta y cinco metros cuadrados. Una alfombra de trapillo en el pequeño recibidor, donde también había un abrigo colgado en un gancho y dos pares de zapatos bien colocados. La cocina quedaba a la derecha, con suelo blanco y negro y frentes de armario de un color que en su día alguien debió de llamar «café

81

con leche». A la izquierda, un cuartito en el que asomaba una cama individual, y al fondo se abría el salón. A juzgar por lo poco que veían de este, intuían que estaba escasamente amueblado, con muebles gastados, pero que era limpio y acogedor. Sin duda, no era un piso de mala muerte; al contrario. La persona que había vivido allí le había puesto dedicación, había creado un hogar. Dos gatos hambrientos salieron maullando a su encuentro. Uno comenzó a refregarse contra las piernas de Sebastian.

—¿Quién va a cuidar de estos? —preguntó en voz alta, señalando con la cabeza a los zalameros animales.

—Supongo que les tocará a los herederos.

—Viven en el extranjero, los hijos.

—¿Los quieres tú?

Sebastian se la quedó mirando desconcertado. ¿Lo decía en serio?

—¿Los gatos?

—Sí.

—No, joder. Yo no soy persona de gatos.

—Entonces, ¿qué clase de persona eres?

Sebastian se volvió otra vez hacia Gutestam, confuso. De nuevo, ¿lo decía en serio? Por lo visto sí. Al menos observaba a Sebastian con curiosidad en los ojos. No había nada en ellos que sugiriera que le estuviera tomando el pelo. Los tenía verdes, observó Sebastian.

—Soy un hombre mayor educado y atento que lo hace todo según indica el manual y sin armar demasiado escándalo —dijo, con lo que le parecía la dosis justa de ironía en el tono como para que pudiera pasar desapercibida.

—¿En serio? Debe de ser el nuevo Sebastian Bergman. —Ella esbozó una sonrisa cálida; sus ojos verdes centellearon.

¿Le estaba tirando la caña? Sí, hombre. Él le sacaba treinta

82

años. Como poco. Treinta y cinco, probablemente. Además, tenía pinta de culta, y no había nada en la persona de Sebastian que pudiera atraer a una mujer joven y moderna, a menos que tuviera un comportamiento autodestructivo.

—Sí, bastante nuevo; el viejo era más bien un callejón sin salida.

—Lástima. Por lo que me han contado, el otro parecía más divertido.

Otra vez esa sonrisa, el brillo en los ojos. Interesante. Seguramente, Gutestam lo estaba poniendo a prueba. ¿Debía mostrarse imposible, darle algo para que informara a su jefa? ¿O acaso solo estaba jugando con él, una especie de juego de poder? A decir verdad, Sebastian no tenía ni la menor idea de lo que estaba pasando. Pero le daba lo mismo, su nueva compañera le caía cada vez mejor.

—¿Qué hacemos con estos? —preguntó, rompiendo el ambiente y señalando de nuevo a los dos gatos. En ese momento tenía a los dos paseándose entre sus piernas, con ronroneos y maullidos.

—Voy a ver si encuentro algo de comida para darles, después tendremos que llamar a ver si alguien puede ocuparse de ellos.

—¿Llamar? No tengo ni idea de quién se encarga de esas cosas.

—Ya llamo yo. Tú céntrate en ser un hombre mayor y atento.

Con eso y una sonrisita, Gutestam se metió en la cocina, y los gatos la siguieron llenos de expectación. Sebastian dio los pocos pasos que lo separaban del salón. En la mesa había un cartón de leche. Sebastian pellizcó con cuidado la punta del cartón y lo levantó. Quedaba más de la mitad. Dos tazas de café; en una aún había líquido. Un platillo con migas. ¿Susanne había merendado con su asesino? ¿Era alguien a quien ya conocía o lo estaba conociendo? Sebastian no tocó nada más de la mesa; resistió el impulso de abrir cajones y armarios en busca de alguna libreta o diario. Lo mejor sería que acudiera Ursula.

Volvió al recibidor. Vio que una de las puertas estaba entornada, con una rendija de apenas unos centímetros. Dentro, la luz estaba encendida. Sebastian la abrió con cuidado. El cuarto de baño, con una bañera llena hasta tres cuartos de agua.

—¡Toca lo mínimo necesario! —le gritó a Lena—. Tenemos que hacer venir a Ursula.

Gutestam fue a toda prisa hasta donde estaba Sebastian y se detuvo detrás de él.

—¿Por qué? ¿Qué has encontrado?

—El escenario del crimen, con toda probabilidad —dijo, serio, y dio un paso al lado para que ella pudiera ver el interior del baño.

Ella proyectó enseguida la escena y asintió brevemente con la cabeza.

—Vale, pues nos vamos.

Sebastian se quedó donde estaba.

Había algo. Significaba algo.

Ahogar a Susanne en su propio piso, luego trasladar el cuerpo hasta una granja de cerdos en Västerås. Tenía que haber otras maneras de quitarle la vida. Que no implicaran transportar un cuerpo sin ser visto desde un segundo piso en una zona residencial de alta densidad. Maneras más simples. ¿Y por qué la granja de cerdos? ¿Por qué no dejarla en el piso? Pues porque quería que la encontraran, claro, pero el asesino podría haber llamado a la policía y punto, escribir el mensaje dirigido a Sebastian en la pared del cuarto de baño. Pero no lo había hecho.

¿Por qué?

¿Qué significaba eso?

—¿Vienes? —le preguntó Gutestam desde la puerta.

84

Tras un último vistazo inquieto, Sebastian la siguió al rellano, donde se encontraron con Hansson.

—Anoche, una vecina del primero vio a un hombre entrando en casa de Susanne sobre las dos de la madrugada —dijo en tono alegre—. Se fijó porque Susanne no suele recibir visitas. Al menos no a esa hora.

—¿Te ha dado señas? —quiso saber Gutestam.

—La verdad es que no. Blanco, joven, cree ella, llevaba una sudadera oscura con capucha, así que no le vio la cara. Tejanos y zapatillas de deporte.

—Por lo menos tenemos lugar y hora, ya es algo —dijo Gutestam, y cerró la puerta tras de sí.

—Eso no nos servirá de ayuda —repuso Sebastian con semblante pensativo.

Hansson se volvió hacia él; parecía decepcionado por que el resultado de su puerta a puerta no fuera recibido con más entusiasmo.

—Es muchísimo más de lo que sabíamos hace una hora.

—Sí, pero no nos servirá de ayuda —repitió Sebastian—. Sabemos lo que sabemos porque el asesino quiere que lo sepamos. Eso no nos llevará a ninguna parte.

La cosa había empezado.

La piedra estaba rodando, o como fuera que se dijera. Habían encontrado a Susanne. En el noticiario local de la provincia de Södermanlad de la cadena SVT le habían dedicado algo más de un minuto.

Había mirado en internet.

Varias veces.

La granja de cerdos, la cinta blanquiazul del cordón policial, coches patrulla, técnicos forenses en sus monos blancos, una frase al vuelo de que los cerdos podrían haber comido partes del cuerpo de la víctima.

Nada acerca del mensaje que había escrito en la pared.

Ni una palabra sobre Sebastian Bergman.

En algunas redacciones, algunas personas habían considerado que el asesinato no era de interés nacional. No aparecía nada en la sección de nacional, ni en TV4 ni en SVT. Nada en el informativo *Ekot* de la Radio de Suecia. Eso sí, se estaba hablando mucho del exjefe de la Unidad de Homicidios, que por lo visto era un auténtico rufián, a juzgar por los artículos. Corrupto, incompetente y con problemas de alcoholismo. Por aquel entonces, tanto la unidad como la investigación las dirigía una mujer que no quería hacer declaraciones.

Pero habían encontrado a Susanne, habían visto la pared.

Sebastian estaba implicado, por mucho que todos hicieran como si nada.

No habían llegado a ninguna parte. O, bueno, eso tampoco podía saberlo. Ya debían de haberla identificado. La habrían vinculado a Västerås y al Instituto Palmlövska. ¿Habrían encontrado la conexión con Sebastian? Seguro que sí. Pero aún no habrían dilucidado por qué la había llevado hasta la granja de cerdos. Sebastian no se acordaba, de eso estaba convencido. Para hacerlo, primero tendría que interesarse por otra persona.

Escuchar, recordar, preocuparse.

Cosas para las que Sebastian no estaba en absoluto capacitado, rodeado como estaba su ego de seres diminutos e insignificantes, con sus historias fútiles y experiencias banales. Sus sueños, a los que él no destinaba ni medio pensamiento, a menos que fuera para destruirlos.

Las cifras. Les darían una pista. No sobre su identidad, sino sobre de qué iba todo eso. Pero aún no lo habían descifrado. Si se las hubiese dado todas, les habría bastado con buscar en internet, pero en esos momentos... Les había dejado la medida justa de pistas para una primera aproximación. Para despertar su interés.

El odio, que era su constante secuaz, ardía con algo menos de fervor cuando él permitía que la satisfacción ocupara un poco más de espacio. Si alguien hubiese hecho referencia a esta lucha cerebral, estaba claro que la victoria se habría decantado hacia él, porque ya iba por la primera curva, mientras que Sebastian apenas había salido de la parrilla.

Quería celebrarlo de alguna manera, le apetecía una cerveza, pero no pensaba permitírsela. Tenía que volver a repasar el plan una vez más.

La planificación era la madre del éxito.

Se lo sabía del derecho y del revés, había previsto cualquier

87

eventualidad. No solo tenía un plan B, sino también plan C y D. Pero no hacía ningún daño revisarlo de nuevo. ¿Qué iba a hacer, si no?

No era que tuviera una vida, precisamente.

Sebastian se había encargado de arrebatársela.

Así que se levantó, ignoró el precioso día de principios de verano que hacía al otro lado de la ventana y se acercó a la mesa, donde todo estaba colocado en montoncitos bien ordenados y fáciles de identificar. Empezó por comprobar las nuevas pistas que tenía intención de dejar. La idea era facilitarles las cosas, pero no demasiado. Merecía la pena hacer un último repaso antes de dar el siguiente paso.

Antes de la siguiente víctima.

Håkan Persson Riddarstolpe estaba sentado delante del despacho de Rosmarie Fredriksson, esperando. Iba arreglado e incómodo. Había vuelto a subir de peso. Durante medio año se había estado esforzando por perder algunos kilos, pero aquella mañana se había puesto el traje por primera vez desde hacía mucho tiempo, y seguía quedándole mal. Annika le había asegurado que, en hombres, la ropa muy ceñida aún estaba de moda; bastaba con ver al primer ministro. Håkan se había mirado las prendas ajustadas en el espejo y le había dado la sensación de que su mujer le estaba mintiendo. Se arrepentía de la ropa que había elegido ponerse, habría necesitado sentirse cómodo y relajado, pero también había querido ir bien vestido, dejar que la indumentaria reflejara la seriedad de su cometido. Tenía que conseguir que Rosmarie lo escuchara.

No era que acostumbrara hacerlo.

No era que nadie acostumbrara hacerlo.

A pesar de su distinguido título, casi siempre trabajaba con temas relacionados con el personal y con informes de evaluación para nuevos reclutamientos, e incluso eso de forma cada vez menos frecuente. Iban de cabeza a una reorganización —había perdido la cuenta de cuántas llevaban ya—, y esta vez tenía la impresión de que sus días en la policía judicial estaban contados. De que le iban a hacer una ventajosa propuesta de

89

jubilación. Iba a desaparecer, iba a caer en el olvido tan pronto como la puerta se cerrara a su espalda.

No era así como se había imaginado el futuro cuando había aceptado el trabajo, hacía ya casi treinta años. En aquella época, la perfilación y la criminología eran temas candentes, la policía judicial acababa de crear un grupo de expertos en perfiles y autoridades policiales de todo el mundo comenzaron a colaborar cada vez más con psicólogos criminales en casos complicados.

Algunos se habían ganado el estatus de auténticas estrellas.

En secreto, ese había sido su objetivo cuando se presentó para el puesto: hacerse famoso como una de las nuevas autoridades, el que impresionaba a los lectores y espectadores de televisión con su capacidad de meterse en las mentes de los peores criminales, descifrarlas y explicarle las causas y el contexto a un público hambriento.

Como Sebastian Bergman.

Él se había convertido en uno de los grandes. El más grande de todo el país. Había escrito dos bestsellers sobre Edward Hinde, un asesino en serie en cuya detención Bergman había desempeñado un papel destacado, había llenado auditorios, había ido de invitado a programas matinales, había escrito crónicas y lo habían contratado como asesor cuando la policía parecía dar palos de ciego.

Un famoso, un nombre conocido.

Sebastian Bergman.

Antes de conocerlo en persona, Håkan lo había tenido como referente. Celoso pero no envidioso, impresionado y deseoso de colaborar, de ser el segundo violín, a la sombra del solista Sebastian durante algunos años.

¿Y en ese momento? En ese momento lo odiaba.

Había tenido su oportunidad de colocarse bajo el foco cuando Sebastian se había marchado de Suecia para irse a vivir a

Alemania junto con su familia, a finales de la década de los noventa. Con Bergman fuera de escena, de pronto la experiencia de Persson Riddarstolpe había empezado a ser solicitada, habían comenzado a meterlo cada vez en más investigaciones, y en más de una ocasión el jefe de la policía provincial le había mostrado su aprecio.

Qué bien se había sentido.

La atención. El reconocimiento.

Aún recordaba lo cómodo que se había sentido en los estudios de televisión y en las entrevistas. El interés con que lo escuchaban cuando él se expresaba. La amabilidad de las azafatas mientras lo guiaban hasta maquillaje. La gente que no conocía de nada y que quería invitarlo a una cerveza en el bar. Recordaba la sensación de ser alguien.

Podría haberse mantenido allí arriba.

De no ser por una persona.

Y, por lo visto, en esos momentos Sebastian Bergman había sido desafiado personalmente por un asesino en serie. Al menos ese era el rumor que había llegado a oídos de Håkan: que habían encontrado a una mujer muerta en una granja de cerdos, con una exhortación dirigida a Bergman de que resolviera el crimen. Nadie había escrito «Resuelve esto, Håkan Persson Riddarstolpe» en sangre al lado de un cadáver. Nunca lo había hecho ni nunca lo haría nadie. A él nadie lo desafiaba, nadie preguntaba por él, eran pocas las personas que sabían siquiera de su existencia.

Estaba tristemente condenado al olvido.

Por culpa de Sebastian Bergman, que le había arrebatado todo el honor después de un pequeño error que había cometido en relación con un caso en Uppsala. Burlándose de él, en un abrir y cerrar de ojos había echado por tierra todo lo que Håkan había construido. Había destruido su credibilidad. Håkan no

91

tenía ni fuerzas para pensar en ello. Además, no era nada comparado con la última liada de Sebastian. Resultaba imposible entender cómo había logrado sobrevivir al asunto de Billy Rosén, pero es que, encima, Sebastian parecía recibir siempre una nueva oportunidad. Las reglas normales no se le aplicaban a él.

Como se aplicaban a todos los demás.

Como se aplicaban a Håkan.

Se había planteado la idea de escribir un artículo de debate y cuestionar públicamente cómo podía ser que el mejor psicólogo criminal y experto en perfiles del país hubiese trabajado codo con codo con un asesino en serie durante varios años sin sospechar nunca nada y después hubiese seguido contando con la credibilidad del cuerpo de policía. Pero no se atrevía. A Rosmarie no le gustaría la atención que eso despertaría. Si quería hacer caer a Sebastian Bergman —y pensaba hacerlo—, necesitaba tenerla a ella de su lado; eso estaba claro. Y esa era la razón por la que estaba allí sentado esperando en un traje que le iba demasiado pequeño.

La puerta del despacho de Rosmarie se abrió y, por fin, ella salió, lo miró un momento, estresada, sin el menor atisbo de sonrisa de bienvenida en los labios.

—¿Håkan? Disculpa, he tenido que responder una llamada.

—No pasa nada. Gracias por recibirme con tan poco margen de aviso. —Se levantó con intención de abrocharse la americana, pero sintió la tirantez de las prendas y decidió abstenerse.

—Tengo una reunión por Zoom dentro de un cuarto de hora —dijo Rosmarie tras invitarlo a pasar al despacho.

—Seré breve.

Con la cabeza, ella señaló uno de los sillones que había alrededor de una mesita de centro en el rincón del despacho y Håkan tomó asiento. Rosmarie se sentó en uno de los otros y cruzó las piernas. Håkan echó un vistazo a la cafetera que tenía

92

al lado, pero Rosmarie no mostró ninguna intención de preguntarle si quería un café.

—¿Y bien? —dijo en el tono más exigente que se podía infundir a esas dos palabras, y acto seguido le clavó la mirada.

—Se trata de Sebastian Bergman —empezó, pero se detuvo al oír el suspiro cansado que soltó Rosmarie.

—¿Qué pasa con él?

Håkan titubeó. El caso era confidencial y él no debería saber lo que sabía, pero Rosmarie llevaba en el cargo el tiempo suficiente como para ser consciente de lo que hablaba la gente. Además, no había ninguna otra manera de exponer el asunto y, de todos modos, él ya tenía un pie en la calle, así que no le quedaba más opción que ir con todo y probar suerte.

—Está implicado en un nuevo caso de asesinato, si lo he entendido bien. Personalmente implicado.

Rosmarie no contestó; solo mantuvo su semblante inexpresivo, imposible de interpretar. Por lo tanto, Håkan prosiguió.

—Se está comentando que ayer su nombre apareció escrito en sangre en el lugar donde encontraron a una mujer asesinada.

—No era sangre, era pintura roja.

—Como decía —continuó Håkan, encogiéndose de hombros a modo de disculpa—. Hay muchos... rumores.

—¿Adónde quieres llegar? —preguntó ella un poco irritada, y a él le pareció que miraba el reloj de reojo.

Håkan respiró hondo. Había llegado el momento.

—Pienso que Bergman puede tener problemas para mantener la distancia profesional que esto requiere. Es totalmente comprensible. —Esto último lo añadió para que el motivo de su visita pareciera más bien fruto de la consideración hacia su compañero de profesión, y no tanto como los albores de una vendetta.

—Ah.

—Así que pensaba ofreceros un par de ojos imparciales: los míos. Si me das acceso a la investigación, puedo hacer mi propia perfilación, analizar informes de evaluaciones y quizá descubrir qué es lo que Sebastian no ve por estar demasiado cerca. O lo que no quiere ver. O lo que tal vez no quiere que otros vean...

Guardó silencio. ¿Se había pasado? ¿Estaba dejando asomar la animosidad que sentía por Sebastian? Rosmarie era una policía de despacho y escritorio, pero no era tonta. Todo lo contrario. Aunque tenía fama de preferir siempre resolver los problemas que, de alguna manera, amenazaban con jugarle en contra.

Problemas como Sebastian Bergman.

—Tú sabes que es un narcisista impredecible, y lo último que necesita el cuerpo son más artículos de prensa en los que aparezca Bergman.

Rosmarie hizo un alto, se lo quedó mirando. Casi se podía ver cómo le trabajaba el cerebro, cómo iba sopesando pros y contras, intentando calcular escenarios posibles y las consecuencias que podían tener. Al final asintió para sí misma.

—No es mala idea. Me encargaré de que obtengas acceso a la investigación, pero quedará entre tú y yo.

Él asintió lo más complaciente y fiable que pudo, mientras se esforzaba por reprimir una amplia sonrisa de maliciosa satisfacción. Había conseguido justo lo que había ido a buscar. Se levantó y le tendió la mano.

—Gracias por tu tiempo —dijo, y sonrió un poco, en ese momento sí.

—Gracias a ti.

Se estrecharon la mano y él abandonó el despacho, salió de nuevo al pasillo. Realmente había ido mejor de lo esperado. Radiante de felicidad, cerró el puño en gesto de victoria y susurró un «Sí» silencioso. Lástima lo de la sangre. No recordaba a cuánta gente le había contado ese detalle. Eran unos cuantos. El nombre de Sebastian escrito en sangre. Todo el mundo había reaccionado preguntándose qué coño le pasaba a ese hombre. ¿Cómo podía verse metido una y otra vez en mierdas como esa? Así que, de momento, Håkan seguiría afirmando lo de la sangre. Seguiría haciendo correr el rumor, aunque quizá de forma un poco más discreta. Sebastian Bergman se enteraría de lo que se sentía al caer del pedestal en el que llevaba tantos años y chocar contra el suelo.

Estaban en silencio en la sala, escuchando el resumen de la visita de Carlos a Västerås. Primero, al padre de Susanne, que no había querido entrar en detalles y que, oportunamente, se había sentido demasiado cansado como para seguir respondiendo a preguntas; y luego a Ulf, el hermano pequeño, con quien Susanne había intentado ponerse en contacto un par de veces después de haber reconducido su vida. El hermano le había confesado a Carlos que había ayudado a escondidas a su hermana todo lo posible, sin que la familia sospechara nada. Pero, cuando le había preguntado por los años de Susanne en el Palmlövska, Ulf no había podido contribuir con gran cosa. Él solo tenía trece años cuando habían obligado a su hermana mayor a abandonar la familia y la iglesia tras una fiesta con —según había dicho Ulf— chicos mundanos en la que ella había tomado alcohol y había bailado. Era todo lo que sabía. Después de eso, ni la familia ni la iglesia volvieron a mencionar jamás el nombre de su hermana, no había fotos de ella en la casa y durante largas temporadas él incluso había olvidado que Susanne existía.

Al terminar su presentación, todos se volvieron hacia Sebastian, quien se encogió levemente de hombros.

—Sí, yo fui el «chico mundano» que la invitó a la fiesta.

—Eso no lo habías dicho —señaló Vanja.

96

—Fue una de muchas, muchas fiestas. No había pensado en ello hasta ahora.

—¿A pesar de las consecuencias que tuvo para ella? —quiso saber Ursula con un fuerte tono acusatorio, que por lo visto era el que entonces usaba cuando se dirigía a él.

—Yo no sabía nada de las consecuencias —explicó Sebastian con paciencia—. Después del bachillerato me largué de Västerås lo más rápido que pude y nunca miré atrás.

—Pero, cuando la invitaste, tú sabías que era testigo de Jehová.

—No era tanto una pregunta como una afirmación por parte de Carlos.

Solo faltaba que se le echaran encima los nuevos y ya serían todos contra uno. Pero bueno, si habían decidido que él era el malo de la película, ¿por qué no echar un poco de leña al fuego? Al fin y al cabo, quien no se lo pasa bien es porque no quiere.

—Sí, lo sabía, supongo que por eso la invité; ya sabéis, un poco por el desafío.

La reacción fue la deseada: una mezcla de suspiros profundos y miradas desaprobatorias y desconcertadas.

—Realmente no te arrepientes de nada —concluyó Ursula.

Sebastian intuyó que su apunte no solo tenía que ver con lo ocurrido en Västerås hacía más de cuarenta años, y no le importaba hacer el papel de malo un rato, pero ya había tenido suficiente.

—¿De qué debería arrepentirme? —repuso, y clavó los ojos en Ursula—. No sabía que la habían desterrado. No tenía ni puta idea. —Paseó la mirada por todos los presentes mientras continuaba—. La invité a la fiesta, ella bebió por voluntad propia, bailó por voluntad propia, nadie la obligó a nada. Vale, ¿podemos seguir?

—Pero hay una conexión —señaló Carlos.

—Nos ha jodido, pues claro que hay una conexión —dijo

97

Sebastian, irritado—. ¿No has visto lo que ponía en la pared?

—Lo que quiero decir —explicó Carlos con calma— es que alguien sabe lo que pasó y que tú estabas implicado. Después de aquella fiesta, la vida de Susanne descarriló. Podría ser que alguien te esté culpando.

—Entonces tendríamos a la familia en el punto de mira —dijo Hansson, abriendo la boca por primera vez desde que se habían juntado.

—¿La familia que lleva cuarenta años fingiendo que la hija no existe? —preguntó Sebastian, asombrado de que un policía con experiencia pudiera soltar algo tan estúpido.

—Precisamente por eso. Ella ya estaba muerta para ellos. Y era culpa tuya.

—Vale, consideremos por un instante que eso es una idea sensata. ¿Por qué ahora?

—Ella los buscó otra vez, a lo mejor los amenazó. O bien a la iglesia.

—¿Después de cuarenta años?

—Carlos —interrumpió Vanja, que parecía que ya había tenido suficiente—. Investiga a la familia y la iglesia, a ver si ahí encuentras algo, pero tenemos que volver al presente.

Carlos asintió al mismo tiempo que el móvil de Ursula tintineaba. Ella lo sacó y, tras un vistazo rápido a la pantalla, lo desbloqueó y comenzó a leer. Vanja frunció el ceño, pero en lugar de decir nada se dirigió a Gutestam.

—El chico de la sudadera con capucha, ¿sabes algo más de él?

—En realidad, no. Estamos recopilando vídeos de las cámaras de seguridad de la zona. Si tenemos suerte, aparecerá en alguno.

No lo podía evitar, por mucho que lo intentara. Volvía a echar de menos a Billy. En parte, porque estaba convencida de

98

que, si él hubiese sido el encargado de conseguir las grabaciones, ya contarían con ellas; y en parte porque, si había algo en ellas que les pudiera servir, él lo habría encontrado. Vanja ni siquiera sabía quién iba a revisar el material una vez que lo tuvieran. Probablemente Carlos, a menos que Hansson o Gutestam mostraran habilidades con las partes tecnológicas de una investigación, que se estaban volviendo cada vez más predominantes, con todo el rollo de las apps, los chats y las redes sociales. A lo mejor se verían obligados a encontrar esa competencia fuera del grupo. En la casa la había, eso lo tenía claro.

«Puto Billy», pensó una vez más. Hacía tiempo que había perdido la cuenta de cuántas llevaba. Apartó los recuerdos de su viejo amigo, tal como hacía siempre que se abrían un hueco en su cabeza.

—¿Hemos sacado algo del piso? —preguntó Vanja dirigiéndose a Ursula, quien justo entonces guardó el móvil.

—No, los técnicos están allí ahora. Ninguna huella en las tazas ni el plato que había en la mesa.

—¿Ninguna? ¿Ni siquiera de Susanne?

—No, ninguna. Y el análisis del agua de los pulmones de Susanne ya está terminado. Es agua de lago.

Se hizo el silencio en la mesa durante unos segundos, hasta que Hansson dijo lo que todos pensaban:

—Entonces, ¿no la mataron en su piso?

—No.

—¿Y por qué estaba llena la bañera?

—A lo mejor estaba a punto de darse un baño cuando se presentó el asesino —propuso Gutestam.

—Puede ser —dijo Vanja asintiendo para sí misma.

—¿Sabes a qué me recuerda? —intervino Sebastian mirando muy seriamente a Ursula, quien dijo que sí con la cabeza.

—A Lisbeth Wahlgren.

99

—¿Quién es Lisbeth Wahlgren? —quiso saber Vanja mirándolos a los dos.

—Un antiguo caso. Comenzó como una sospecha de suicidio en una bañera, pero resultó que a la mujer la habían ahogado en un lago. Mi primer caso en Homicidios.

—¿Me estáis diciendo que hay un antiguo caso que recuerda a este y en el que Sebastian también participó? —dijo Vanja, y era imposible pasar por alto el matiz de exasperación que había en su voz.

—Me sumé hacia el final de la investigación, pero no la encontraron en una granja de cerdos, sino en casa, en el cuarto de baño.

—¿Cuándo fue eso? —preguntó Gutestam.

Sebastian miró a Ursula.

—En el 93 —contestó ella.

—Podemos recuperarlo del archivo, pero creo que deberíamos hablar con Torkel también. El tío es una puta base de datos —dijo Sebastian, muy consciente de que la propuesta no iba a ser bien recibida. En efecto, a Vanja se le nubló la mirada y se le tensaron los labios. Sebastian extendió las manos hacia ella en un gesto de calma—. Ya sé que, oficialmente, es el diablo en persona y el responsable de que estemos con la soga al cuello, pero ¿y si hablo yo con él? Yo no formo parte de Homicidios, puedo ir a verlo como amigo.

Oyó a Ursula soltar un resoplido que se convirtió en una risita desprovista de toda alegría.

—Siempre hay una primera vez.

Cierto, Sebastian no pensaba discutírselo, no había ido a ver a su antiguo jefe y —no le quedaba otra que reconocerlo— amigo muy a menudo. Solo cuando él mismo tenía algo que sacar del encuentro y necesitaba a Torkel como policía, nunca cuando Torkel había necesitado su apoyo o un hombro en el que

100

llorar. Ni después de la muerte de Lise-Lott, ni cuando empinaba demasiado el codo ni durante la convalecencia tras las heridas que había sufrido al enfrentarse a Billy. Pero él era Sebastian Bergman, así que no debería sorprenderle a nadie.

—¿Qué me dices? —preguntó mirando de nuevo a Vanja.

Por lo visto, ella ya había tomado una decisión.

—Ve a hablar con Torkel, a ver qué recuerda; no puede hacer ningún mal.

Sebastian asintió con la cabeza, pero detuvo el gesto al ver la mirada exhortante de Vanja y su postura corporal.

—¿Qué? ¿Ahora?

—Sí, ahora.

Sebastian se levantó de la silla y cogió la chaqueta del respaldo.

—Y otra cosa —dijo Vanja cuando Sebastian ya iba de camino a la puerta—. Y va para todos. —La gravedad en su tono de voz no podía pasarse por alto—. Todo lo de Billy nos ha afectado. Considerablemente. De distintas maneras. —Se quedó callada, notó como las lágrimas florecían al tocar el dolor que la traición le había generado. Echó un vistazo a Ursula, quien estaba mirando a Sebastian, tal y como Vanja se había esperado—. Pero si queremos tener una oportunidad de sobrevivir como departamento, debemos dejar todo eso de lado, trabajar en equipo. Ya sabéis, unidos venceremos... Eso no significa que tengamos que caernos bien, pero hemos de ser profesionales. Podemos y vamos a tantear, descartar, cuestionar las ideas y teorías de cada uno, sin ataques personales. Esto ya será lo bastante jodido por sí solo como para encima pelearnos entre nosotros.

Todo el equipo en la sala asintió con la cabeza, pero solo Gutestam abrió la boca.

—Bien, pues vamos a resolverlo.

Sebastian cogió un taxi hasta la playa de Bergsunds Strand, se bajó y comenzó a andar bordeando el agua. No era el camino más corto para ir a casa de Torkel, pero no tenía ninguna prisa y le sentaría bien respirar un poco de aire fresco mientras ganaba unos minutos para poner orden en su cabeza. Hacía un mediodía agradable, cálido pero no caluroso, una brisa templada entraba desde la bahía de Liljeholmsviken. Las embarcaciones de recreo estaban amarradas en el muelle. Todo estaba quieto y en calma; una moto de agua solitaria era lo único que rompía el relativo silencio que imperaba, a pesar de hallarse en pleno centro de la ciudad. Había mucha gente fuera paseando. Muchos cochecitos de bebés empujados por parejas prácticamente idénticas; de treinta y pico años, delgadas, atléticas. Mismos sombreros, misma ropa, todos los hombres con la misma barba. Södermalm era un barrio angustioso. Sebastian se había quedado desfasado en cuanto a la terminología —suponía que ya no se los llamaba «hípsters», como hacía unos años—, pero el fenómeno seguía dándose. Gente joven que quería mostrar estatus y personalidad a base de parecer todos iguales, aterrada por la posibilidad de no encajar y ser correcta, hacer lo correcto, dedicarse a lo correcto. Hacía unos años eran las microdestilerías artesanales, la masa madre y el kéfir. Sebastian no tenía ni la menor idea de qué era lo que contaba en ese momento. Ni tampoco le importaba.

102

Dobló a la derecha y se metió en la sombra de los bloques de pisos de color amarillo. El ambiente se volvió más fresco y silencioso de inmediato. De camino al portal de Torkel solo se cruzó con un dueño solitario paseando a su perro.

En el taxi había ojeado la prensa en su teléfono móvil. Los dos periódicos principales cargaban duramente contra Torkel. El alcoholismo, el arma olvidada en el cuarto de baño del juzgado, los problemas tras su primer divorcio, el hecho de que se había vuelto a divorciar, la relación con Ursula.

Habían hurgado hasta encontrarlo todo.

O los habían ayudado a encontrarlo.

Y luego estaba lo de Billy, claro.

Insinuaban que Torkel había estado implicado de alguna manera, puesto que Billy no había sido sometido a ninguna medida disciplinaria después de haber herido de muerte a dos personas con su arma policial mientras cumplía servicio. Que para Torkel era tan importante mantener la reputación de Homicidios que se había limitado a hacer la vista gorda. Si no lo conocías en persona, resultaba fácil quedarse con la idea de que era un alcohólico autoritario y corrupto que se había pasado todas las reglas por el forro. SVT, la Radio de Suecia y el resto de la prensa también comentaban la rueda de prensa, pero no con el mismo ímpetu. El plan de Rosmarie de sacrificar a Torkel para salvar la Unidad de Homicidios y a sí misma parecía estar funcionando.

Sebastian se descubrió sintiendo lástima por su antiguo jefe mientras introducía el código en el portero electrónico y se metía en el portal. Torkel no se merecía aquello, pero quizá tampoco había que sorprenderse tanto. La cúpula policial nunca había sido conocida por cuidar bien de sus jefes intermedios cuando se levantaba tormenta contra ellos. Torkel había sido el mejor jefe que Sebastian había tenido nunca, sin lugar a dudas. O por

103

lo menos el que había conseguido aguantarlo más tiempo. El que le había dado más oportunidades. Más que ningún otro. Era una tontería, pero Sebastian se sentía agradecido por ello. Sin Torkel, jamás habría tenido a Vanja en su vida. Ni a Amanda. Ni nada de lo que lo había mantenido ocupado a lo largo de los años y que le había ayudado a alejarse de sus comportamientos más autodestructivos.

Algún día le daría las gracias.

O no.

Sebastian llamó al timbre y dio un pequeño paso atrás; partió de la base de que en un día como ese Torkel utilizaría la mirilla. La puerta se abrió. Vio a Torkel más fresco de lo que se había esperado. Más delgado, un poco más pálido y con guantes blancos de algodón que, curiosamente, lo hacían parecer mayor y más frágil, pero nada que ver con la piltrafa que Sebastian esperaba encontrarse.

—Pensaba que la escalera estaría llena de gacetilleros —dijo a modo de saludo mientras se abría paso por al lado de Torkel para entrar en el piso.

—Han estado un rato aquí esta mañana, pero se han rendido. E incluso yo sé que hoy en día ya nadie utiliza el término *gacetillero* —dijo con un atisbo de sonrisa en los labios, y luego guio a Sebastian por el piso.

Estaba mucho más limpio que la última vez que había estado allí. Más fresco. Ya no transmitía esa sensación de «me da todo igual». Parecía más luminoso, menos cerrado.

—¿Has dejado de beber? —preguntó de camino a la cocina.

—Sí, así es. Unas semanas en el hospital sin ninguna botella y... Después, cuando volví a casa, ya no me apetecía tanto.

—Buen trabajo, me alegro de oírlo.

Se metieron en la cocina. Encimeras limpias, ventanas transparentes que dejaban entrar el sol de junio, un jarrón con flores de verano en la mesa. Obra de Ursula, supuso Sebastian.

—¿Quieres tomar algo? —quiso saber Torkel, y se acercó a la cafetera que había en la encimera.

—No, estoy bien —respondió Sebastian; sacó una silla y se sentó a la mesa en la que la última vez que había estado allí había delatado a Billy como asesino en serie.

Un trabajo policial bien hecho. Una experiencia de lo más jodida.

—Conque tu nombre aparece en un escenario del crimen —dijo Torkel en tono relajado mientras se servía un vaso de agua.

—¿Cómo lo sabes?

—¿Tú qué crees?

—Ursula.

Torkel asintió con la cabeza y se sentó enfrente de Sebastian. Recogió unos pocos pétalos que habían caído sobre la mesa. Sebastian diría que se trataba de una margarita.

—Parece que os habéis reencontrado —señaló, lo más animado que pudo.

—Sí, de alguna manera tú consigues hacerle daño una y otra vez.

—Creí que Billy iba a por mi familia, no pensaba que...

—¿Qué pensabas cuando te acostaste con su hermana? —lo interrumpió Torkel.

Sebastian lo miró completamente desconcertado. ¿Eso? ¿En ese momento? ¿Por qué?

—Joder, pero si de eso hace una eternidad.

—¿Crees que ella lo ha olvidado?

—Veo que no.

—Y tu amante loca le pegó un tiro. No es que le pongas las cosas fáciles, que digamos.

105

—Estoy intentando mejorar —aseguró Sebastian con toda la sinceridad que pudo—. Estoy intentando no hacer daño a nadie.

Torkel sonrió de oreja a oreja.

—Me lo creeré cuando lo vea. Has sido un tío imposible desde que te conozco. No vas a cambiar. No puedes.

—Gracias por la muestra de confianza —replicó Sebastian secamente, y vio que sus palabras hacían más mella de lo que pretendía.

Torkel vació el vaso y lo dejó de nuevo en la mesa. Miró a Sebastian con curiosidad.

—No has venido para hablar de Ursula, y tampoco te importa de verdad cómo me encuentro, así que... ¿qué quieres?

No era de extrañar que Torkel y Ursula se entendieran tan bien. Los dos eran directos y transparentes. Llamaban a las cosas por su nombre. Tenían poca o ninguna tolerancia hacia la cháchara. Torkel era más empático, tenía las emociones un poco más a mano, pero aparte de eso eran prácticamente mellizos.

—¿Qué has oído de nuestro último caso? —preguntó Sebastian.

—Mujer muerta en una granja de cerdos. Tu nombre escrito en la pared.

—Se ve que fue al mismo instituto que yo en Västerås.

—O sea, que la víctima es alguien a quien conocías. Otra vez.

—Eso parece.

—¿Te acostaste con ella?

—No —se limitó a responder Sebastian, y trató de mantener la irritación alejada de su tono de voz. Aunque entendía por qué todo el mundo se lo preguntaba, era un coñazo de todos modos—. Eso sí, ha aparecido un detalle raro. El perpetrador ha intentado hacernos creer que la ahogó en la bañera de su casa, pero en sus pulmones han encontrado agua de lago.

106

Torkel se mostró automáticamente más interesado y, sin darse cuenta, se inclinó sobre la mesa.

—Como... ¿cómo se llamaba...? ¿Wahlgren?

Sebastian asintió en silencio.

—Lisbeth Wahlgren. He venido para preguntarte qué recuerdas de aquel caso.

Por lo visto, Torkel se acordaba bien.

Principios de la década de los noventa. Ursula acababa de presentarse al puesto en la Unidad de Homicidios y se lo habían concedido. Era época de vacaciones y Sven Thorstensson, un buen amigo de Torkel de la academia de policía, había llamado pidiendo ayuda con un caso. Sven ya sabía que no era un caso para Homicidios, pero había poco personal y tenían demasiados casos. Torkel le había echado una mano a su amigo y compañero.

Lisbeth Wahlgren había sido hallada muerta en la bañera de su piso. El cuerpo lo había encontrado Torgny, su marido, al volver a casa tras hacer unos recados. Había explicado que Lisbeth llevaba una temporada con depresión, su ELA había empeorado y justo le acababan de decir que en breve ya no podría seguir caminando. La autopsia mostró que se había tomado una dosis considerable de analgésicos y pastillas para dormir. No había señales de violencia y el caso tenía todas las papeletas para tipificarse como suicidio.

Hasta que Ursula intervino.

Había echado mano del caso con una energía que había impresionado a Torkel, lo cual probablemente había sido la intención, por lo que pudo comprender después. Ursula había investigado un poco a la pareja —Torgny había sido condenado dos veces por malos tratos—, había hablado con los vecinos y había descubierto que discutían lo suyo; la policía había tenido que intervenir en un par de ocasiones por el ruido. Ursula volvió a

107

revisar la declaración del marido. Hacía buen día, se habían quedado en la cama toda la mañana, habían salido a hacer un pícnic, luego habían vuelto a casa, él se había ido a entrenar y, de regreso, había pasado por el supermercado. Al llegar al piso, se la había encontrado muerta en la bañera.

A Ursula no la convencía. Procedía del Laboratorio Técnico Estatal en Linköping y sabía lo que había que hacer en un laboratorio, así que por voluntad propia tomó una muestra del agua de los pulmones de Lisbeth y la analizó. Agua de lago. Que, además, provenía de un pequeño lago que quedaba a un cuarto de hora en coche de la vivienda de la pareja. Donde habían hecho el pícnic al mediodía. Torkel aún recordaba cómo había entrado Ursula en su despacho para presentar su teoría: Torgny habría echado analgésicos y somníferos en el café de Lisbeth, la habría ahogado en el agua, la habría trasladado hasta la casa, la habría metido en la bañera y luego habría vuelto a salir para tener una coartada y hacer que todo pareciera un suicidio.

En aquel momento, Torkel había decidido luchar para poder conservar a Ursula en la Unidad de Homicidios.

El resto, Sebastian también lo recordaba. Cuando llegó el momento de detener a Torgny, todo se torció. Hirió de bala a los dos agentes de policía que habían ido a buscarlo y luego desapareció. Más tarde, uno de los dos compañeros falleció en el hospital. El otro no pudo seguir ejerciendo de policía. Declararon la alarma nacional y la Unidad de Homicidios asumió oficialmente el mando de la investigación. Aquel verano, la caza del asesino de policía se convirtió en un culebrón por entregas en los medios; fue un auténtico circo. Al final Sebastian consiguió convencer al hermano de Torgny para que le contara dónde se había escondido, y lo encontraron en una cabaña aislada en Tiveden. No cabía duda de que iba a ser condenado por los disparos a los dos policías, pero, después de muchas conversaciones muy largas, Sebastian logró que Torgny incluso confesara el asesinato de Lisbeth. En el juicio se desdijo de su confesión, alegó que lo habían engañado, pero lo condenaron de todos modos a cadena perpetua.

—Éramos buenos en aquella época. Hacíamos buen equipo —concluyó Torkel su exposición, sonando un poco nostálgico.

Sebastian no pudo más que estar de acuerdo. Había sido una buena época. Por aquel entonces nadie lo cuestionaba. Al menos, que él recordara.

—¿Te acuerdas de algo más? —le preguntó—. Detalles que a lo mejor no quedaron documentados.

—Recuerdo que Torgny se refería todo el rato a Lisbeth como «mi señora». Ya sabes, «mi señora y yo hicimos esto y lo otro».

—¿Algo más?

Torkel respiró hondo y soltó el aire poco a poco mientras su mirada desaparecía en algún punto de la pared que Sebastian tenía detrás. Casi se podía ver cómo hurgaba en la memoria. Hacía treinta años. Infinidad de casos después de aquel. De víctimas, perpetradores, testigos.

—Era creyente —dijo, y asintió con la cabeza—. Tenía una Biblia en la mesilla de noche.

—Vale, ¿algo más?

—Había una cosa...

—¿Qué?

—Fue Sven quien lo comentó cuando nos llegó el caso. Antes de que todo el mundo creyera que se trataba de un suicidio.

—Mmm.

—Había dos tazas y un cartón de leche en la mesa, así que al principio se pensó que a lo mejor Lisbeth conocía a su asesino, que lo había invitado a casa...

Sebastian estaba callado, en realidad había dejado de escuchar. Su mente volvió al piso en Rågsved. Torkel acababa de describir la escena en el salón de Susanne.

—Después Torgny dijo que habían tomado café antes de que él se fuera. Pero recuerdo que me parecía extraño que nadie hubiese guardado la leche en la nevera. Luego apareció la teoría del suicidio y entonces pensé que medio litro de leche debía de ser la menor de las preocupaciones que Lisbeth tenía en aquel momento... Pero fue un detalle menor de esos que se te quedan grabados.

Sebastian no dijo nada. Su cabeza iba a mil. «¿Qué probabilidades hay de que sea mera casualidad?», pensó, pero acto seguido respondió a su propia pregunta.

Cero.

No había nada en aquel caso que fuera mera casualidad.

Cuando volvió a salir a la calle, Sebastian se sentía irritado e impaciente. La investigación estaba en una fase muy inicial, pero no habían llegado a ninguna parte. Estaban dando palos de ciego. Cada interrogante que habían planteado no había originado más que nuevas preguntas. La que más le interesaba, y molestaba, era quién conocía el detalle de las tazas y el cartón de leche en la mesa. Prefería no pensar en la respuesta más obvia.

Un policía.

Alguien que había participado en el caso.

El detalle en cuestión no había salido en la prensa ni tampoco en ningún formulario ni documento oficiales, que Torkel supiera. Aunque la mesa podía aparecer en alguna foto del escenario del crimen, en cuyo caso cualquier miembro del cuerpo de policías podría haberla encontrado. Sebastian le preguntaría a Carlos si había forma de saber quién o quiénes se habían interesado por el antiguo caso y había recuperado el expediente del olvido en los últimos años. Una pregunta subsecuente que se hizo fue: ¿había cabreado él a algún policía? Seguramente sí, pero ¿a alguien que le tuviera tanta inquina como para asesinar a una persona y poder demostrar así que era mejor que Sebastian? ¿Había hecho que echaran a alguien? ¿Le había destrozado la carrera a alguien?

Él creía que no.

111

Pero igual Vanja lo sabría mejor.

Decidió volver a pie hasta su piso en el barrio de Östermalm. O por lo menos un tramo. Quedaba la hostia de lejos. Mientras subía hacia Hornstull, sacó el teléfono. En casa de Torkel lo había puesto en silencio y le habían llegado algunas notificaciones de llamadas perdidas, a las que hizo caso omiso para llamar a Ursula. Le contó lo que Torkel le había dicho. Le preguntó si en casa de Susanne habían encontrado una Biblia en la mesilla de noche. Ursula ni siquiera sabía si había alguna mesilla, pero miraría las fotos y le devolvería la llamada. Por un breve instante, Sebastian sopesó explicarle lo de las tazas de café, pero decidió esperar. Quería tirar del hilo a solas, de momento. Así que le preguntó si habían descubierto algo de las cifras en la pared, a lo que ella le dijo que no. Ursula le informó también de que habían quedado en reunirse a las ocho y media de la mañana siguiente, y después colgó. Sebastian estaba a punto de meterse el móvil en el bolsillo cuando recordó las llamadas perdidas.

Tres, del mismo número desconocido.

Alguien tenía muchas ganas de ponerse en contacto con él.

Normalmente Sebastian nunca devolvía las llamadas a los números que no conocía. Casi siempre eran comerciales que querían venderle algo. Pero esta vez era diferente. Tenían un asesino en serie que lo estaba desafiando, que se estaba comunicando con él. Esto no lo podía pasar por alto. Llamó al número.

—Hola, aquí Cathy —respondió una mujer en inglés después de dos tonos.

—Hola, yo me llamo Sebastian Bergman. ¿Me ha llamado?

—Sí, gracias por llamar. Disculpe que lo haya estado persiguiendo. —Sonaba joven, a juzgar por la voz. Hablaba deprisa, casi de manera forzada—. Conocía a mi padre, Tim Cunningham, ¿verdad?

—Sí... ¿Por...? —Qué casualidad. Aquella misma mañana él

112

había pensado en Tim por primera vez desde hacía tiempo, y en ese momento lo llamaba su hija. Sebastian oyó en su tono de voz que había pasado algo.

—Murió ayer. —La voz se le quebró un poco hacia el final de la escueta frase, y Sebastian podía oír como luchaba por contener las lágrimas.

—Lo lamento. Tim me caía bien.

¿Qué otra cosa podía decir? Aquella era una conversación con la que no había contado en absoluto. Una conversación para la que no tenía tiempo.

—¿Podríamos vernos? Mi padre tenía muchas ganas de que nos conociéramos —oyó en tono de ruego al otro lado de la línea—. No sé por qué, pero para él era importante —continuó Cathy.

—Ahora mismo tengo bastante lío. ¿Puede ser un poco más adelante? —dijo él en un intento de zanjar la conversación sin sonar demasiado brusco. No era que no entendiese que la hija de Tim estuviera en shock... Interrumpió su propio pensamiento.

¿Hija?

Tim nunca le había mencionado que tuviera una hija.

Solo un hijo, Frank, que murió en el tsunami. Era la razón por la que Tim se había puesto en contacto con él. Experiencias similares. Pero nunca había mencionado ni una sola palabra acerca de una hija. De pronto, Sebastian se sintió incómodo y desubicado. ¿Quién era la mujer al otro lado del teléfono, que seguía insistiendo?

—Me voy de Suecia dentro de unos días, así que tendría que ser ahora. Por favor. Para mí es importante —se empecinó.

—¿Estamos hablando del mismo Tim Cunningham? —preguntó Sebastian—. El Tim que yo conocía no tenía ninguna hija, creo.

Se hizo el silencio al otro lado.

113

—¿Qué quiere decir?

—Por lo menos no me habló nunca de usted —dijo lo más sincero que pudo sin que sonara demasiado duro. No quería alterarla más de lo que ya estaba—. Así que me pregunto si estamos hablando de la misma persona.

Oyó a la tal Cathy hacer una respiración profunda.

—Usted es psicólogo y mi padre, Tim Cunningham, estuvo en su casa algunas veces, en la calle Grev Magnigatan. Las últimas veces que habían acordado verse, usted anuló las citas. Puedo mirar el calendario y decirle las fechas exactas que estuvo en su consulta.

Sonaba a su cliente, en efecto. Su Tim. Pero a Sebastian no le encajaba. Para nada. Tim nunca le había hablado de ninguna hija.

—Puedo estar en su casa en veinte minutos —continuó Cathy. Por lo visto, no era de las que se rendían.

—Yo llegaré dentro de media hora. Nos vemos entonces —se oyó decir a sí mismo. Colgó el teléfono.

Como tantas veces antes, la balanza se había decantado hacia la curiosidad. ¿Era una imprudencia? ¿Un error? A buenas horas se lo preguntaba. Paseó la mirada en busca de un taxi.

Cathy llamó al timbre poco después de que él llegara a casa. Era más joven de lo que sonaba por teléfono. Veintipocos, especuló Sebastian mientras la invitaba a pasar al recibidor. Pelo rubio a la altura de los hombros, recogido en una coleta. Solo unos pocos centímetros más baja que él. Vestida con ropa de marca. Por lo menos parecía cara. Después de quitarse el abrigo, Cathy le enseñó su carnet de identidad y una foto de Tim y ella, sin que Sebastian se lo hubiese pedido. Para que la creyera. Era el mismo Tim Cunningham que él había conocido. El hombre

114

que había tenido muchos números de convertirse en su amigo, pero que nunca le había mencionado a ninguna hija. Esto podía resultar interesante.

Acompañó a Cathy hasta el salón. Se alegraba de que la chica de la limpieza hubiese pasado antes por el piso. Estaba todo impoluto y recogido. El piso daba una buena impresión inicial. La invitó a sentarse en el sofá.

—Cuéntame —dijo en cuanto ella se hubo acomodado.

Cathy lo miró con los ojos ligeramente enrojecidos, retorció las manos en el regazo.

—Ayer me llamó la policía. Lo habían encontrado en un portal, no muy lejos de aquí. Se le reventó la arteria aorta. Murió al instante.

—Lo lamento muchísimo —dijo Sebastian, y se encontró con su mirada.

Ella asintió tranquilamente con la cabeza.

—Por lo visto, él hacía un tiempo que lo sabía. Que el riesgo existía. ¿A usted le había comentado algo?

—Tutéame, por favor. ¿Quieres decir si me había dicho algo de que podía morir?

—Sí.

—No, nunca salió ese tema.

—¿Y de qué hablabais?

—Sobre todo, hablábamos de tu hermano.

Cathy pareció sorprenderse. Mucho. Entornó los ojos y ladeó la cabeza, como si no hubiese oído bien o hubiese entendido algo mal.

—¿Mi hermano?

—Sí, Frank. Tu padre vino a verme porque había pasado por una experiencia similar a la mía. Mi hija Sabine también murió en el tsunami de 2004.

—Yo nunca he tenido ningún hermano. Soy hija única.

115

Sebastian se reclinó en el sillón. Tuvo que poner orden rápidamente en su cabeza. Aquello era una locura. Tim no solo no le había mencionado nunca a su hija, sino que además se había inventado que tenía un hijo. ¿Por qué? Sebastian no tenía la más remota idea, y estaba seguro de que la joven mujer que tenía delante no podría arrojar más luz sobre el tema, pero merecía la pena intentarlo.

—Pero... ¿estuvisteis en Tailandia aquella Navidad?

—Sí, pero éramos mi madre, mi padre y yo. Nunca he tenido ningún hermano —repitió.

Por tanto, Tim no le había mentido acerca de todo. Pero sí de lo importante, de lo que tenía algún significado. Eso sugería que su objetivo había sido acercarse a Sebastian, decir lo que él necesitaba oír para despertar su interés, ganarse su confianza, no sanar él. Un hijo muerto resultaba ser una hija viva. ¿Y qué pasaba con Claire, la esposa de Tim? Sería mejor enterarse.

—No lo entiendo... Hicimos buenas migas, tu padre y yo —dijo en un tono lo más sentido que pudo—. Nos ayudamos el uno al otro. Él había perdido un poco el rumbo después del atropello con fuga.

—¿Qué atropello con fuga?

En realidad, la reacción y expresión de cara de Cathy ya le decían a Sebastian todo lo que necesitaba saber.

—El que mató a Claire, su esposa. Tu madre, me imagino.

Parecía que Cathy iba a ponerse a llorar otra vez. Dejó caer la vista, negó lentamente con la cabeza.

—Mi madre murió en Roma hace cuatro años. De cáncer.

—A mí me contó que la atropellaron en Bromma hace poco más de un año.

Entonces sí que se echó a llorar. En silencio. Sollozos profundos y desesperados. Se miraba las manos, pero Sebastian podía ver como las lágrimas iban goteando. Se levantó y fue a bus-

116

car unos pañuelos de papel. Sintió pena por ella. No solo se había muerto su padre, sino que además acababa de enterarse de que él le había mentido a su terapeuta acerca de toda su familia, sin tener la menor idea de por qué. En una situación así, era fácil que empezara a dudar de todo lo que creía saber. ¿Le habría mentido también a ella? En tal caso, ¿cuánto y sobre qué cosas? Los recuerdos se tiznaban de inseguridad.

—Lo lamento, solo sé lo que me dijo a mí —explicó Sebastian, y le ofreció un pañuelo. Realmente quería ayudarla, pero no sabía cómo. Volvió a sentarse.

Cathy se enjugó las lágrimas, se sonó con discreción y respiró hondo varias veces para recomponerse. Alzó la cabeza para mirar de nuevo a Sebastian, como si aún pensara que él tenía algunas respuestas.

—Una de las últimas veces que habíais quedado para veros, yo estaba sentada en una cafetería de la zona, esperando. Él quería que nos conociéramos. Me insistió mucho. ¿Sabes por qué?

—Ni siquiera sabía que existías.

—Para él era importante. Que nos viéramos. Lo dijo varias veces, que yo tenía que conocerte sí o sí. ¿No tienes la menor idea de por qué?

—No, lo siento.

Un nuevo suspiro de la boca de Cathy. El teléfono de Sebastian empezó a sonar. Miró el aparato. Vanja.

—Discúlpame —le pidió mientras descolgaba—. Hola, ¿te puedo llamar en cinco minutos? —preguntó; recibió un escueto sí por respuesta y colgó. Se volvió de nuevo hacia Cathy—. Lo siento, no es que quiera echarte, pero de todos modos no tengo respuestas.

Cathy asintió en silencio y se levantó. No iban a llegar a ninguna parte. Ella también lo sabía. Lo único que podía hacer era

117

irse de allí con más interrogantes que con los que había llegado. Muchas preguntas y una credibilidad mellada hacia el hombre en quien seguramente más había confiado en toda su vida.

—Si se te ocurre algo, ¿podrías avisarme? —indicó, y arrugó el pañuelo de papel antes de metérselo en el bolsillo—. ¿Tienes un boli?

Sebastian buscó uno, apuntó la dirección de correo electrónico de Cathy y, con una leve sonrisa nostálgica, la acompañó hasta la puerta.

«¿Quién es esa?»

Ellinor no podía parar de preguntárselo. Había ido a ver a Sebastian por segundo día consecutivo. La mujer joven y guapa. Esta vez, él la había dejado entrar. Tampoco se había quedado mucho rato, pero sí lo suficiente como para que tuvieran tiempo de acostarse.

Lo cual tampoco era nada del otro mundo.

El sexo era una cosa; el amor, algo totalmente distinto.

Aun así, se sintió alterada ante la imagen de los dos en la cama. Su cama. La de Sebastian y ella.

Tendría que enterarse de más cosas de su competidora, encontrar una manera de deshacerse de ella, de apartarla. En una vida anterior, Ellinor se habría acercado a ella, le habría contado cómo estaban las cosas y le habría pedido que hiciera el favor de dejar en paz a Sebastian. O si no... Pero en esos momentos ese tipo de confrontación directa quedaba descartada. Otra denuncia a la policía y perdería su libertad recién estrenada. Volverían a encerrarla. A privarla de su amado.

Por eso mantenía una distancia prudencial mientras seguía a la mujer escaleras abajo y hasta la calle. Por un instante, al cerrarse el portal pensó que la había perdido, pero entonces la volvió a ver, justo antes de que doblara por la calle Storgatan.

Caminaba deprisa.

Ellinor apretó el paso.

Dobló la esquina justo a tiempo para ver a la mujer abrir la puerta de un BMW aparcado, sentarse al volante y emprender la marcha. Ellinor la siguió con la mirada. El coche era un buen comienzo. Sacó el teléfono móvil y buscó el número de matrícula. Con un poco de suerte, le daría un nombre y una dirección, y ya continuaría a partir de ahí. Un paso más cerca de la vida que deseaba, que se merecía y que iba a conseguir.

Nada podía interponerse en su camino.

Había sido un buen día. Por la mañana había podido ver un momento a Sebastian cuando se iba al trabajo. Su importante trabajo. El corazón se le había acelerado en cuanto lo había visto. Era tan guapo y se lo veía tan varonil, con su abrigo fino y sus chinos de color gris. Ellinor reconocía ambas prendas. Ya las tenía cuando estaban juntos. Era evidente que, sin una mujer en su vida, Sebastian no se molestaba en cambiar el armario. ¡Típico de hombres! Bueno, eso se podía remediar. Tendrían que ir de compras juntos, acicalarlo un poco. Ella había visto ropa en el escaparate de Ströms que le quedaría perfecta. Cara y elegante. A lo mejor podrían comprar conjuntos a juego para los dos; no iguales, claro, tampoco querían parecerse a la chusma que iba de camping o a centros comerciales, como Ellinor había visto en un *reality show* que echaban en la sala común en Lövhaga. Pero lo suficiente como para que se viera que iban juntos. Que eran una pareja.

Por la mañana, cuando vio salir a Sebastian, había tenido que hacer de tripas corazón para no salir corriendo y abrazarlo. Contarle que había vuelto, que la espera se había terminado para ambos. Pero se había contenido. Debía esperar a que el momento fuera el oportuno. Necesitaba que hubiera tiempo para explicarse, para hacérselo entender.

A media mañana había llegado la señora de la limpieza, una

120

mujer asiática. Primero había llamado al timbre, pero al ver que nadie le abría había usado su propia llave. Ellinor se había quedado esperando. Tres horas más tarde, cuando la mujer volvió a salir al rellano, Ellinor había bajado la escalera, le había dicho que vivía más arriba y que se estaba planteando contratar a alguien para la limpieza. Sebastian Bergman le había hablado tan bien de ella y de la empresa de la que provenía... ¿Podía darle un número de teléfono? La mujer se lo había dado.

Luego había vuelto a subir y se había sentado, había esperado hasta estar segura de que la mujer había salido de la finca y después había llamado. Al hombre que le había cogido el teléfono le había dicho que llamaba de parte de Sebastian Bergman, que este estaba muy contento con los servicios recibidos, pero que, lamentablemente, se veía obligado a cancelarlos. Su situación de vivienda y familiar iba a cambiar en breve. El hombre al teléfono le había hecho algunas preguntas de control que Ellinor había sabido responder sin problemas. Dirección postal, número de teléfono, número de identidad. Lo habría podido recitar todo incluso en sueños. El hombre le dio las gracias por la confianza depositada como clientes, esperaba que pensaran en ellos si algún día decidían volver a contar con un servicio de limpieza y le dijo que devolverían las llaves de inmediato.

«Deberían llegar mañana mismo o pasado mañana.»

Un día o dos. Veinticuatro horas o, en el peor de los casos, cuarenta y ocho para que Ellinor pudiera dar otro paso que la acercaría a su amado.

—¿Cómo lo hacemos esta tarde?

Jonathan entró en la cocina con el pelo mojado. En opinión de Vanja, lo llevaba demasiado largo. Se había puesto unos vaqueros y una camiseta con un dragón chino y el texto White Dragon Noodle Bar. Vanja sabía que era de alguna película, pero no de cuál. Jonathan se acercó a la mesa de la cocina y le dio un beso en la cabeza a Amanda, que estaba sentada tomando el desayuno, antes de dirigir sus pasos a la encimera y la cafetera.

Vanja suspiró para sus adentros. Aquella mañana se había despertado antes que Amanda. La cabeza le iba a mil desde que había abierto los ojos. La conversación de Sebastian con Torkel les había dado el nombre de Torgny Wahlgren. Aún no había entrado a trabajar, pero con una breve llamada telefónica se había enterado de que lo habían puesto en libertad hacía poco menos de un año. Según le había contado Sebastian, Torgny afirmaba que él lo había engañado para que confesara el homicidio de su esposa. Sin duda, merecía la pena echarle un vistazo.

Pero era la última pregunta de Sebastian antes de colgar lo que realmente la estaba inquietando. Sebastian quería saber si ella recordaba a algún policía al que él pudiera haber cabreado. Si de manera directa o indirecta había hecho que alguien recibiera una reprimenda, o que incluso lo hubieran echado del trabajo. Algo así. Obviamente, Vanja le había preguntado por qué quería saberlo. Por nada en especial, le había dicho él. Sebastian le había contado que estaba repasando distintos escenarios posibles en su cabeza, que estaba intentando echar una mano a base de mirarlo todo del derecho y del revés. Le había garantizado que ella sería la primera en enterarse si se le ocurría algo que pudiera ser útil. Vanja se había quedado de pie con el móvil en la mano. ¿De verdad Sebastian creía que podía ser un policía el que estaba detrás de todo aquello?

No podía ser cierto. Otra vez, no.

No podía estar pasando de nuevo.

Así que Vanja había pensado en mil cosas, pero no en cómo lo harían aquella tarde. No en el rompecabezas del día a día. En realidad, Sebastian pasaría a recoger a Amanda por la escuela, pero Vanja no quería. Cuando Sebastian no trabajaba para ellos, aquello había funcionado. Pero ¿en ese momento? Vanja se veía obligada a poner un límite. Por el momento, bastaba con que Sebastian formara parte del equipo. Vanja necesitaba diferenciar entre la vida laboral y la vida privada. No podía tener a Sebastian en ambas.

—¿No puede ir tu madre a recoger a Amanda? —propuso.

—¿Queremos que vaya mi madre? —replicó él, y echó un vistazo por encima del hombro mientras se untaba una tostada.

La respuesta sencilla era: no, no querían. La madre de Jonathan tenía una idea un tanto extraña del papel de abuela. Los padres debían educar. La tarea de la abuela era malcriar. Si Amanda quería cenar galletas y chuches en lugar de comida real, todo bien. Si quería acceso total y absoluto al cajón del maquillaje y ponerse pintalabios y rímel y pintarse las uñas, ningún problema. Saltar en los muebles, ver películas pensadas para edades superiores, que le compraran casi todo lo que señalaba con el dedo. En casa de la abuela todo estaba permitido.

123

—No, la verdad —contestó Vanja—. Pero solo es una tarde.

—¿Y Valdemar?

Valdemar. El abuelo materno. El padre que Vanja, durante la mayor parte de su vida, había creído que era su padre. Hasta que Sebastian apareció en escena. Después de unos años, cuando menos, tempestuosos, ya tenían una relación funcional, aunque distinta a la de antes. A él Vanja había sabido perdonarlo. Al fin y al cabo, Valdemar solo se lo había ocultado por consideración a ella. Pero con Anna, su madre, era otra cosa. Ella le había mentido activamente y había seguido haciéndolo. Había actuado a escondidas. Apenas tenían relación desde hacía varios años. Vanja ni siquiera sabía si seguía viviendo en la calle Storskärsgatan. No mantenían ningún contacto en absoluto.

—Lo llamaré, a ver —concluyó Vanja. Miró el reloj de la cocina—. Tengo que irme. Nos vemos esta noche.

A las ocho y media en punto el equipo estaba reunido en la sala. En la pared, al lado de las fotografías de la granja de cerdos y de otros casos anteriores, había también varias fotos del piso de Susanne. Por lo demás, todo seguía igual. Las persianas estaban medio bajadas. Aquella sala tenía luz natural a primera hora. En el centro de la mesa clara de abedul había varias botellitas de agua sin abrir. Todos llevaban sendas tazas de café que habían dejado al lado de sus portátiles y carpetas.

Tras poco más de un minuto de charla, Vanja tomó la palabra. Tenían muchas cosas que revisar, y le pidió a Carlos que empezara él. Este enderezó la espalda en la silla. Estaba sentado al sol, con su grueso jersey de punto y chaleco de plumón. Jersey y chaleco distintos a los del día anterior. Vanja no recordaba haber visto nunca a Carlos con la misma ropa dos días seguidos.

124

—Las pesquisas confirman que Susanne no pareció haber tenido ningún cuadro de amenaza.

—Eso ya lo sabíamos —interrumpió Sebastian, impaciente—. La eligieron por su conexión conmigo.

—Asegurarse no hace ningún daño —dijo Carlos tranquilo, claramente inafectado por la intromisión de Sebastian—. Por lo visto, casi nunca salía del piso. Saludaba a los vecinos y se mostraba afable, pero nada más que eso. Vida social mínima; eran ella y los gatos. —Pasó la página en la pequeña carpeta que tenía abierta delante y continuó leyendo sus propias anotaciones—. En cuanto a la familia y la iglesia... Nadie está triste, alterado ni se arrepiente de haberla desterrado. Todas las personas con las que he hablado parecen considerar que fue la decisión correcta y que Susanne se lo había buscado solita.

—O sea, que son todos unos imbéciles sin empatía —constató Gutestam, y Sebastian se descubrió pensando que cada vez le caía mejor.

—¿Y el hermano? ¿El que sí tuvo contacto con ella? —quiso saber Vanja.

—Intentó ayudarla en secreto. Económicamente. No hay ningún indicio de que él ni nadie le guardara algún tipo de rencor a Sebastian.

—Entonces, de momento lo dejamos de lado como posible móvil. ¿Hansson, Gutestam? —Se volvió hacia los compañeros nuevos, que ese día también se habían sentado juntos, como si fueran un pequeño equipo dentro del equipo.

—Volvimos a Rågsved —comenzó Hansson.

Habían encontrado a otro testigo, un hombre mayor en el edificio de enfrente que tenía problemas para dormir y que había confirmado que un hombre con sudadera con capucha había entrado en el portal poco después de las dos de la madrugada, la noche en cuestión. Incluso había visto al hombre saliendo del

125

edificio, apenas treinta minutos más tarde. También lo había descrito como relativamente joven, pero estaba seguro de que era «algún tipo de inmigrante», a pesar de no haberle visto ni la cara ni las manos. Cita textual: «¿Qué otra gente se pasea con capucha por las noches, pegando tiros y liándola?».

—Un claro simpatizante de la ultraderecha, pero las horas parecen encajar —señaló Gutestam—. Y hemos conseguido el tráfico de datos del móvil de Susanne de los últimos tres meses. Saliente y entrante. —Sacó unas hojas y comenzó a repartirlas.

Sebastian cogió una y le echó un vistazo. Los datos ocupaban poco más de media página.

—Su teléfono no tenía mucha actividad, como podéis ver —dijo Gutestam cuando todos contaron con una hoja—. Algunos comerciales telefónicos, ha llamado a un veterinario dos veces, algunas llamadas entrantes y salientes a los servicios sociales, pero hay un número interesante. De una tarjeta de prepago no registrada.

Sebastian miró hacia el final de la lista. Había cuatro llamadas marcadas con un círculo. La primera, una entrante a Susanne de hacía menos de dos meses. Duró más de un cuarto de hora. Tres semanas atrás se veía la segunda, que duró más de una hora. La llamada entrante de la semana anterior duraba casi lo mismo. Y el lunes a las cuatro de la tarde, una más corta, de menos de tres minutos.

—La del lunes podría ser el momento en que el asesino le propone quedar con ella —opinó Gutestam, como si le hubiese leído el pensamiento—. Sea como sea, es la última llamada antes de morir.

—La operadora telefónica ha prometido que triangulará las antenas repetidoras para que podamos obtener una posición aproximada del teléfono —dijo Hansson a su lado.

—¿Hemos intentado rastrearlo? —quiso saber Vanja.

—Sí, y hemos llamado. Nadie lo coge y no lo encontramos, así que estará apagado o habrá sido destruido.

—Buen trabajo —lo felicitó Vanja—. Haremos un eje cronológico —propuso; se levantó de la silla y se acercó a la pizarra blanca.

—¿Pudiste mirar si había una Biblia en la mesilla de noche? —preguntó Sebastian mientras Vanja aún se estaba moviendo.

—Sí, no había ninguna.

—¿Por qué iba a haberla? —añadió Carlos.

—Nada. Continúa —dijo Sebastian haciéndole un breve gesto con la cabeza a Vanja, que ya tenía un rotulador en la mano.

—A Susanne la encontraron en la granja de cerdos el martes pasado, después de las cuatro. La llamada a centralita tuvo lugar a las 16.23. —Vanja trazó una línea en la pizarra y fue marcando las horas a medida que hablaba—. La policía local llega y decide llamarnos a nosotros. Estamos ahí a las 18.30. Para entonces, Susanne llevaba muerta..., ¿cuánto tiempo? —preguntó, y se volvió hacia Ursula.

—Entre diecisiete y veintidós horas, suponemos por ahora.

—Eso implica que la ahogaron entre las 20.30 y la 1.30 de la madrugada del martes, ¿verdad? —Hizo un alto y miró de nuevo a Ursula, que asintió con la cabeza—. Un hombre con sudadera con capucha visitó el piso de Susanne alrededor de las dos de la madrugada. ¿Hemos encontrado las llaves de Susanne? —Vanja volvió a dirigirse a Ursula.

—No, no llevaba nada encima, ni cartera ni móvil ni llaves.

—En la puerta no había ninguna marca de haber sido forzada, así que partimos de la base de que el perpetrador usó las llaves de Susanne. Se marcha del piso en menos de media hora. —Escribió «sudadera con capucha» y las horas en el eje cronológico, y después se volvió hacia Hansson y Gutestam—. ¿Cuándo fue la última vez que alguien vio a Susanne? ¿Lo sabemos?

127

—Uno de los vecinos la vio en la parada del metro de Rågsved el sábado al mediodía, es la última vez de la que tenemos constancia.

—¿Podemos rastrearla mediante las cámaras de seguridad? —quiso saber Sebastian—. Ver adónde fue, si quedó con alguien...

—SL, la compañía de transportes, solo conserva las grabaciones durante setenta y dos horas, de modo que ya no existen —le informó Gutestam.

—Mirad a ver si hay algo en alguna cámara del lunes por la noche, el chico de la capucha —dijo Vanja dirigiéndose a los nuevos, quienes asintieron a la vez. Después se volvió de nuevo hacia la pizarra—. ¿Hemos sacado algo de las dichosas cifras?

Roger Hansson negó con la cabeza con actitud abatida.

—He hecho todo lo que se me ha ocurrido, he puesto prefijos delante, las he sumado, restado, multiplicado, dividido, las he cambiado por letras, le he preguntado a una inteligencia artificial de esas nuevas... Nada.

—¿Y a ti siguen sin decirte nada? —preguntó Vanja, y miró a Sebastian, quien dijo que no con la cabeza.

—Por desgracia no.

Con un pequeño suspiro, Vanja volvió a su silla y se sentó. Los demás esperaron a que marcara el siguiente paso a seguir.

—Vale —dijo tras unos segundos—. El antiguo caso, el de los Wahlgren, ¿qué sabemos?

—He recuperado el caso, es del 93 —intervino Ursula, y miró su portátil abierto.

Después de que a Lisbeth le diagnosticaran ELA, había sufrido una depresión. La relación, que antes ya era forzada, empeoró a la par que Lisbeth. Según había dicho Torgny en interrogatorios posteriores con Sebastian, había empezado a odiarla y a planear matarla. Lisbeth ya no podía nadar, así que se la llevó de

128

pícnic al pequeño lago en el bosque que tenían cerca de casa, le dio café con pastillas disueltas y la empujó del embarcadero. La idea era que la encontraran más tarde, con el termo y la taza aún en el sitio. Con el diagnóstico de la depresión, parecería que había bajado al lago para suicidarse. Pero todo hizo aguas cuando Torgny se cruzó con un vecino. Le entró el pánico. Temió convertirse en sospechoso por que lo hubieran visto cerca del lago en el que más tarde encontrarían a Lisbeth, por lo que decidió trasladar el cuerpo hasta la bañera de su casa. El objetivo seguía siendo que pareciera un suicidio. Después se había marchado de casa, había ido a entrenar, había pasado por el supermercado y la había «encontrado» muerta al llegar a casa. La prensa se había recreado en su frialdad, en la víctima indefensa, de modo que era información que se podía encontrar fácilmente si la buscabas.

«Pero la referente a las tazas de café y el cartón de leche no se podía encontrar —pensó Sebastian—. Eso había que saberlo de primera mano.»

Ursula terminó su exposición constatando que Torgny Wahlgren estaba en la calle y empadronado en una dirección al norte de Estocolmo.

—¿Qué sentido tiene? —preguntó Vanja dirigiéndose a Sebastian—. ¿Por qué está relacionado con un antiguo caso? ¿El asesino quiere impresionarnos, darnos pistas o solo desconcertarnos?

—Las tres opciones parecen razonables —respondió Sebastian—. Sin lugar a dudas, quiere desafiarme, de modo que impresionar y, al mismo tiempo, dejarnos pistas suena razonable.

—Sebastian se esforzó mucho en conseguir que condenaran a Torgny Wahlgren, deberíamos hacer un seguimiento de eso —dijo Ursula.

—Tenemos su dirección, me apunto a hacerle una visita —propuso Sebastian.

Los demás intercambiaron unas miradas de escepticismo y luego miraron a Vanja.

—Entonces iremos tú y yo —propuso esta—. Necesito salir un poco, y esta vez esquivaré a Rosmarie.

—¿De verdad vais a ir los dos solos? —preguntó Ursula, sin verlo nada claro—. No deja de ser un asesino de policías.

—Ya debe de tener más de setenta años —declaró Sebastian.

—Aún será capaz de disparar un arma...

—Yo me animo —dijo Gutestam lanzando una ojeada rápida a Sebastian—. Puedo mantenerme al margen, a una distancia prudencial.

—Hecho, lo haremos así —zanjó Vanja.

La reunión había terminado.

El estrecho camino de tierra que serpenteaba por los bosques al norte del aeropuerto de Arlanda pasaba cerca de una cabaña ajada de madera con un jardín completamente descuidado. Tenía pinta de no haber sido repintada durante décadas, parte del tejado del pequeño porche se había desplomado y parecía más una casa abandonada que una vivienda en plenas funciones. Fuera había una furgoneta vieja y oxidada. Vanja giró y aparcó al lado. Entre los árboles, a un tiro de piedra de donde estaban, se podía vislumbrar un lago. Sebastian lo contempló con curiosidad al mismo tiempo que Vanja apagaba el motor.

—Le gusta vivir cerca del agua —constató secamente.

Vanja le lanzó una breve mirada, abrió la puerta y se bajó. Saludó de lejos a Gutestam, que había aparcado su coche en el camino, fuera de la finca. Era poco probable que su vehículo fuera a molestar a nadie.

Habían decidido ir en dos coches. Dejarían uno preparado para poder salir con rapidez. Exagerado e innecesario, en opinión de Vanja, pero la idea era que el refuerzo de Gutestam se mantuviera todo el rato un poco al margen.

Que interviniera solo si pasaba algo.

Cosa que no iba a ocurrir. De eso estaba bastante segura.

Más convencida aún se sintió al ver que la puerta de la destartalada vivienda se abría antes de que Sebastian y ella hubie-

131

sen tenido tiempo de llegar. En el quicio apareció un hombre mayor con pelo cano y barba despoblada que los miró con un desprecio evidente. Tal vez en su día fuera un hombre alto, pero parecía haberse encogido y haber perdido todo el vigor. Estaba un tanto inclinado hacia delante, y la tez macilenta le colgaba en la cara, donde tenía unas bolsas oscuras bajo los ojos. Llevaba un forro polar azul marino que le iba grande y que reforzaba la sensación de que todo él había ido a menos, y unos pantalones de trabajo de camuflaje. Iba descalzo. A pesar de la cabaña, recordaba más bien a un sintecho.

«Difícil confundirlo con un hombre joven, aun llevando una capucha», pensó Vanja al mismo tiempo que le mostraba su identificación policial.

—¿Torgny Wahlgren? —preguntó. El hombre siguió mirándolos fijamente—. Vanja Lithner, Unidad de Homicidios. Necesitamos hablar con usted.

—¿De qué?

—Su nombre ha aparecido en una investigación.

—¿Soy sospechoso de algo?

—Ahora mismo, no. Solo queremos hablar.

Torgny guardó silencio un momento y los fulminó con la mirada. Después levantó el brazo y señaló a Sebastian.

—Él no.

—¿Por qué? —quiso saber Vanja. Ya creía conocer la respuesta, pero cuanto más hablara de Sebastian y con él, mejor. Quizá se delataría a sí mismo.

—Me metió en la cárcel.

—Disparaste a dos policías y mataste a tu mujer; ¿qué te pensabas que iba a pasar? —dijo Sebastian.

—Me engañaste para que confesara.

—Supongo que soy más listo que tú —dijo Sebastian con una provocativa indiferencia.

132

Lo estaba tanteando. Si ese era el hombre que lo había desafiado, reaccionaría de alguna manera. Pero no lo hizo. Se limitó a negar un poco con la cabeza en un gesto cansado y a mirar a Vanja.

—Hablaré con usted. Con él, no.

Vanja sopesó la situación. El hombre que se encontraba frente a ella tenía pinta de líder de secta loco, en efecto, pero no parecía lo bastante fuerte como para suponer una amenaza real. Si hablaba con ellos, debía ser por voluntad propia. Para poder llevárselo a Estocolmo, Vanja tenía que detenerlo, y eso era algo que ni quería ni podía hacer. La alternativa era marcharse de allí sin haber intercambiado ni una palabra. Tampoco era deseable. ¿Entrar con Gutestam? Torgny ni siquiera parecía haberla visto en el camino. Vanja tiró de intuición.

—De acuerdo, él se queda aquí fuera. Usted y yo entraremos un momento para hablar.

Notó que Sebastian estaba a punto de objetar algo y lo hizo callar con una mirada. Torgny observó mosqueado a Vanja antes de darse la vuelta y entrar de nuevo.

—Vanja... —empezó a decir Sebastian cuando Torgny no podía oírlo.

—Irá bien —dijo Vanja, y entró en la casa antes de que Sebastian pudiera poner más pegas. Al llegar al pequeño porche medio podrido, él volvió a abrir la boca:

—¿Tienes una bolsa de esas para pruebas, o un tubito o algo?

Vanja lanzó una mirada desconcertada por encima del hombro.

—En el maletero. ¿Para qué lo quieres?

—Solo voy a echar un vistazo —dijo señalando el lago con la cabeza—. Ve con cuidado.

Vanja asintió en silencio y dio los últimos pasos que la separaban de la cabaña, cuya distribución interior era fácil de ver. Pasó

133

a un estrecho recibidor, con una puerta que daba a un dormitorio individual y que terminaba en una salita con cocina. Estaba muy desordenado, pero más por la ausencia de posibilidades de almacenamiento que por un posible síndrome de Diógenes. En la cocina, el viejo fogón de leña crepitaba. Hacía falta. A pesar de ser verano, dentro de la cabaña había mucha humedad y hacía frío. Torgny se sentó a la mesa de la cocina.

—¿Qué quieren? —espetó.

Vanja apartó unos cuantos periódicos gratuitos y un par de cartones de pizza de la silla que había enfrente, se sentó y le clavó la mirada.

—¿Conoce a una tal Susanne Nordmark?

—No.

—La encontraron muerta el martes.

—¿Qué tengo yo que ver con eso? —Torgny suspiró irritado.

—¿La conoce?

—No, no conozco a ninguna Susanne.

Vanja lo observó en un intento de ver si le estaba mintiendo o no. Hasta ese momento la ignorancia de Torgny parecía genuina. Mirada firme, manos serenas sobre la mesa. Ninguna señal de nerviosismo. La voz, calmada.

—Hay algunas similitudes con el asesinato de su esposa.

Torgny se la quedó mirando, su respiración se volvió un tanto más pesada, sus ojos se oscurecieron.

—No se van a rendir nunca, ¿eh? —La irritación de antes volvió a impregnar su voz—. Treinta años y siguen sin rendirse, joder.

—Hábleme de su semana. ¿Ha estado aquí todo el tiempo? ¿Se ha relacionado con alguien?

—¿Quiere saber si tengo coartada?

—¿La tiene?

—¿Para cuándo?

134

—Para toda la semana.

Torgny pareció medir a Vanja con la mirada y a ella le dio la impresión de atisbar una pequeña sonrisita de satisfacción detrás de la barba descuidada.

—Llegué ayer de la provincia de Dalarna. Me fui para allá el viernes. Allí hay gente que me vio.

—¿Quiénes?

—Lo crea o no, estoy intentando reencauzarme. No puedo vivir así el resto de mi vida. —Extendió las manos en un gesto que incluía toda su precaria vivienda—. Allí tengo un amigo que está tratando de conseguirme un trabajo. En un taller. Fui a hacer una prueba.

—¿No es un poco mayor para trabajar?

—He pasado casi treinta años sin hacer una puta mierda.

—¿Quién puede confirmar que estuvo en Dalarna?

—Le daré sus números.

Se levantó de la silla y comenzó a rebuscar en la encimera llena de vajilla. Vanja lo siguió con la mirada, bastante segura de que aquella visita al campo había sido completamente en vano.

Sebastian estaba sentado de cuclillas en una roca que sobresalía, haciendo equilibrios para no caerse al agua mientras intentaba tomar una muestra de agua lo más profunda que podía.

—¿Necesitas ayuda? —preguntó Lena, que estaba de pie en la orilla, mirándolo entretenida.

Después de cerrar el maletero del coche de Vanja, Sebastian había comenzado a bajar hacia el lago y ella le había hecho compañía. Sebastian había cuestionado el hecho de que los dos se alejaran de la casa, sobre todo teniendo en cuenta que Lena era el único refuerzo del que disponían y la única que iba armada. Lena le había replicado que, de todos modos, si ocurría algo dentro de la cabaña, tampoco podría hacer gran cosa. Además, Vanja no tenía pinta de ser de las que querían ni necesitaban una canguro. Sebastian había cedido, más por curiosidad y porque le gustaba la compañía que porque lo que Gutestam decía le pareciera sensato.

—No, enseguida acabo —dijo Sebastian, y recogió la bolsa con agua y la selló.

—Podría haberme metido un poco para coger la muestra —señaló Lena—. Estamos en junio...

—Ahora lo dices —dijo Sebastian con una sonrisa, y se dio la vuelta sobre la piedra para regresar a la orilla.

Lena le ofreció una mano para los últimos pasos.

136

—¿Por qué has venido? —preguntó él mientras regresaban a la cabaña.

—Por egoísmo. Sois la famosa Unidad de Homicidios, nadie sabe cuánto me voy a quedar ni cuánto vais a durar, así que hay que aprovechar al máximo.

Sonaba creíble, pero en realidad no era eso a lo que Sebastian se refería.

—¿Qué quieres?

—Te lo acabo de decir. Mejorar mi currículum.

—De mí. ¿Qué quieres de mí? —puntualizó él.

—¿Qué te hace pensar que quiero algo de ti?

Sebastian hizo un alto y se volvió hacia ella. Ella también paró y lo miró con sus grandes ojos verdes e inocentes.

—¿Trabajas para Rosmarie? —le preguntó abiertamente.

—Todos trabajamos para Rosmarie.

Sus ojos centellearon. Estaba jugando con él, y le gustaba. Sebastian le sonrió, no pensaba alargarlo. Podía volver a preguntárselo, pero las respuestas de Gutestam solo los llevarían a caminar en círculos.

—¿Estás coqueteando conmigo?

—No.

Respuesta breve y neutra. Gutestam no parecía ni sorprendida ni ofendida por la pregunta. Sebastian emprendió de nuevo la marcha hacia la cabaña. Pasados unos segundos, durante los que Sebastian intuyó que ella lo estaría siguiendo con la mirada, Lena también echó a andar otra vez.

—¿Te lo tomarías mal si lo hiciera? —le preguntó cuando lo hubo alcanzado.

—Depende de los motivos.

—No estoy coqueteando contigo, así que no hay ningún motivo.

Una respuesta que no era una respuesta a una pregunta que

137

no era una pregunta. Lena Gutestam era un ser complicado. Sebastian decidió contentarse con eso. El antiguo Sebastian la habría visto como un desafío, una posible conquista; un juego con el que matar el tiempo. Pero en ese momento no. Ya no. Echó un vistazo al reloj y miró la cabaña.

—¿Estás preocupado por Vanja? —quiso saber Lena.

—Ella no quiere que me preocupe.

Lo cual era cierto. Cada vez que él mostraba preocupación, Vanja se lo tomaba como que Sebastian no terminaba de confiar en ella, como si no fuera capaz de hacer su trabajo. Seguro que había alguna razón por la que se tomaba la preocupación como una crítica, pero Sebastian no había hurgado en ello.

—Eso no quiere decir que no puedas hacerlo —dijo Lena.

—He aprendido a las malas que lo mejor es hacer lo que ella quiere.

—Es tu hija —constató Lena.

—Sí.

—¿Por qué te preguntó si te habías acostado con Susanne Nordmark?

Sebastian le lanzó una mirada fugaz. ¿Le estaba tomando el pelo? ¿Era posible que no supiera? De hecho, no llevaba demasiado tiempo en la casa y habían pasado muchos años desde lo de Ralph Svensson, pero aun así.

—¿Has leído *El aprendiz*?

—No, ¿qué es eso?

—Un libro que escribí.

—¿Es bueno?

—A mí me lo parece. La respuesta a tu pregunta está en el libro.

—¿Habla de tu adicción al sexo?

O sea, que de eso sí estaba al tanto. Eso exigía muchas más pesquisas que enterarse de quién era Ralph Svensson. Gutestam

138

había hurgado hondo, por lo que parecía. En la vida privada de Sebastian. ¿La invitaría a cenar un día para descubrir más, para descubrir por qué? Quizá sí, quizá no.

—En cierto modo —dijo Sebastian cuando llegaron a la cabaña, al mismo tiempo que Vanja salía con un papel doblado en la mano.

—¿Cómo ha ido? —le preguntó.

—Cuesta creer que haya sido él. Tiene un par de coartadas que habrá que comprobar.

—Entonces, ¿volvemos a estar en la casilla de salida?

—¿Acaso hemos pasado en algún momento de la casilla de salida en este puto caso? —dijo Vanja, y se sentó en el coche.

Sebastian la imitó y se marcharon.

En el camino de vuelta a la comisaría de Kungsholmen se encontraron con poco tráfico. Sebastian iba en el asiento del acompañante sin fijar la mirada en nada en particular de todo lo que pasaba al otro lado de la ventanilla. Iba pensando en las primeras veces que Vanja y él habían ido juntos en el mismo coche.

De eso hacía mucho tiempo.

En muchos sentidos, era como si fuera otra vida.

Antes de que ella supiera que él era su padre biológico. En aquella época reinaba un ambiente casi hostil, un silencio claramente incómodo. Ya no. Vanja estaba repasando su conversación con Torgny; le daba pena que Sebastian no hubiese podido participar. Había tenido la sensación de que Torgny no tenía nada que ver con el caso actual, pero no habría estado de más contar con un par de ojos extra, una segunda opinión.

—No hagas eso —la interrumpió Sebastian.

—¿Que no haga el qué?

—Dudar de ti misma. Si has tenido la sensación de que él decía la verdad, probablemente estaba diciendo la verdad.

Vanja se mordió el labio y asintió para sí. Era cierto. Siempre se le habían dado muy bien los interrogatorios. Reaccionaba ante el menor cambio en el tono de voz, las miraditas a los lados, los tics casi imperceptibles. En varias ocasiones, Billy le había dicho que era mejor que un detector de mentiras.

Maldito Billy.

—Comprobaremos los datos que nos ha dado —continuó Sebastian—. Resultarán ser ciertos y seguiremos trabajando. —Se volvió hacia ella, intentando mantener su voz libre de preocupación, sustituirla por consideración—. No empieces a dudar. No dudes de ti misma por culpa de Billy.

Vanja apartó los ojos de la carretera por un segundo y lo miró sin comprender.

—No tiene nada que ver con Billy —zanjó.

—Todo lo que hacemos ahora tiene que ver con Billy —replicó Sebastian—. Nuestra lucha por sobrevivir, el ojo que nos tienen puesto, lo que le está pasando a Torkel. Todo. —Reprimió el impulso de poner una mano sobre la de ella en el volante—. Pero no podrías haber hecho nada, Vanja.

—Lo sé —dijo ella en voz baja.

—Yo sí —dijo Sebastian, sorprendiéndose a sí mismo—. Yo vi cómo reaccionó cuando se vio obligado a disparar a Hinde y a Cedergren. Se supone que se me dan bien esas cosas.

Volvió a mirar por la ventanilla, la ciudad y la vegetación frondosa de principios de verano. Gente disfrutando, por fin, de no tener que llevar chaqueta ni pantalones largos. Desde lejos, montado en un coche que avanzaba a toda velocidad, todo el mundo parecía feliz, sus vidas parecían tan sencillas y libres de complicaciones...

—Lo vi matar al gato aquel. Debería habérselo contado a Torkel.

—¿Qué crees que habría hecho él?

—No lo sé. Nada, probablemente, pero me habría sentido mejor si hubiese dicho algo.

—¿Y por qué no lo hiciste?

Eso, ¿por qué? Sebastian se había fustigado con esa pregunta. Se había convencido de que había hecho lo correcto. Había ha-

141

blado con Billy, le había hecho saber lo que él sabía. Lo había creído cuando él le había asegurado que lo tenía todo bajo control, que lo había dejado atrás, que el gato ese de la noche de bodas era el punto final, lo que le había hecho entender la locura que era.

Se había creído su preocupación cuando Jennifer desapareció.

Se había creído que existía una explicación natural e inocente al hecho de que ni Homicidios ni My supiesen dónde estaba Billy la semana después de su desaparición.

Se lo había creído.

O había querido creérselo.

Los últimos meses había tenido que esforzarse para mantener a raya los sentimientos de culpa. ¿Por qué no lo había contado todo? La respuesta era tan simple como demoledora: porque era Sebastian Bergman. No tenía nada que ganar con contarlo; al contrario.

—Él era tu mejor amigo y yo te caía fatal —admitió, y se volvió de nuevo hacia Vanja—. Si hubiese empezado a hablar mal de Billy, si me hubiese chivado al jefe... Tú me habrías odiado... Me habrías odiado aún más —añadió.

Vanja no dijo nada, siguió conduciendo concentrada en la carretera y el tráfico. Sebastian se preguntó qué estaría pensando, aunque ya le parecía saberlo. Sabía qué estaría pensando él mismo, a esas alturas de la conversación.

Que su comportamiento egoísta les había costado la vida a cuatro personas.

Era la culpa con la que cargaba.

—¿En qué piensas? —se atrevió a preguntar, a pesar de todo.

Vanja tardó unos segundos en responder. Estaría buscando la mejor manera de formularlo, intuyó Sebastian. No quería hacerle daño de forma gratuita.

142

—Estaba pensando... —dijo al fin—. Que es inusualmente honesto, viniendo de ti.

—A ti dejé de mentirte hace años.

Sebastian no creía que fuera —o esperaba que no lo fuera— una novedad para Vanja. La miró con curiosidad durante unos segundos antes de que ella volviera a concentrarse en la carretera.

—¿Te sientes culpable?

—Sí, a veces. Demasiado a menudo.

—Lo hecho, hecho está —dijo ella encogiéndose de hombros.

Él lo interpretó como que Vanja por lo menos no le echaba su pasividad en cara. No lo consideraba directamente responsable. Se alegró por ello, le servía de consuelo. No era la absolución total, pero todo era bienvenido, por poco que fuera.

—Sí, lo hecho, hecho está —zanjó, y dejó que su mirada volviera a deslizarse por la ventanilla.

Continuaron el trayecto en silencio.

La cocina no estaba igual que la última vez que él había ido allí. Decir que habían hecho reformas era exagerar un poco, pero la habían puesto más al día. Color nuevo en los frentes de armario, el beige gubernamental había sido sustituido por un blanco huevo totalmente impersonal. En el suelo de linóleo había algunas alfombras de trapillo de colores que tapaban las partes más desgastadas, y en las mesas había macetitas con flores de plástico sobre mantelitos verdes. Sebastian especuló que *acogedor* era una de las palabras clave que habían motivado los cambios. Él no era la persona adecuada para determinar si lo habían conseguido o no. Para él seguía siendo un insípido comedor de personal. Igual que un cerdo con pintalabios seguía siendo un cerdo.

143

Ursula estaba de pie junto a uno de los dos microondas e hizo una pausa mientras él entraba.

—¿Cómo ha ido? —quiso saber cuando Sebastian se acercó.

—Vanja no cree que sea él.

—¿Y tú?

Sebastian se apoyó en la encimera, que también había sido provista de flores de plástico y un mantel de IKEA.

—Confío en ella, no he participado en la conversación.

—¿Por qué no?

—Él no quería tenerme cerca.

—Hay que ver.

Sonó la campanilla del microondas, Ursula abrió la puertecita y sacó un plato con arroz, brócoli y algo que parecía ternera strogonoff. Todo casero.

—¿Qué es eso? —preguntó Sebastian señalando el plato humeante con la cabeza.

Ursula lo miró sin entender.

—La comida.

—Pensaba que no eras persona de fiambrera.

—Mejor dicho, pensabas que no sé cocinar.

—Sí.

—Hay muchas cosas que no sabes de mí.

Cierto. A pesar de todos los años trabajando juntos y de todas las idas y venidas en su relación personal, Sebastian no podía decir que la conociera.

No de verdad. No del todo.

Tenía la sensación de que nadie lo hacía. Ursula siempre había cuidado mucho su integridad, no compartía sus vivencias personales, no dejaba que nadie entrara demasiado en su esfera privada. Sebastian se preguntaba si había alguien que realmente supiera quién era Ursula. Torkel debía de ser el que más se acercaba. Por su parte, Sebastian había tenido una oportunidad, o

144

varias incluso, pero siempre había conseguido tirarlo todo por la borda.

—Torgny vive junto a un lago —dijo, y la siguió hasta una de las mesas, a la que Ursula se sentó—. He cogido una muestra de agua, he pensado que podríamos compararla con la que Susanne tenía en los pulmones.

Le pasó la bolsa con la muestra que había tomado para Ursula, quien la cogió y la dejó encima de la mesa, al lado del plato.

—Me encargaré de que la analicen. —Volvió a concentrarse en su almuerzo.

Sebastian se quedó de pie a su lado, se lo pensó un momento y luego sacó una de las sillas del otro lado de la mesa y se sentó. Ursula alzó la vista, sorprendida.

—¿Cómo estás?

Si había puesto cara de asombro cuando Sebastian se había sentado, no había sido nada comparado con la cara que puso en ese momento. Totalmente desconcertada, como si él le hubiese hablado en una lengua desconocida. Ursula no entendía nada.

—¿Qué quieres decir?

—Que cómo estás. Con todo. Torkel, Bella, todo.

Ursula dejó los cubiertos y se inclinó hacia delante. Aún se la veía desubicada, pero en su único ojo también había algo que daba a entender que estaba tratando de dilucidar qué podía llevarse Sebastian entre manos. Qué interés oculto se escondía en el hecho de que estuviera dirigiendo la conversación por esos derroteros.

—¿Por qué quieres saberlo? —preguntó ella en consecuencia.

Sebastian se tomó unos segundos para analizar la pregunta. ¿Por qué quería saberlo? Como tantas otras veces, en el trasfondo de su comportamiento pudo identificar cierta dosis de egoísmo. Se sentiría mejor al saber cómo estaba Ursula. Se sentiría mejor después de haber dicho lo que tenía que decir.

145

—Lamento no haberte llamado. Entiendo que te doliera que no pensara en ti cuando Billy dijo que le haría daño a alguien a quien yo quería. Lo siento.

Ursula se quedó callada. Fuera lo que fuese lo que se había esperado, era evidente que no era una disculpa. Comprensible. Era la primera vez. Con toda probabilidad, por eso lo miró con más suspicacia todavía.

—Vale, ¿qué te pasa? ¿Qué estás haciendo?

—¿Sinceramente?

—Sí, así variamos un poco, puede ser divertido.

Sebastian respiró hondo. ¿Era el camino correcto? Concluyó que sí, debía de serlo. Llevaba tanto tiempo pasando de todo y de todos, obviando lo que pensaban de él, cómo les afectaba su comportamiento. Él no necesitaba a nadie, nadie le importaba.

Lo más importante había sido siempre él y lo suyo, siempre lo suyo.

Hasta que apareció Vanja. Y, después, Amanda.

De pronto ya no podía permitirse el lujo de vivir en la tangente. El precio era demasiado elevado. Le había sentado inesperadamente bien, y con los acontecimientos de la última época necesitaba tener a más gente de su lado, así que sí, era el camino correcto.

—Estoy lidiando un poco con los sentimientos de culpa —dijo con total sinceridad.

—Pensaba que eso no venía incluido en tu repertorio —constató Ursula, claramente inafectada por la escueta confesión de Sebastian.

—Nunca es tarde para cambiar de parecer.

—Vale, ¿y por qué cambias de parecer ahora?

—Todo esto que ha pasado con Billy, todo lo que yo sabía y no dije, y esto de que haya una conexión entre Susanne y yo...

—¿Estás intentando decir que te has dado cuenta de que

146

tus actos tienen consecuencias y que se te hace un poquito pesado?

Duro, pero cierto. Si había algo de lo que podías estar seguro era de que de Ursula obtendrías siempre la verdad sin maquillar.

—No sabía nada de Susanne —dijo otra vez; notó que sonaba como si se hubiese puesto a la defensiva, pero necesitaba repetírselo a sí mismo. Le hacía sentirse menos culpable.

—Pero alguien sí —repuso Ursula.

Sebastian decidió que era un buen momento para abandonar el confesionario y redirigir la conversación al caso de nuevo. Recuperar el tono profesional. Entre compañeros de trabajo. Ya se había abierto lo suficiente.

—¿Tú qué piensas de todo el asunto?

—Supongo que lo más simple es pensar que alguien considera que le destrozaste la vida a Susanne, y ahora ese alguien quiere destrozarte la tuya.

Sebastian se hundió un poco en la silla. Si era el caso, había muchos perpetradores posibles, hombres y mujeres. No tenía ni idea de qué les había pasado a todas las mujeres con las que se había acostado a lo largo de los años, no se acordaba del nombre ni de un puñado. Sebastian podía ser la causa de divorcios, familias rotas, varios casos de alcoholismo, quizá incluso de suicidio. No tenía ni idea, nunca les había dedicado ni medio pensamiento. Normalmente se había fijado en las que se mostraban débiles, las mujeres que manifestaban una necesidad más evidente de reafirmarse, que habían estado sedientas de atención. Famélicas de amor. Un amor que él les había brindado con mucho gusto.

Durante una noche. En contadas ocasiones, dos. Nunca más de dos.

Tantas promesas rotas de una continuación posible que él

147

nunca había tenido intención de mantener... Mentiras que había soltado con tanto descaro para conseguir que la noche terminara como él quería...

—Sí, puede ser eso —dijo, y se levantó de la silla. Dio la conversación por terminada, de momento. Ya se sentía lo bastante mal sin tener que fantasear con lo que podría haber ocurrido—. Tendremos que seguir mapeando a las personas de su entorno.

—Ahora que lo dices, ¿qué piensas hacer con Ellinor?

Sebastian frenó en seco y se volvió hacia Ursula sin entender a qué se refería.

—¿Qué pasa con Ellinor?

—¿No te ha llegado la carta del servicio penitenciario? Le han concedido la libertad condicional.

—A lo mejor no abro todo el correo...

—Pues está en la calle. Tiene una orden de alejamiento, pero aun así...

—¿Tú has tomado alguna medida?

—Estoy un poco más atenta, pero no era conmigo con quien estaba obsesionada y a quien quería matar.

Por un momento, Sebastian pensó en los meses con Ellinor Bergkvist, varios años atrás. La ruptura y el disparo contra la puerta de su piso que le había costado el ojo a Ursula. ¿Pretendía ir a buscarlo otra vez? Era altamente probable.

—Seguro que el tiempo y la distancia han calmado un poco la pasión —concluyó, y se encogió de hombros.

—Tú eres el psicólogo.

Sebastian asintió para sí, dejó a Ursula con su plato de comida y se dirigió a la puerta. En cuanto salió a la gran sala de oficinas de fuera ya se había olvidado de Ellinor.

148

Por la mañana, resguardada por unos coches aparcados en la otra acera, había visto a Sebastian salir de su bloque de pisos de la calle Grev Magnigatan. De nuevo, vestido con ropa que ella ya conocía. Era tan obvio que la vida se le había torcido durante su ausencia... ¿Se lo veía un poco cansado, también? ¿Sus hermosas piernas habían perdido un poco de vigor? En cualquier caso, la espera pronto habría terminado para los dos.

Cuando Sebastian hubo desaparecido en dirección a la parada del metro, ella aguardó más de un cuarto de hora para asegurarse de que él no se había dejado nada y pudiera volver. Después entró en el portal, subió la escalera y se plantó delante de su puerta. Había ido temprano, sabía que el cartero casi nunca pasaba antes de las once, por no decir nunca. Normalmente daban la una o las dos antes de que llegara el correo, pero no se atrevía a tentar a la suerte. Si la carta de la empresa de limpieza acababa en la boca del buzón de la puerta de Sebastian, la posibilidad de volver a entrar en su vida, sin prisa pero sin pausa, se esfumaría de nuevo.

Durante las horas que habían pasado, en dos ocasiones había tenido que explicarle a algún vecino que bajaba que estaba esperando a Sebastian Bergman, y ambos parecieron contentarse con eso. Por lo demás, todo estaba tranquilo y en silencio. Ellinor consultó la hora. Faltaban unos minutos para la una.

Comenzó a notar que le estaba dando hambre, se arrepintió de no haberse llevado nada del albergue o de haber comprado algo por el camino. Pero al poco rato tuvo otras cosas en las que pensar, porque oyó unos pasos raudos subiendo la escalera y el chasquido de las trampillas de los buzones al cerrarse en las plantas inferiores.

Se puso rápidamente en pie.

Había llegado el momento.

Un hombre que parecía ser de origen indio subió la escalera a paso ligero, vestido con su uniforme azul claro. Ellinor se plantó delante de la puerta, como si estuviera a punto de abrirla para entrar en el piso.

—Hola, ¿algo para nosotros? —preguntó con una cálida sonrisa—. Bergman —aclaró.

El hombre de azul echó un vistazo al grupo de cartas que le faltaba por repartir y le entregó dos sobres.

—Gracias.

En cuanto tuvo los sobres en la mano, Ellinor notó que en uno había un par de llaves. Su corazón dio un brinco fruto de la expectación y tuvo que contener las lágrimas, que amenazaban con brotar. ¿Qué impresión daría? Echarse a llorar porque te había llegado el correo. En el peor de los casos, levantaría sospechas. Así que se volvió enseguida hacia la puerta mientras el cartero metía el correo en los buzones de los demás vecinos, tras lo cual subió al siguiente piso. Ellinor rasgó el sobre y sacó las llaves con mano trémula. Enseguida abrió las dos cerraduras y se metió en el piso. Cerró la puerta y se quedó quieta en el recibidor. Cerró los ojos. Una calma la invadió de arriba abajo. Con respiraciones profundas, fue absorbiendo el olor del piso. De Sebastian. Abrió los ojos y dejó que las lágrimas corrieran.

—Cariño, ¡estoy en casa! —gritó, sin poder reprimir una risita.

Se sentía tan bien...

En su sitio.

Con lo que había deseado acercarse, y por fin estaba allí. No con él, pero en su casa. «Nuestra casa», pensó. Estaba en casa. Y tenía hambre. Después de quitarse los zapatos, se fue a la cocina, deslizó la mano por la cómoda del pasillo, el papel pintado de las paredes, como para absorber las estancias con todos los sentidos.

En la cocina, enseguida descubrió que la nevera estaba penosamente vacía. Mantequilla, queso y paté. Leche y un cartón de yogur agrio. Unos pocos tarros medio llenos en el primer estante. Con un vistazo a la basura comprobó lo que ya se había imaginado. Sebastian no cocinaba, vivía a base de comida para llevar. Ahí iba a haber cambios. Ella iría al mercado y compraría buen vino en Systembolaget. Cenarían menús de dos y tres platos cada noche de la semana, a la luz de las velas.

Ellinor buscó un poco de pan.

Encontró una torta *Hönökaka*. Comida para críos.

En la despensa había cacao soluble O'boy y cereales azucarados. ¿Acaso tenía hijos, la jovenzuela esa que iba a verlo?

¿Tenía hijos Sebastian?

A Ellinor se le heló la sangre al pensarlo. ¿Alguna furcia se había encargado de quedarse preñada de su Sebastian y había conseguido algún tipo de custodia compartida?

Ya vería cómo gestionaban ese asunto.

Después de haberse comido dos tostadas y bebido un vaso de agua y de haber fregado el plato y de ponerlo todo otra vez en su sitio, se fue al dormitorio. ¿Cuántos buenos ratos habían pasado allí dentro?

Haciendo el amor. Durmiendo. Hablando.

Con una sonrisa nostálgica, deslizó la mano por la colcha y se dejó llevar a tiempos pasados. Tiempos felices. Se acercó al

151

armario y abrió las puertas. Tal y como había sospechado, pudo reconocer todas y cada una de las prendas de ropa que había colgadas y en los estantes. Ni una pieza de mujer. Por tanto, fuera quien fuese la joven aquella, no parecía pasar demasiado tiempo allí.

Mejor para ella.

Ellinor vio que algunas prendas estaban mal dobladas y otras mal colgadas, así que dedicó un momento a poner el debido orden mientras silbaba con alegría. Le pareció que Sebastian ya no debería seguir teniendo algunas de las prendas; estaban anticuadas o le quedaban mal. Las tiró sobre la cama con intención de ir a coger una bolsa de plástico y donarlas en algún punto de recogida de ropa de camino a casa. Se detuvo y hundió la cara en una de las camisas de Sebastian. Aspiró su aroma. Se dejó llenar de él. Estaba tan contenta consigo misma, con todo aquel día... Había dado un paso de gigante hacia su objetivo.

Hacia la vida perfecta.

Reconocía la sensación, aunque habían pasado varios años desde que la había tenido por última vez. La reconocía y le daba la bienvenida.

Håkan Persson Riddarstolpe estaba entusiasmado.

El mensaje había sido claro, había mucha mierda contra Sebastian Bergman. Por fin el punto de inflexión. Si la mitad de lo que le habían prometido descubrir era cierto, a Sebastian le darían la patada del caso y de la Unidad de Homicidios para siempre. La prensa se le echaría encima; Rosmarie ya no podría hacer la vista gorda; Homicidios sufriría una reforma y, en el mejor de los casos, él tendría la oportunidad de ocupar el puesto que se merecía. El retorno. Rosmarie Fredriksson era política. Recompensaba a las personas que conseguían hacer desaparecer las dificultades. A los solucionadores de problemas. Solo había una pega.

El momento.

Por lo visto, debían verse esa misma tarde.

La misma tarde que él le había prometido a Anita que celebrarían su ascenso. Ya lo había aplazado dos veces, así que no le gustaría lo más mínimo que le cambiara la fecha de la cena por tercera vez. Håkan había reservado mesa en Villa Godthem, en la isla de Djurgården, el mismo restaurante en el que habían tenido su primera cita, hacía más de treinta y cinco años. El

153

plan era coger el barco en Slussen y luego caminar el último tramo. Hacer una parada en Hasselbacken y pedirse una copa de espumoso. Igual que habían hecho en aquella ocasión. Aunque entonces habían tomado vino, no les había dado para más. Sabía que ella apreciaría el detalle. A Anita le gustaba cuando se esforzaba un poco.

La amaba.

Ella había estado siempre a su lado a lo largo de los años.

No siempre había sido fácil. No habían tenido los hijos que él sabía que ella deseaba. Él no había hecho la carrera profesional que esperaba, mientras que la de ella había sido un ascenso continuo. A veces, eso les había pasado factura. A él le amargaba y, en ocasiones —tenía que reconocerlo—, le daba un poco de envidia. Aun así, ella se había mantenido a su lado. Anita era más y mejor de lo que él se merecía. Obviamente, quería mostrarle lo mucho que significaba para él.

Pero justo esa noche no.

No podía correr el riesgo de dejar ir a su informante. Le había llevado tiempo dar con él, ganarse su confianza, y estaba más cerca que nunca.

Sebastian Bergman iba a desaparecer.

Era un misterio que hubiese sobrevivido durante tanto tiempo. La historia del imitador de Hinde que asesinaba a mujeres con las que Sebastian se había acostado debería haber sido la gota que colmara el vaso.

Pero seguía allí. Sobrevivía a todo.

Como una cucaracha.

Tal como habían acordado, en ese momento Håkan tenía acceso al último caso de la Unidad de Homicidios, pero no había hallado nada de interés. Parecía que Sebastian procuraba pasar desapercibido, y aparte de la conexión con la víctima no había encontrado nada llamativo. Pero daba igual. Al cabo de

154

poco, Sebastian formaría parte del pasado. Por alguna razón, el hombre —Håkan partía de la base de que se trataba de un hombre— que se había puesto en contacto con él parecía despreciar a Sebastian tanto como él. Quizá incluso más.

Después de muchas horas pescando había conseguido sacar algo. Varios meses atrás, Håkan había entrado en Flashback y otros foros de internet que hablaban de todo, desde cotilleos de famosos hasta calumnias puras y duras. Había lanzado la pregunta de si alguien había oído algo acerca del psicólogo criminal ese llamado Sebastian Bergman. La mayoría de las respuestas eran cosas de las que él ya tenía constancia y que se podían encontrar fácilmente en internet, pero entonces había aparecido MustDiGGIT, que sabía más que todos los demás. Al principio le había parecido demasiado bueno para ser verdad, así que Håkan había pedido pruebas y había obtenido una suculenta historia de los años de Sebastian en la Universidad de Estocolmo. Una búsqueda rápida le había confirmado que todo parecía ser cierto, por ello le había preguntado a MustDiGGIT si tenía más información; y en efecto, tenía la suficiente como para destruir a Sebastian de una vez por todas, pero el problema era que nadie le creería. Había sido el niño que gritaba que venía el lobo algunas veces de más, y nadie, excepto las páginas web sin administrador, quería saber nada de él.

Pero Håkan Persson Riddarstolpe sí quería.

Vaya que sí. Apenas podía aguantarse.

MustDiGGIT había insistido en que quedaran. Quería entregarle el material en formato papel, para que no hubiera rastro digital que pudiera conducir hasta él, en caso de que se abriera un proceso judicial o alguna otra movida.

Quería que se vieran. Esa misma noche.

Lo cual suponía un problema.

Håkan no podía explicarle a Anita por qué se veía obligado a

155

posponer la cena por tercera vez. Se pondría hecha una fiera. No lo entendería. Ella ya decía que le estaba dedicando demasiado tiempo a Sebastian Bergman. Sabía por qué, entendía los sentimientos de Håkan, pero también consideraba que ya iba siendo hora de que lo dejara correr y siguiera adelante. Habían pasado muchos años, y el único que pagaba las consecuencias de su obsesión con Bergman era él mismo. Y, por extensión, ella. Håkan podía mostrarse de acuerdo, en principio. La envidia, la amargura y la rabia no le sentaban bien. Racionalmente, lo entendía a la perfección, pero en el plano emocional era otra cosa. Necesitaba la revancha, que se impartiera justicia. Necesitaba poner las cosas en su sitio para soportarse a sí mismo. Le era imposible olvidarse de todo y seguir adelante como si no hubiese pasado nada.

Le había contado a Anita la reunión con Rosmarie, cómo habían estado cuestionando la idoneidad de Sebastian y que Håkan estaría ojo avizor. Ya solo eso le había parecido demasiado a Anita.

—No entiendo por qué no lo dejas correr y punto. Acabará metiendo la pata él solo —le había dicho.

«¡¿Cuándo?! —había querido gritarle Håkan—. Si lleva veinte años sin meter la pata, por lo que parece. ¡¿Cuánto tiempo voy a tener que esperar?!»

Pero no le había dicho nada. Se había limitado a asentir con la cabeza y a decir que a lo mejor tenía razón. Tampoco le había dicho ni pío acerca de MustDiGGIT. Si a Anita la conversación con Rosmarie ya le parecía que era ir demasiado lejos, ¿qué opinaría de sus actividades en internet?

Así que decidió mentirle a su esposa. Tendría que pensar qué le iba a decir. El clásico de que le había salido trabajo no funcionaría. Anita sabía de sobra que Håkan llevaba varios años sin tener suficiente volumen de trabajo ni para llenar una sema-

156

na laboral de cuarenta horas. Aun así, no dejaba de ser verdad, en cierto modo. Iba a trabajar. Iba a hacer lo que la organización para la que trabajaba debería haber hecho hacía varios años. Iba a enterrar a Sebastian Bergman de una vez por todas.

Después sí que tendrían realmente algo que celebrar.

Tras comprobar su identidad y cachearlo de arriba abajo, invitaron a Sebastian a pasar a la salita espartanamente amueblada de la prisión preventiva. Billy estaba sentado en una de las cuatro sillas de la única mesa que había. Las paredes desnudas estaban pintadas de verde. La luz natural entraba por el grueso cristal ahumado. Hizo que el rostro de Billy se viera pálido al volverse para mirar a Sebastian. Pálido y cansado. Junto a la pared de debajo de la ventana había un funcionario de prisiones que siempre estaba presente en las visitas de Sebastian y que intentaba hacerse invisible.

Sebastian lo saludó con la cabeza, retiró una silla y se sentó enfrente de Billy. Esperaba que él comenzara la conversación. Ya hacía varios días que habían dejado de lado las frases de saludo de rigor y las preguntas de cómo se encontraba. Bastaba con mirarlo.

—¿Qué dicen los periódicos? —preguntó Billy en voz baja. Su mirada apuntaba a las manos que tenía apoyadas sobre la mesa—. Del chaval.

—¿De Hugo? Pues que lo han encontrado y que tú lo mataste.

Del mismo modo que se habían dejado de frases de cortesía y preguntas vacuas acerca de los respectivos estados de salud general, Sebastian había dejado también de andarse con rodeos, de intentar proteger los sentimientos de Billy. Este no necesitaba a nadie que sintiera pena por él; necesitaba tener todas las cartas sobre la mesa para poder seguir adelante, a pesar de todo lo que había hecho. Encontrar una manera de poder vivir con ello. De sanar. Para eso no había medias verdades que sirvieran, ni tenía ningún sentido tratar de embellecer las cosas.

—¿Que soy un monstruo?

—Desgraciadamente para nosotros, siguen centrándose más en el hecho de que eras policía.

—¿Has visto a My? —preguntó Billy. Al parecer, ya había hablado lo suficiente de sus crímenes, al menos por el momento.

—Sí.

—¿Después de que encontraran al chico?

Tampoco pronunció su nombre esa vez. Una forma de mantener las distancias, de despersonificar a la víctima. Un chico. No Hugo Sahlén, con padres, hermanos y amigos que lo echaban de menos, no una persona que había tenido sueños y planes de futuro.

Un chico, para que lo más difícil resultara un poco más sencillo, solo un poco.

—Sí.

—¿Y qué dijo?

—Nada al respecto, pero...

Sebastian se interrumpió. Titubeó. El hecho de que Billy le hubiese preguntado inmediatamente por My y por su reacción era la confirmación de que la esperanza, de alguna manera, de poder recuperarla era el finísimo hilo al que Billy se aferraba para tirar adelante. Lo que hacía que no se hundiera en una oscuridad compacta que no tenía fondo.

My y los críos.

En realidad no le tocaba a él contárselo, pero tenía la sensación de que ambos confiaban en él y de que, en cierto modo, lo necesitaban. De todas formas, tarde o temprano Billy se enteraría.

159

—Quiere que renuncies a la custodia de los niños —dijo con todo el tacto que pudo.

Billy alzó la cabeza para mirarlo a los ojos por primera vez desde que Sebastian había entrado en la sala. Sorpresa y temor.

—¿Qué?

—Quiere darlos en adopción.

Billy negó con la cabeza, como si no lo hubiese oído bien o no se creyera ni una palabra de lo que le había dicho.

—No —añadió luego—. No, no, no...

Sebastian guardó silencio. Le dio tiempo a Billy para que lo asimilara. Tampoco había mucho más que decir. El mensaje de My había sido trasladado. La reacción, la esperada.

—No. No pienso aceptarlo —zanjó Billy. Contenido y determinado—. Jamás.

—Solo digo lo que ella tiene en mente.

—¿Por qué? ¿Por qué quiere hacer algo así?

De nuevo, Sebastian titubeó. No le había pedido a nadie que lo metiera en aquella situación. Era demasiado complicada. Pero no cabía duda de que aportaría algo al libro. Lo convertiría en algo más que una simple historia de un asesino en serie. Sería más valioso. Más personal. Ya le iba bien continuar.

—Dice que no puede quererlos, porque son tuyos.

—Yo puedo quererlos.

—Apenas los verás.

—Aún no me han condenado.

—Lo siento —dijo Sebastian, y notó que lo decía de verdad, mientras observaba al hombre roto del otro lado de la mesa. De haber tenido permiso para hacerlo, habría puesto una mano sobre la de Billy, pero el funcionario de prisiones los miraba con atención. Ningún contacto físico estaba permitido.

Sebastian retiró la silla y se levantó; ese no era un día para hablar mucho más. Al menos, no de algo que le interesara a él o que pudiera serle útil.

—Creo que tardaré un tiempo en volver —indicó, y metió la silla debajo de la mesa—. Nos acaba de llegar un caso complicado.

—Vuelves a estar en Homicidios. —Por lo visto, Billy no había dedicado ni medio minuto a pensar en que Sebastian debería haberle parado los pies hacía años.

—No oficialmente, pero sí.

—Pero ¿volverás algún día a verme?

—Sí, lo haré.

—¿Porque vas a escribir un libro sobre mí?

Sebastian se quedó de piedra. ¿Quién se lo podría haber dicho? Nadie. De las pocas personas que estaban enteradas del proyecto, ninguna iba a ver a Billy. ¿Estaba especulando? ¿Era una especie de prueba?

—¿Por qué lo piensas? —respondió en tono interrogativo.

—Escribes libros sobre gente como yo.

Sebastian fingió que se quedaba pensando, como si aquella idea jamás hubiese pasado por su cabeza, y luego asintió para sí.

—No es mala idea. ¿Te gustaría?

Por segunda vez desde que Sebastian había entrado, Billy lo miró directamente. En sus ojos seguía habiendo dolor y arrepentimiento, como ya le había visto tantas otras veces, una rendición que parecía haber aumentado tras la noticia de los planes que My tenía para los niños.

Pero también había algo más.

Algo nuevo.

Una pequeña chispa, como si algo aletargado en lo más hondo de su ser de pronto hubiese cobrado vida.

—Ya veremos —dijo, y a Sebastian le pareció intuir un atisbo de sonrisa—. Aún no sabemos cómo terminará.

161

Sebastian no dijo nada. Los dos sabían la sentencia que se dictaría en el futuro juicio.

—Podemos seguir hablando de ello —constató Sebastian para terminar la conversación, se acercó a la puerta y llamó con los nudillos para que le abrieran.

—Dale recuerdos a My —fue lo último que oyó antes de que la puerta se cerrara a su espalda. Por alguna razón inexplicable, sintió un escalofrío.

Mientras se quitaba los zapatos en su piso aún notaba una sensación desagradable en el cuerpo. Dejó las llaves en la cómoda y se metió en la cocina. Se quedó allí de pie. No le apetecía nada. Si hubiese sido bebedor, se habría servido un whisky, una copa de vino, algo, estaba convencido. Tenía los ánimos de cuando la gente se toma algo, pero él no bebía. Unos años atrás habría sabido perfectamente cómo gestionar el desasosiego y el malestar.

Con sexo.

Pero eso era entonces.

Tras el incidente en Uppsala de hacía unos cuantos años, lo había dejado. Para haberse tratado de una adicción de varios años, le había sido sorprendentemente sencillo. Terapia de shock. No había nada para romper con una adicción al sexo como la creencia de que habías dejado embarazada a tu propia hija.

Así que ni beber ni follar.

Si se conocía bien a sí mismo, se sentaría a estudiar el caso. Intentaría trabajar. Aún sentía cierta satisfacción de haber sido desafiado. De que hubiese alguien allí fuera que quisiera medirse con él; alguien que, sin duda alguna, perdería la partida. Pero la alegría inicial se había reducido de forma sustancial al comprobar que Sebastian tenía una conexión personal con la víctima.

Susanne Nordmark.

Carlos y los demás habían seguido trabajando en la identificación de las personas de su entorno. Por el momento no habían conseguido nada. Sebastian tampoco albergaba ninguna esperanza de que fueran a conseguirlo más adelante. Susanne era la víctima, pero no se trataba de ella ni de lo que había hecho. Ella no era más que una pieza del puzle, una de muchas.

La granja de cerdos, las cifras en la pared, la bañera llena de agua eran algunas de las demás. Aún no contaban con todas las piezas, por lo que tampoco podían montar el rompecabezas. Lamentablemente, Sebastian estaba convencido de que haría falta otra víctima para obtenerlas. Para que pudiera aflorar una parte más grande de la imagen.

Joder, qué deprimente era todo.

Abandonó la cocina y entró en el cuarto de baño. Necesitaba darse una ducha. Se quitó la ropa y la dejó en el suelo, se metió tras la mampara y, al salir, un cuarto de hora más tarde, ya no se sentía tan desanimado. Con una toalla alrededor de la cintura, recogió la ropa y se fue al dormitorio. Tiró las prendas sobre la cama y abrió las puertas del armario. Dio un respingo. A la chica de la limpieza debía de haberle sobrado mucho tiempo el día anterior.

Joder, qué orden.

Todo estaba perfectamente colgado y doblado. Parecía una tienda de ropa de caballeros. Incluso la ropa interior estaba colocada en montoncitos perfectos. Cogió unos calzoncillos, se los puso, buscó su camisa a cuadros azules preferida, pero no la encontró y eligió otra.

Después de asomarse otra vez a la cocina y de decidir de nuevo que no quería tomar nada, se fue al despacho. Se planteó sentarse a estudiar el caso, pero tras echarle un vistazo rápido al material sintió que necesitaba dedicarse a otra cosa, por lo que cogió el expediente de Tim Cunningham. Comenzó a leer las anotaciones que había tomado en las sesiones. Del atropello mortal con fuga que había matado a su esposa.

Mentira, si se creía lo que había dicho la hija.

La confesión de que había acudido a Sebastian porque compartían la misma experiencia. El emocional relato de cómo había perdido a su hijo Frank en el tsunami de 2004.

Otra mentira, por lo visto.

¿Qué coño había estado haciendo?

Sebastian continuó leyendo. Recordó el día que quedaron en el monumento al tsunami, en la isla de Djurgården. Las conversaciones. Unidos por la tristeza compartida. Pero Tim Cunningham no había perdido a ningún hijo. No había perdido a nadie.

Era todo mentira.

Sin embargo, las mentiras se contaban con un objetivo. Para conseguir algo. Una amistad en ciernes con Sebastian no era en absoluto motivo suficiente.

Entonces, ¿qué quería en realidad?

Sebastian siguió ojeando las anotaciones de los encuentros. No había nada que pudiese servir de explicación, ningún apunte del porqué. No había ninguna señal de que pudiese haber estado tratando con un mitómano. Incluso estos tenían algo que pretendían obtener con sus mentiras, algo que esperaban ganar. Sebastian no veía nada así en Tim Cunningham. Pero ¿qué sabía de él realmente? Al margen de las sesiones, Sebastian no lo conocía de nada.

Pero su hija sí.

A lo mejor ella veía algo en el expediente que él estaba pasando por alto. En el mejor de los casos, podría darle a Cathy más respuestas de las que le estaba dando a él. Se planteó traducirlo y entregárselo. No solo para resolver el misterio acerca de

165

su padre, sino también —y, quizá, más que por ninguna otra cosa— porque quería volver a verla. Había visto algo en Cathy Cunningham, algo que no lograba identificar del todo.

«Pero esta noche no», pensó, y cerró la libreta. A decir verdad, nada había cambiado desde que había llegado a casa. Seguía inquieto, con una leve sensación desagradable en el cuerpo. Cuanto más intentaba resolver algo, más preguntas le surgían. Necesitaba pensar en otra cosa. Tomó una decisión.

Una vez no hacía daño.

Esa noche iba a mojar.

Vanja apenas había cruzado la puerta cuando Amanda echó a correr para recibirla. Brazos abiertos y una sonrisa de oreja a oreja. Vanja se agachó para abrazar a su alegre hija de tres años. En un abrir y cerrar de ojos, se olvidó de todo lo que tenía que ver con el caso, Torgny y la cabaña, Rosmarie y la Unidad de Homicidios. Amanda la obligaba a vivir en el presente. A veces se asombraba de lo rápido que se había acostumbrado a la vida familiar que apenas unos años atrás ni siquiera existía en su imagen del mundo.

—Ha venido el abuelo —dijo Amanda rebosante de alegría, y estrechó con fuerza a Vanja. Olía tan bien como siempre.

Vanja le dio un beso en la mejilla.

—Lo sé, qué bien. ¡Hola, papá! —gritó Vanja hacia el salón, donde pudo ver a Valdemar en el sofá.

—Hola, cielo —respondió este, y Vanja no pudo contener una leve sonrisa.

El tono familiar.

Lo había echado en falta, había echado de menos a Valdemar.

Habían pasado tantas cosas... Sebastian, su madre, una vida entera de mentiras, el intento de suicidio de Valdemar, el cáncer, los delitos financieros y la cárcel. Con solo una cosa de la lista ya habría sido suficiente para poner cualquier relación sobre la cuerda floja, pero en la suya con Valdemar habían generado la tormenta perfecta. Habían tardado tiempo en salir de ella, en encontrar el camino de vuelta, en descubrir quiénes eran el uno para la otra. Como siempre, Amanda les había echado una mano. Vanja quería que Valdemar formara parte de su vida. Conectaban de forma natural cuando él se quedaba con ella, y una vez al mes cenaban juntos. El hombre en quien Vanja siempre pensaría como su padre volvía a estar presente en su vida, y ella no podía alegrarse más.

—¿Ha ido bien? —preguntó al entrar en el salón con Amanda en brazos y después de darle un abrazo a Valdemar.

—Sí, claro que ha ido bien —dijo él sonriendo, y le revolvió el pelo a Amanda.

—¿Hoy era el día que tenías médico?

—Sí.

—¿Y qué tal?

—Bien. Muy bien. Ya he terminado el tratamiento.

—Entonces, ¿estás sano?

—El pronóstico es bueno, pero es cáncer, así que nunca se sabe. Pero pinta bien. Merece la pena celebrarlo. He comprado una botella de champán.

Vanja le dio otro abrazo y notó que tenía que esforzarse para contener las lágrimas. Valdemar seguiría presente, podrían recuperar los años perdidos. Amanda pasó un brazo por el cuello de Valdemar, y en cuanto Vanja deshizo el abrazo la niña saltó con su abuelo.

—Hemos dicho que la próxima vez a lo mejor vamos a Skansen, ¿te acuerdas? —dijo Valdemar mirando a su nieta, él también con los ojos empañados.

—Sí. ¡El zoo!

—Exacto. ¿Cuáles son tus animales preferidos?

—Las focas.

Vanja los miraba sin parar de sonreír. La alegría. El amor. Mucho más importante que aquello a lo que ella dedicaba las jornadas y que le quitaba tanta energía. Era bueno acordarse de ello algunas veces, cuando se le hacía pesado. Oyó la puerta del piso y, poco después, la voz de Jonathan.

—Hola a todos.

—¡Papá! —Amanda se liberó del abrazo de Valdemar y corrió al recibidor para saludar a Jonathan con la misma alegría rebosante.

Vanja la siguió. Él había dejado dos bolsas del súper en el suelo y levantaba a Amanda hacia el techo.

—Hola, ¿ya estás en casa? —dijo al ver a Vanja.

—He llegado hace cinco minutos.

—Hola, Valdemar —saludó Jonathan; bajó a Amanda al suelo y se quitó la chaqueta—. ¿Te quedas a cenar?

—Sí —dijo Vanja en su nombre.

—Genial. Ven, Amanda, vamos a dejar a mamá y al abuelo un rato juntos. Necesito ayuda en la cocina. —Cogió las bolsas y se metió en la cocina con Amanda.

Vanja los siguió con la mirada. Jonathan, menuda roca. Ahí sí que había tenido suerte. Y lo cerca que había estado de dejarlo escapar... A veces pensaba en cómo habría sido su vida si no hubiese hecho aquella llamada, si no hubiese luchado por recuperar a Jonathan. No se lo podía imaginar.

—Sois una pequeña familia preciosa —aseguró Valdemar al volver al salón, como si le hubiese leído el pensamiento a Vanja.

—Sí, lo somos. Y tú también formas parte de ella.

—Hoy Amanda me ha hablado de Sebastian —explicó Valdemar tras sentarse en el sofá.

Vanja se quedó de piedra, como siempre, porque eran pocas las veces que aquel nombre iba vinculado a algo bueno.

—¿Qué ha dicho?

169

—Ya sabes, lo típico, «esto suelo hacerlo en casa de Sebastian». Nos va comparando para sacar tajada.

—Es lista, no se puede negar —dijo Vanja con una sonrisa.

—Sigue sin llamarlo «abuelo» —constató Valdemar en tono objetivo.

—No, ese eres tú. Él es Sebastian.

—Para mí no es importante.

—Para mí sí lo es.

Era cierto. Sebastian había sido quien había tomado la iniciativa para que Vanja hiciera las paces con Valdemar, años atrás. Le había hecho ver que quien había cometido menos errores, quien la había traicionado menos pero había salido perdiendo más, era él. Y con ello Vanja había conseguido que Valdemar volviera a ser su padre otra vez: el padre que había tenido durante toda su infancia, el hombre al que quería y que tenía como referente. «Lo siento, Sebastian; la vida es dura y el mundo es muy desagradecido.»

—¿Sigue trabajando con vosotros?

Vanja soltó un suspiro acompañado de una risita. Habría preferido no hablar de trabajo.

—¿Tenemos que hablar de él?

—No, solo era por curiosidad.

—Sí, vuelve a trabajar con nosotros. Y va... normal. Lo hace lo mejor que puede.

Oyeron una risotada infantil en la cocina, donde Jonathan y Amanda estaban enfrascados con la cena. Vanja no se atrevía ni a pensar en las locuras que se le podrían estar ocurriendo a su hija. Al volverse de nuevo hacia Valdemar, vio que él seguía con semblante serio.

—Tengo que contarte una cosa... He quedado con Anna.

—¿Qué? —Vanja lo miró sin entender nada. ¿Se refería a otra Anna? No podía estar refiriéndose a su madre.

170

—Me llamó. Quería que nos viéramos. Fue una parte fundamental de nuestras vidas durante tanto tiempo... Tuve que distanciarme, pero, ya sabes, yo no la odio, como haces tú.

Vanja apartó la vista. El ruido cotidiano que llegaba de la cocina siguió sonando de fondo. Era difícil acusar a Valdemar de nada. Él tenía su vida, podía quedar con quien quisiera. Se habían querido durante muchos años, Anna y él. No era tan fácil como, simplemente, olvidarlo y dejarlo de lado.

—Haz lo que quieras —dijo ella encogiéndose de hombros—. Pero yo no cambiaré de parecer.

—Ella no está bien. Está sola y triste. Se siente decepcionada.

—No creo que sea ella la que tiene que sentirse así.

Valdemar se abrió de brazos en un gesto de quitarle hierro al asunto.

—Solo quería que supieras que nos estamos viendo, para que no te pienses que te escondo nada.

—Vale, gracias, ahora ya lo sé.

—Pero está realmente mal.

—No pienso quedar con ella.

—Haz lo que quieras, pero creo que deberías planteártelo, de todos modos.

—Claro.

—No quiero sonar... dramático, pero si Anna se muere... Hay muchas cosas por aclarar.

—¿Está enferma?

—No, pero lo ha estado. Sé que a mí no me gustaría dejar las cosas sin aclarar.

—Vale, gracias.

—En cualquier caso, te manda muchos saludos. Y lamenta todo lo que ha pasado.

Vanja negó con la cabeza. La traición había sido tan grande... Cuando al final Vanja había entendido que Valdemar no

171

era su padre, él lo había confesado todo. Anna siguió mintiendo. Durante mucho tiempo. Acerca de todo. Era imposible perdonar algo así. ¿O no?

—Le gustaría mucho conocer a Amanda.

—Eso no va a pasar.

Valdemar asintió comprensivo con la cabeza. Había llegado el momento de cambiar de tema, antes de estropear el resto de la tarde.

—Yo seguiré viéndola —dijo para terminar.

—Claro, hazlo.

Se vieron interrumpidos por Amanda, que entró corriendo en la sala.

—Papá dice que pongáis la mesa.

—Pues eso haremos —dijo Valdemar, y se levantó del sofá.

Vanja se quedó sentada unos segundos antes de seguirlo hasta la cocina. Lo importante era que Valdemar estaba sano y que volvía a estar presente en la vida de Vanja. A Anna la seguiría dejando en el olvido, que era su sitio.

Le salía sangre donde las uñas se habían hundido en la piel. Tenía el puño derecho cerrado con tanta fuerza que se le había agarrotado todo el antebrazo.

El maldito sueño.

Lo había vuelto a tener. En su forma original y dolorosa, después de tantos años de ausencia. Unos meses atrás había soñado una variante. Una en la que su hija muerta lo acusaba de haberla sustituido por Amanda. Pero no había seguido. Había aprendido a encontrar el equilibrio entre lo mucho que echaba de menos a Sabine y lo mucho que quería a Amanda. Eran dos sentimientos muy intensos que estaban obligados a coexistir. Había conseguido aferrarse a las palabras de Ursula de que él no había sustituido a nadie, solo había tirado para delante, y con ello los sueños habían desaparecido.

Hasta ese momento.

Hasta que se despertó en esa habitación de hotel. La luz temprana de la mañana de verano atravesaba las finas cortinas de color hueso mientras él se incorporaba en la cama. Estiró los dedos de la mano derecha al mismo tiempo que paseaba la mirada por la estancia. Revestimiento de madera oscura sobre paredes grisáceas, una ventana que no se podía abrir y que daba al edificio de enfrente, armarios negros que parecían hacer cuanto podían por arrinconar un pequeño escritorio. Un televisor en la

173

pared, arte genérico. Era lo que te daban por mil quinientas coronas la noche. Y, aparte, la cama en la que estaba sentado en ese instante. Dos camas individuales unidas mediante un colchón doble, por lo que Harriet y él no habían tenido que apretujarse. ¿O era Henrietta? No, Harriet, estaba bastante seguro.

Hacía muchos años que no salía en busca de una aventura de una sola noche, pero quien tuvo retuvo. La mirada furtiva barriendo el vestíbulo del hotel, el rápido análisis de las personas que había allí sentadas, una valoración inicial de las probabilidades de éxito. Después se había acercado a una mujer de unos cincuenta años que estaba sentada en uno de los sillones del lobby, con el teléfono en la mano y media copa de vino en la mesita que tenía delante. Le había preguntado si el sillón de al lado estaba vacío, se había sentado y había esperado un tiempo prudencial para dirigirle la palabra, para darle conversación. Más tarde le había preguntado si la podía invitar a otra copa. Al ir a dejar la copa de vino blanco en la mesa había aprovechado para presentarse.

—Por cierto, me llamo Sebastian...

Con eso había abierto la veda.

La conquista. El juego que él pretendía ganar.

Las tácticas que iba probando, cambiando, intuyendo, adaptando. Atento todo el rato, escuchando activamente y afirmando. Cuando mejor le salía, era la mujer, en ese caso Harriet, quien se pensaba que lo estaba seduciendo a él.

¿Era por eso?

¿Había tenido el sueño porque había sufrido una recaída en su antiguo yo, en su antigua vida? ¿Formaba parte del pack? Era obvio que no. Había leído lo suficiente como para saber que los sueños tenían un sentido, surgían por algún motivo.

Entonces, ¿por qué en ese momento?

¿Por qué se veía obligado a revivir el instante más doloroso

174

de su vida? ¿Por qué estaba allí sentado, en una habitación anónima de hotel, entre la noche y la mañana, con la pena y la añoranza arañándole el pecho?

No había nada nuevo en el sueño. Al contrario, le era dolorosamente familiar.

La mañana que habían alargado en el hotel. El paseo hasta la playa. De la mano. El gran pulgar de él que se deslizaba de forma inconsciente por el pequeño anillo de metal que Sabine llevaba en el dedo índice. Una mariposa. Comprado en un mercado unos días antes. Cómo le gustaba ese anillo. Se había negado a quitárselo en ningún momento. El último tramo hasta la playa, él llevándola a hombros. Las manos suaves de Sabine sobre las mejillas desafeitadas de Sebastian. La risa burbujeante que le salía cuando él hacía ver que tropezaba. Llegaron a la playa, donde, extrañamente, el agua se había retirado.

Él la notaba. No era un recuerdo, sino un sentimiento vivo. Notaba su manita en la suya. Oía su voz. Incluso podía percibir su olor. El gel infantil y la crema solar.

Sabine vio a una niña que llevaba un delfín hinchable de color azul claro. «Papá, yo también quiero uno», dijo señalando con el dedo. Él corrió tras ella en el agua cálida y poco profunda, iban charlando y riendo mientras se bañaban.

Antes de que llegara el muro de agua.

Antes de que él la cogiera de la mano, sabiendo que nunca, jamás, debía soltarla.

Antes de que la soltara.

¿Qué había hecho para que su subconsciente considerara que se merecía recordarlo una vez más? Nada, que él supiera.

Ya seguiría pensando en ello más tarde. O bien, simplemente, lo dejaría ir.

En ese momento lo más importante era salir de allí antes de que Harriet se despertara y quisiera una repetición de las activi-

175

dades de la noche anterior o, peor aún, que le hiciera compañía durante el desayuno. Armando el menor ruido posible, se puso en pie y comenzó a vestirse. Su cabeza ya le estaba dando vueltas a lo que tenía que hacer ese día. Ir a Homicidios, por supuesto, pero también tenía que quedar con Cathy Cunningham antes de que se marchara del país. Darle una copia del «expediente» de Tim. Tim había comentado que su mujer lo había obligado a vivir una mentira durante muchos años, y que después de quedarse viudo él había intentado corregir la situación. ¿Sabía Cathy algo más acerca de eso, o también era mentira, como todo lo que Tim le había contado a Sebastian? En ese momento cayó en la cuenta de que por la noche había estado dando vueltas a ese interrogante antes de dormirse. A que era algo que le preguntaría a Cathy.

—¿Ya estás despierto?

Sebastian se vio interrumpido en sus cavilaciones y se volvió hacia la cama, donde Harriet se había tumbado bocarriba y lo estaba mirando con ojos entornados. Dado que él estaba de pie y ya se había vestido, dio por hecho que la pregunta era retórica.

—Ya lo ves.

—Te vas. —Una constatación, sin atisbo alguno de sorpresa en la voz. Como si hubiese sabido todo el tiempo que eso era lo que se iba a encontrar por la mañana.

—Sí, será lo mejor —dijo Sebastian, y se sentó en el borde de la cama para ponerse los calcetines.

—¿Te importaría poner el cartel de «No molestar» cuando salgas?

—Claro.

Se levantó y se volvió hacia Harriet, pero ella ya se había tumbado otra vez de lado, mirando a la pared. Por el ritmo de su respiración profunda, Sebastian juraría que ya se había quedado dormida de nuevo.

176

No había mucho más que decir, por lo que no dijo nada. Se puso los zapatos, salió al pasillo del hotel, colgó el cartel en la manilla, tal y como ella le había pedido, y puso rumbo a casa.

Copiar las anotaciones, visitar a Cathy, ir a Homicidios. Eso era lo que pensaba hacer, y ya iría viendo adónde lo llevaba.

«Joder, odio las mañanas», pensó Hamid Hurar cuando llegó a la cochera de Tomteboda en el último minuto.

El día había empezado mal porque había aplazado la alarma del despertador demasiadas veces, y todo el camino hasta el trabajo le había carcomido el desasosiego de no llegar a tiempo. A las 5.56 salía el autobús de la calle Lektorsstigen. Ya era difícil de por sí cumplir con el horario que tenía marcado, pero es que si empezaba unos minutos tarde resultaba casi imposible recuperar y toda la jornada se volvía estresante, con pausas demasiado cortas o ninguna pausa en absoluto.

Lo habían llamado la tarde anterior para preguntarle si podría coger un turno más por la mañana, y él había dicho que sí, como de costumbre. Necesitaba hacer horas extra. Su hermana, que estaba en el Líbano, había vuelto a tener problemas con la presión arterial, así que necesitaba dinero cada mes para comprar medicación. Además, este año quería ir a verla; por mucho que no fuera la hora del día que más le gustaba, agradecía todas las horas extra que pudieran darle. De camino al edificio nuevo de administración se cruzó con algunos compañeros que lo saludaron de lejos con la mano. Hamid pasó a ver a la jefa de turno para coger las llaves del autobús y aprovechó para saludarla un momento, pero ella estaba claramente estresada y no tenía tiempo para la charla habitual. Faltaban conductores, ha-

178

bría que cancelar varios turnos y la gente se pondría como loca. Se desahogarían con sus compañeros y él, que eran los que sí estaban trabajando y cumpliendo. A veces no entendía cómo pensaba la gente.

Hamid cogió un café de la máquina en la salita de pausas de personal y salió del edificio principal. Cruzó el gran patio de la cochera, con sus filas de autobuses rojos y azules. La cochera era nueva, apenas hacía dos años que la habían inaugurado, era grande y moderna y tenía espacio para doscientos veinte vehículos. A esa hora de la mañana habría unos ciento cincuenta. Varios se quedarían allí todo el día. Un palo para los viajeros, sin duda, pero también aumentaban las probabilidades de hacer un par de turnos extra durante la semana.

Su autobús estaba aparcado en el hueco número 25; por lo tanto, le tocaba caminar un poco. No solía hacer la ruta de la línea 50. Solo la había hecho un par de veces, le gustaba. Poco tráfico hasta Roslagstull, y para entonces ya habías llegado casi al final de la línea.

Algunos autobuses ya estaban rodando y habían empezado a salir por la gran verja. Hamid fue saludando a los que pasaban por su lado. Por lo menos daba la impresión de que iba a hacer buen día. Nublado, pero sin lluvia, según el móvil. La mayoría de la gente siempre deseaba que hiciera sol y calor de verano, la primavera había sido larga y fría, pero cuando el calor apretaba de verdad se hacía evidente que el aire acondicionado de los vehículos se quedaba corto. Al mediodía el autobús parecía una sauna.

Abrió la puerta delantera pulsando el botón que había en el lateral del autobús que ocupaba la plaza 25. Miró la hora. Las 5.12. Bien, llegaría de sobra. Se terminó el café, subió al vehículo, se quitó la chaqueta y la colgó en el gancho que había detrás del asiento del conductor, y se dirigió a la última fila. Por las

179

mañanas, cuando los vehículos habían pasado la noche en la cochera y ya habían sido limpiados, no hacía falta hacer una ronda de inspección, pero Hamid tenía la costumbre de echar un vistazo rápido de todos modos. Y ese día no tuvo que dar muchos pasos para darse cuenta de que había sido una buena idea.

Había alguien durmiendo en los asientos de la última fila.

Hamid maldijo en silencio. Despertar al tipo y echarlo de allí sería bastante rápido, pero no podía, simplemente, dejarlo en el recinto de la cochera. Tendría que llamar al personal de seguridad o sacarlo él mismo. Con independencia de lo que hiciera, llevaría su tiempo. Un tiempo del que no disponía.

—¡Eh! —gritó mientras seguía avanzando por el pasillo. La persona no se movió—. ¡Eh, oye, tú! —dijo Hamid, con voz más alta y firme.

Ninguna reacción. Al dar los últimos pasos hasta la persona dormida vio que alguien había escrito algo con pintura roja en la luna trasera. Había rezumado un poco hasta los respaldos de los asientos. No podía hacer la ruta con eso, tendría que cambiar de autobús. Ya podía ir olvidándose de cumplir el horario. Con una rabia creciente, dio los últimos pasos hasta el polizón. Entonces vio con toda claridad que se trataba de un hombre. Zapatos oscuros, pantalones negros y una gabardina beige. Justo antes de ponerle una mano encima, Hamid tuvo tiempo de pensar que el hombre iba demasiado bien vestido para ser un sintecho. Después, de repente, cayó en la cuenta de dos cosas.

El hombre estaba muerto.

La línea 50 se había quedado definitivamente sin el primer turno.

180

La central de alarmas había recibido la llamada a las 5.21 y la primera patrulla se había presentado en Tomteboda quince minutos más tarde. A las 6.05, un oficial *in situ* había llamado a Vanja. Llevar a Amanda a la escuela quedaba completamente descartado. Había sacudido a Jonathan para que se despertara, le había resumido lo que había ocurrido y le había dicho que tenía que irse pitando. Ya hablarían durante el día.

En el coche de camino a Solna llamó al resto del equipo. Sebastian lo cogió al primer tono.

—No te he despertado —constató Vanja.

—No, acabo de llegar a casa. ¿Qué ocurre?

¿Quería saber dónde había estado? ¿Él se lo contaría si se lo preguntaba? Sebastian le había dicho que ya no le mentía, pero podría ser mentira, claro. Vanja decidió dejarlo pasar.

—Tenemos un nuevo homicidio.

—¿Dónde?

—En la cochera de Tomteboda.

—¿Quién?

—Aún no lo sé, estoy yendo para allá. Tú también vienes.

—Una exhortación, no una pregunta.

—Cojo un taxi ahora mismo. Nos vemos allí.

Vanja cortó la llamada y siguió conduciendo. No tardó de-

181

masiados minutos en llegar. El escenario que se encontró era un poco caótico. Coches con luces azules, cordones policiales, autobuses que intentaban salir. Vanja aparcó fuera del recinto y fue a pie el último tramo. Les mostró su identificación a los agentes que estaban apostados en la verja y luego otra vez a la mujer uniformada que la dejó subir al autobús. Era la primera, el equipo forense aún no había llegado.

Vanja sacó unos protectores de zapato que se puso al mismo tiempo que se recordaba a sí misma tocar solo lo estrictamente necesario del interior del autobús. A ser posible, nada en absoluto. Con las manos a la espalda, avanzó por el pasillo hasta el muerto, que yacía estirado en los asientos del fondo. Antes de llegar ya vio el texto en la luna trasera. El mismo color rojo que la otra vez, le pareció, pero las letras estaban escritas con una brocha más pequeña.

Arriba ponía: «Pág. 129, línea 16», y abajo: «Salida 2.03».

Lo primero era bastante evidente que hacía referencia a un libro, lo cual no los ayudaba lo más mínimo hasta que descubrieran de qué libro se trataba. Y no tenía ni la menor idea de lo que significaba «Salida 2.03». Con un poco de suerte, Sebastian sí lo sabría. Vanja dio los últimos pasos y miró el cuerpo. Mierda. Reconoció al hombre. Una vez, muchos años atrás, Vanja había presentado su solicitud para hacer un curso de intercambio con el FBI, y el hombre en los asientos era quien le hizo la evaluación psicológica. Había considerado que Vanja no cumplía los requisitos.

Håkan Persson Riddarstolpe.

Vanja oyó los pasos que se le acercaban por detrás y se dio la vuelta. Ursula llegó hasta ella.

—Buenos días, ¿qué tenemos?

—Otro asesinato relacionado con Sebastian.

—¿Y él dónde está?

—Está viniendo para aquí.

—Me he encontrado con Carlos fuera. Le he dicho que hable con el conductor del autobús.

—Bien, gracias.

Ursula asintió con la cabeza y Vanja se hizo a un lado para que pudiera echar un vistazo al cadáver. Oyó un leve «Me cago en...» cuando Ursula descubrió de quién se trataba.

—¿Qué piensas?

—La autopsia nos dirá la causa de la muerte, pero no se ha ahogado. —Levantó con cuidado la gabardina, que le envolvía la barriga al hombre. Debajo, la camisa estaba empapada de sangre—. Algún tipo de violencia externa sobre el torso, por lo que parece.

Dejó caer la prenda y dio un paso atrás. Vanja echó un vistazo al cuerpo. Riddarstolpe tenía la boca abierta por completo, como si el dolor siguiera azotándolo. La lengua le colgaba por fuera, retorcida. Los ojos, abiertos de forma antinatural. Daba la sensación de que hubiese estado gritando hasta morir.

—Voy a hacer unas fotos —dijo Ursula, y se sacó la pequeña cámara compacta del bolsillo—. Después se ocuparán los técnicos.

—Bien —dijo Vanja, y comenzó a deshacer el camino hasta la puerta delantera.

Todo apuntaba a que la teoría que Ursula había planteado podría ser la correcta. Håkan Persson Riddarstolpe tenía en común con Susanne Nordmark que Sebastian había sido, como mínimo, parcialmente responsable de que sus vidas hubiesen descarrilado. Muchos años atrás, Sebastian había humillado a Persson Riddarstolpe en la hora de mayor audiencia y en primera plana. El caso trataba de unos adolescentes que habían sido hallados muertos en un túnel de la mina de plata de Sala.

Riddarstolpe había planteado la tesis de un suicidio colectivo, había dicho que era una tragedia, sin duda, pero que la policía no tenía nada que hacer.

No había perpetrador. Solo víctimas.

Entonces apareció Sebastian y consiguió demostrar que se trataba de un asesinato. Después de eso, la estrella Persson Riddarstolpe se había apagado, había desaparecido de la esfera pública, sus servicios casi dejaron de solicitarse del todo. A lo mejor era un poco exagerado afirmar que Sebastian le había destrozado la vida, pero Vanja sabía que Håkan Persson Riddarstolpe estaba tremendamente amargado y que había echado todas las culpas del parón en su carrera a Sebastian.

Le atemorizaba tener que informar de esto a Rosmarie, sería imposible mantener a los medios al margen: un asesino en serie que había matado a un trabajador contratado por la policía. Probablemente, hasta ahí habían podido dejar al margen el nombre de Sebastian. Pero bueno, cada día tiene su afán.

Miró a Carlos, que estaba un poco apartado interrogando al conductor que había encontrado el cuerpo de Persson Riddarstolpe. Por lo menos no tenía que preocuparse por eso. Carlos siempre era meticuloso. Sabía qué preguntas hacer. Además, tenía facilidad para conseguir que la gente se abriera. Había algo en su persona que hacía que la mayoría de la gente hablara con gusto con él. Inspiraba confianza inmediata. Una buena cualidad.

Lena Gutestam estaba cruzando el enorme recinto de aparcamientos para ir al encuentro de Vanja. Esta la saludó de lejos.

—Roger está viniendo para aquí —anunció Gutestam al llegar junto a ella—. ¿Dónde me quieres?

—Ve a ver si puedes ponerte en contacto con la empresa de vigilancia, hay cámaras por todas partes —dijo, haciendo un

184

barrido con la mano—. Entérate de si anoche también estuvieron aquí, inspeccionaron el sitio y, en tal caso, a qué hora.

—Vale.

—El autobús iba a ser un número cincuenta. Intenta obtener toda la información que puedas de esa línea. Sobre todo si tiene alguna salida a las 2.03 de la madrugada.

—De acuerdo —contestó Lena, y dirigió los pasos al edificio de administración.

No preguntó por qué, ni si la salida significaba algo, ni por qué a Vanja le interesaba eso. Se limitó a hacer lo que le habían ordenado. Su trabajo. Vanja pensó que, si sobrevivían como departamento, con Gutestam tenían algo bueno entre manos.

Vanja vio a Sebastian en la verja, donde estaba hablando con unos agentes de policía. Parecía estar convenciéndolos para que lo dejaran entrar en el recinto. Los policías parecían opinar que no era una buena idea. Vanja se apresuró hasta allí para resolver la situación.

—¿Sabes quién es? —preguntó Sebastian después de que lo dejaran pasar y se acercaban a los autobuses aparcados.

—Håkan Persson Riddarstolpe.

Sebastian se paró en seco, casi en shock.

—Estás de coña.

—No, es él.

—Joder.

—Hay dos pistas nuevas. Escritas con pintura roja en la luna trasera. Salida 2.03, ¿te dice algo?

—¿Esa es una?

—Sí.

—Yo nunca voy en autobús.

—¿El cincuenta?

Sebastian negó con la cabeza; su mente aún parecía darle

185

vueltas a la identidad de la víctima y las implicaciones que tendría. Era comprensible.

—¿Y cuál es la otra? —preguntó.

—Página ciento veintinueve, línea dieciséis.

—¿Qué es eso? ¿Un libro? Puede ser cualquiera. —Sebastian dio unos pasos nerviosos, se pasó las manos por el pelo, claramente afectado por el descubrimiento—. Riddarstolpe, menuda locura, quiero decir, hemos... —Dejó la frase sin terminar, respiró hondo y miró al cielo.

—Tenido algunos conflictos —completó Vanja.

—Sí...

—Algunas personas, como nuestro asesino, puede que incluso dijeran que le destrozaste la vida.

Sebastian le lanzó una mirada con la que a Vanja le quedó claro que él mismo ya lo había pensado. Lo había pensado y no le había gustado.

—No pretendo ser insensible —continuó ella—. Pero si ese es el móvil, ¿cuántas personas más hay?

—Muchas, supongo, quizá... No sé.

Vanja se limitó a asentir en silencio, miró el cordón policial, donde había aparcado un Hyundai azul que acababa de llegar. Un hombre se bajó del asiento del conductor, toqueteando en su teléfono móvil mientras se acercaba a paso raudo a la cinta de plástico blanquiazul. Vanja se volvió hacia Sebastian, lo cogió del brazo para que le diera la espalda al recién llegado.

—¿Quieres verlo? —le preguntó, señalando el autobús con la barbilla.

—Desde luego que no.

—Ursula tendrá fotos de todo, si hay algo que vaya dirigido a ti.

—Bien.

186

—Vámonos. No quiero que estés aquí cuando llegue la prensa.

Sebastian asintió con la cabeza, sin poner objeción alguna. Eran pocas las veces que Vanja lo había visto tan colaborativo, tan sin control.

Casi sintió lástima por él.

—Esto no me parece una buena idea.

Sebastian paseó la mirada por las cinco plantas del bloque de pisos de color amarillo en la calle Vikingagatan. Delante tenían el exuberante parque de Rödabergsparken y, detrás, las torres Norra se erigían majestuosas hacia el cielo. Como ocurría siempre cuando se trataba de obras nuevas en Estocolmo, los dos rascacielos habían generado polémica y críticas. Las fuerzas que querían que la ciudad conservara su aspecto del siglo XIX eran poderosas y parecían tener tiempo ilimitado para escribir cartas al director y artículos de opinión, recurrir licencias de obras y protestar. No era que a Sebastian le encantaran las dos torres asimétricas, pero le gustaban más que los llorones chapados a la antigua.

—No me parece para nada una buena idea —volvió a decir, y se volvió hacia Vanja.

—Todo trata de ti.

—Por eso mismo.

—Eres nuestra mayor baza para resolver esto —dijo Vanja con gravedad—. Tienes que ser una parte activa del caso.

—Ya lo soy.

—Pues ya está, vamos.

Se desabrochó el cinturón, abrió la puerta del coche y se bajó. Sebastian se demoró unos segundos, pero ¿qué opciones

188

tenía? Ninguna. Abrió la puerta, que estaba pegada a la acera, y entró con Vanja en el edificio de la calle Vikingagatan.

Anita Persson Riddarstolpe estaba llorando en el salón. Los dos agentes de policía que le habían dado la noticia de la muerte de su marido seguían allí. Uno de ellos estaba sentado a su lado en el sofá esquinero, haciendo lo que buenamente podía para consolarla.

El piso era luminoso y agradable. Daba una sensación de hogar, con una mezcla de nuevo y viejo en una distribución diáfana. Mucho arte fotográfico en las paredes; imágenes que Sebastian no relacionaba en absoluto con el estilo de Håkan. Pero ¿qué sabía él de Persson Riddarstolpe, aparte de que era un saco de boxeo de lo más práctico? No gran cosa.

Vanja saludó a Anita con un gesto afable cuando entró en el salón.

—La acompaño en el sentimiento.

Anita asintió discretamente con la cabeza y se enjugó las lágrimas con un pañuelo de papel arrugado. Alzó la cabeza y miró a los visitantes un poco desconcertada.

—Me llamo Vanja Lithner y trabajo en la Unidad de Homicidios —dijo para presentarse—. Me gustaría hacerle unas preguntas. Si se ve con fuerzas.

Anita volvió a asentir con la cabeza y pareció que se recomponía un poco, pero entonces vio a Sebastian, que había aparecido en el quicio de la puerta por detrás de Vanja.

—¿Qué hace él aquí? —espetó.

Sebastian se paró en seco y agachó un poco la cabeza en señal de respeto.

—La acompaño en el sentimiento.

Anita lo fulminó con la mirada.

189

—No quiero oír eso de su boca —señaló tajante. Se volvió de nuevo hacia Vanja—. ¿Esto guarda alguna relación con la granja de cerdos? —quiso saber, con una fuerza asombrosa en la voz.

—¿La granja de cerdos? —repitió Vanja, sorprendida. Era una pregunta que no se había esperado por parte de la viuda de Håkan Persson Riddarstolpe.

—¿Guarda alguna relación con la granja de cerdos? —insistió Anita—. ¿Mi marido está muerto por algo relacionado con él? —Señaló a Sebastian con un dedo acusador.

Él no dijo nada, solo se limitó a mirar para otro lado, incomodado.

Ya lo había dicho él.

Aquello no era una buena idea.

—No sabemos por qué ha muerto su marido —dijo Vanja sin perder la calma. No era una mentira, pero tampoco la verdad. La conexión con Sebastian era evidente, pero no sabían por qué el asesino había elegido a Håkan, precisamente.

Entonces, ¿una mentira piadosa? ¿Una media verdad?

La agente de policía que estaba sentada al lado de Anita en el sofá se levantó para dejarle sitio a Vanja.

—Esa es la razón por la que me gustaría hablar con usted —indicó Vanja al mismo tiempo que tomaba asiento.

—¿Cómo ha muerto?

Siempre la misma pregunta. Todo el mundo la hacía. En general, muy poco después de recibir la noticia del fallecimiento. La gente quería saber. ¿Habían sufrido o había sido una muerte rápida? ¿Había sido un accidente? ¿Había alguien a quien culpar? ¿Se podría haber evitado?

—Todavía no sabemos cómo ha muerto —respondió Vanja, y en esta ocasión no estaba mintiendo lo más mínimo—. Apenas hemos empezado a investigar, pero lo hemos encontrado en un autobús.

190

—¿Asesinado?

Vanja se limitó a asentir con la cabeza. Sebastian se mantenía callado en el hueco de la puerta, casi daba la sensación de que Anita se hubiese olvidado de que estaba allí, y él no tenía ninguna intención de hacerse recordar si no era necesario.

—¿Asesinado en un autobús? —repitió Anita con cara de incomprensión.

—El cincuenta. En una cochera en Solna. ¿Le dice algo?

Anita negó con la cabeza.

—No —dijo luego—. Håkan cogió el coche para ir al trabajo. En realidad, ayer deberíamos haber salido a cenar para celebrar mi ascenso, pero se vio obligado a posponerlo. Le había surgido un imprevisto en el trabajo, explicó.

—Entonces, ¿cuándo fue la última vez que lo vio?

—Ayer por la mañana. Al ver que no volvía a casa, empecé a hacer llamadas, pero nadie lo había visto. Nadie. Y luego han venido ellos dos... —Señaló a los policías de paisano y sus ojos se inundaron otra vez de lágrimas.

Vanja le pasó un nuevo pañuelo de papel del paquete que había en la mesita de centro.

—¿Le dijo si había quedado con alguien?

—No, pero era algo del trabajo, así que supongo que sí.

—Pero ¿no le dijo con quién? ¿Ni dónde?

—No.

Sebastian pensó en Susanne Nordmark y en que gracias a las listas de tráfico telefónico estaban trabajando a partir de la teoría de que el asesino se había puesto en contacto con ella varios meses atrás. Vanja no parecía estar pensando en esa línea. Tendría que probar suerte.

—¿Alguien se había puesto en contacto con él últimamente? —preguntó, y vio que Anita se quedaba de piedra al oír su voz. No se había olvidado de su presencia, pero estaba intentando

191

ignorarla. Estaba claro que prefería no tener que oírlo—. ¿Alguien con quien no había quedado nunca? ¿Le comentó algo?

—No.

—Piénselo bien. Podría haber sido hace varios meses. Alguien desconocido.

—He dicho que no —insistió Anita con voz tajante y lanzando una mirada hacia Sebastian con la que dejaba claro que no quería volver a oír nada de su boca.

Sebastian abrió los brazos en un gesto de rendición y se quedó callado.

—Entonces, nadie se ha puesto en contacto con él y no sabe si ayer había quedado con alguien —resumió Vanja. En ese momento no sacarían mucho más. Tendrían que confiscar el teléfono y los ordenadores de Håkan y analizarlos. Por algún canal debía de haberse comunicado con el asesino.

Vanja se preparó para marcharse del piso, pero se detuvo.

—Cuando hemos llegado, ha dicho algo de una granja de cerdos. ¿Qué sabe de eso?

Anita se la quedó mirando con algo que podía interpretarse como orgullo en los ojos.

—La jefa de policía le pidió a Håkan que le echara un ojo a la investigación —comenzó diciendo.

—¿Rosmarie Fredriksson?

Anita asintió con la cabeza.

—A él —declaró, señalando a Sebastian una vez más con un dedo acusador—. El que parece salirse siempre con la suya, pase lo que pase.

Vanja miró de soslayo a Sebastian, quien se encogió de hombros de manera casi imperceptible. Tampoco era como para sorprenderse. Rosmarie siempre había recurrido a la estrategia de cubrirse las espaldas. Si ponías a la gente una en contra de la otra, era más fácil declararte vencedora al final de la batalla.

Rosmarie debería escribir un manual sobre cómo mantenerse en el poder; todos los políticos lo comprarían. A su lado, Maquiavelo habría quedado como un blandengue propicio al consenso. O sea, que Rosmarie le había pedido a Persson Riddarstolpe que les echara un ojo. La pregunta era a cuántos más les habría pedido lo mismo. ¿Gutestam y Hansson habían recibido el mismo encargo?

—Estaba tan contento de tener la oportunidad de hacer justicia... Tan contento... Y ahora está muerto —dijo Anita entre sollozos. Por primera vez desde que habían entrado en el salón, clavó la mirada directamente en los ojos de Sebastian—. Y es culpa suya.

Sebastian empujó la pesada puerta de madera y dio unos pocos pasos por el pasadizo de adoquines que conducía hasta la acera. Allí hizo un alto. Aspiró el aire cálido de junio con bocanadas largas. Vanja se acercó a él.

—¿Estás bien?

—Sí, ¿por qué no iba a estarlo?

Se volvió para mirarla, contento por la preocupación sincera que había motivado la pregunta. Obviamente, podía ser una jefa estresada que quería asegurarse de que uno de sus colaboradores más importantes no iba a ceder bajo la presión, pero Sebastian eligió verla como una hija considerada que se preocupaba por su padre. Supuso que la realidad estaba a medio camino entre una cosa y otra, con la balanza quizá un tanto decantada hacia el lado de la jefa estresada.

—Ha dicho que es culpa tuya.

—Ya lo he oído.

—¿Tienes esa sensación?

Sebastian sopesó un momento la pregunta. Se le estaba brin-

193

dando la oportunidad de acercarse a Vanja más de lo que había hecho nunca. No tenían en absoluto la costumbre de abrirse el uno a la otra. ¿Debería aprovechar para contarle cómo le pesaba el sentimiento de culpa? Aunque, por otro lado, mostrarse débil nunca había ido con él, y en ese momento Vanja lo necesitaba fuerte. Ya se lo había dicho ella misma en el coche. Él era la mejor baza que tenían para resolver aquello. Y Sebastian esperaba obtener mucho por parte de su hija en el futuro, pero nunca su compasión.

—No —mintió—. Riddarstolpe era un imbécil y, por lo visto, eligió a otra imbécil para casarse.

Dicho eso, se dirigió al coche. Oyó a Vanja resoplar a su espalda.

Como siempre, vaya.

Hacía tiempo que Carlos no empezaba el día con tan mal pie. La noche anterior, su pareja y él habían salido a celebrar el cumpleaños de una amiga, y se les había hecho demasiado tarde y habían tomado demasiado vino. Cuando se metió en la cama, pasadas las dos de la madrugada, había planeado alargar un poco la mañana y llegar un par de horas más tarde al trabajo.

La idea no era que Vanja lo despertara poco después de las seis.

Ni que apareciera un cadáver en un autobús en Solna.

Ya no iba a tener ninguna mañana libre durante una buena temporada. A partir de entonces estarían obligados a subir de marcha. Esa vez quien había muerto no era una mujer de Rågsved de la que nadie se acordaba, sin círculo de amistades y con un pasado de adicciones, sino un psicólogo de la policía judicial. Empleado civil, cierto, pero aun así un compañero. Eso iba a traer consecuencias; la presión de encontrar al autor de los crímenes iba a aumentar. Carlos no conocía a Håkan Persson Riddarstolpe, pero por lo que tenía entendido había una historia de broncas y enemistad entre Sebastian y él. Si los rumores eran ciertos, era Sebastian quien había salido victorioso de la batalla, arruinando, de paso, las posibilidades de Persson Riddarstolpe de seguir haciendo carrera. Otra persona a la que Sebastian, consciente o inconscientemente, había pisoteado en su camino. Por tanto, tenían un patrón.

En la cochera había hablado con el conductor que había encontrado el cuerpo y con otros que habían podido darle algunos datos interesantes. Después había echado una mano en el cordón policial para que todos los autobuses pudieran salir del recinto. La mayoría, con mucho retraso.

Como siempre, poco a poco la cosa se había ido calmando. Vanja y Sebastian se habían marchado para ir a hablar con la viuda, Ursula se había quedado en el autobús junto con el equipo de técnicos forenses, y Gutestam y Hansson estaban ocupados con la empresa de seguridad y las cámaras de videovigilancia. Carlos ya no tenía ninguna tarea explícita en el escenario del crimen, y además hacía frío, así que había vuelto a su piso en Kungsholmen. Llamó desde el coche. Eric lo cogió al cuarto tono. Carlos le dijo que estaba volviendo a casa. Quería desayunar algo. Le daba igual el qué, mientras hubiese café y pastillas para el dolor de cabeza.

Eric parecía encontrarse mucho peor que Carlos, sentado a la pequeña mesa de la cocina en el piso franco que tenían en la capital. Ese día no trabajaba, y por esa razón la noche anterior había ido con todo, incluso más que Carlos. Uniendo fuerzas, entre los dos lograron preparar un desayuno más que digno. *Bagels* calentados en el microondas, zumo de naranja, kéfir y cereales. Café solo e ibuprofeno. Carlos comenzó a jugar con la idea de volver a meterse los dos en la cama, pero justo entonces empezó a sonarle el móvil. Era Vanja. La jefa quería que fuera a recoger el ordenador del despacho de Persson Riddarstolpe, así como los móviles que pudiera encontrar. Carlos se terminó el café de un trago y retiró la silla.

—Me marcho.

—Yo me meteré en la cama otra vez —dijo Eric, y también se levantó—. Suerte.

—Sí, gracias —contestó Carlos sonriendo.

196

Eric sabía que trabajaba en la Unidad de Homicidios y, por tanto, que se dedicaba a resolver asesinatos. Pero no sabía quiénes eran las víctimas, la conexión que había con Sebastian, que el departamento amenazaba con ser desmantelado. Ni quería saberlo. Los dos se contaban lo necesario de sus respectivos trabajos, pero había muchas otras cosas de las que hablar. Y eso hacían. Carlos le dio un beso en la mejilla al pasar por su lado. Eric olía a resaca. ¿Él también? Decidió darse una ducha rápida y una pasada con el cepillo de dientes antes de salir. No merecía la pena jugársela.

Una vez llegado a su destino en la calle Polhemsgatan, Carlos cogió el ascensor hasta la sexta planta, donde estaba el despacho de Håkan Persson Riddarstolpe. No tenía ni idea de adónde debía ir ni qué pasillo coger, así que tuvo que preguntar. El hombre a quien le pidió ayuda le contó con alegría cómo llegar.

—Pero hoy no lo he visto —le informó después de terminar de darle las indicaciones. Al parecer nadie, o por lo menos aquel hombre, sabía nada de lo que le había pasado a su compañero.

Ni que nunca más lo volverían a ver.

Carlos siguió las instrucciones y llegó hasta una puerta cerrada, igual que todas las demás en el pasillo. PSICÓLOGO PERSSON RIDDARSTOLPE, ponía en una plaquita metálica junto a la puerta, que, desgraciadamente, estaba cerrada con llave.

La puerta de al lado estaba entornada y Carlos llamó con los nudillos al mismo tiempo que la abría. Detrás del escritorio había una mujer de unos treinta años, pelo rubio a la altura de los hombros, flequillo hasta las cejas y blusa de gasa que hizo que Carlos tiritara de frío solo de verla. Ella alzó la cabeza con una sonrisa de curiosidad.

—Hola, soy Carlos Rojas, trabajo en Homicidios —dijo Carlos, y sacó su identificación, por si acaso.

—Hola, yo soy Louise.

—Necesitaría entrar en el despacho de Håkan —continuó Carlos, señalando con el pulgar en dirección a la habitación contigua—. ¿Sabe quién me podría ayudar?

—¿Por qué? —preguntó Louise.

Carlos soltó un leve suspiro. Por si la mañana no había sido ya lo bastante pesada, también le tocaba comunicar el fallecimiento.

—Lo siento, pero hemos encontrado a Håkan muerto esta mañana.

—Vaya. —Louise dejó caer la vista a la mesa, como si esperara verse afectada por algún tipo de sentimiento, pero no pareció aflorar ninguno—. Qué pena —dijo finalmente, y volvió a mirar a Carlos.

—Sí... ¿Lo conocía mucho?

—Era su secretaria a tiempo parcial, trabajo para él y tres personas más del departamento.

—¿Le puedo hacer algunas preguntas? —continuó Carlos, aún sorprendido por lo serena que se mostraba Louise. Aunque solo trabajara para Håkan un veinticinco por ciento de su tiempo, debían de coincidir algunas horas cada día. Pero no las suficientes como para echarlo de menos ni quedarse en shock porque hubiese muerto, por lo que parecía.

—Desde luego —dijo ella, enérgica.

—¿Ayer dijo algo de adónde pensaba ir después del trabajo?

—No, pero tuvo que cancelar una cena con su mujer. Por tercera vez. Eso le preocupaba un poco.

—¿Sabe por qué?

—Había quedado con alguien, creo.

—¿Dijo con quién?

Louise se quedó pensando un momento, pero luego negó con la cabeza.

198

—¿Dijo dónde?

Volvió a hacer memoria, y de nuevo negó con la cabeza.

—¿Comentó algo de que alguien se hubiera puesto en contacto con él? —continuó Carlos—. ¿O recibió la visita de alguien?

—No, nada que yo pueda recordar.

—Podría haber sido hace unos meses, alguna persona nueva que nunca había pasado por aquí o con quien él nunca había hablado.

—No...

—Podría haber sido algo relacionado con Sebastian Bergman —soltó Carlos, con la esperanza de haber sido lo bastante específico como para despertar un posible recuerdo, pero al mismo tiempo lo bastante vago como para que Louise no entendiera el contexto.

—Sebastian Bergman no le caía bien —dijo Louise en el acto, y lo miró seriamente—. Hablaba mucho de él. Demasiado, dirán algunos.

Carlos comprendió que ya había obtenido toda la información que la mujer le podía dar. Al menos, por el momento. Tocaba seguir adelante con el motivo real de su visita.

—¿Puede ayudarme a entrar en su despacho?

—Por supuesto —respondió ella; se levantó y se acercó a un armarito metálico que estaba colgado en la pared. Cogió una llave de uno de los ganchos y salió al pasillo. Carlos la siguió.

Louise lo dejó entrar en el despacho contiguo. La estancia era del mismo tamaño que el de ella, pero con otra decoración. En un rincón, Håkan había metido un pequeño conjunto de butacas, y dos de las cuatro paredes estaban ocupadas por estanterías que llegaban hasta el techo, repletas de libros. Carlos echó un vistazo a los lomos. Obras divulgativas y tratados de psicología, muchos en inglés, algunos en otros idiomas. Tuvo la

199

impresión de que Håkan no quería que nadie que lo fuera a visitar dudara ni un segundo de cuál era su profesión ni cuestionara su conocimiento. El título universitario y las condecoraciones en la pared de enfrente reforzaban su teoría.

Carlos se acercó al escritorio, donde había más libros, carpetas y pilas de documentos. En el centro había un ordenador. Carlos se sentó en la silla de oficina y lo puso en marcha. Mientras esperaba a que se encendiera, examinó un poco más de cerca lo que había en la mesa. La mayor parte parecían evaluaciones de estudiantes de policía y otros documentos internos. Carlos los hojeó distraído, pero no encontró nada de interés. Supuso que alguien, quizá él mismo, tendría que revisarlos más al detalle en busca de algún apunte a modo de recordatorio, un número de teléfono anotado a toda prisa o algo por el estilo que pudiera hacerlos avanzar. Sus cavilaciones se vieron interrumpidas por la pantalla del ordenador, que se iluminó con un leve pitido electrónico. En el centro apareció un recuadro para introducir la clave de acceso. Carlos se volvió hacia Louise.

—¿Se sabe la contraseña?

—Por supuesto —dijo; se puso a su lado y se agachó sobre el teclado.

—Gracias.

—No hay de qué —contestó ella; dio un paso atrás, pero no hizo ademán de abandonar la estancia. ¿Por curiosidad o porque quería estar preparada por si Carlos necesitaba ayuda con algo más?

Fuera como fuese, Carlos no quería tenerla a su espalda.

—Ya la avisaré si necesito algo más.

La indirecta no tan sutil fue captada por su interlocutora y la mujer dio media vuelta para marcharse con un «vale» en tono neutro.

200

—Por cierto —dijo Carlos, y Louise se detuvo en la puerta—. ¿Håkan tenía algún teléfono aquí? ¿Algún móvil de trabajo?

—No, solo tenía uno, solía llevarlo siempre encima.

—De acuerdo, gracias.

Una vez solo en el despacho, Carlos volvió a concentrarse en el ordenador. Más tarde lo examinarían personas con más conocimientos informáticos que él, pero quería ver si podía encontrar algo de buenas a primeras.

Empezó por el correo electrónico.

Con un simple vistazo pudo constatar que Håkan no tenía la misma disciplina que él a la hora de gestionar el email. En la bandeja de entrada había mil ochocientos noventa y dos correos, de los cuales trescientos cuarenta y siete estaban sin leer. No había forma alguna de hacerse una idea general de lo que había allí, Carlos necesitaba un modo más rápido de encontrar algo. Puso el cursor en la barra de búsqueda del gestor de correo electrónico y escribió «Sebastian Bergman». Pulsó intro y le aparecieron tres mensajes. Dos de ellos habían sido enviados a Rosmarie Fredriksson, y Carlos los abrió empujado por la curiosidad. En el primero, Persson Riddarstolpe decía que había oído que Sebastian Bergman estaba implicado en un nuevo caso de la Unidad de Homicidios y que él, dejando completamente al margen la historia personal que tenían, se consideraba en la obligación de advertir a Rosmarie lo que eso podía suponer a la larga para el cuerpo policial. Obviamente, ella tenía la última palabra, pero le gustaría mucho reunirse con ella para poder explicarse mejor. La secretaria de Rosmarie le había contestado. Día y hora. Un cuarto de hora en su despacho, unos días atrás.

El siguiente email a Rosmarie era un agradecimiento desmesurado por la reunión y por la confianza que había depositado en él. No pensaba decepcionarla. Ahora que tenía permiso

201

para acceder a la investigación de la Unidad de Homicidios, con un poco de suerte podría impedir abusos de poder directos, errores técnicos de investigación y juicios éticos erróneos antes de que le causaran un daño importante a todo el cuerpo. No hacía falta leer entre líneas para entender que Håkan tenía intención de demonizar a Sebastian.

«Menuda rata», pensó Carlos, y cerró el mensaje. O ratas, en plural. No era solo Persson Riddarstolpe. Que Rosmarie mostrara tan poca confianza en la Unidad de Homicidios no dejaba de ser chocante. Que actuara a sus espaldas de aquella manera... Carlos tendría que comentárselo a Vanja.

Abrió el tercer correo, que había sido enviado hacía más de un año pero que no tenía ningún interés. El nombre de Sebastian solo aparecía en una lista de posibles personas que podrían revisar las nuevas directrices para la evaluación psicológica de candidatos a la escuela de policía. Carlos volvió a la lista de resultados de la búsqueda y, justo cuando iba a cerrarla, se detuvo. Debajo de los tres correos, en letra pequeña, ponía: «Hay mensajes en la papelera que coinciden con el elemento de búsqueda».

Deslizó el puntero del ratón hasta la papelera y la abrió. No eliminaba gran cosa, Riddarstolpe. Solo había un hilo de mensajes. Entre Håkan y un tal MustDiGGIT@gmx.de. Tenía pinta de dirección de *spam*, pero no lo era. La pequeña cifra que aparecía después de la dirección revelaba que el hilo contenía nueve correos electrónicos.

Carlos se acomodó en la silla y comenzó a leer. El primer correo había sido enviado por MustDiGGIT a Riddarstolpe hacía más de dos semanas.

Ahora ya te escribo por email. ¿Qué quieres?

202

El mensaje daba a entender que ya habían coincidido antes, que ya se habían comunicado por otro canal. En internet, seguramente. Carlos bajó hasta la respuesta de Persson Riddarstolpe y pudo confirmarlo al instante.

Como te dije por K-Chan, quiero saber qué sabes de Sebastian Bergman.

K-Chan. Carlos sabía qué era, pero nunca había entrado: uno de los grandes vertederos de basura de internet. Cotilleos y caza de brujas, teorías de la conspiración, violencia y armas. La homofobia, el racismo y la misoginia campaban a sus anchas. Carlos abrió el navegador y entró en la página. ¿Estaba Håkan tan desesperado por hundir a Sebastian que había acudido a ese portal? Eso parecía. Enseguida comprobó que Sebastian tenía su propio hilo; lo había abierto Persson Riddarstolpe en su momento. Ni siquiera había empleado un alias, sino que se presentaba como Håkan. La primera entrada preguntaba: «¿Alguien que sepa algo del despreciable psicólogo criminal Sebastian Bergman?». Había tardado un tiempo, pero al final le había contestado la persona que firmaba como MustDiGGIT. Insinuando, más que revelando, lo que sabía. Había oído algo de que estaba implicado en tal y cual suicidio, en tal y cual escándalo sexual.

Håkan Persson Riddarstolpe había mordido el anzuelo, había querido saber qué sabía MustDiGGIT realmente, y su última entrada era una súplica para que MustDiGGIT se pusiera en contacto directo con él. Y Håkan le había facilitado la dirección de su correo electrónico del trabajo. Carlos negó con la cabeza. Los conocimientos de Håkan sobre seguridad informática y cómo funcionaba la red parecían, cuando menos, limitados. Era un buen augurio. Seguro que la Unidad de Informática podría ayudarlos bastante en aquel asunto.

203

Carlos volvió al hilo de correos en la papelera y leyó el siguiente.

Sé un montón de cosas.

¿Alguna ilegal?

Puede. Claramente antiéticas.

Necesito mierda de la buena contra él.
Estoy dispuesto a pagar.

Tengo mierda. Hablamos por Wreckr.

¿Qué es Wreckr? ¿Es porno y prostitución
y tal? A veces mi mujer usa mi teléfono.

Pues nada, lo dejamos.

No. Wreckr. Me lo descargo. ¿Y después?

Yo me ocupo. Ahora elimina esta
conversación.

Ese era el último correo. Håkan Persson Riddarstolpe había obedecido y había borrado el hilo de correos, pero no sabía que quedaba guardado en la papelera durante treinta días.

Pero el hilo terminaba ahí.

Wreckr. Un servicio de mensajería móvil encriptado. Popular entre camellos y pedófilos, por lo visto, según había oído Carlos en el último seminario sobre ciberseguridad, que trataba de los desafíos de la policía con los chats encriptados. Wreckr iba a desaparecer con el cambio de año; los usuarios que no utilizaban la aplicación para actividades ilegales eran tan pocos que no había argumento posible para que siguiera existiendo. No porque eso fuera a detener nada. Pronto habría otra app, una nueva, que tomaría el relevo. Cuando se trataba de comunicación, daba la sensación de que los criminales iban por lo menos dos pasos por delante de ellos todo el tiempo. Posiblemente los informáticos de la policía serían capaces de descifrar la encriptación de Wreckr, pero para ello necesitarían disponer del móvil de Riddarstolpe, el cual no había aparecido en el lugar del hallazgo, por desgracia.

Carlos se reclinó en la cómoda silla de oficina e hizo un resumen mental de todo. Riddarstolpe se había puesto en contacto con alguien para obtener datos sobre Sebastian. Habían pasado a un chat encriptado, pero... no se podía descartar la posibilidad de que hubiesen decidido quedar en persona. Que esa fuera la razón por la que Riddarstolpe había tenido que anular de pronto la cena con su mujer. La nueva cita era más importante.

Pero ¿dónde? ¿Dónde habían quedado?

Carlos pensó de nuevo en lo que había aprendido de Håkan Persson Riddarstolpe. El hombre era un cateto en temas de informática. Lo más probable era que ni siquiera hubiese intentado borrar sus huellas digitales.

Carlos se inclinó hacia delante y abrió Google Maps, miró la última búsqueda de Håkan. ¡Bingo! Había buscado la zona de baño del lago Flatenbadet. A diecisiete minutos en coche desde la comisaría de la calle Polhemsgatan. Carlos no pudo evitar esbozar una amplia sonrisa.

Tenían una pista.

205

Carlos bajó a paso ligero hasta el coche en el parking de la policía.

De camino, llamó a Vanja y le informó de lo que había encontrado y adónde se dirigía. Se había esperado una reacción mayor ante la noticia de que Rosmarie le había encomendado a Persson Riddarstolpe la misión de espiar a Sebastian y a todo el equipo, pero Vanja ya lo sabía. Por lo visto, con la visita a Anita, la esposa, le había quedado claro que Persson Riddarstolpe se había dedicado a recopilar datos y a vigilar de cerca la investigación. Obviamente, Rosmarie no podía saber que Håkan iría tan lejos en sus pesquisas como para ponerse en contacto con el asesino y dejarse engañar para quedar con él.

Era triste, pero también era de una torpeza monumental.

Por parte de Håkan, sin duda, pero también por parte de Rosmarie.

La misión que le había dado y el resultado que había tenido. No pintaría nada bien, si saliera a la luz. Ella conocía la aversión de Håkan hacia Sebastian, había usado ese conocimiento para conseguir que él le hiciera el trabajo sucio, y en ese momento estaba muerto. Vanja y Carlos decidieron no hablar con Gutestam y Hansson de lo que habían descubierto. Carlos dio por hecho que Vanja aún no se fiaba plenamente de ellos y que la implicación y mal juicio de Rosmarie eran algo que podría serle de pro-

206

vecho más adelante. Él no tenía nada en contra; no sentía ninguna lealtad por Rosmarie. Por supuesto, Sebastian ya sabía qué le había pedido Rosmarie a Håkan que hiciera, pero le importaban más bien poco la política interna y los juegos de poder dentro de la organización, así que no diría nada.

Tras prometerle que, en caso de encontrar algo, la informaría a ella directamente, Carlos colgó, se sentó al volante y puso el coche en marcha. Salió de comisaría, tomó la calle Kungsholmsgatan en dirección al centro y se desvió hacia el puente Centralbron. Mientras cruzaba el puente Johanneshovsbron, de pronto cayó en la cuenta de que la noche anterior había estado bebiendo. Bastante y hasta muy tarde, pero ¿cuántas horas hacía? Habrían pasado doce o catorce horas desde la última copa, difícilmente podría superar los límites establecidos. Sin embargo, levantó un poco el pie del acelerador (como si tuviera alguna relevancia) y respetó todas las señales de velocidad mientras enfilaba la carretera 73 y pasaba por delante del cementerio de Skogskyrkogården. En el nudo vial de Gubbängen se desvió en dirección a Skarpnäck, y poco después estaba conduciendo entre huertos comunitarios, campos de cultivo y bosque virgen. Si había algo que Carlos apreciaba de verdad de Estocolmo era lo cerca que estaba de la naturaleza. En cuestión de veinte minutos podías pasar de estar en medio de una ruidosa ciudad de hormigón a encontrarte en un bosque primario donde reinaba el silencio. Pocas capitales podían jactarse de eso.

A su izquierda apareció un lago grande; lo fue bordeando hasta que se terminó y el GPS le informó de que tenía que girar a la derecha, abandonar la 229 y continuar hacia Stora Flatenbadet. La zona de baño quedaba junto al lago Flaten, y a Carlos le parecía recordar haber oído que era el más limpio de Estocolmo.

Estaba bien señalizado y no tardó en encontrar uno de los dos aparcamientos. Se detuvo en el primero, donde también pa-

207

raban los autobuses de línea del área metropolitana, y paseó la mirada por los coches aparcados. Había unas cincuenta plazas, y menos de la mitad estaban ocupadas. Cabía imaginarse que en pleno verano estaría a reventar. Aparte de la zona de baño, también había un restaurante y un minigolf justo al lado.

Según Tráfico, Persson Riddarstolpe tenía un Hyundai i10 de color azul metalizado del año 2015 con la matrícula KUF356. Carlos no tenía ni idea de coches, no sabía si era un modelo habitual o no y tampoco lo reconocería, así que tuvo que ir leyendo las matrículas de una en una. Por eso fue avanzando a paso de tortuga entre los coches aparcados.

Ninguno era azul metalizado.

Ninguno tenía la matrícula en cuestión.

Dio otra vuelta para asegurarse antes de acudir al segundo aparcamiento. Este era más grande y alargado. Resultaba más difícil tener una vista general. Había más coches aparcados, a ambos lados y morro con morro en el centro. Había algunas personas paseándose por allí. Muchas iban con perro. Carlos aún echaba de menos tener perro, le encantaría tener uno, pero Eric se negaba. Demasiada responsabilidad, te atabas demasiado, difícil de compaginar con dos personas que trabajaban a tiempo completo y, a veces, con horarios muy raros. Buenos argumentos. Mejores que los de Carlos, que se centraban en el hecho de que saldrían a la calle cada día y en la compañía y el amor incondicional que iban a recibir.

Comenzó a deslizarse con el coche junto a la primera fila de vehículos aparcados. Ninguno azul metalizado. Un pequeño Audi era el único que se acercaba al color, pero incluso él reconocía los cuatro anillos entrelazados y sabía que no era el logo de Hyundai. Dio la vuelta al final del aparcamiento y regresó por el otro lado. Un poco más adelante había un coche azul que tenía el morro apuntando al bosque. Se acercó y miró la matrícula.

KUF356.

Carlos se bajó y echó un vistazo a su alrededor. No había ninguna cámara, que él pudiera ver. No le sorprendió. Se puso unos guantes de látex, se acercó al coche aparcado y miró con cuidado por la ventanilla del conductor. En el asiento del acompañante había un maletín de cuero, bajo el cual asomaba un teléfono móvil. Carlos tanteó la puerta. No estaba cerrada con llave. No pudo contener una sonrisa cuando la abrió y se inclinó con cuidado. Ursula se pondría hecha una furia si contaminaba el sitio, así que procuró retirar el móvil sin tocar nada más. Un Samsung Galaxy, parecía bastante nuevo y aún tenía batería. Varias llamadas perdidas de su mujer; nada más. Mientras Carlos volvía a su coche para coger una bolsa de pruebas cayó en la cuenta de la suerte que habían tenido. Un maletín y un móvil en un coche abierto que había pasado la noche en un aparcamiento público. Metió el teléfono en la bolsa con esmero y la selló. Le darían la máxima prioridad. En el mejor de los casos, la conversación encriptada de Wreckr les facilitaría mucha información. Incluso un nombre, si tenían suerte.

Volvió al coche aparcado y se planteó brevemente si dejarles el maletín a Ursula y su equipo, pero decidió que necesitaban toda la información posible cuanto antes. De nuevo se asomó con cautela al interior del coche y cogió el maletín. Era un modelo antiguo y ajado de cuero amarillo pálido, propio del típico profesor o investigador universitario para llevar sus documentos. Carlos lo abrió con todo el cuidado que pudo. Los cierres estaban desgastados, por lo que tuvo que intentarlo varias veces hasta conseguirlo. Le dio la sensación de que el maletín había sido un regalo en alguna graduación o una contratación muchos años atrás. Dentro había una libreta, algunos bolígrafos, unas monedas sueltas, un cargador de teléfono y un par de calzoncillos extra. Echó un vistazo rápido a la libreta, pero no encontró nada que llamara la atención. Casi todo parecían notas tomadas en distintas evaluaciones y reuniones, mezcladas con listas de recordatorio. No vio ningún número de teléfono apuntado a toda prisa, ni notas al margen que pudieran serles de ayuda. Volvió a guardar la libreta y decidió que ya la examinaría mejor más tarde.

Enderezó la espalda y se fijó en los alrededores.

Conque allí era adonde el asesino le había pedido a Riddarstolpe que fuera. Hasta la fecha, se había mostrado muy planificador. Si hacían caso de lo que decía Sebastian, todo significaba algo: las víctimas, los lugares, las horas. No había motivos para pensar que en esta ocasión era diferente.

Entonces, ¿por qué allí?

Bosque alrededor. El lago asomaba entre los árboles. ¿Era eso? ¿Esa era la razón? Pero Håkan Persson Riddarstolpe no había sido ahogado. Aunque el lago podía desempeñar algún papel de todos modos. ¿El asesino quería que lo encontraran? ¿Tenía algún significado especial para él?

Carlos volvió a su coche, dejó el maletín al lado del móvil, cogió un tarrito de plástico con tapa y comenzó a bajar hacia la orilla.

Volvían a encontrarse en la sala.

Todos excepto Ursula, que se había ido con los técnicos a Stora Flatenbadet para examinar el coche de Persson Riddarstolpe. A pesar de preferir tenerla presente en la reunión, Vanja ni siquiera había intentado retenerla. Ursula tenía un ojo para los detalles que, combinado con sus conocimientos de labores de investigación y capacidad de razonamiento deductivo, la convertían en algo único.

Estaba donde más provecho se le podía sacar.

Carlos acababa de contarles de forma resumida y precisa lo que había encontrado en el ordenador de Riddarstolpe y cómo eso lo había conducido hasta el coche aparcado en Stora Flatenbadet. Hansson miró a Sebastian cuando Carlos hubo terminado.

—Parecía obsesionado con devolvértela. ¿Hiciste algo más, aparte de fastidiarle la carrera laboral en los noventa?

—No.

—Un cabrón rebuscado —dijo Hansson para sí—. El asesino tuvo suerte, le fue fácil engatusarlo.

—Sí...

De nuevo, a Sebastian le invadió la deprimente idea de que el adversario al que se estaban enfrentando podría ser un policía. ¿Quién más sabía que Håkan Persson Riddarstolpe seguía

211

teniéndosela jurada a Sebastian después de tantos años? Poca gente. Miró de reojo a Vanja para ver si estaba pensando lo mismo. Imposible de decir.

—Lo que podría ser bueno de Stora Flatenbadet es que hay bastante movimiento de gente. —Carlos interrumpió sus cavilaciones—. Aunque no sea temporada alta, es un sitio popular para ir a correr, pasear al perro, tomarse unas cervezas por la tarde...

—¿Te refieres a que alguien podría haber visto algo?

—Deberíamos publicar en las redes sociales que queremos datos de Stora Flatenbadet a partir de la hora a la que Håkan llegó.

—¿Y cuándo fue eso? —quiso saber Gutestam.

—Salió de comisaría alrededor de las seis y media, así que debió de llegar unos veinte minutos más tarde.

—Puedo encargarme de que lo publiquemos —se ofreció Gutestam—. ¿Hay edificios residenciales en la zona? ¿Hacemos un puerta a puerta?

—Lo más cercano es Älta, pero queda a un buen trecho de allí. No creo que vaya a dar nada de sí.

—Vale.

El tema parecía zanjado y todos se volvieron de nuevo hacia Vanja, quien les devolvió la pelota al instante.

—¿Cómo va con las grabaciones de vigilancia de la cochera?

—Nos llegarán de un momento a otro.

Vanja asintió satisfecha con la cabeza. No estaban mucho más cerca de una detención, pero no cabía duda de que el equipo estaba trabajando de manera efectiva, con una mezcla perfecta de iniciativa propia y seguir órdenes. La Unidad de Homicidios 2.0, o como se le quisiera llamar, lo estaba haciendo bien. Muy bien.

Lamentablemente, los resultados no lo confirmaban.

212

Y los resultados eran lo único que contaba.

—Ursula nos ha dejado una nota —continuó Vanja, y cogió un papel que tenía delante en la mesa—. El análisis de la muestra de agua que tomamos en casa de Torgny Wahlgren no coincide con el agua en los pulmones de Susanne.

—¿Eso significa que lo tachamos de la investigación? —preguntó Hansson.

—Sí, pero no solo por eso. Su coartada es sólida. Estaba en la provincia de Dalarna en el momento en que Susanne fue asesinada.

—Era una pista extraña desde un buen comienzo —constató Hansson secamente. Todos los presentes se volvieron hacia él con cara interrogante. Hansson se encogió de hombros—. En relación con el asesinato de Susanne, tenemos dos testigos que vieron a un hombre joven, y nos ponemos a perseguir a un hombre de setenta años y a tomar muestras de agua de todos los lagos que encontramos.

—Un lago vinculado a un potencial sospechoso —señaló Sebastian con irritación mal disimulada—. Y otro donde hemos hallado el coche de Håkan. Dos lagos. No son todos, ni de lejos.

—Solo era una observación, nada más. Podéis tomar todas las muestras de agua que queráis —respondió Hansson—. Si os parece importante.

—Es importante.

—¿Por...?

—Porque nuestro asesino no hace nada por casualidad. Planifica. Todo. Todo lo que hace significa algo.

—Vale, vale —dijo Hansson abriendo los brazos en un gesto de rendición—. Lo único que digo es que, si fuese mi investigación, y sé que no lo es, no me habría puesto a perseguir a Torgny Wahlgren.

—Te parecería que estaba muy lejos —murmuró Sebastian a un volumen lo bastante alto como para que se oyera.

—¿Qué quieres decir con eso?

—Quiero decir que eres un vago. Un poli correcto, pero vago.

—¿Y cómo lo sabes?

—Tú sabes que yo soy un capullo exadicto al sexo y que tengo un coeficiente intelectual por encima de la media; yo sé que tú eres un vago. —En ese momento fue Sebastian quien abrió los brazos—. Son cosas que se saben y punto.

Hansson esbozó una sonrisa inescrutable. Vanja suspiró. Hacía un momento había alabado por dentro a su equipo por lo bien que trabajaban juntos, y de pronto le salían con esto. Deseaba poder echárselo en cara a Sebastian, pero los entendía y estaba de acuerdo con ambos. Hansson estaba en lo cierto en que los testimonios no habían señalado en absoluto a Torgny, por mucho que hubiera otros factores que sí, en cierta medida. Sebastian constataba que el autor de los hechos no hacía nada porque sí, por lo que, en efecto, era importante encontrar el lago en el que había ahogado a Susanne.

Y Hansson era un vago. Todo el mundo lo sabía.

—Parad ya, los dos —se limitó a decir, y sacó su teléfono, que había empezado a sonar. Les dio la espalda a los demás y respondió.

Carlos se levantó de la silla y fue a coger un botellín de agua de los que había en la mesa, lo abrió y bebió a grandes tragos mientras volvía a su sitio. Los ojos de Lena Gutestam se encontraron con los de Sebastian y sonrió. Él le devolvió la sonrisa. Le dio absolutamente igual que Hansson lo mirara con el ceño fruncido. Vanja terminó la llamada con un «Vale, gracias, nos vemos», dejó el teléfono en la mesa y se volvió hacia los demás, pero con la vista fija en Sebastian.

214

—No tenía el corazón.

—¿Qué?

—Håkan Persson Riddarstolpe no tenía el corazón. El asesino se lo ha sacado.

—Västerås. Roger Eriksson —dijo Sebastian escuetamente.

—Sí.

—¿De qué estás hablando? —preguntó Carlos.

—Nuestro primer caso juntos —respondió Sebastian.

—La primera vez que te colaste en una investigación —lo corrigió Vanja—. Pero sí, un chaval de dieciséis años al que le habían quitado el corazón.

Lena Gutestam miró desconcertada a Vanja y luego a Sebastian.

—Solo para que lo entienda. ¿El autor de los hechos está haciendo referencia a uno de vuestros antiguos casos, otra vez?

—Eso parece.

Se hizo el silencio en la sala mientras iban asimilando la información. Sebastian dejó que su mente volviera a pensar en cuántas personas, y quiénes, podían conocer lo que había ocurrido en su ciudad natal hacía tantos años. El caso había sido bastante sonado en la prensa, y el detalle del corazón extraviado se había filtrado, así que no había nada en concreto que diera pie a pensar que era un policía. Sin embargo, estaba bastante seguro de que no solo se trataba del antiguo caso, sino de que el perpetrador también quería comunicar el concepto de «sin corazón». Al principio se había sentido un tanto impresionado por su adversario; en ese instante solo se sentía cansado.

—A propósito de nada. —Gutestam interrumpió el momento de silencio—. Me parece que he resuelto lo de las cifras en la pared de la granja de cerdos.

Lo dijo con tanta indiferencia y falta de emoción que los demás tardaron unos segundos en reaccionar.

215

—¿Por qué no lo has dicho antes? —quiso saber Vanja, con cierta irritación en la voz.

—Le has dado la palabra a Carlos y luego una cosa ha llevado a otra y, bueno...

—Da igual, ¿qué es?

—Todo gira alrededor de Sebastian, ¿verdad? En el autobús nos han dejado una página y una línea. Así que, probablemente, se trate de un libro. Sebastian ha escrito libros.

—Tres. ¿Es uno de los míos?

Gutestam le sonrió, como si le gustara tenerlo a él, y a todo el grupo, un poco en vilo. Se acercó su portátil.

—Todos los libros tienen un código ISBN, *International Standard Book Number*, de diez o trece dígitos.

—Nosotros solo tenemos seis —replicó Carlos.

—Lo sé, pero todos los códigos siguen la misma estructura. La mayoría empieza por 978, tiene algo que ver con convertirlo a un código de barras o algo...

—Ve al grano —la exhortó Vanja, impaciente.

—Después le sigue el país en el que sale publicado, a Suecia le corresponde el 91, la siguiente cifra es la editorial, y la de Sebastian tiene el 1, luego van seis cifras de identificación, que son las que nos dejaron en la pared, y, por último, una cifra de control, el 0.

Introdujo las cifras en su ordenador al mismo tiempo que les resumía la cuestión.

—Eso nos da el número 9789113041360 —dijo para terminar, y pulsó la tecla de intro. Con una sonrisa de satisfacción, giró el ordenador para que los demás pudieran ver la pantalla. Seiscientos setenta y ocho resultados de búsqueda. Todos mostraban lo mismo.

El último libro que Sebastian había escrito.

El aprendiz: la herencia de Edward Hinde.

Sebastian cerró los ojos un instante. En cuanto supo lo de la página y la línea debería haber pensado en sus propios libros. Pero no lo había hecho. Más tarde tendría que maldecir su incompetencia, pero en ese momento debían encontrar un ejemplar. Se volvió hacia Vanja.

—¿Lo tienes aquí?

—No —dijo ella, negando con la cabeza.

—¿No lo tienes? —preguntó él con cierto recelo en la voz, como si ella le hubiese mentido o él no hubiese oído bien.

—No, ¿por qué iba a tenerlo?

—Torkel tenía mis libros en la estantería de su despacho —dijo Sebastian, y en cuanto terminó de decirlo notó lo bobo que sonaba.

—Yo no los tengo —zanjó Vanja, y le clavó la mirada—. Encuentra un ejemplar. Ya.

Le pidió al taxi que se quedara esperando.

No tardaría demasiado. Cinco minutos, como mucho. Al bajarse, cerró la puerta más fuerte de lo necesario. Estaba molesto. ¿Cómo podía ser que en la Unidad de Homicidios nadie tuviera su libro? Torkel los tenía en su despacho, lo sabía, lo cual quería decir que Vanja, cuando le hizo el relevo para ocupar el puesto, había tomado la decisión premeditada de deshacerse de ellos.

Se le había ocurrido llamar a su editora, pero no la había encontrado. En lugar de ella había hablado con otro idiota de la editorial que no sabía ni quién era Sebastian ni qué había escrito. Después de repetirle su nombre y el título del libro dos veces, el joven del otro lado de la línea le dijo que intentaría encontrar un PDF y mandárselo. No tenía claro dónde debía buscar, pero ya preguntaría. ¿A qué dirección de correo? Sebastian le había dicho que no hacía falta y había concluido que la manera más fácil de conseguir un ejemplar sería irse a casa y coger uno.

«¿Cómo puede ser que en Homicidios nadie tenga mis libros?», volvió a pensar mientras marcaba el código del portal electrónico. Pero enseguida se lo quitó de la cabeza. Tenía que ponerse las pilas, sonaba como un niño herido. Peor aún, parecía ofendido, la nueva enfermedad nacional de Suecia. Sebastian Bergman no se ofendía; era rebajar demasiado su dignidad.

Empujó la puerta y entró en el rellano. El ascensor no estaba en la planta baja, así que comenzó a subir por la escalera a paso ligero.

17-02-20. ¿Cómo era siquiera posible? El tarro de cebolla encurtida había caducado hacía más de tres años. Y, aun así, allí seguía, en el fondo del primer estante de la nevera. Las remolachas también habían caducado hacía mucho tiempo. Los pepinillos en vinagre, también. Era la decadencia. No se estaba cuidando.

Necesitaba a alguien.

La necesitaba a ella.

De la misma manera que había puesto orden en su armario, clasificando ropa y llevando la que ya no debería ponerse al punto de recogida, el proyecto de aquel día sería poner orden en la cocina. Allí había mucho que hacer. Más de lo que Ellinor se había esperado. La nevera, el congelador, dos armarios que hacían las veces de despensa, desorden en el resto de los armarios, y el horno había que limpiarlo. ¿A qué se había dedicado la mujer aquella del servicio de limpieza? Menos mal que se habían librado de ella. En un rincón había varias botellas y latas vacías. No pudo ver nada más para reciclar. Así que el cartón, el plástico y el metal iban directamente a la basura, todo mezclado. Eso lo cambiarían en cuanto ella se instalara en el piso. Orden.

Se iba a quedar pasmado.

No le habían informado de que ella ya estaba en libertad.

Por lo tanto, ni siquiera sabía que estaba fuera, lo cerca que estaba de él. Si esperaba al momento oportuno y a las circunstancias adecuadas, seguro que daría saltos de alegría.

Estaba allí de pie pensando si tirar los tarros de comida ca-

219

ducada o si él se daría cuenta, cuando de pronto oyó un ruido que la hizo ponerse alerta. Una llave en la cerradura superior de la puerta de entrada. Llegaba alguien. ¿La chica? ¿Le había dado una copia de la llave? ¿Otra persona? ¿Sebastian? Fuera quien fuese, Ellinor no podría explicar su presencia allí dentro, y bastaba con bien poco para que volvieran a encerrarla. Con mucho menos que eso.

Deprisa y en silencio, se metió en el dormitorio y, cual niña que juega al escondite, se coló debajo de la cama.

Sebastian ni se quitó los zapatos. Fue directo al despacho y cogió *El aprendiz: la herencia de Edward Hinde* de la estantería. ¿Por qué no se había vendido mejor? La caza que tuvo lugar aquellos calurosos días de verano no había recibido tanta atención mediática como la búsqueda de Hinde, de quien había estado escribiendo casi cada día mientras estuvo en marcha, pero aun así. El caso, y por ende el libro, tenía todo lo que hacía falta para satisfacer al insaciable público del *true crime*. Aunque a lo mejor debía ser en formato pódcast. Ya nadie leía libros; al menos eso era lo que se proclamaba de vez en cuando como la realidad del momento cuando se discutían temas como las carencias de comprensión lectora de los críos o si el audiolibro era un invento del diablo. *El policía asesino: la historia de Billy Rosén* sí que se vendería. Lo devolvería a la cumbre, que era el lugar que le correspondía. Estaba convencido.

Buscó la página 126 al mismo tiempo que sacaba el móvil y llamaba a Vanja. Ella lo cogió de inmediato.

—Lo tengo aquí.

—Estás en altavoz. ¿Qué pone?

Sebastian contó hasta la línea diecinueve. Sangrado. Nuevo párrafo.

220

A Ralph no le faltaban sueños. Era ambicioso. Pero tenía la sensación de que alguien se lo impedía cuando lo intentaba. Por cada pequeño paso que daba, le decían que era suerte, que a la larga no duraría. A cada fracaso le acompañaba un «¿qué te había dicho?». Al final, se convirtió en una profecía autocumplida. La fama y el reconocimiento que buscaba no llegaron. Al final ya ni lo intentaba. De todos modos, siempre acababa decepcionado, los demás le ponían palos en las ruedas. Nadie creía en él. Hasta que conoció a Hinde.

Al otro lado del aparato solo había silencio, hasta que Sebastian oyó a Gutestam.

—Es una línea larga...

—Es todo el párrafo.

—¿Qué pone en la línea diecinueve?

—«A Ralph no le faltaban sueños. Era ambicioso. Pero tenía...», y luego continúa en la línea siguiente... «la sensación de que alguien se lo impedía cuando lo intentaba».

—¿Qué significa eso? —preguntó Hansson—. ¿Es una descripción de las víctimas o del perpetrador?

—Del perpetrador, creo. Vuelvo para allá —dijo Sebastian, y cortó la llamada, cogió el libro y salió del despacho.

Se pasó un momento por la cocina y abrió el grifo. El agua siempre tardaba un rato en salir fría. Sacó un vaso del armario de encima, tocó el agua con el dedo. Seguía tibia. Mientras esperaba, paseó la mirada por la cocina. La puerta de la nevera estaba un poco abierta. A Sebastian le asomó una arruga en la frente. ¿Acaso la había abierto siquiera, por la mañana? Acababa de llegar a casa cuando lo había llamado Vanja. No había desayunado, no había tomado café. Entonces, ¿llevaba abierta desde la tarde anterior? Dio los pocos pasos que lo separaban de ella y la abrió, tocó uno de los tarros que había en los estantes. Frío. La pantallita encima de la puerta indicaba que se estaban manteniendo cuatro grados estables. Qué raro.

Cerró la nevera, volvió al grifo y llenó un vaso. Se lo bebió. Lo volvió a llenar. Al parecer, convenía beber unos dos litros de agua al día. Sebastian calculaba que cada día se quedaba corto por un litro y medio. Cerró el grifo, dejó el vaso en la encimera y salió de la cocina.

Quince segundos más tarde, Ellinor oyó cerrarse la puerta del piso y la llave accionando el cerrojo. Salió de debajo de la cama.

Qué cerca. Demasiado cerca.

No era en absoluto así como debía darse el reencuentro. Sebastian no debía echársele encima de improviso en su piso. Lo malinterpretaría todo.

Se enfadaría. A lo mejor incluso se asustaría.

No era eso lo que ella quería.

Por raro que pareciera, no había contado con la posibilidad de que él pudiera volver a casa en algún momento. Estaba segura de que estaría en el trabajo de nueve a seis. Pero era una falsa sensación de seguridad, Sebastian podía regresar en cualquier momento. Entonces ya lo sabía. Necesitaba que se le ocurriera una forma de saber siempre dónde estaba. Actualmente, con toda la tecnología que había, seguro que había alguna manera. Se pondría a investigar de inmediato. O, bueno, de inmediato no; iba a continuar con la labor de facilitarle la vida a su amado, de organizársela un poco mejor y de estructurársela.

De lo poco que había oído de la conversación telefónica desde debajo de la cama, Ellinor había sacado la conclusión de que Sebastian estaba en mitad de un caso nuevo y emocionante. Al menos habían hablado de un perpetrador. Echaría un vistazo en el despacho, a ver si Sebastian se había llevado algo de material

222

a casa. Lo había hecho algunas veces. Y ella lo había ayudado. A lo mejor podría volver a hacerlo, demostrarle de una forma extremadamente potente lo importante que él era para ella. Hacerle entender lo importantes que eran el uno para el otro. Sí, eso haría.

En cuanto terminara con la cocina.

—Aquí está.

Sebastian tiró el libro que llevaba consigo al centro de la mesa de la sala. Gutestam lo cogió.

—Bonita portada —dijo, y comenzó a hojear.

—Ya hemos oído la única parte interesante —repuso Vanja, y Sebastian no supo decir si estaba echando por tierra todo el resto del libro o si solo estaba dirigiendo la conversación al caso.

Decidió decantarse por lo segundo, convencido como estaba de que Vanja no se lo había leído.

—O sea, que nuestro perpetrador es un hombre con ambiciones que han sido truncadas —resumió Carlos.

—Es probable.

—¿Eres tú quien se las ha truncado?

—También es probable.

—¿Y las víctimas?

—Tal como ya hemos deducido, son gente cuyas vidas, de forma consciente o inconsciente, han tomado un rumbo negativo por influencia mía.

Sabía que todos los presentes en la sala estaban pensando que más bien se las había destrozado, pero él se negaba a pasar por ahí. A Håkan Persson Riddarstolpe no le había destrozado la vida. Tenía esposa, que por alguna razón inexplicable lo quería y lo aguantaba; un trabajo fijo; compañeros de trabajo y, segura-

224

mente, amistades. Riddarstolpe había tenido todas las oportunidades del mundo de hacer algo realmente bueno con su vida. De no ser porque se había quedado atrapado en el pasado y se había dejado definir por un solo acontecimiento. De no ser porque había sido incapaz de seguir adelante.

Algo de lo que Sebastian sabía más que la mayoría.

Quedarse atrapado. La incapacidad de seguir adelante.

—No nos da mucho hilo del que tirar —constató Vanja.

—No, ¿tenemos algo más?

—El autobús cincuenta —dijo Gutestam, y dejó el libro a un lado—. El que sale a las 2.03 parte de la calle Lektorsgatan, pero no hace todo el recorrido hasta la plaza Odenplan. Tiene la parada final en la universidad.

Miró a Sebastian como si supiera que eso significaba algo para él. Lo cual era cierto, no había motivos para negarlo.

—He ido allí, he estudiado allí y he dado clases allí.

—¿Le rompiste los sueños a alguien? —quiso saber Hansson, casi con timidez.

Era una pregunta razonable, teniendo en cuenta que les habían dejado la pista de la cita del libro y la ubicación al mismo tiempo. Sebastian no había mostrado una actitud impoluta en ninguna de sus visitas a la universidad, más bien todo lo contrario. Pero tanto como romperle los sueños a alguien...

—No que yo recuerde —respondió con total sinceridad.

—Dale una vuelta —exhortó Vanja—. Si partimos de la base de que el perpetrador quería que llegáramos hasta la universidad, es relevante.

—Lo sé. Lo haré —dijo Sebastian asintiendo con la cabeza.

—Nos han llegado las grabaciones de la empresa de seguridad —continuó Vanja, y le hizo un gesto a Carlos.

Este tomó el mando a distancia de la mesa y el proyector del techo se puso en marcha con un leve zumbido. Después tecleó algo

225

en su portátil, y en la pared blanca apareció una imagen bastante pixelada de la cochera. Un pequeño reloj digital en la esquina revelaba que eran poco más de las tres de la madrugada. Los autobuses estaban aparcados uno al lado del otro. Todo estaba tranquilo. De pronto, una figura humana entraba en el cuadro por la izquierda. Ropa negra, la capucha de la sudadera puesta, zapatillas de deporte blancas. A trozos cargaba, a trozos arrastraba, a otra persona que no podía ser más que un Persson Riddarstolpe ya muerto. Tras abrir la puerta del autobús, echó un vistazo a su alrededor. Por un instante miró directamente al objetivo de la cámara. Carlos pausó la imagen y la figura se los quedó mirando a todos.

—Lleva una máscara —constató Sebastian.

—Sí, de *V de Vendetta* —dijo Hansson.

—¿Qué es eso?

—Una película sobre un anarquista enmascarado que lucha contra un régimen fascista. Con Hugo Weaving y Natalie Portman. Muy buena.

—¿*V de Vendetta*?

—Sí.

—Por si no nos hubiéramos enterado aún de que se está vengando por algo. —Sebastian resopló. No pudo evitar un sentimiento de decepción. Hasta entonces había habido cierto grado de finura. Se había mostrado brutal pero sutil al mismo tiempo. Las pistas exigían cierta habilidad mental. Pero aquello se le podría haber ocurrido a cualquiera que tuviera un dominio decente del inglés.

—Bien jugado, eso hay que reconocérselo —dijo Hansson, que por lo visto no estaba pensando en absoluto en la misma línea que Sebastian.

—Esto es diez minutos después de que la empresa de seguridad hubiese pasado por allí. No vieron nada sospechoso —explicó Gutestam.

—Él sí los vio a ellos. Y luego campó a sus anchas.

226

Resultaba frustrante para todos. Una persona que dejaba pistas, rastro, que se dejaba captar por una cámara de vigilancia, y no estaban ni un milímetro más cerca que cuando habían ido a la granja de cerdos en Västerås.

—He estado revisando el ordenador de Håkan cuando he subido a su despacho —dijo Carlos, dirigiéndose directamente a Sebastian. Los demás ya debían de haber oído lo que Carlos había descubierto, mientras él iba a casa a buscar el libro—. Se había puesto en contacto con el asesino, tenemos una dirección de correo electrónico.

—¿Y sabemos adónde lleva? —quiso saber Sebastian con un nuevo brote de energía esperanzada en la voz.

—Aún no —tuvo que reconocer Carlos—. El ordenador y su teléfono móvil están en el Departamento de Informática. Parece ser que la mayor parte de la conversación tuvo lugar mediante un chat encriptado.

—No sé qué es eso, si te soy sincero —confesó Sebastian, pero alzó una mano cuando vio que Carlos se disponía a explicárselo—. Solo necesito enterarme de si sacamos algo de ello, no necesito saber qué es.

—Vale, pero hay copias de la conversación por email —contestó Carlos, y señaló unos papeles que estaban unidos con un clip encima de la mesa.

Sebastian los cogió y echó un vistazo rápido.

—Se metió en internet a buscar cosas para joderme —dijo Sebastian con recelo.

—Sí.

—Madre mía, el tío era más patético de lo que había pensado.

Nadie dijo nada. El móvil de Vanja comenzó a vibrar en la mesa y ella lo miró, lo cogió y abrió el mensaje. Se volvió hacia Hansson.

—Es de recepción. Tienes visita.

227

Hansson conocía a Anders Ringmar desde hacía mucho tiempo.

Un buen puñado de años, desde que habían empezado juntos en la policía de Norrmalm, pero, a diferencia de Hansson, que no tardó demasiado en meterse en investigación y, con el tiempo, llegó hasta Crímenes con Violencia, Anders nunca se había quitado el uniforme. En ese momento trabajaba en la región policial de Estocolmo Norte, que incluía Solna, donde estaba la cochera de autobuses de Tomteboda.

Se levantó de uno de los bancos que había al lado de las puertas de cristal de la entrada y fue al encuentro de Hansson y Vanja. En el banco se quedó un hombre joven con la mirada fija en el suelo. No parecía tener más de treinta, pelo castaño un poco largo, barba incipiente y un chaleco de plumón no muy grueso por encima de una sudadera con capucha. A Anders se le iluminó la cara cuando vio a su viejo amigo y compañero. Se dieron un abrazo rápido y fuerte y comentaron casi al unísono lo mucho que hacía que no se veían y que tendrían que quedar algún día para tomar una cerveza.

—Esta es Vanja Lithner, mi jefa en este momento —dijo Hansson haciendo un gesto hacia Vanja, quien le tendió una mano para saludarlo.

—Hola, Vanja.

—Anders. Ringmar. Hola.

Cuando Hansson se había enterado de quién había ido a verlo y por qué, por un momento le había preocupado tener que bajar con Lena. No era que tuviera nada en contra de ella, en absoluto, pero no acababa de pillarla, y durante el poco tiempo que habían coincidido en Crímenes con Violencia no habían hecho ningún interrogatorio juntos. Aún era una novata en muchos aspectos y, para ser brutalmente sincero, aún no confiaba en ella. Vanja se lo había puesto fácil al decidir que lo acompañaría ella misma. A Hansson le pareció bien. Tenía muchas ganas de continuar en Homicidios, de modo que no estaba de más disponer de un poco de tiempo a solas con la jefa.

Aunque a saber cuánto duraría como jefa.

Por los pasillos se comentaba que hasta final de mes como mucho. Él no lo tenía tan claro; Vanja hacía un buen trabajo en una época difícil. A lo mejor se las apañaba, incluso había sacrificado a Torkel, su antiguo mentor, así que no cabía duda de que estaba hecha de una pasta más dura de lo que muchos creían.

—Él es Roy —dijo Anders señalando al hombre que estaba sentado en el banco.

El joven alzó la cabeza y los saludó fugazmente.

—Hola, Roy, he pensado que podríamos sentarnos allí —dijo Vanja, y señaló la cafetería al otro lado de las puertas de seguridad, donde tendrían más la sensación de estar manteniendo una conversación informal que de hacer un interrogatorio.

Roy se encogió de hombros, se levantó y se dirigió a la cafetería. A esa hora estaba casi vacía. Roy quería una Coca-Cola y Hansson se fue a comprar una. Vanja se inclinó sobre la mesa para acercarse al joven, que estaba claramente incómodo.

—Gracias por venir, Roy. Somos de la Unidad de Homicidios, y lo único que nos interesa es nuestro caso, nada más.

Hansson la había puesto al día enseguida mientras bajaban

229

al vestíbulo. Anders Ringmar se había topado con Roy Amir varias veces en el ejercicio de sus funciones. Roy tenía algunas condenas por pintadas y daños a la propiedad pública. Eso le había costado unos meses de cárcel, pero se había mantenido al margen de delitos mayores. En ese momento era padre de dos criaturas y había dejado lo de las pintadas y demás. Al menos eso era lo que le había jurado a su mujer. Después de oír lo que había visto, Ringmar había convencido a Roy para que lo explicara, prometiéndole que Homicidios no metería las narices en los asuntos que lo habían llevado a Tomteboda.

—Anders dice que sois guais —murmuró Roy, y miró a Ringmar, quien asintió con la cabeza.

—Somos «guais» hasta que tenemos razones para no serlo —explicó Vanja, y le sonrió—. Cuéntame lo que viste.

Roy echó un vistazo furtivo por el local vacío, se inclinó hacia delante y bajó la voz.

—Yo estaba allí, entre los autobuses...

Hizo una pausa como para tantear a Vanja, darle la oportunidad de preguntarle qué estaba haciendo en una cochera a las tres de la madrugada. Ella no picó el anzuelo, solo se lo quedó mirando, expectante. Hansson volvió a la mesa y dejó la lata de refresco delante de Roy al mismo tiempo que tomaba asiento.

—Lo vi —continuó Roy, y abrió la lata con un suspiro—. Arrastró algo dentro del autobús ese del que todo el mundo está hablando.

—¿Le viste la cara? —preguntó Vanja, y miró fijamente a Roy. «Di que sí, por favor —pensó—. Di que lo viste.»

—Al principio, no. En el autobús llevaba una máscara, una de esas que llevan los de Anonymous.

—¿Como en la peli de *V de Vendetta*? —quiso saber Vanja, y miró a Hansson, quien asintió con la cabeza. La misma máscara.

230

—Sí, igual se llama así, claro.

Vanja notó que su expectación iba en aumento. Aquel chico no estaba diciendo tonterías. Había estado allí. Ella misma tenía la imagen congelada de la cámara de vigilancia grabada en la memoria.

—¿Qué pasó después? —inquirió, y trató de controlar el frenesí.

Roy dio un trago y volvió a dejar la lata, se encogió de hombros.

—Lo seguí. Era un tipo raro, ¿sabes?

—¿Lo seguiste adónde?

—Salió por un agujero en la valla de atrás. Había aparcado el coche allí.

—¿Recuerdas qué coche era?

—Un Audi marrón. Un Q5.

Vanja respiró hondo y tuvo que contenerse para no sonreír como una loca. Habían encontrado una pista de las buenas. Por fin. Saber qué coche usaba el autor de los hechos podría ser decisivo.

—¿Algo más? —preguntó, aunque en realidad no esperaba obtener ninguna respuesta interesante, así que se preparó para zanjar la conversación y ponerse a trabajar.

—No, allí se quitó la máscara, la tiró dentro del coche y se marchó.

Vanja hizo un alto.

—¿Se quitó la máscara?

—Sí.

—¿Y tú lo viste?

Roy asintió con la cabeza. Aquello se estaba poniendo cada vez mejor. Mucho mejor de lo que jamás se habría atrevido a imaginar. Roy Amir era un testigo estrella.

—Sí.

La cabeza de Vanja ya le estaba dando vueltas a con quién se pondría en contacto para obtener un retrato robot. Lo mejor era generarlo lo antes posible; ya habían pasado doce horas. La memoria humana no era fiable, enseguida se desvanecía y se mezclaba con otras impresiones; pero, si Roy tenía buena memoria para las caras, aún podrían acercarse bastante. Al final, un retrato robot no podría usarse como prueba, pero era una buena herramienta para identificar a sospechosos y podía utilizarse tanto a nivel interno como en los medios de comunicación. La primera persona que le venía a la mente era Linda Alakoski, de Crímenes con Violencia. Vanja sabía que dominaba Efit6, que era el software que se usaba por aquel entonces para generar retratos robot. En otro momento simplemente habría acudido a Billy, que había aprendido a dominar el programa en un solo fin de semana.

Puto Billy.

—Ve a ver si Linda Alakoski puede venir ahora mismo —le dijo Vanja a Hansson, quien se disculpó y se marchó de la mesa. Vanja se volvió de nuevo hacia Roy y lo miró con sincero agradecimiento—. Muchísimas gracias por venir a contarnos esto.

—No pensaba hacerlo, pero me sentía mal, ya sabes, con el hombre muerto y todo, así que he llamado a Anders.

—Has hecho lo correcto. Gracias. Si te esperas un momento, ahora vendrá una compañera para ver si podéis elaborar un retrato del hombre.

—¿No queréis la matrícula? —preguntó Roy, y se reclinó en la silla con la Coca-Cola en la mano.

—¿Qué?

—El número de matrícula. Del Audi. Me la apunté.

RPS986. Tras una búsqueda rápida en el registro de vehículos comprobaron que el coche que tenía esa matrícula no era un

Audi Q5 de color marrón. Era un Nissan Prairie 2002 propiedad de una mujer llamada Fatima Ahmadi. Hacía poco más de un mes que había denunciado el robo de sus placas. No se había tomado ninguna medida al respecto. Vanja envió a Hansson y a Gutestam a Fisksätra para hablar con ella.

En el coche, Lena buscó la calle Braxengatan. Tardarían algo más de media hora. Por lo que parecía, todo lo relacionado con aquel caso tenía lugar al sur de la ciudad.

—Bueno, ¿y qué piensas? —preguntó Hansson cuando se desvió de Klarabergsviadukten y aceleró.

—¿De qué?

—De la Unidad de Homicidios, del caso, de Vanja, de Sebastian, de todo.

—Pienso que Homicidios seguirá existiendo, que resolveremos el caso, pero que a lo mejor morirá alguien más antes de que lo hagamos, que Vanja seguirá de jefa y que Sebastian se interesará cada vez menos por su trabajo y querrá pasar más tiempo en privado con su hija y su nieta. —Le lanzó una mirada a su compañero, pero este estaba concentrado en cruzar Slussen para tomar la carretera 222—. Eso es todo, creo.

—¿Crees que nos podremos quedar en Homicidios?

—Tú siempre lo has querido, ¿no?

—Sí, no es ningún secreto.

—Bien, porque no lo disimulas demasiado bien.

Él soltó una carcajada. Pasaron por delante del museo Fotografiska, que anunciaba una exposición de Alexander Wessely. Lena nunca había oído hablar de él.

—¿Qué piensas de Sebastian? —preguntó Hansson en tono conversacional.

—Me cae bien.

—¿Por qué?

—Está fatal.

233

Hansson lanzó una mirada fugaz a la derecha para ver si Gutestam estaba bromeando o no, pero la sonrisa que le dedicó no lo sacó de ninguna duda.

—Ha dicho que soy un vago.

—Lo he oído.

—¿A ti te parece que soy un vago?

—¿A ti te parece que eres un vago?

—Soy eficiente. No dedico tiempo y energía a cosas que no llevan a ninguna parte.

—No siempre sabes adónde te va a llevar algo.

—Tengo intuición para esas cosas.

—O sea, que tiras de intuición. Como Winnie the Pooh. Él tampoco salía de casa si no era necesario.

—¿Y tú quién serías? ¿Piglet?

—¿Quién es el personaje listo?

—¿No son todos unos zoquetes en esos libros?

Continuaron el trayecto manteniendo una charla distendida, en el nudo vial de Skvaltan se desviaron en dirección a Saltsjöbaden y bordearon la reserva natural de Nacka hasta que llegaron al sitio.

Se detuvieron en un barrio compuesto por un puñado de larguísimos bloques de pisos idénticos de siete plantas de altura. Seguro que había diez portales en cada bloque. Los bloques se agrupaban de tres en tres de tal manera que, desde el cielo, formaban una gran U. Desde el suelo, donde estaban Hansson y Gutestam, no podías evitar pensar que formaban parte del macroproyecto del millón de viviendas.

Fatima Ahmadi tenía cincuenta y dos años, pero parecía más joven, observó Gutestam en cuanto la mujer abrió la puerta y los dejó entrar en su piso de la cuarta planta. Con alguien que se apellidaba Ahmadi nunca sabías qué esperar, había mucha variación en el nivel de dominio del idioma, pero Fatima debía de llevar un

234

buen puñado de años en Suecia, porque tenía un acento marcado pero hablaba un sueco excelente. Les explicó que una mañana, al salir a coger el coche, que estaba aparcado, las dos placas de matrícula habían desaparecido. Era todo lo que sabía.

—Pero jamás pensé que la policía vendría a casa por eso. ¿Las han encontrado? —preguntó con curiosidad.

Hansson negó con la cabeza.

—Lamentablemente, no. Estamos aquí porque en una investigación ha aparecido un coche que está conduciendo con sus matrículas puestas.

—¿Eso supone algún problema para mí? —preguntó Fatima inquieta.

—No.

—Llamé para denunciarlo esa misma mañana. Mi hijo me dijo que tenía que hacerlo, que es ilegal conducir sin matrículas.

—Es correcto —respondió Gutestam en tono afable. No parecía que fueran a sacar mucho más de la mujer que tenían delante. Si tan solo pudiera enseñarles dónde tenía aparcado el coche, podrían mirar si había alguna cámara. Después, lo más probable era que ya hubiesen terminado con la visita.

—Me dieron unas placas provisionales —continuó Fatima—. Pero tuve que pagar por ellas.

—Sí, así es como funciona, nos guste o no.

—Pero a mí me las robaron, no es que yo las perdiera. No debería tener que pagarlas.

—Quien se encarga de eso es el Ministerio de Transportes, no la policía —aclaró Hansson en el tono más comprensivo que pudo.

—¿Vio a alguien, los días antes de que le robaran las placas? —quiso saber Gutestam, dirigiendo la conversación de nuevo al tema—. ¿Alguien a quien no conozca, que no pareciera del barrio?

235

—Aquí siempre hay personas a las que no conozco, no sé si son de aquí o no. Aquí vive muchísima gente.

—Pero ¿no se fijó en nadie en particular?

Fatima pareció pensarlo un momento, pero llegó a la conclusión de que no era el caso, por lo que comenzó a negar lentamente con la cabeza.

—No... Pero a lo mejor pueden ayudarme con una cosa.

—Claro, ¿el qué?

Fatima se metió en la cocina y volvió con un puñado de papeles y avisos.

—¿Pueden hacer que dejen de mandarme esto?

—¿Qué son?

—Recordatorios de multas de aparcamiento y peajes y yo qué sé qué más. No paran de llegarme, a pesar de haber dicho que me han robado las matrículas. A pesar de haber puesto una denuncia. —Les pasó el fajo de recibos—. ¿Pueden ayudarme con esto?

Hansson cogió los papeles y les echó un vistazo rápido.

—Me temo que no somos las personas indicadas, pero si nos deja que nos lo llevemos creo que podremos encontrar a alguien que la ayude —dijo Hansson sonriendo.

Sin ser consciente de ello, lo que Fatima les había entregado era un regalo del cielo. Ya sabían dónde había estado mal aparcado el coche y por qué peajes había pasado en el último mes.

La red comenzaba a encogerse.

Soñar.

Desear algo más, otra cosa.

No querer coger el relevo y dirigir. Seguir tu propio camino, darle forma a tu propia vida. Pasar de lo que has hecho siempre, de cómo ha sido la gente siempre. No contentarte con pasearte por la mierda. Él sabía, siempre había sabido, que el mundo era más grande y que había un lugar para él.

Ellos no lo entendían. Ni querían entenderlo.

Así que ser granjero de cerdos no le bastaba.

Como si se tratara de eso. De lo que bastaba. De lo que era lo suficientemente bueno. Él no lograba entender que se lo tomaran como algo personal, que vieran como un ataque el simple hecho de que él quisiera algo más, algo distinto.

Luego había cosas que pensaba que les sentarían mal si las supieran, o cuando las supieran, pero que él viera su futuro en otro sitio que no era donde estaba en aquel momento tampoco debería haber sido tan controvertido.

Pero lo había sido.

¿Quién se había creído que era?

Él sabía bastante bien quién era. Eran ellos los que se negaban a aceptarlo. Se lo había intentado explicar. Arreglárselas con solo nueve años de escuela básica, construirse una

237

vida y formar una familia estaba muy bien, se lo agradecía, pero él no estaba hecho para eso.

Él quería más. Algo distinto.

No era el primer miembro de la familia que había hecho el bachillerato, pero sí el único que había expresado su ambición de que no serían sus últimos años de estudio. «Ahí viene el señorito de la capital», habían dicho cuando la universidad le confirmó la plaza. Él se había esforzado mucho en quitarle hierro, en procurar comportarse como siempre, pero daba igual. Ya le habían puesto la etiqueta de señorito de la capital, el que de alguna manera inexplicable había herido a su familia, el que se consideraba mejor que ellos, el que había traicionado a sus allegados y a toda su estirpe.

Por el mero hecho de atreverse a soñar.

De querer algo más, algo distinto.

Cuando se mudó y se fue a vivir a Estocolmo, el aire realmente se le había hecho más fácil de respirar, la vida le había parecido más fácil de vivir. Por fin podía ser quien siempre había sido en el fondo. A todos los niveles.

Hizo amigos. Estudió. Se enamoró.

Nadie le decía que no debería estar allí, nadie intentaba hacerlo de menos a él ni hacer de menos sus ambiciones. Se abrazó a la vida y al mundo, y durante unos años todo fue como tenía que ser. Como él había soñado, aunque sin atreverse a esperarlo del todo. A menudo tuvo que luchar. Contra la baja autoestima, contra la imagen que tenía de sí mismo, contra los pensamientos autodestructivos de que a lo mejor, a pesar de todo, estaba viviendo una mentira y lo iban a delatar. La felicidad era frágil. Bastaba con tan poquito para desequilibrarlo, para arrojarlo al pozo de dudas... Un examen suspendido, compañeros de clase que entendían las cosas antes que él, una bromita sobre sus orígenes.

¿Quién se pensaba que era?

Pero siguió esforzándose, y lo fue consiguiendo. Lo consiguió todo. Quería seguir caminando. Era posible. Todo era posible. Cada vez sufría menos bajones y ya no eran tan profundos. Las crestas eran cada vez más y más altas.

Iba a defender la tesis.

Iba a convertirse en el primero de los Petterson que se sacaba un título académico. Un hermano de su abuelo materno había hecho un curso por correo de algún oficio en la década de los treinta, y desde entonces en la familia lo habían llamado el «catedrático», pero por lo demás... Doctorarse. Qué lejos había llegado, cuántos obstáculos había tenido que superar. Empezando por los que él mismo se había puesto. Le quedaban tan pocos pasos en el maravilloso y, al mismo tiempo, doloroso camino que había emprendido... Unos pocos meses más y todo habría valido la pena...

Ya era suficiente. Se había puesto a soñar despierto. Se había ido adonde su mente casi siempre iba en cuanto la dejaba volar. No era que hubiese nada de malo en ello; podía irle bien recordar por qué hacía lo que hacía. Le brindaba fuerzas para continuar. Y eso era lo que pensaba hacer. Después del psicólogo en el autobús se había preocupado un poco. ¿Se lo había puesto demasiado fácil? La referencia del libro y la universidad todo al mismo tiempo... A lo mejor le estaban siguiendo la pista. A lo mejor Sebastian se había acordado de él, lo cual sería una sorpresa inesperada. Improbable, pero no imposible.

Pero no podía partir de esa idea. Tenía que actuar como si todavía estuvieran dando palos de ciego y necesitaran, como mínimo, una pista más.

La que tenía pensado darles.

Jonathan había sonado sorprendido al recibir la llamada de Vanja.

Sorprendido y un poco intranquilo, cuando ella le había dicho que podía seguir trabajando hasta la hora que quisiera, porque había decidido pasar ella a recoger a Amanda a la escuela.

¿Iba todo bien? ¿Había ocurrido algo?

Él sabía el volumen de trabajo que tenía Vanja, y al comprender que el asesinato de la cochera que llevaban comentando todo el día en la radio estaba relacionado con su investigación, se sorprendió aún más. Ella lo tranquilizó. Sí, tenían mucho trabajo, pero el equipo era competente, se las arreglarían sin ella durante unas horas, y lo más importante de todo: echaba de menos estar con Amanda.

Habían hablado un rato. A Vanja siempre se le había dado bien no llevarse el trabajo a casa, pero que su padre biológico, el hombre que a veces iba a recoger a su hija, fuera el objetivo de un asesino en serie era algo sobre lo que de vez en cuando necesitaba desahogarse con Jonathan. Ambos recordaban con pavor las terribles horas de hacía unos meses cuando pensaron que Billy había envenenado a Amanda para vengarse de Sebastian. Este volvía a ser una parte importante tanto del trabajo como de la vida privada de Vanja, y ya bastante tenía cuando solo ocupaba uno de esos dos lugares. Vanja necesitaba un descanso, una breve pausa para estar solo con su hija; recargar las pilas un poco. No le dijo nada de los planes que tenía para la tarde. Jonathan ya se enteraría a su debido tiempo, se lo contaría Amanda.

Tras colgar, Vanja pensó, como de costumbre, en lo afortunada que era de tener a Jonathan. Buen padre, buena pareja. Algunas de las pocas amigas de Vanja le preguntaban siempre si no iban a casarse. Ya llevaban varios años juntos y tenían una hija. Vanja no tenía nada en contra del matrimonio en sí, pero se preguntaba de qué les serviría. No era más que una etiqueta. Jonathan sería su marido en lugar de su novio, era la única diferencia. Algunos argumentos acerca de que todo, empezando por las cuestiones económicas, se volvía más sencillo si te casabas eran válidos y sensatos, pero aun así no lo veía claro.

A lo mejor. En el futuro.

Si él le pedía la mano.

Lo que estaba claro era que después de aquel caso se irían a algún sitio. Los dos solos. Un viaje de fin de semana, como mínimo. Valdemar no les diría que no a cuidar de Amanda un fin de semana o más. En la lista estaban Sebastian y él. Confiaba en los dos. Sebastian tenía sus particularidades, pero no había nada que no estuviera dispuesto a hacer por Amanda, eso lo sabía. Habría que ver qué pasaba con el caso. De hecho, igual después Vanja ni siquiera tendría trabajo. Al menos no en la Unidad de Homicidios.

Aunque su futuro parecía ligeramente más prometedor tras la reunión que había tenido con Rosmarie durante la jornada. Vanja no le había comentado nada acerca de que sabía que Rosmarie le había encomendado a Persson Riddarstolpe la misión de vigilarlos, que le había dado una oportunidad, por no decir que lo había animado, de por fin devolvérsela a Sebastian. Podría ser una información valiosa en el futuro. Había insinuado lo que sabía mediante cavilaciones y conjeturas del tipo «me

241

pregunto por qué estaba tan interesado en este caso» y «qué raro que asumiera riesgos así». También había dejado caer que tenían su ordenador y su teléfono móvil, y que los examinarían a fondo. Quizá en ellos encontrarían la explicación a su comportamiento. Vanja había observado a Rosmarie mientras hablaban de Håkan y le había parecido ver como su vena política minimizadora de daños se había puesto a trabajar al instante. ¿Cómo podría darle la vuelta cuando encontraran la conversación por email entre Håkan y ella?

Después Vanja la había puesto al día de los últimos sucesos y avances en la investigación, y una Rosmarie un tanto afectada los halagó a ella y al equipo por el trabajo. Y no sin razón. Con Roy como testigo, el retrato robot y las placas de matrícula robadas, por fin tenían algo concreto sobre lo que trabajar. Aún no contaban con ningún sospechoso, pero gracias a Roy sabían que el asesino era un varón blanco de unos treinta años, de estatura media, proporcionado, ojos castaños y pelo corto y oscuro, probablemente; frente bastante alta, nariz de tamaño medio, y afeitado. El retrato robot resultante ya lo habían enviado a todos los distritos policiales de la ciudad. Si al día siguiente no habían obtenido nada, Vanja tenía intención de mandarlo a la prensa y a los medios de comunicación.

Al final de la reunión, las dos habían estado de acuerdo en conservar a Sebastian. Al menos un poco más; no podían arriesgarse a que comenzara a actuar por su cuenta, y por el momento la estrategia de mantenerlo alejado de la esfera pública había funcionado. Pero después lo echarían de la Unidad de Homicidios, Rosmarie lo había dejado muy claro. Vanja no le había replicado.

Así que sí, la cosa había ido mejor de lo que había previsto, por lo que se había permitido ir a la escuela a recoger a su hija.

Amanda se sorprendió, pero saltó de alegría cuando la vio

242

llegar y corrió a su encuentro en la valla. Vanja se quedó en el patio hablando con el personal mientras Amanda entraba a buscar su mochila y un cuadro de macarrones que había hecho y del que estaba muy orgullosa. Cuando volvió a salir, Vanja había alabado su enorme talento para pegar pasta sobre papel, y después se habían despedido del resto y se habían ido al coche. Mientras caminaban el breve trayecto, Vanja sintió lo agradable que era el día y la buena decisión que había sido alejarse un rato del trabajo. Tenía un oasis de felicidad a la vuelta de la esquina, no debía olvidarse de ello.

—Tengo una propuesta —dijo cuando llegaron al coche y Amanda se hubo encaramado a su sillita en el asiento de atrás—. ¿Qué te parece si le damos una sorpresa a la abuela?

Amanda puso cara de desconcierto, cuando menos.

—¿La abuela?

—Sí, está en la ciudad. Me he enterado —dijo Vanja, y se avergonzó un poco de su mentira.

Amanda había preguntado por su abuela varias veces. Era comprensible. Si Valdemar era su abuelo, ¿dónde estaba su abuela? La mayoría de los peques de la escuela también tenían una abuela. Vanja había elegido explicar que Anna vivía muy muy lejos de allí, y que por eso no se veían a menudo. Era mentira, igual que Anna le había mentido a ella durante toda su vida, y Vanja no se sentía nada bien al respecto. Pero se había autoconvencido de que era una mentira piadosa, de que no había motivos para hablarle de la mala relación que tenían mientras fuera pequeña. Tampoco lo entendería.

—¡Sí! Qué divertido, mamá. ¡La abuela! —gritó Amanda con alegría mientras Vanja le abrochaba el cinturón.

La escuela quedaba a un tiro de piedra de casa de Anna, pero Vanja prefería coger el coche, para que Amanda no entendiera lo cerca que vivía su abuela. Mejor prevenir que curar. No quería tener a una hija que después le insistiera en pasar a ver a la abuela, porque no tenía ni idea de cómo iría el encuentro.

Justo cuando le cerró la puerta a Amanda la llamaron por teléfono. Número oculto. Vanja soltó un suspiro. Sabía que estaba obligada a cogerlo, pero detestaba los números ocultos. Respiró hondo y respondió.

—Vanja Lithner.

—Hola, soy Nazrin Heidari, del *Expressen*, no sé si te acuerdas de mí.

Vanja cerró los ojos un momento. Sí, se acordaba de Nazrin Heidari del *Expressen*, el periódico sensacionalista. Se habían visto por primera vez en Karlshamn hacía unos pocos meses. Era una reportera criminal a la que, por desgracia para Vanja, se le daba muy bien su trabajo.

—Sí, hola —dijo ella escuetamente, y se apoyó en el coche.

—Estoy comprobando algunos datos y me gustaría mucho oír tus comentarios.

—Me pillas un poco mal. ¿Podemos hablar mañana? —intentó Vanja.

—No, necesito mandarlo pronto, así que si quieres tener la oportunidad de hacer comentarios ha de ser ahora.

Vanja soltó un sonoro suspiro. Ya sabía por dónde iría la cosa. Nazrin diría lo que sabía o creía saber y Vanja no comentaría nada. Era un baile que las dos estaban obligadas a bailar en sus respectivos papeles laborales. Lo mejor sería poner en marcha la música.

—¿Qué preguntas tienes? —preguntó Vanja, cansada.

—Se trata de Sebastian Bergman.

«Cómo no», pensó Vanja.

—De vez en cuando trabaja con vosotros, si lo he entendido bien.

—Ha trabajado, sí. Como asesor. No está contratado.

244

—¿Es correcto que han aparecido mensajes dirigidos directamente a él en dos escenarios del crimen?

Aquello no era bueno. No era bueno en absoluto.

—Sabes muy bien que no puedes preguntarme por detalles de un caso abierto —dijo en el tono de mayor autoridad profesional que pudo.

—Pero la última víctima, en la cochera de autobuses, es Håkan Persson Riddarstolpe. —Ni siquiera era una pregunta; era una afirmación. Nazrin lo sabía. ¿Cómo podía saberlo?

Vanja lo pensó un momento. ¿Habían publicado esa información en algún sitio? No. Pero en el cuerpo había fisuras. Era un hecho más que conocido, algo que se había convertido en una especie de ley natural. Era así, y, por lo que parecía, no se podía hacer nada al respecto.

—Era psicólogo en la policía judicial y un..., cómo decirlo..., competidor conocido de Bergman —continuó Nazrin—. Es de interés público cuando personas contratadas por la policía aparecen en contextos como este. Sobre todo, después de lo de Billy Rosén.

Obviamente, tenía que sacar a Billy a colación. Si eras periodista y había conexiones entre nuevas víctimas y alguien que estaba o había estado contratado por la Unidad de Homicidios, casi se consideraba mala praxis no relacionarlo con Billy.

Puto Billy.

Vanja echó un vistazo a Amanda, que miraba por la ventanilla, esperando a que se fueran. ¿Por qué no podían dejarlas en paz? ¿Por qué no podían irse a ver a Anna, olvidarlo todo por un momento? Pues porque no era así como funcionaba el mundo. Vanja respiró hondo.

—No puedo comentar nada del caso actual. Está en una...

—Fase crítica —la interrumpió Nazrin, y Vanja juraría que estaba sonriendo—. Lo sé, siempre lo decís. Pero varias fuentes

245

independientes me lo han confirmado, así que solo quiero darte la oportunidad de comentarlo.

—Lo cual sabes que no puedo hacer —dijo Vanja, cansada. Varias fuentes independientes. El cuerpo de policía era un colador.

—Puedes desmentirlo.

—Desmentirlo es comentarlo, y yo no comento los casos abiertos.

Estaban dando sus pasos de baile correspondientes. Nazrin tenía la espalda cubierta, le había dado a Vanja la oportunidad de señalar posibles errores en la información. Vanja había representado su papel, lo cual implicaba repetir cada réplica una y otra vez en distintas variaciones.

Sin comentarios.

Pensó fugazmente en Torkel. En la destreza que tenía para lidiar con cosas así. Él había ido construyendo una relación con varios de los reporteros de más renombre, e incluso podía hacer que se abstuvieran de publicar ciertas cosas. Como favor de amigos. Vanja no veía cómo ella y Nazrin podrían ser amigas en un futuro.

—Vale, gracias por dejarme molestarte.

Nazrin desapareció con un leve chasquido electrónico, y Vanja se guardó el teléfono. A Rosmarie no le gustaría eso. Si con la reunión de hacía unas horas Vanja había dado un paso adelante, con esta llamada había dado un paso atrás. Pero en ese momento no había nada que pudiera hacer para remediarlo. Volvería a haber titulares. Y con letras bastante grandes, probablemente.

¿Debería llamar a Sebastian y avisarlo? A lo mejor era lo correcto, a pesar de todo. Pero tampoco cambiaría nada, y Sebastian sabría gestionarlo. Vanja no quería dedicarle más tiempo al asunto, tenía cosas más importantes que hacer. Como atender a la niña feliz que tenía en el asiento de atrás, por ejemplo. Una de esas personas que no solo tomaban, sino que también daban todo el rato.

Se sentó al volante, arrancó el coche y dio un largo rodeo hasta la calle Storskärsgatan 12, donde vivía su madre.

Anna abrió la puerta en bata y casi pareció quedarse en shock al verlas.

—¿Ha pasado algo? —preguntó preocupada.

—No, solo queríamos... venir a verte un momento —dijo Vanja, que no estaba preparada para que su visita se relacionara automáticamente con que tenía que haber pasado algo malo, por no decir terrible. Pero, claro, ¿qué lógica iba a aplicar Anna si no?

Vanja y Amanda nunca iban a verla.

Hacía varios años que no se veían.

—Esta es Amanda —continuó, y posó las manos sobre los hombros de su hija. La sostuvo delante de ella un poco a modo de escudo. Alguien en quien concentrarse para no tener que ceñirse a sí mismas y a la farragosa historia entre ellas.

—Hola, Amanda —dijo Anna, y se sentó de cuclillas. Unas lágrimas de felicidad le empañaron los ojos.

—¿Tú eres la abuela? —preguntó Amanda un poco tímida.

—Sí, sí, soy yo. Qué guapa eres. Entrad, entrad. —Enderezó la espalda, se secó las lágrimas y las invitó a pasar—. Deberías haberme llamado para avisar, tengo la casa patas arriba.

No era en absoluto como llegar a casa.

El piso de Anna se antojaba oscuro y deprimente, aunque, a decir verdad, nada había cambiado desde la última vez que Vanja estuvo allí, hacía varios años. Era como si se hubiese quedado congelado en el tiempo pero a la vez hubiese conseguido entrar

248

en decadencia. Los muebles eran los mismos, estaban en los mismos sitios. Los lomos en la librería le resultaban familiares. Los cuadros colgaban en las paredes de siempre, pero las persianas estaban bajadas, y las flores que siempre había habido en la mesita de centro y en los alféizares habían desaparecido. En el balcón, que solía ser el orgullo de Anna, había algunas sillas plegables mal cerradas y apoyadas en una mesa desgastada por la intemperie, con varias macetas apiladas encima. Saltaba a la vista que Anna llevaba mucho tiempo sin sentarse allí fuera para tomar el café y disfrutar del espectáculo de las flores. Literalmente, era como si toda forma de vida se hubiese esfumado del piso.

—A lo mejor ha sido mala idea pasarnos... —tanteó Vanja.

—No, no, para nada, estoy contentísima de que hayáis venido. No me lo esperaba, solo eso. Sentaos. —Anna señaló el sofá al mismo tiempo que apartaba algunas prendas de ropa para hacer más sitio—. No recibo demasiadas visitas últimamente.

No era una acusación, solo una constatación. Vanja sintió una punzada de remordimientos. Aquella no era la madre con la que ella se había criado, era una mujer abatida. El simple detalle de la bata a esas horas del día. Su Anna siempre había cuidado mucho su aspecto exterior.

Vanja se descubrió pensando que había tenido la esperanza de encontrarse con aquella Anna. La nueva daba cierta pena. Se preguntó hasta qué punto la transformación de su madre era responsabilidad suya y de sus actos. En gran medida, se temió. Pero tampoco podría haber hecho las cosas de otra manera. No en aquel momento. Se había visto obligada a romper con todo para liberarse de las mentiras y de una relación que se volvía cada vez más destructiva. «Pero he hecho bien en venir a verla», pensó.

—Valdemar me dijo que se va pasando por aquí de vez en cuando —comentó en tono cotidiano y desenfadado.

—Sí, a veces se apiada de mí —contestó Anna, y dirigió de

249

nuevo la atención hacia Amanda—. Estoy tan tan contenta de verte, Amanda... Lo he estado deseando, ¿sabes? —dijo, y se puso de rodillas delante de la niña.

—Pero tú no vives aquí —replicó Amanda, aún tímida.

Anna miró a Vanja desconcertada como para descifrar la breve oración.

—No, la abuela vive en otra ciudad, lejos de aquí. Ya hemos hablado de ello, por eso no os habéis visto.

—Exacto —dijo Anna, y asintió con la cabeza mirando a Vanja en un gesto de comprensión—. Pero la abuela está pensando en pasar más tiempo aquí, y así a lo mejor podríamos vernos más a menudo. —Esto último iba claramente dirigido a Vanja. Ya se vería qué pasaba con eso. Lo primero era superar el encuentro de ese día sin pelearse—. Voy a ponerme algo de ropa —añadió Anna; se puso en pie y se retiró al dormitorio—. ¿Queréis tomar algo? —preguntó de camino.

—A lo mejor podemos bajar al parque y merendar allí. A Amanda le gustan los columpios que hay —propuso Vanja con cuidado, más que nada por la posibilidad de cambiar de ambiente, de alejarse del piso cerrado y lleno de recuerdos pesados.

A Anna le pareció una buena idea.

La tarde de verano se estaba poniendo de lo más bonita, y era agradable salir y rascar la última hora de sol. Anna le dedicaba toda la atención a su nieta, y para cuando llegaron al parque Amanda ya se había relajado un poco y quiso enseñarle a su abuela lo bien que se le daba escalar. Amanda se llevó a Anna a la estructura que había algo más lejos. Vanja las siguió y se quedó un poco apartada, observando cómo se relacionaban. Las dudas que hubiera podido tener se habían esfumado. Había tomado la decisión correcta. Ya no era la misma persona que era entonces; no vivía la misma vida. Cuando vio a su madre y su hija juntas se dio cuenta de que había pasado página. El profundo dolor que le había generado la traición ya no estaba allí. Había llegado el momento de intentar perdonar.

Amanda corrió hasta el tobogán y Anna se acercó a Vanja y se plantó a su lado. La miró con una sonrisa en los labios.

—Es tan guapa... No puedo ponerle palabras a lo contenta que estoy de que hayáis venido. Gracias. De verdad, gracias —dijo, y se le entrecortó la voz por la emoción.

Vanja no sabía qué decir, así que se quedó callada mirando a Amanda, que reclamaba la atención de las dos cada vez que se tiraba por el tobogán. Anna respondía siempre con un aplauso y un bravo. Amanda comenzó a subir de nuevo; tardaría un rato en cansarse de ese juego.

—A Valdemar le han dado el alta definitiva, ¿te lo ha contado? —preguntó Vanja, más que nada por decir algo.

—Sí, me llamó para decírmelo —respondió Anna asintiendo con la cabeza—. Me alegro. No lo ha tenido fácil.

—Nadie lo ha tenido fácil.

Anna se quedó callada. Vanja se maldijo a sí misma. No había pensado sacar los temas engorrosos y difíciles. Todavía no, no ese día. La visita iba a ser un primer paso. Sin verla, notó que Anna se volvía para mirarla.

—Hay tantas cosas por las que te quiero pedir perdón..., pero no sé por dónde empezar.

—No he venido para eso —la interrumpió Vanja, y lo decía en serio—. No es por eso que estoy aquí, mamá.

—¿Y por qué estás aquí?

—Valdemar me hizo pensar que a lo mejor iba siendo hora.

—Dice que estáis muy bien. Que tenéis una pequeña familia preciosa —dijo Anna, y la sonrisa de alegría y el saludo a Amanda con la mano contrastaban mucho con la tristeza de su voz.

251

—Sí, la tenemos, y lo estamos.

—Nosotros también fuimos una pequeña familia una vez. Echo de menos esa época.

«Lástima que todo estuviera basado en mentiras», se descubrió pensando Vanja. Era un pensamiento automático. Había estado tan enfadada con Anna durante tanto tiempo que la ira afloraba burbujeante cada vez que su antigua familia salía a colación. Se lo quitó de la cabeza. No era la rabia lo que la había llevado allí. Estaba allí para ver si era capaz de perdonar.

—Creía que te estaba protegiendo —continuó Anna—. Cuando Sebastian apareció y...

Vanja la interrumpió.

—Mamá, solo quería que conocieras a Amanda; nada más. Empecemos por ahí —dijo.

—Claro, empecemos por ahí —convino Anna asintiendo con la cabeza, y esbozó una sonrisa un tanto insegura.

Amanda se acercó a ellas para preguntar si podían comprar un helado. Cuando iba al parque con Sebastian siempre compraban uno. Anna ni siquiera miró a Vanja como para dilucidar cuánto se veían Sebastian y Amanda ni qué papel tenía él en su vida actual. Se limitó a coger a Amanda de la mano.

—Si a mamá le parece bien, yo te compro un helado.

Vanja asintió en silencio, y la abuela y la nieta se fueron al kiosco más cercano. Vanja las siguió con la mirada.

Había tomado la decisión correcta.

Volver a ver a Anna había sido más fácil y agradable de lo que se había esperado. La próxima vez sería aún más fácil, y con el tiempo podrían llegar a las preguntas difíciles, los puntos críticos. Lidiar con ellos las dos juntas. Vanja sintió que estaba preparada para hacerlo. Más aún, tenía ganas de hacerlo.

Recuperaría a su madre.

Todo iría bien.

Sebastian había limpiado la pomposa mesa de comedor que Lily había comprado cuando se casaron. Una mesa bonita de madera oscura, pesada, con patas robustas. Una buena pieza. A él le había parecido demasiado grande, pero ella había insistido. Lily se imaginaba todas las cenas y comilonas que harían. Amigos, compañeros de trabajo y familiares reunidos a su alrededor. El piso de los Bergman se convertiría en el centro de sus relaciones sociales, el sitio donde todo el mundo se sentiría bienvenido y adonde siempre querrían volver.

De aquello hacía una eternidad.

Antes de la catástrofe.

Una época en la que Sebastian había albergado esperanzas de futuro. En la que los invitados, las cenas y las relaciones sociales le habían parecido una parte probable y deseada del día a día. Desde que se había quedado solo, había usado la mesa en contadas ocasiones; casi siempre la había tenido allí olvidada en su solitaria majestuosidad, como un recordatorio constante de una vida que no llegó a ser.

Extendió todo el material de la investigación sobre ella.

El retrato robot, las fotos de los escenarios del crimen, los interrogatorios de testigos. Los informes técnicos, los informes forenses, los mapas, las copias de los emails y de los mensajes de texto.

—¿Para qué lo quieres? —le había preguntado Gutestam mientras pegaba un brinco para sentarse en el armarito lleno de paquetes de folios y recambios de tóner que había al lado de la fotocopiadora en comisaría.

—¿Tú qué crees? —había dicho él sonriendo. Por lo visto, así era como se comunicaban ellos dos. Respondían a las preguntas con otras preguntas o con no-respuestas. Se iban esquivando el uno a la otra.

—Deberes para casa —constató ella—. ¿Te da miedo que la señorita Lithner no te apruebe?

—Me da miedo que muera más gente antes de que lo atrapemos —dijo Sebastian con total sinceridad.

—Te lo tomas de forma demasiado personal.

—Es que es personal.

—Tú no sabías qué le había pasado a Susanne, y ¿quién no se pelea con alguien del trabajo? Por favor.

Había algo en la reflexión de Gutestam, desde luego que sí, Sebastian había usado exactamente el mismo razonamiento para restarle peso a la culpa. Pero eso no quitaba que él tuviera parte de responsabilidad. A lo mejor no sobre los asesinatos en sí, pero sí en su resolución.

—Es a mí a quien está desafiando. Soy yo quien debe pararle los pies.

—¿Te conté lo de mi exnovio? —había preguntado ella.

—No, pero supongo que es porque no me interesa lo más mínimo.

—Vale.

Gutestam se había bajado de un salto del armario, le había dado una palmadita en el hombro y se había ido hacia las oficinas. Sebastian la había seguido con la mirada. Más adelante, cuando aquello estuviera resuelto, cuando Sebastian ya no formara parte de la Unidad de Homicidios, que era el futuro más

254

probable, a lo mejor merecería la pena investigar un poco más qué estaban haciendo, Gutestam y él.

A lo mejor. Más adelante. Pero no en ese momento.

Lo que debía hacer entonces era elaborar el mejor perfil jamás hecho. Entender cómo pensaba el asesino, intentar irle un paso por delante, ser más listo que él. Ese era su punto fuerte. En sus mejores momentos no había nadie que lo superara. Él no era policía, a él las pistas tradicionales no le aportaban nada; él tenía que ver detrás de ellas y a través de ellas. Comprender qué decían de las personas que las habían dejado.

Abrió su libreta por una página en blanco y echó un vistazo al material que tenía delante, sobre la mesa. Sin duda alguna, el asesino era alguien que quería demostrar lo listo que era. Más listo que Sebastian.

O a lo mejor no.

RESUELVE ESTO, SEBASTIAN BERGMAN, ponía en la pared de la granja de cerdos. Cogió la foto y la estudió detenidamente. No significaba que el asesino creyera que Sebastian no lo resolvería. Solo era una exhortación.

Sebastian respiró hondo y se concentró. Trató de poner orden a sus pensamientos. De ser creativo. ¿Habían pensado mal? Habían partido de la base de que el asesino era inteligente, seguro de sí mismo; de que se sentía omnipotente. Su elección de las víctimas, los lugares y el *modus operandi* apuntaban a ello, sin lugar a dudas.

RESUELVE ESTO, SEBASTIAN BERGMAN

Sebastian jugó con la idea de que lo más importante era que él se implicara y se motivara. Una persona que se creía superior nunca contaba con que lo pillaran, pero si el objetivo era atormentarlo a él, hacer que se doblegara, pero no necesariamente

255

salir victorioso al final, ya ni siquiera estaban buscando a una persona narcisista con delirios de grandeza, sino a alguien que conocía sus limitaciones y las sopesaba con meticulosidad y mucha investigación. Como los detalles del agua en los pulmones de Susanne y el corazón extraído de Riddarstolpe. Alguien que, quizá, en el fondo dudaba de sus propias capacidades y las compensaba de forma exagerada en las áreas en las que podía.

Sebastian escribió en mayúsculas:

PLANIFICADO ORGANIZADO

Lo meditó un segundo antes de apuntar:

BAJA AUTOESTIMA???

En el centro de la mesa estaba el retrato robot, que lo miraba. Como solía ocurrir, era bastante general y podía encajar con muchos hombres blancos de pelo y ojos oscuros. En realidad, a Sebastian una imagen no le servía de nada, y aun así esta le interesaba.

Era joven. Tendría unos treinta años.

Sin el dibujo y el testigo, Sebastian jamás lo habría adivinado. El *modus operandi* apuntaba a un hombre de más edad, sobre todo porque los asesinatos no eran impulsivos, sino bien planificados y premeditados. El asesino tenía autocontrol a un nivel extremadamente alto, una disciplina y determinación que pocas veces se veían en perpetradores jóvenes.

ELEVADO NIVEL DE AUTOCONTROL

Los perpetradores con los que lo podía comparar eran David Lagergren, el llamado «Asesino de los *Realities*», y Edward Hinde. Los dos habían sido mayores.

A Sebastian no le había gustado nada la conexión con Hinde que se hacía mediante el libro. Hinde estaba muerto, pero había sido extremadamente planificador y espeluznante. Sebastian deseaba de verdad que no hubiese más similitudes. Más que nada porque Vanja había estado a punto de morir cuando Hinde la secuestró.

PELIGROSO

Una obviedad, pero lo apuntó igualmente, por si acaso. No podían infravalorar a aquel hombre joven por nada del mundo.

Los ojos de Sebastian se posaron sobre las imágenes de la cámara de vigilancia en Tomteboda. El simbolismo de la máscara hablaba por sí solo, al menos si sabías un mínimo de historia popular. Cosa que Hansson parecía saber. Procedía de un cómic del que se había hecho una película sobre un vengador que llevaba la que en ese momento se conocía como «máscara de Guy Fawkes». Fawkes había intentado volar por los aires el Parlamento británico en 1605. Sebastian estaba bastante seguro de que no era esa la conexión que el perpetrador estaba tratando de hacer.

V de Vendetta.

Quería contarles que se estaba vengando por algo. Podría haberlo hecho de forma más inteligente, más sutil. Pero cuando no sacaba la idea de la historia de Sebastian o de la suya propia —Sebastian estaba convencido de que la granja de cerdos daba información del asesino, y no de él—, la imaginación no le daba para mucho. El asesino no era superdotado, ni especialmente creativo ni ingenioso. Una persona bastante del montón, pensó Sebastian en ese momento; alguien que no hacía demasiado ruido. A Sebastian le parecía cada vez menos probable que estuvieran enfrentándose a un narcisista. Lo cual

257

no dejaba de ser una pena, porque los narcisistas enseguida se volvían temerarios y vivían convencidos de que nunca cometerían un error.

Apuntó lo evidente:

VENGA UNA INJUSTICIA

La pregunta era quién había sufrido dicha injusticia. En la cita del libro que habían recibido, Sebastian afirmaba con rotundidad que era el asesino quien perseguía la fama y el reconocimiento que nunca se le habían brindado. Que era él quien había sido injustamente tratado. Y bien podía ser el caso en esta ocasión, pero no se podía descartar que se estuviera vengando por otra persona. De ser así, todos los detalles que no estuvieran relacionados con Sebastian estarían conectados con la víctima en nombre de la que se vengaba, y no con el asesino. ¿Eso cambiaba algo? Nada en concreto en el momento actual, pero siempre convenía abrirse a todas las posibilidades; a veces aparecía algo en lo que no había caído antes porque se había cerrado a una sola línea de trabajo y obviaba las demás.

Si Sebastian no le había destrozado la vida al asesino, ¿a quién sí?

¿QUÉ HE HECHO?

Paseó la mirada por el material de la investigación y por sus apuntes. El resultado era más desalentador que cuando se había puesto a trabajar. Si estaba en lo cierto, podrían estar buscando a un hombre joven planificador y organizado que no destacaba entre la multitud. Hasta cierto punto inseguro de sí mismo y, por ende, un tanto introvertido, sin un trabajo de alto estatus; probablemente no había hecho mucha carrera laboral.

No era una persona en la que la gente se fijara por una evidente vanidad, por creer demasiado en sus propias capacidades ni por tener un carácter extrovertido.

Un hombre anónimo en una ciudad de un millón de habitantes cuyo móvil, a nivel teórico, podría hallarse en algún punto entre el centenar de incidentes que Sebastian había olvidado o de los que ni siquiera había sido consciente. Si en algún momento decidían acudir a la ciudadanía para pedir posibles pistas, la mitad de los hombres castaños de Estocolmo que rondaran los treinta años acabarían potencialmente bajo el foco.

Con un profundo suspiro de desaliento, siguió hojeando el material. ¿De verdad allí no había nada que pudiera serle de ayuda? ¿Algo que apuntara a la siguiente víctima?

Al fin y al cabo, eso era lo más importante en ese momento.

Cogió el documento impreso del hilo de correos de Riddarstolpe. Frases cortas y sencillas con un único objetivo: el de engatusar a Riddarstolpe mediante vagas promesas de información. Nada más. Nada que revelara quién era ni qué planes tenía. Sebastian se detuvo. ¿Por qué no lo había pensado antes?

Con paso raudo, salió del salón y se metió en el despacho. Abrió su portátil, tamborileó impaciente sobre la mesa con los dedos mientras el ordenador se ponía en marcha, y después abrió el correo electrónico. Decidió ser escueto.

> Aquí Sebastian Bergman. Creo que me estabas buscando.
> Es así?
> Dime algo.

Escribió MustDiGGIT@gmx.de en el campo del destinatario y, tras leer una vez más el breve mensaje, lo envió. El email salió de su bandeja de salida. Sebastian se quedó un rato mirando la pantalla fijamente, como si esperara una respuesta

259

instantánea. Luego actualizó la página. Se sintió frustrado. ¿Había hecho lo correcto, comunicándose con el asesino? ¿Lo espantaría o lo interpretaría como una muestra de interés por parte de Sebastian, lo cual haría que se lo tomara en serio?

Todo aquello le estaba afectando, no se podía negar.

La atención centrada solo en su lado malo.

Sebastian no era una persona tan deplorable como aquel hombre hacía creer. No se merecía esto. ¿O sí lo era y sí se lo merecía? ¿Era esa la razón por la que le hacía tanta mella?

Se dio un paseo inquieto por el piso. Se quedó unos minutos de pie junto a la ventana con la mirada perdida y después volvió a meterse en el despacho para ver si le había llegado alguna respuesta.

Obviamente no.

Se fue a la cocina y se tomó un vaso de agua. Pensó un momento antes de escribir lo último en la libreta.

¿QUÉ HE HECHO?

Era la pregunta del millón. Si daba con la respuesta, podrían encontrar al culpable, detenerlo, recoger bártulos e irse a casa. Pero él, que era el único que podía decir qué otras posibles víctimas había, no se acordaba de la mayoría. Para él nunca habían sido importantes. Esa era la verdad.

Sebastian no quería relacionarse con la verdad.

Necesitaba salir del piso. Hacer algo.

Su mente se fue directa a la posibilidad de permitirse otra pequeña recaída. Pero entonces sus ojos se fijaron en el expediente de la mesa. Ya le habían traducido sus páginas al inglés. Recordó que le había prometido que se lo daría. A Cathy Cunningham. Buscó la dirección que Tim le había facilitado. Bromma. ¿Por qué no? Necesitaba salir de casa.

260

Otro viaje en taxi.

Empezaba a salirle caro. Y la Unidad de Homicidios no le pagaría los gastos, porque esa vez no estaba contratado. Ni siquiera bajo el difuso concepto de «asesor», como antes. Ni siquiera iba a cobrar un sueldo. Pero en el fondo le daba igual. No lo hacía por el dinero, y menos esa vez. En esa ocasión se enfrentaban a alguien a quien él tenía que superar y detener por su propio interés. Atrapar a un asesino, zanjar el tema de Tim Cunningham y volver a la escritura.

Un buen plan.

Un plan necesario, en diversos sentidos.

El taxi lo dejó en su destino y continuó la marcha. Sebastian miró la casa unifamiliar grande y moderna que había al otro lado de la calle. Un césped verde y frondoso se extendía por la parte delantera, donde también había una piscina con tarima de madera. La rampa de acceso estaba adoquinada y subía hasta un garaje doble. Si a Tim le había faltado algo en la vida, debía de ser cualquier cosa menos dinero.

Sebastian fue hasta la pesada puerta blanca y llamó al timbre. Pasó un rato y ya estaba a punto de volver a pulsar el botón con el pulgar cuando oyó el traqueteo de la cerradura. La puerta se abrió. Cathy se lo quedó mirando sorprendida. Llevaba una camiseta con un personaje de Disney en el pecho que a él no le

261

sonaba y unos vaqueros cortos. Iba descalza y con el pelo recogido en un moño mal hecho en mitad de la cabeza.

—¿Hola?

—Hola, ¿es un mal momento?

—Estoy acabando de hacer las maletas, pero entra. —Se hizo a un lado y lo dejó pasar—. ¿Te ha venido algo a la memoria?

—No, en realidad no. ¿Cómo estás?

—Voy tirando —respondió ella, y se encogió levemente de hombros al mismo tiempo que cerraba la puerta—. No te quites los zapatos —le dijo cuando él hizo ademán de agacharse para desatárselos.

Sebastian se enderezó y entró en la casa. El interior iba en la misma línea que el exterior. Grande y moderna. Techos altos, cumbrera a la vista. Distribución diáfana, claro. La cocina en un extremo. Acero y cristal. Una isla enorme con un estante colgando del techo en el que había varias plantas aromáticas, que aportaban el único toque de color. Una mesa de comedor con seis sillas encima de una alfombra grande y, seguramente, cara.

—¿Qué vas a hacer con la casa? —quiso saber él mientras Cathy lo invitaba a sentarse en uno de los dos sofás grandes que había junto al hogar de ladrillo blanco en el salón.

—El trabajo de mi padre se encarga de ello. Se encargan de todo.

—¿A qué se dedicaba tu padre?

—¿A ti qué te dijo?

Era obvio que Cathy no se había olvidado de que Tim le había mentido a Sebastian en casi todo, por lo que seguro que también le había mentido mucho a ella. La confianza no se había restablecido, ni de lejos.

—Que trabajaba en cuestiones de gestión y administración empresarial, reestructuraciones e implementaciones. No me enteré muy bien, sonaba bastante soporífero.

262

—Pero es cierto —dijo Cathy sin poder contener una pequeña sonrisa—. Heyman & Schroder.

Sebastian se limitó a asentir con la cabeza. El nombre de la empresa no le decía nada. Cathy cambió de postura en el sofá y miró hacia las partes de la casa que Sebastian no había visto. Probablemente, el dormitorio y el cuarto de baño.

—No quiero sonar antipática, pero mi vuelo sale mañana a primera hora, así que...

—Sí, disculpa —dijo Sebastian, y sacó la carpeta que llevaba consigo y la dejó sobre la mesita de centro que los separaba.

—¿Qué es eso?

—Es una copia de las anotaciones que hice después de las sesiones con Tim. He pensado que tú, que lo conocías mucho mejor que yo, a lo mejor podrías encontrar algo.

—¿Como qué? —preguntó Cathy, cogió la carpeta y la abrió.

—Por qué mintió. Por qué vino a mí. Por qué quería que nos conociéramos.

—Claro. Gracias.

Era hora de irse, estaba claro, pero aprovechando que ya estaba allí... Había algo en lo que Sebastian había estado pensando. Sería mejor decirlo. Seguramente era la última oportunidad que tendría.

—Verás que Tim me contó que había vivido una vida de mentira y que tras la muerte de tu madre ya no sabía muy bien cómo gestionarla.

—Ah —dijo ella sin entender nada.

—¿Tienes alguna idea de a qué se podría haber referido?

—Estaría mintiendo —constató ella.

—Es algo raro sobre lo que mentir.

—¿Más raro que decir que mi madre fue atropellada, cuando en verdad murió de cáncer, o que un hijo que nunca tuvo se ahogó en Tailandia?

263

—Lo cierto es que sí.

Ella se lo quedó mirando desconcertada, pero luego se reclinó en el sofá. Sebastian se lo tomó como una señal para continuar.

—Si partimos de la base de que vino a mí realmente para obtener ayuda con algo, era eso lo que teníamos que abordar. La gran mentira.

Se inclinó hacia delante, apoyó los codos en las rodillas. Hasta entonces no le había puesto nombre a la sensación que tenía, pero cuando lo hizo notó que empezaba a ir bien encaminado en el misterio llamado Tim Cunningham.

—Claire y Frank no eran importantes en sí mismos, solo eran catalizadores que le hicieron cuestionarse toda su vida.

—Nunca hubo ningún Frank —le recordó Cathy.

—Entonces, aquel invierno pasó alguna otra cosa.

—¿Qué pudo pasar?

—No lo sé.

Eso lo irritaba, sintió. El no saber. Igual que con el maldito caso, Sebastian sabía que había una solución, pero no se había acercado ni un milímetro a ella. Las preguntas seguían presentes. ¿Por qué las mentiras? ¿Por qué había acudido a Sebastian, precisamente? ¿Por qué Tim quería que conociera a Cathy?

—¿Cuándo decidisteis mudaros a Suecia? —preguntó él, cruzando los dedos para que eso los llevara a alguna parte, para que le diera algo con lo que seguir tirando del hilo.

—Un año o dos después de que muriera mi madre.

—¿Lo enviaron aquí o fue idea suya?

—Idea suya. De alguna manera, he empezado a tener la sensación de que estuvo relacionado contigo.

—¿Por qué? —Sebastian estiró la espalda, interesado—. ¿Por qué lo piensas?

264

—No lo sé, solo es una sensación. Supongo que nunca lo sabré —dijo ella, y se levantó.

La conversación había terminado. Sebastian permaneció un momento sentado, pensando en cómo podría alargar la visita, hasta que de pronto Cathy se agachó para recoger la carpeta que él le había dado. Una cadenita que llevaba al cuello sin que Sebastian la hubiese visto resbaló por el cuello de la camiseta y se quedó colgando por fuera. Sebastian se quedó de piedra. No podía ser..., pero lo era. Recordaba perfectamente cómo era. Lo había visto mil veces en su sueño. Incluso recordaba el tacto que tenía al deslizar el pulgar por encima.

Un trocito de plata nueva con piedrecitas rojas y azules.

Un anillo con forma de mariposa.

—¿De dónde lo has sacado? —preguntó, y notó que la voz se le entrecortaba.

Cathy alzó la vista, vio dónde estaba mirando Sebastian —seguro que pensaba que él había aprovechado para mirarle el escote al agacharse— y cogió el pequeño anillo de mariposa con la cadenita.

—¿Esto?

—Sí.

—Siempre lo he tenido, desde que era muy pequeña. Trae suerte. Aunque cuesta creerlo —dijo, y se enderezó con una sonrisa nostálgica—. ¿Por...?

Sebastian no podía dejar de mirar, incapaz de decir nada. La visión del anillo lo había arrojado atrás en el tiempo. A aquel momento. Al sueño, pero estando despierto.

El sol y el calor. El olor a jabón y crema solar. Las pequeñas manos de ella sobre la cara de él. La felicidad que no había vuelto a experimentar desde entonces.

—¿Estás bien? —preguntó Cathy, y Sebastian se percató de que lo estaba observando preocupada. ¿Cuánto rato se había

265

quedado mirando fijamente? Demasiado, casi con toda seguridad.

—Sí... sí, yo... ya me voy. —Sin saber muy bien cómo, se puso en pie y comenzó a caminar hacia la puerta de entrada.

Cathy lo siguió.

—¿Seguro que estás bien? Te veo un poco pálido.

—No, no..., estoy bien.

En el quicio de la puerta, Sebastian notó que conseguía esbozar una sonrisa con los labios. Se volvió hacia Cathy con la esperanza de que fuera lo bastante convincente.

—Nos... nos vemos pronto, quizá.

—Me voy mañana a primera hora.

—Ah, sí, es verdad... Pues a lo mejor hablamos.

—A lo mejor —dijo ella, y Sebastian se fijó en la arruga desconcertada que le había aparecido en la frente. Era evidente que él no se estaba comportando de manera normal, así que no dijo nada más, solo asintió con la cabeza, salió al sol de la tarde y comenzó a bajar por la calle en un estado de semiausencia.

266

Obviamente, no podía dormir.

Ni siquiera sabía si lo estaba intentando. La cabeza le iba a mil. Los pensamientos chocaban entre sí, tomaban distintos derroteros y luego volvían. Casi siempre concluía en que era imposible.

Porque era imposible.

No podía ser Sabine.

La familia Cunningham también había estado en Tailandia la Navidad de 2004. Lo más probable era que hubiesen comprado un anillo igual en el mismo mercado, o en otro. No era más que una baratija. Debía de poder encontrarse en todas partes.

Sí, no cabía duda de que eso era lo más probable.

Pero...

¿Qué probabilidad había de que Tim Cunningham, que había comprado un anillo idéntico en Tailandia para su hija, que tenía la misma edad que Sabine, fuera a aparecer en la vida de Sebastian casi veinte años más tarde? «Aparecer, no —se corrigió Sebastian—. Vino a buscarme.»

¿Qué probabilidades había?

Muchas más de que la joven a la que acababa de ver fuera Sabine, eso había que reconocerlo.

Pero...

¿Qué quería Tim realmente? ¿Por qué había acudido a Sebastian? Claire no había muerto en un atropello con fuga, Frank jamás había existido. ¿Por qué Tim quería que él conociera a Cathy?

Sebastian soltó un profundo suspiro, ya se había cansado de dar vueltas en la cama, por lo que se levantó y comenzó a dar vueltas por el piso en calzoncillos. Acabó en la cocina. Se sentó en la penumbra propia del mes de junio y miró las ventanas oscuras del edificio de enfrente.

No lograba poner orden a nada.

Cathy le había dicho que Tim había empezado a pensar en mudarse a Suecia después de que muriera su esposa. Eso tenía que significar algo. Era muy habitual tratar de romper con todo tras la muerte de un ser muy querido. Alejarse, intentar empezar de cero en otro sitio. Un sitio sin recuerdos. Pero ¿Suecia? ¿Por qué Suecia? Cathy tenía la sensación de que había sido por Sebastian.

Volvió a ponerse de pie, se metió en el despacho y abrió sus anotaciones. Las ojeó hasta encontrar los momentos en que habían hablado un poco de Claire. De la vida de mentira. «Claire nunca quería hablar de Frank», había dicho Tim. Pero Frank jamás había existido. «Le era más fácil decirse que nunca había existido que aceptar que lo había perdido.» Un comentario muy sensible y detallado sobre una reacción a un acontecimiento que no había tenido lugar. Nunca habían perdido a Frank.

No habían perdido a nadie.

Tenían a Cathy. Siempre la habían tenido.

«Ella me obligó a vivir una vida de mentira.» Palabras de Tim. Las que Sebastian aún creía ciertas. Probablemente, las únicas que lo eran. «Me obligó a vivir una vida de mentira.» «Nunca quería hablar de Frank.» «No podía soportar el haberlo perdido.»

Frank nunca había existido. Pero Cathy sí. Una niña. De la

268

misma edad que Sabine. ¿Era Cathy a quien Claire no quería recordar bajo ningún concepto? ¿Era ella a quien habían perdido? ¿Perdido y repuesto? ¿Era esa la vida de mentira?

¡No, no, no! Era imposible.

Si Sebastian permitía que su mente fuera por ahí, bien podía empezar a creer en los *chemtrails* y que Bill Gates quería ponerle un microchip a todo el mundo a través de la vacuna de la covid.

A una escala menor, pero igual de demencial.

Igual de improbable.

Cerró la libreta y se levantó, se fue a la cocina. Se quedó de nuevo mirando fijamente el edificio de enfrente. Había alguien despierto, paseándose por la cocina con un bebé llorando en brazos. Noches en vela, había pasado unas cuantas con Sabine. Hasta que no tuvo un año y pico no le había parecido buena idea dormir por las noches. Él había asumido la mayoría de ellas; Lily tenía un trabajo de ocho a cinco, él disponía de más libertad, podía echarse una siesta con Sabine en pleno día. Quedarse allí tumbado, observando a la maravillosa criatura que habían engendrado hasta dormirse.

Miró para otro lado. Su mente seguía desbocada, los pensamientos iban chocando entre sí, tomando distintos derroteros para terminar volviendo al mismo punto.

¿No debería haberla reconocido, si fuera ella?

Vale, habían pasado casi dos décadas desde la última vez que la vio, y la gente cambiaba de aspecto con el paso de los años, pero aun así. Si era Sabine, tendría que haber habido al menos un instante fugaz de reconocimiento.

Salió al pasillo y se quedó mirando la puerta, intentó recordar sus pensamientos, su reacción el día que la vio por primera vez. Había abierto la puerta del piso y... nada.

Una mujer joven. La hija de Tim. Nada más.

Cayó en la cuenta de que Cathy y él tenían el mismo color de ojos, pero eso era todo. Azules. Un color que compartían con el diez por ciento de la población mundial, así que no quería decir nada. ¿Acaso el hecho de no haberla reconocido en absoluto no confirmaba lo que racionalmente había sabido todo el tiempo?

Que Cathy era Cathy, no Sabine.

Que era imposible.

Entonces, ¿por qué no podía olvidar todo aquel asunto, dejarse convencer? Él era inteligente. Analítico. Estaba orgulloso de su intelecto y de su capacidad de valorar la información. Pocas veces, por no decir nunca, dejaba que las emociones y los deseos dominaran sus acciones. Las probabilidades de que Tim hubiese comprado un anillo idéntico al que tenía su hija eran infinitamente mayores que las de que él y su esposa hubiesen perdido a su pequeña y la hubiesen reemplazado por Sabine.

Sabía que era así.

Debería contentarse con eso.

Constatar que la casualidad le había hecho una broma de muy mal gusto y meterse otra vez en la cama; intentar rascar algunas horas de sueño. Aun así, se dio una vuelta por el piso con las preguntas no respondidas resonando en su cabeza.

¿Qué quería Tim en realidad? ¿Por qué había acudido a Sebastian? ¿Por qué era tan importante que él conociera a Cathy? ¿Por qué se habían mudado precisamente a Suecia? ¿Cuál era esa gran mentira?

Una mentira sobre la cual alguien construye su vida y sigue con ella.

No era un concepto que se usara para referirse a una mentira cualquiera. Tenía que ser algo grande. Algo decisivo. Algo que hizo que Tim se fuera hasta Suecia y buscara a Sebastian con intención de aclararlo después de que su esposa hubiese muerto.

Y ya volvía a estar ahí.

270

Sus pensamientos iban en círculo. Esa noche no podría conciliar el sueño. El anillo barato. El anillo de Sabine. Colgando del cuello de Cathy. La imposibilidad que no era lo bastante improbable como para soltarla. Pero tenía que hacerlo, tenía que olvidarse.

¿Qué otra opción le quedaba?

Por fin una pregunta cuya respuesta sí conocía.

De nuevo delante de la casa unifamiliar en Bromma.

Un taxista estaba metiendo dos maletas grandes en el maletero. Parecía que Sebastian llegaba en el último minuto. Se bajó de su taxi y se dirigió al coche estacionado. El barrio aún no se había despertado del todo, la mañana de verano que prometía una nueva jornada soleada estaba llena de cantos de pájaros que habitaban en los árboles frutales de los jardines de alrededor. La calma y tranquilidad contrastaban fuertemente con cómo se sentía él por dentro.

Miró la casa justo en el momento en que Cathy cerraba la puerta y bajaba hacia él con una maleta de mano y un bolso al hombro. Al verlo, se detuvo, y Sebastian alzó una mano a modo de saludo.

—¿Qué estás haciendo aquí? —preguntó ella, y le dio la maleta plateada al taxista.

¿Qué estaba haciendo allí? Buena pregunta. Ni él mismo lo tenía del todo claro. Necesitaba airear las cavilaciones de la noche. Ver su reacción. Confirmar si podía ir bien encaminado. Despertar su interés.

—Tengo que hablar contigo —se limitó a decir.

—Que sea rápido —lo apremió Cathy, señalando el taxi con la cabeza y, por extensión, el aeropuerto.

—Es complicado —empezó diciendo Sebastian, y pensó fe-

272

brilmente en cómo podía hacer que la conversación no se alargara. Ni aun disponiendo de todo el tiempo del mundo estaba convencido de que podría expresar sus pensamientos sin parecer loco de remate.

Porque era una locura.

Una locura e imposible.

—He estado pensando. Toda la noche, de hecho —continuó.

—Vale. ¿Y...? —Clara impaciencia en su voz. Quería irse.

—En Tim, en todo... En eso de la mentira, en que Tim me buscó concretamente a mí después de que muriera Claire...

—Oye, no tengo tiempo para esto.

—Solo cinco minutos.

—No, lo siento.

Cathy esbozó una sonrisa de disculpa mientras se recolocaba la tira del bolso al hombro y comenzaba a caminar hacia el taxi. Cinco pasos, como mucho. Era el tiempo que le quedaba a Sebastian. Después, Cathy habría desaparecido para siempre. Seguro que había una forma de localizarla, pero lo que quería decirle, lo que necesitaba decirle, no era algo que se pudiera decir por Zoom ni por teléfono. No le quedaba más remedio que hacerlo en ese momento.

—Creo que Tim y Claire no eran tus padres —soltó, y, mientras lo decía, él mismo oyó lo absurdo que sonaba. Pero por lo menos hizo que Cathy se detuviera.

Paró en seco y se volvió hacia él.

—¿Qué coño quieres decir con eso?

—Creo que pasó algo en Tailandia. No estoy seguro de que Tim y Cathy..., de que seas su hija. —Dio un paso al frente, necesitaba que ella se quedara un momento, que le diera tiempo para desarrollar su razonamiento, pero la mirada vacía y oscura con la que se topó le dejó claro que sería difícil—. Creo que esa

273

podría ser la gran mentira —continuó en un último intento desesperado.

—Vale, perfecto, pues ahora ya lo sé —dijo ella en un tono con el que dejaba claro que acababa de confirmar que Sebastian no estaba del todo en sus cabales. Dio el último paso que la separaba del coche y abrió la puerta.

—Espera, por favor —le rogó él.

Cathy ni siquiera le dedicó una mirada antes de subirse al asiento trasero y cerrar la puerta. Al instante siguiente, el taxi arrancó y Sebastian no pudo hacer más que quedarse mirando cómo se alejaba.

Una foto de pasaporte que debía de tener más de diez años miraba fijamente a Vanja desde la página web del *Expressen*. Tal como le ocurría a la mayoría de la población, Sebastian también parecía un loco en la suya. «El psicólogo de los escándalos», lo llamaban. Si bajabas por la página, aparecían fotos de Persson Riddarstolpe, la granja de cerdos y la cochera. Podías decir muchas cosas de Nazrin, pero había que reconocer que era minuciosa. Incluso había conseguido que Rosmarie hiciera un comentario. Obviamente, apuntaba a que era culpa de Torkel que Sebastian pudiese siquiera estar vinculado con la Unidad de Homicidios, pero el psicólogo ya no tenía ninguna relación con ellos, y respecto al resto de las informaciones no podía comentar nada, puesto que era un caso abierto. Ninguna sorpresa en ese sentido.

De nuevo, Vanja se había presentado temprano al trabajo. Se había sentado en la sala con la segunda taza de café del día y se había quedado con la vista clavada en la pared, deseando descubrir algo que hubiera pasado por alto, encontrar algo que les permitiera avanzar.

No lo consiguió.

Los documentos procedentes del ordenador y el móvil de Persson Riddarstolpe eran la última aportación, pero no habían dado nada de sí. Habían logrado desencriptar la conversación

275

que había mantenido con el asesino a través de Wreckr, pero lo único que habían sacado de ella era lo arraigado que estaba el odio que Håkan sentía por Sebastian. Trágico, pero no había nada de nada para seguir investigando.

Vanja había vuelto a su despacho y había dedicado una hora a responder correos electrónicos y a hacer otras tareas administrativas que iban con el puesto. Poco después de las ocho se le sumó Ursula, quien la saludó con la mano desde la puerta antes de quitarse la chaqueta y encender el ordenador en su mesa. Vanja salió y se juntaron las dos en la cocina.

—¿Has leído el *Expressen*? —preguntó Vanja mientras se servía un tercer café.

—Sí, no le va a gustar la foto que han puesto —dijo Ursula con una sonrisa.

Cierto, supuso Vanja; aunque Sebastian no fuera nunca especialmente vanidoso ni prestara demasiada atención a su aspecto exterior, la foto estaba elegida a conciencia para que encajara con el contenido del artículo. La verdad era que salía con una cara que daba poca confianza.

—¿Ya te ha dicho algo la jefa? —quiso saber Ursula, y sacó unos biscotes de almendra de la despensa.

—Aún no, tengo la sensación de que prefiere pasar un poco desapercibida, después de lo de Persson Riddarstolpe.

—¿Tú cómo estás? —preguntó Ursula a cuento de nada.

Vanja la miró desubicada. Llevaban mucho tiempo trabajando juntas, se conocían y se apoyaban la una a la otra, pero las preguntas personales no estaban a la orden del día. Por no decir que nunca se las hacían.

—Estoy bien, ¿por...?

—Nuevo puesto, todo lo de Billy y ahora esto de Sebastian. Quiero decir, es más personal.

—Para ti también es personal. Estuvisteis juntos.

276

—Sí, supongo que lo estuvimos... —Dio un bocado al biscote y se quedó callada.

Vanja no tenía mucha idea de cómo había sido la relación que habían mantenido ni qué había pasado antes y después de que Billy tratara de matar a Ursula. Lo único que sabía era que Sebastian y ella habían dejado de verse fuera del trabajo.

—Estoy bien —dijo Vanja para terminar—. Lo separo, el trabajo y lo demás.

—Bien —contestó Ursula.

La conversación ya parecía zanjada, aunque Carlos no hubiese entrado y las hubiese interrumpido.

—Buenos días —saludó este de camino a la cafetería.

Se lo veía descaradamente fresco, observó Vanja. Una camisa a cuadros asomaba por el cuello del jersey de punto, bajo una chaqueta de color caqui cuyo pequeño logo en el pecho incluso Vanja supo reconocer. Era cara.

Charlaron un poco de cualquier cosa, y cuando Gutestam y Hansson les hicieron compañía se trasladaron a la sala para hacer un *briefing*. El único que faltaba era Sebastian. Nadie sabía nada de él. Un tanto irritada, pues ya eran las nueve y cuarto, Vanja cogió el móvil y lo llamó. Él respondió al quinto tono.

—¿Dónde estás? —preguntó ella, directa al grano.

—Hoy no iré —lo oyó decir.

—¿Perdón? ¿Qué clase de respuesta es esa? ¿Por qué no?

—Ha pasado una cosa. Necesito ocuparme de ella —se limitó a contestar Sebastian.

—¿Es por lo del *Expressen*?

—No lo he leído.

—No lo hagas, pero ven para aquí. Ahora.

—Lo siento, no puedo. Hoy no.

Con eso, Sebastian cortó la llamada. Vanja se quedó mirando el móvil estupefacta mientras notaba una ola de rabia. Carlos puso un gesto interrogante.

—¿Dónde está? —preguntó.

—Ni idea. Se ve que tenía algo más importante que hacer.

Sebastian se guardó el teléfono en el bolsillo. Sabía que la había liado, que Vanja estaba cabreada con él, pero no podía remediarlo. Ese día no podía sentarse en la sala y dedicarse a análisis de escenas de crímenes, retratos robot, teorías y pistas. Además, ese trabajo era de ellos, que eran policías. Y ese día Sebastian no aportaría nada, de todos modos, porque su cabeza estaba en otra parte.

Tras volver a casa desde Bromma, había preferido no subir al piso. De pronto se le antojaba como una cárcel. Previó las idas y venidas y el desasosiego. En lugar de subir, decidió deambular sin rumbo por la ciudad. Un solo pensamiento que iba dando vueltas, adoptando nuevas formas, pero aterrizando siempre en la misma pregunta.

¿Sabine estaba viva?

Las cavilaciones de la noche habían desembocado en que era posible, pero seguía estando muy lejos de ser probable. Por cada argumento que sugería que podía ser así, había dos que lo refutaban.

Se percató de que había vuelto a dirigir los pasos hasta Hornstull. Tenía muchas cosas que aclarar por su cuenta, necesitaba a alguien con quien hablar, y lo cierto era que no tenía demasiadas personas entre las que elegir.

—Anda, pero si es el psicólogo de los escándalos —dijo Torkel con una sonrisita torcida al abrir la puerta y ver quién era.

—No he leído el truño ese, ¿eso es lo que pone en el titular?

—Sí. Me alegro de que alguien recoja el testigo, ya me estaba cansando de generarles clics yo solo —bromeó Torkel; se hizo a un lado y dejó entrar a Sebastian en el piso.

—No he venido por eso —repuso Sebastian, y se dirigió a la cocina—. ¿Tienes café? —preguntó, y levantó una bolsa de papel de una pastelería en la que había entrado de camino hasta allí.

Torkel cerró la puerta y lo siguió a la cocina. Mientras el café iba goteando del filtro, Sebastian puso dos bollos de cardamomo demasiado grandes en un plato y lo dejó en la mesa.

—Desayuno —dijo Torkel, y sacó dos tazas.

—Sí.

—Pero tampoco estás aquí por eso.

—No.

—¿Con qué necesitas ayuda esta vez? —dijo Torkel con cierto abatimiento en la voz.

—Es un tema... personal.

—¿Y lo quieres hablar conmigo?

—No tengo a nadie más con quien lo pueda hablar —confesó Sebastian, y se sentó a la mesa.

—¿No tienes a nadie más próximo que yo? —preguntó Torkel mientras llenaba las tazas—. Menuda tragedia.

Cierto. Torkel había mostrado innumerables veces que la amistad no solo era posible sino también deseable por su parte, pero Sebastian siempre la había rechazado de forma categórica cada vez que Torkel le había tendido la mano. En la época difícil tras la muerte de Lise-Lott, cuando Torkel había recaído en el alcohol, Sebastian no había ido a verlo ni una sola vez. Excepto cuando había necesitado ayuda, una ayuda que Torkel estuvo a punto de pagar con su vida.

—¿Es por Riddarstolpe? —quiso saber Torkel, y se sentó en la silla de enfrente.

Sebastian negó con la cabeza.

279

—No, no tiene nada que ver con el caso.

Se quedó callado, no sabía cómo continuar. Torkel se estiró para coger un bollo y le dio un bocado. Esperó con la mirada fija en Sebastian. Este titubeó. Casi se arrepintió de haber ido allí.

—Suena tan desquiciado de tan solo pensarlo... —consiguió decir al cabo de un rato, como ganando algo de tiempo.

—Vale —convino Torkel asintiendo con la cabeza, y después le dio un trago al café—. Pero ahora ya siento curiosidad —reconoció, y se encontró de nuevo con la mirada de Sebastian.

Sebastian suspiró, no podía presentarse allí, tomarse un café, comerse un bollo y luego marcharse otra vez. No había ido a ver a Torkel para eso. Aunque una conversación no fuera a resolver nada ni brindarle ninguna respuesta, al menos no estaría solo con sus cavilaciones.

—Me parece que he encontrado a Sabine.

Observó a Torkel y vio de forma clara que de todas las cosas que se había imaginado que Sebastian pudiera querer hablar con él, aquella no aparecía en la lista. Se quedó mirando fijamente a su antiguo compañero de trabajo.

—¿Sabine? ¿Tu hija? —dijo sin comprender en absoluto.

Sebastian asintió despacio con la cabeza.

—Pero... no lo entiendo... ¿Cómo? Si está muerta.

—Sí, es posible, pero... a lo mejor no.

—¿De dónde has sacado eso?

—Es una larga historia.

Torkel abrió los brazos en un gesto con el que dejó claro que no tenía nada mejor que hacer. Sebastian tomó una bocanada de aire y comenzó a explicárselo todo. Le habló de Tim Cunningham y de cómo este había perdido a su hijo en el tsunami. De su mujer que había muerto y de la gran mentira que lo estaba destrozando. De cómo Tim y él habían empezado a intimar,

280

pero que habían perdido el contacto cuando Billy acaparó toda la atención. Luego Cathy fue a verlo. Tim había muerto. Nunca había habido ningún hijo. Solo ella, la hija, a quien Tim le había insistido con que tenía que conocer a Sebastian. Habían estado en Tailandia la Navidad de 2004. Cathy tenía la edad correcta. Y tenía el anillo. El anillo que Sebastian le había comprado a Sabine.

Torkel guardó silencio mientras asimilaba lo que Sebastian le iba contando. El café se enfrió en las tazas. Sebastian terminó con la visita que había hecho aquella misma mañana en Bromma, cuando la vio marcharse. El sentimiento. La sensación de haberla tenido cogida de la mano otra vez, pero de nuevo sin poder retenerla. Después se quedó callado.

—No sé qué decir —repuso Torkel con total sinceridad, y negó con la cabeza sin dar crédito.

—Hazlo igualmente. Di algo.

—Quiero decir, suena tan... Es de locos.

—Lo sé.

Torkel retiró la silla y se levantó. Dio los pocos pasos que lo separaban de la encimera y se apoyó en ella, cruzando los brazos sobre el pecho.

—¿De verdad crees que es ella, o es que quieres creer que es ella?

Buena pregunta; Sebastian también le había dado unas vueltas durante las horas en vela de la noche anterior.

—No lo tengo claro —respondió—. No consigo poner ningún orden, y ahora ya es demasiado tarde.

—Porque has dejado que se vaya. A Australia.

Sebastian lo miró sorprendido. ¿Era una acusación? En tal caso, ¿de dónde salía?

—¿Qué coño iba a hacer? —preguntó con irritación mal disimulada—. ¿Retenerla? ¿Reducirla en plena calle?

281

—Si de verdad pensabas que era tu hija, pues sí, por qué no. Creo que yo lo habría hecho.

Sebastian se mordió la lengua. La sensación de que había sido una mala idea abrirse a Torkel se intensificó. No era que hubiese previsto qué rumbo iba a tomar la conversación, pero no se esperaba esto, de eso estaba seguro. De haberlo intuido, no habría acudido a él.

—¿O acaso quieres que no sea ella? —oyó a Torkel preguntar.

Sebastian se volvió rápidamente hacia él. ¿Qué estaba haciendo? ¿Se le había ido la olla del todo?

—¿Por qué iba a querer eso?

Torkel no respondió de inmediato; era evidente que estaba sopesando las palabras. Sebastian supo instintivamente que no le gustaría lo que iba a oír en boca de Torkel, lo dijera de una manera o de otra.

—Has construido tu vida a partir de la ausencia de Sabine. Creo que a lo largo de todos estos años has justificado tu comportamiento con el duelo.

—Guau, ¿hiciste un cursillo de psicología mientras ibas borracho?

—¿Quién eres, si no eres el hombre que llora la muerte de su hija? —continuó Torkel, como si no hubiese oído el mordaz comentario—. Después de casi veinte años, ¿no da un poco de miedo pensarlo?

Sebastian guardó silencio. A regañadientes, tuvo que reconocer que había algo en lo que Torkel acababa de decir que le resonaba. Cuando su vida se derrumbó, Sebastian la había reconstruido alrededor de la pena que sentía por la pérdida de Sabine. Había dejado que fuera el fundamento sobre el cual descansaba toda su nueva existencia.

—Solo digo que da mucho vértigo mirarte al espejo y preguntarte quién eres —dijo Torkel con calma—. Yo lo hacía cada día cuando bebía.

—Y, para evitarlo, crees que la he dejado marchar.

—¿Qué crees tú?

—Que eres un imbécil, si realmente piensas que opino que es mejor no saber. Si era ella, si hubiese podido hacerla volver...

—¿Y si ella no quiere volver? Quiero decir, ha tenido otro padre toda su vida.

—Vanja también lo tuvo.

—Cierto, podría ser como con Vanja —convino Torkel—. Pero podría ser que ella no quisiera saber nada de ti. ¿Serías capaz de lidiar con eso? ¿Con perderla otra vez?

Por mucho que lo hubiese intentado, era imposible odiar de verdad a Torkel. Las preguntas que hacía eran relevantes. Sus conclusiones, sensatas. Lo obligaban a pensar en posibilidades nuevas.

—Entonces, ¿te refieres a que soy demasiado cobarde como para confrontarla? —dijo a modo de resumen.

—¿Acaso importa? Está volando a la otra punta del mundo.

—Hay más vuelos.

—Pero estás aquí sentado.

Sebastian soltó un largo suspiro y se levantó. Hasta aquí. Ya había tenido suficiente. Verdades o no. Justificadas o no. No tenía ánimos para seguir sentado escuchando. La cosa no había mejorado, nada se había solucionado. Había desperdiciado la mañana.

—Me voy. Gracias por el café.

Con ello, se fue al recibidor y empezó a atarse los zapatos. Torkel lo siguió, se apoyó en el marco de la puerta y se lo quedó mirando.

—¿Por qué has venido? ¿Qué te pensabas que te iba a decir?

—No lo sé. Pero no lo que me has dicho.

283

—Claro, podría haberme puesto en plan «pobrecito, qué pena das, qué mal debes de sentirte». O... podía decirte algo que realmente pensaba que podría servirte de ayuda. Como hacen los amigos.

—Sí —convino Sebastian, y se puso en pie—. Supongo que sí.

—Tenme al día de lo que pase, de las conclusiones que saques.

—Claro. Nos vemos.

—Sí, nos vemos.

Sebastian salió al rellano y, mientras bajaba por la escalera, oyó que Torkel cerraba la puerta con llave.

Para su gran asombro, se quedó dormido.

Tras la visita a Torkel, Sebastian había decidido volver a pie hasta casa, y así lo hizo. Despacio, y con los acontecimientos de las últimas veinticuatro horas zumbando en desorden y a bajo volumen en el fondo de su cabeza, había paseado por la transitada calle Hornsgatan, había pasado por el estanque Zinkensdamm y la plaza Mariatorget hasta Slussen, que seguía siendo una zona de obras descomunal, y así seguiría por varios años.

Unas reformas retrasadas y miles de millones de coronas más caras de lo planificado.

Como ocurría con todos los proyectos en los que el Estado y el municipio habían hecho la contratación. En realidad, Sebastian no tenía nada que decir acerca de que los representantes elegidos se inclinaran por unas ideologías u otras, que tuvieran distintos puntos de vista. Vivir en democracia era eso. Aunque también costaba aguantar el racismo, que en los últimos años parecía haberse vuelto algo más extendido. Pero ¿qué otra cosa cabía esperar cuando construyes tu gobierno sobre la base de un partido formado por nazis?

La gente había votado, esos eran los resultados.

No había más opción que vivir con ello.

En cambio, lo que Sebastian no podía soportar, con independencia de la afiliación política, era la incompetencia. La total incapacidad que la mayoría de la gente mostraba una vez que alcanzaba el poder y tenía la oportunidad de hacer cosas de verdad. No soportaba la estupidez ni la ineptitud. Por desgracia, por el momento ambos rasgos parecían estar sobrerrepresentados en el espacio público.

Cruzó el puente Guldbron y luego el Skeppsbron. Los gritos alegres del parque de atracciones de Gröna Lund volaban sobre el agua y rebotaban en los edificios del casco antiguo de Gamla Stan. Dobló a la derecha, estuvo a punto de ser arrollado por un ciclista y siguió caminando, pasó por delante del Grand Hôtel, bajó a la plaza de Nybroplan y la de Raoul Wallenberg, donde unos turistas estaban tomando fotos de los mazacotes de bronce con forma de esfinge que de alguna manera pretendían honrarlo. Se fue alejando por la avenida Strandvägen, que bordeaba el mar. Repleta de gente, perros, cochecitos, bicis y patinetes eléctricos. Ni una silla libre en ninguna de las terrazas. Gente aparentemente despreocupada que vivía vidas también aparentemente despreocupadas.

Y llegó a casa. Un poco sudado y con calor. Se quedó de pie en el recibidor. ¿Y entonces qué? ¿Qué iba a hacer? Decidió tumbarse unos minutos, descansar. No tenía ninguna esperanza de que fueran a ser demasiados, pero lo cierto fue que se quedó profundamente dormido.

Durmió sin soñar.

Hasta que le sonó el teléfono.

Su mano palpó la mesilla de noche, pero luego cayó en la cuenta de que lo llevaba en el bolsillo. Lo sacó como pudo y lo cogió.

—¿Te he despertado? —preguntó Vanja al otro lado de la línea después de que Sebastian dijera su nombre con voz ronca.

—Sí —contestó, se aclaró la garganta y echó un vistazo rápido al reloj. Había dormido veinte minutos—. He pasado mala noche.

286

—¿Has leído lo que dicen de ti?

—No, me has dicho que no lo hiciera, y tampoco leo esos periodicuchos de mierda, de todas maneras. —Con cierta dificultad, dejó caer las piernas por el borde de la cama, se incorporó y reprimió un bostezo—. ¿Me llamas para despedirme?

—No puedo hacer eso, no estás contratado.

—Vale, pues ¿para poner fin a nuestra colaboración?

—Pensaba que a lo mejor ya habrías renunciado.

La decepción de la última y breve conversación que habían tenido seguía presente en la voz de Vanja. Sebastian se frotó los ojos, más cansado que cuando se había acostado.

—Lamento haber sido tan escueto y no haber mostrado interés esta mañana. Ha pasado una cosa. Algo personal.

—¿Más personal que dos víctimas mortales conectadas contigo?

—Sí, lo cierto es que sí, y no sé muy bien cómo gestionarlo, pero ya me siento más en mi sitio otra vez. —Al decirlo, notó que era verdad. Estaba obligado a que fuera verdad. Necesitaba concentrarse en otra cosa, darse tiempo para asimilar lo que Torkel le había dicho, dejar que las respuestas fueran tomando forma. No forzar nada. Toda la historia de Cathy/Sabine tenía potencial suficiente para destrozarlo, si él se dejaba—. ¿Qué dice Rosmarie de todo esto? —preguntó para mostrar sin más dilación que el caso le importaba. El trabajo. La Unidad de Homicidios. Vanja.

—Ella niega tu implicación y dice que nos hemos puesto en contacto contigo por la naturaleza del caso, pero que no formas parte de la investigación de ninguna manera.

—Como antes, vaya.

—Pero quizá no deberías usar la entrada principal, a partir de ahora —dijo Vanja, y Sebastian tuvo la sensación de que estaba sonriendo.

287

—Entendido. ¿Por qué me llamabas?

—Quería ponerte al día.

—Vale.

—Y saber cómo estabas. Antes te he notado estresado.

Sebastian se la imaginó. Sola en la sala. Probablemente había sopesado bastante rato si llamarlo o no, si pasar a un plano más personal o no. Más hija que jefa, por un instante. Sebastian se alegró de la decisión que Vanja había tomado. De pronto, le pasó por la cabeza la idea de que a lo mejor Vanja tenía una hermanastra. La desechó con éxito. La relación que tenían ya era lo bastante complicada.

—Estaba un poco estresado, sí. Como te decía, me ha surgido algo personal. Pero gracias. Por preocuparte.

Se hizo el silencio. Sebastian imaginó que Vanja estaría mirando por la ventana.

—El lago junto al que encontramos el coche de Persson Riddarstolpe es el mismo en el que Susanne fue ahogada —dijo Vanja retomando la conversación. Se acabó lo personal, de vuelta al trabajo. Sebastian tenía que contentarse con lo que le había dado; mejor poco que nada—. ¿Qué te sugiere?

Sebastian se frotó los ojos de nuevo, comenzaba a sentirse despejado, su cerebro volvía a estar operativo.

—Se siente como en casa, ha pasado bastante tiempo allí. Se siente seguro.

—Pero ¿a ti te dice algo?

—¿Qué sitio era? No me acuerdo bien.

—La zona de baño de Stora Flatenbadet, cerca de la reserva natural de Nacka.

—Yo nunca he sido muy de reservas naturales...

Solo obtuvo un suspiro por respuesta. Un suspiro profundo y cansado.

—Este caso..., joder.

288

—Lo resolveremos. Siempre lo hacemos.

—A estas alturas solemos tener más que un simple coche robado con lo que trabajar.

—¿Hay viviendas junto al lago ese?

—No justo al lado, pero cerca, sí.

—Deberíamos buscar el coche por allí, no es imposible que viva en las proximidades.

—Me encargaré de ello.

Se hizo el silencio de nuevo, pero Sebastian tuvo la impresión de que Vanja no quería colgar. Una vez más, se la imaginó. De pie delante de la ventana, la mirada en el horizonte. Ensimismada.

—¿Estás en la sala?

—Sí.

—¿Estás sola?

—Sí, ¿por...?

—Nada. Suenas... apagada. —¿Debería dar otro paso? ¿Por qué no? Lo peor que podía pasar era que la conversación se terminara de forma abrupta—. ¿Solo es el caso?

Sebastian cayó en la cuenta de que siempre les resultaba más fácil hablar por teléfono que cara a cara. Seguro que había alguna explicación psicológica sobre la protección de la distancia que brindaba el móvil que él desconocía. Pero era así y punto.

—He visto a Anna —la oyó decir, para su gran asombro, tras unos segundos de silencio pensativo.

—Anna, ¿tu madre?

—Fui con Amanda. Ella no la conocía.

—¿Qué tal fue?

—Fue... bien. Sí, supongo que bien. Pudimos centrarnos en Amanda.

Sebastian pensó en su propia madre, que no llegó a conocer a Sabine. Sabía que ella habría valorado el detalle. A lo mejor incluso podría haber reparado la relación tensa, cuando menos, que tenían. Los nietos tenían la capacidad de reconstruir puentes derruidos. Su padre, que era a quien Sebastian realmente había detestado y odiado, llevaba muchos años muerto, y el rechazo hacia su madre seguía presente más por inercia que por otra cosa. Todas las ofensas y decepciones, tantos años atrás... A lo mejor habrían encontrado la manera de recuperarse el uno al otro. En ese momento ya era demasiado tarde. Pero se alegraba del intento de Vanja. Se alegraba por las dos.

—Pienso que has hecho muy bien —dijo con sinceridad.

—Quizá deba darle una nueva oportunidad. La gente puede cambiar. Tú lo has hecho.

—Para mejor, espero.

—Solo había un camino posible para ti.

Sebastian notó una ola de calidez en su interior. Estaban conversando y bromeando, como padre e hija. Debería centrarse en ella, en ellos, no en un escenario improbable que, en el mejor de los casos, era un pensamiento ilusorio.

—Tengo que trabajar —dijo Vanja, y el instante se acabó.

—Llámame si hay algo. Si no, me pasaré mañana. Tengo algunas ideas sobre nuestro asesino que me gustaría contrastar con el equipo.

—¿No deberíamos saberlo ya?

—No es nada revolucionario, basta con que os lo comente mañana.

Se despidieron y colgaron. Sebastian se quedó un rato sentado en la cama con una sonrisa de satisfacción en los labios. Su móvil tintineó. ¿Era Vanja, que se había dejado algo? Echó un vistazo a la pantalla, y los últimos resquicios de sueño que le quedaban se esfumaron de golpe.

No era un mensaje, era un email.

Y no era de Vanja, sino de MustDiGGIT@gmx.de.

Había establecido contacto.

290

El malestar constante a la altura del diafragma.

Una inquietud que no remitía de ninguna forma, hiciera lo que hiciese, por mucho que lo intentara. En parte lo achacaba al trabajo. Pasarse los días dando vueltas por la ciudad y poniendo multas a la gente que había cometido infracciones de aparcamiento le dejaba mucho tiempo libre para pensar. Aunque «infracciones» a lo mejor era exagerar un poco, pensaba a veces Ewa. De los coches multados, eran pocos los que realmente estaban mal aparcados o los que de alguna manera impedían el tráfico o suponían un peligro para este. En la mayoría de los casos, lo único que habían hecho era no pagar la cuota, cosa que Ewa podía entender muy bien. Aparcar el coche se había vuelto caro. Entre veinte y cincuenta coronas la hora. Si tenías que ocupar una plaza de pago todo el día, cada día, enseguida se te disparaba el gasto.

Acababa de multar un Toyota que, según el escáner, sí había pagado, pero el plazo había cumplido hacía treinta y cuatro minutos. Ewa había esperado otros cinco, tal como indicaba el reglamento, antes de dejar el papelito amarillo debajo del limpiaparabrisas.

Después siguió caminando. Comprobó que hubiera un ticket de aparcamiento en el siguiente coche —pocas veces lo había, por aquel entonces, porque las apps los habían sustituido

291

casi por completo— y escaneó el número de matrícula para ver si había algún pago registrado. Si no era el caso, multa. Y, luego, el siguiente coche. Y el siguiente. Y el siguiente. Tiraba de inercia; el trabajo no exigía demasiado esfuerzo mental. Así que tenía casi todo el tiempo del mundo para reflexionar sobre la relación de pareja de su hija.

Con lo simpático que le había parecido Alexander Ohlsson, y Ewa se había puesto tan contenta de que su hija por fin hubiese conocido a alguien que le fuera bien y con el que se sintiera a gusto... Al novio anterior no lo podía ni ver, era un tirado, un fumeta sin oficio ni beneficio. Al enterarse de que lo habían dejado, Ewa había soltado un suspiro de alivio. Qué tío tan inútil; no como Alexander. Sociable, simpático, de risa fácil. Electricista, tenía su propia empresa junto con un socio. Trabajaba duro.

Hasta que apareció el primer moratón. Un moratón horrible al lado del tórax. Ewa lo vio de casualidad mientras su hija le estaba echando una mano en el huerto urbano y se quitó el jersey y se le subió la camiseta.

—¿Qué has hecho? —le había preguntado.

Su hija se había reído y le había restado importancia. Le había contado lo patosa que era, que no había visto por dónde iba y se había empotrado contra una puerta trasera abierta de un camión aparcado. Le había hecho un daño de mil demonios. Ewa no le dio más vueltas. La explicación sonaba verosímil, ¿por qué se iba a inventar una historia así?

Luego habían estado dos semanas sin verse, pues su hija había cancelado las citas, y cuando al fin habían vuelto a quedar, Ewa habría jurado que tenía restos liliáceos y amarillentos muy débiles a la altura del lagrimal. Le había preguntado de nuevo qué había pasado.

—Nada —había sido la respuesta.

Ewa solo se lo estaba imaginando. No había pasado nada.

Después de aquella vez, había transcurrido una temporada inusualmente larga hasta que se volvieron a ver. Entonces también estuvo Alexander. Encantador y simpático como siempre, pero Ewa lo escudriñó con atención. ¿Había alguna señal? ¿Se comportaba de otra manera, se mostraba controlador?

Su hija continuó cancelando citas, y las pocas veces que se veían también estaba Alexander. Su preocupación había culminado unas semanas atrás, cuando una de las mejores y más antiguas amigas de su hija había llamado a Ewa para preguntarle si iba todo bien. Su hija le había cancelado varias citas, a menudo a última hora. Llevaban una eternidad sin verse. Era como si su hija la estuviese evitando. ¿Ewa sabía si había pasado algo?

Creía saberlo, pero no dijo nada. No en aquel momento. Aún no le había puesto palabras. No tenía ni idea de cómo sacar el tema. Era evidente que su hija no pensaba contarle nada, que no quería la ayuda de Ewa. Entonces, ¿cómo debía actuar? Acusar abiertamente a Alexander podría tener consecuencias catastróficas, eso lo sabía por experiencia propia. Con los años, sus cuidados y su atención habían sido recibidos con desagrado, su hija se lo había tomado como un cuestionamiento de sus propias elecciones y decisiones. Y en muchas ocasiones había sido eso, debía reconocer Ewa. Su hija se complicaba las cosas más de lo necesario. Pero la relación que tenían ya era frágil de por sí y podía verse tensada por cosas de menor relevancia que esa. Lo de entonces tenía potencial suficiente como para cortar la relación de raíz. Sobre todo si Alexander la controlaba.

Así que tenía tema para cavilar mientras se paseaba por las calles y comprobaba los tickets de aparcamiento, buscaba distintivos de residentes y escaneaba matrículas. Se acercó a un Audi marrón. Ewa no tenía cifras que confirmaran su teoría, pero si alguien le preguntaba, diría que Audi y BMW encabezaban las estadísticas de vehículos multados.

293

El escáner tintineó al comprobar la matrícula. Un sonido que no había oído nunca. Extrañada, miró la pantalla. Un recuadro rojo con texto blanco.

«La policía quiere información sobre este vehículo.»

—¿Alguna novedad?

Lena Gutestam se dejó caer en el asiento del acompañante y cerró la puerta.

—No —respondió Carlos, y siguió con la mirada fija en el Audi, que estaba aparcado a unos quince metros, al otro lado de la calle.

—No tenían de lima —dijo Gutestam; hurgó en la bolsa de papel que llevaba consigo y le pasó un refresco con sabor a mango.

A Carlos no le gustaba el mango. Nunca le había gustado.

—Gracias —contestó.

Gutestam siguió sacando cosas de la bolsa y al cabo de poco estaban los dos comiéndose sendos burritos mientras vigilaban el coche.

—¿Tienes perro? —preguntó Gutestam de repente, y se limpió un poco de salsa de la comisura.

—No, ¿por...?

—¿Quieres tenerlo?

—La verdad es que sí, pero mi pareja no, y nos costaría dedicarle el tiempo necesario. ¿Por...?

—Quería saber si te gustaban los perros.

Carlos lanzó una mirada hacia Gutestam y ella se la devolvió con las cejas enarcadas y una pequeña sonrisa en los labios. Carlos había echado sus buenas horas de vigilancia cuando tra-

295

bajaba en Uppsala y había charlado con los compañeros, pero sobre todo de series, películas, deportes y noticias. Algunas veces, de la vida en familia, pero casi nunca de nada muy profundo, solo sobre cómo estaban los críos, sobre algunas actividades y sobre las vacaciones. Nadie le había preguntado nunca si le gustaban los perros.

—¿Por qué quieres saberlo? —preguntó, consecuentemente.

—Define bastante qué tipo de persona eres.

—¿Ah, sí?

—Sí.

—¿Por ejemplo...?

—Es demasiado como para resumirlo, pero no te preocupes, son todo cosas buenas.

—No estaba muy preocupado.

Permanecieron un rato en silencio. Tenían las ventanillas bajadas, pero el tráfico de la transitada avenida Valhallavägen, que quedaba a dos calles, apenas se oía. En el barrio de Östermalm no había demasiada gente en la calle. Parecía que en la calle Kallskärsgatan, donde estaban vigilando, ya se había asentado la calma de verano. Desde donde estaban veían el frondoso Tessinparken, en el que había varias personas pasando alrededor de la fuente central, pero la mayoría caminaba con un paso vacacional. El canto de los pájaros y algún que otro zumbido de insecto se colaban en el coche.

—¿Tú tienes perros? —preguntó Carlos cuando cayó en la cuenta de que el tema de conversación que había abierto Gutestam invitaba claramente a devolver la pregunta.

—Dos. Beagles. De seis y cuatro años.

Carlos se limitó a asentir con la cabeza; tuvo la sensación de que ya habían exprimido el tema. Tampoco le molestaba; el silencio que se hacía de vez en cuando entre ellos no era en absoluto incómodo.

—¿No tenéis a nadie que os pueda echar una mano, tú y tu pareja?

Carlos la miró de soslayo, no terminaba de pillarla del todo.

—¿Eh?

—Si queréis perro. Tú no eres tan mayor; ¿no tienes padres que os puedan echar un cable?

—Solo yo quiero tener perro, mi pareja no. Y... —Titubeó un momento, ¿se lo contaba? No solía hablar de ello, pero tampoco era ningún secreto—. No tengo contacto con mis padres.

—¿En serio? ¿Por qué no? —quiso saber Gutestam, y su interés parecía genuino.

Carlos volvió a dudar un segundo. Pero no, por el momento era suficiente.

—Es demasiado como para resumirlo, pero tranquila, son todo cosas malas.

Esbozó una sonrisa y ella se la correspondió antes de dirigir la atención de nuevo al coche que estaban vigilando. Carlos se recostó en el asiento y le dio un trago al refresco. No estaba tan malo como se había esperado, pero ese sabor nunca se convertiría en su favorito.

—¿Tu pareja es un hombre? —preguntó Gutestam de repente, sacando el brazo por la ventanilla de su lado. El aire templado le movía el pelo. Carlos giró la cabeza y la miró sorprendido. Ella siguió mirando al frente—. Tengo el radar muy bien calibrado.

—Sí, lo es. Eric.

De nuevo, ningún secreto. En absoluto. Solía referirse a él como «su pareja» porque era más fácil. En lo que respectaba a Gutestam y su supuesto «radar», bien podría haber buscado a Carlos en internet y haber comprobado que vivía con un hombre. Lo dicho, no era ningún secreto y, por alguna razón, tenía la sensación de que Lena Gutestam era una de esas personas

297

que perfectamente podrían haberlo buscado en Google. Le caía bien, pero tenía algo que lo descolocaba.

—Eh, mira... —Gutestam se enderezó en el asiento.

Carlos miró hacia delante. Un hombre acababa de doblar la esquina al final de la calle y se estaba acercando por la acera en la que estaban ellos. Sudadera negra con la capucha subida, la cabeza gacha, de modo que no podían verle la cara. Las manos metidas en los bolsillos de unos vaqueros azules. Zapatillas de deporte, vieron cuando el hombre cruzó la calle. Unas Axel Arigato, observó Carlos. No eran baratas. Tanto Carlos como Gutestam estaban erguidos en los asientos y seguían al hombre con la mirada, las manos en las manillas de las puertas, preparados para bajarse rápidamente. El hombre sacó una llave del bolsillo y pulsó el botón. Los intermitentes del Audi parpadearon. Acababa de abrir el coche.

Era el hombre que estaban buscando.

Sin necesidad de comunicarse el uno con la otra, Carlos y Gutestam abrieron las puertas y se bajaron. Avanzaron a paso ligero, pero sin correr, en dirección al hombre, a quien le quedaban unos metros para llegar al vehículo.

—¡Eh, hola! —gritó Carlos, y sacó su identificación policial.

El hombre se detuvo y les lanzó una mirada fugaz, pero enseguida volvió a agachar la cabeza, de modo que la capucha le tapaba la cara.

—Policía, ¿podemos hablar un momento contigo?

El hombre se encogió de hombros en un gesto de indiferencia y metió las manos en los grandes bolsillos de la sudadera. Todavía mirando al suelo, se quedó quieto donde estaba. Demasiado quieto. A Carlos no le gustaba.

—Enséñame las manos —dijo mientras seguía avanzando. Una vez más, el hombre se limitó a encogerse de hombros, y después todo ocurrió muy deprisa.

298

El hombre alzó la cabeza hacia ellos, y en la mano izquierda llevaba una pistola.

—¡Arma! —gritaron Carlos y Gutestam al mismo tiempo que el hombre de la capucha abría fuego y Gutestam se desplomaba con un chillido.

Carlos desenfundó su pistola a la vez que lanzaba una mirada hacia Lena, que estaba tendida en el asfalto. Tenía cara de dolor y respiraba con pesadez. Estaba viva. Carlos se volvió con el arma en ristre hacia el tirador, pero este había echado a correr en cuanto había abierto fuego y ya estaba llegando al final de la calle.

—¡Alto! ¡Policía! —bramó Carlos con cero esperanzas de que le hicieran caso.

Efectivamente, el hombre siguió corriendo, dobló la esquina del último edificio y desapareció de su campo de visión.

Carlos enfundó la pistola y se puso de rodillas al lado de Gutestam al mismo tiempo que sacaba la radio y pedía refuerzos.

Reinaba un ambiente tenso en la sala.

Todos estaban aliviados, sin duda; la bala había dado en el centro del chaleco antibalas, que había cumplido con su cometido. A Lena le saldría un buen moratón, pero se había librado de sufrir otros daños físicos. Le había disparado un hombre que no había titubeado ni un segundo, a pesar de que se le hubieran identificado como policías. Eso los afectaba a todos. Por mucho que no se expusieran a peligros potenciales con la misma asiduidad que sus compañeros uniformados, el acontecimiento no dejaba de recordarles que eran mortales, lo increíblemente deprisa que podía terminar todo.

Vanja había llamado a Sebastian. Él le había pedido que le informara si había algo, y que le hubiesen pegado un tiro a una compañera debía de contar como «algo». Sebastian había ido directo a comisaría, incluso él parecía afectado.

—A partir de ahora, nos coordinaremos con las fuerzas de asalto para cualquier vigilancia o visita —dijo Vanja, y miró con gravedad a sus compañeros de equipo. Ursula no estaba, había ido a la calle Kallskärsgatan para examinar el Audi—. Esto no puede volver a ocurrir. Priorizamos la máxima seguridad. —Los tres asintieron con la cabeza.

—¿Lo habéis visto? —preguntó Hansson dirigiéndose a Carlos, quien negó con la cabeza.

300

—Le he visto la cara apenas un instante, pero no puedo aportar nada al retrato robot. Tendremos que preguntarle a Lena cuando vuelva.

—He estado pensando en nuestro perpetrador —intervino Sebastian, ganándose de inmediato la atención de todo el equipo—. La imagen que tenemos de él como un narcisista seguro de sí mismo... No tengo demasiado claro que sea correcta.

Expuso las teorías más importantes que había elaborado durante sus horas sentado a la mesa del salón, y vio como los ánimos iban cayendo con cada punto que presentaba.

—O sea, que crees que estamos buscando a un tipo anónimo y un poco pedante que no llama demasiado la atención y que compensa su falta de autoestima con mucha investigación —lo resumió Hansson con un suspiro en cuanto Sebastian hubo terminado.

—Algo así, sí —confirmó este.

—Genial —dijo Hansson.

—También se te había pasado por la cabeza la posibilidad de que se tratara de un policía o expolicía —recordó Vanja.

—Sí, no, ya no lo creo. Simplemente, es muy meticuloso, muy determinado, muy bueno recopilando información.

Un silencio de cierta resignación llenó la sala y no se vio interrumpido hasta que el móvil de Vanja tintineó. Lo sacó y leyó deprisa el mensaje que acababa de recibir.

—Es de Ursula. Tenemos un número de chasis del coche —dijo, y vio como todos los demás enderezaban la espalda sin darse cuenta. Una nueva pista, una que, con un poco de suerte, les permitiría avanzar. El nivel de energía aumentó de forma considerable.

—¿Me dejas ver? —preguntó Carlos, y Vanja le pasó el teléfono.

Él leyó deprisa el breve mensaje y encendió su portátil. Se

301

podían decir muchas cosas de la Unión Europea, pero la fusión de los distintos registros de las naciones de la mayoría de las cosas era de gran ayuda. Los demás en la sala lo siguieron con interés con la mirada.

—Está registrado en Lituania a nombre de un tal Gabriel Balchunas, en Kaunas —informó Carlos medio minuto más tarde—. Voy a ver si puedo localizarlo.

Vanja se limitó a asentir con la cabeza y Carlos abandonó a toda prisa la sala de reuniones.

—Así que tenemos un Audi Q5 de Lituania con matrícula falsa —constató Vanja en cuanto Carlos hubo cerrado la puerta—. ¿Significa algo, tenemos otras pistas que apunten hacia allí?

—No, a menos que Sebastian haya pasado una semana loca en Vilna de la que no tengamos conocimiento, no hay nada que señale al extranjero —dijo Hansson, y miró a su compañero.

—Nunca he estado en Lituania.

—¿Nunca te has cruzado con alguna lituana? —quiso saber Vanja.

Sebastian negó con la cabeza, intuyendo que con «cruzarse» Vanja se refería a si se había acostado con alguna. Posiblemente. Seguramente. ¿Cómo iba a saberlo?

—No que yo recuerde —contestó con total sinceridad.

Alguien llamó con suavidad a la puerta, y acto seguido apareció Lena Gutestam en la sala.

—¿Ya estás aquí? —preguntó Vanja sorprendida, y se levantó de la silla.

—Ya lo veis —dijo Lena antes de recibir el abrazo de Vanja.

—¿Cómo te encuentras? —preguntó Hansson sin poder contener una leve sonrisa.

—Doy gracias por el chaleco —afirmó Gutestam, e hizo una mueca de dolor cuando se sentó a su lado, dejándose caer en la

302

silla como si no le hubiese pasado nada—. Ha sido como si un caballo me diera una coz, pero estoy bien.

—Hoy no hace falta que trabajes. Puedes irte a casa, si quieres —le ofreció Vanja.

—Gracias, pero no. Quiero hacer todo lo posible para detener a ese tío. —Se volvió hacia Sebastian, al otro lado de la mesa, y le sonrió cálidamente—. Pensaba que no ibas a venir. ¿Has venido por mí?

—Vanja me ha llamado, así que...

—Qué majo, te lo agradezco.

—No te has perdido gran cosa —dijo Vanja, interrumpiendo lo que fuera que estuvieran haciendo. Fuera lo que fuese, no le gustaba—. Ursula ha empezado el examen forense del coche y ha obtenido el número de chasis.

—Sí, me he cruzado con Carlos aquí fuera —contestó Gutestam—. También deberíamos comprobar todas las cámaras de la zona.

—Estamos en ello. Quedarse sin el coche no es algo que tuviera planeado. Ha sido un fracaso. Tenemos que seguir intentando presionarlo. —Se levantó, se acercó a la pared en la que estaba todo el material de la investigación colgado y señaló el retrato robot—. Quiero hacer un puerta a puerta enseñando este retrato —añadió.

—Salid a lo grande. Enviádselo a la prensa —propuso Sebastian—. Sin coche, a lo mejor se ve obligado a moverse más entre la gente.

Vanja sopesó unos segundos la propuesta y luego asintió con la cabeza.

—Eso haremos.

—Yo puedo hacer la gestión —se ofreció Gutestam al mismo tiempo que Carlos entraba como un torbellino en la sala.

—Atentos —dijo excitado y agitando un post-it verde—.

303

Aquí hay tema. —Corrió hasta su ordenador, que seguía en la mesa, y se sentó frente a él.

Los demás esperaron pacientemente a lo que sabían que estaba a punto de llegar.

—Gabriel Balchunas le vendió el coche a un sueco hace poco más de un mes. La Dirección General de Transporte no llegó a recibir ninguna notificación de que alguien lo había importado a Suecia, pero... —Hizo una pausa artística y tecleó los últimos datos que necesitaba y que tenía anotados en el post-it—. Balchunas pidió ver el pasaporte y, por suerte, se apuntó el número.

Pulsó intro y giró la pantalla hacia Vanja, que se había colocado tras él.

—Adrian Petterson, nacido el 27 de junio del 93. Denunció el robo del pasaporte hace poco más de un mes —leyó.

—O sea, que al mismo tiempo que compraba el coche en Lituania, denunció el robo del pasaporte —dijo Gutestam con escepticismo—. Qué oportuno.

—¿Tenemos alguna foto? —preguntó Hansson.

—Sí, espera —contestó Carlos.

El proyector del techo se puso en marcha con un zumbido. Al poco, la foto del pasaporte de Adrian apareció proyectada en la pared. Todos la observaron detenidamente.

—¿Lo conoces de algo? —preguntó Vanja dirigiéndose a Sebastian.

—No, y el nombre tampoco me dice nada.

Pero no cabía duda de que podía ser el autor de los hechos. La nariz y la boca eran un poco distintos, más delgados, los labios se veían más carnosos. El joven de la foto llevaba bigote, pero era fácil afeitárselo. La edad, la forma de la cara y el color del pelo y los ojos encajaban.

—Está empadronado en el número setenta y siete de la calle Svartbäcksvägen, en el barrio de Bagarmossen.

—Desde allí no puede haber más de diez minutos hasta el lago Flaten —señaló Hansson.

—Pues ya sabemos lo que tenemos que hacer —dijo Vanja, y miró a su equipo, que asintió con la cabeza al mismo tiempo.

Tenían un sospechoso.

Svartbäcksvägen era una calle en forma de herradura que empezaba y terminaba cruzándose con Rusthållarvägen, una calle más grande que serpenteaba por el sureste del barrio de Bagarmossen. Allí, en una explanada de gravilla que quedaba a unos cuatrocientos metros de la dirección postal de Adrian Petterson, era donde Vanja había quedado con el jefe de operaciones de las fuerzas especiales. En realidad, por aquel entonces se llamaban «Fuerzas Especiales Regionales Reforzadas», abreviadas como las FERR, pero en Estocolmo las seguían llamando simplemente «fuerzas especiales». No solo por vieja costumbre, sino también para no confundirlas con la Fuerza Nacional de Asalto, que también estaba ubicada en Estocolmo.

Llegaron en dos coches.

Carlos y ella en uno; Hansson y Sebastian en el otro.

Lena se había quedado en la oficina. Junto con el personal que les había cedido el Departamento de Crímenes con Violencia, estaba coordinando el puerta a puerta en el barrio de Östermalm, distribuyendo el retrato robot y tratando de obtener toda la información posible del sospechoso, que no era una labor menor. No le había gustado demasiado la orden de quedarse, pero cuando vio que ni siquiera podía levantarse de la silla sin gemir de dolor, no hubo más discusión.

Dos minutos después de aparcar, apareció uno de los vehícu-

306

los del comando, se detuvo y cuatro agentes bajaron de él con el equipo completo y armas automáticas. Vanja fue a su encuentro, saludó al oficial al mando, quien se presentó como Tavi, y le explicó la situación. Acordaron colocar a un hombre en cada entrada para que nadie pudiera salir sin ser visto, y los otros dos compañeros irían con Homicidios hasta la casa en cuestión. Sebastian pudo acompañarlos hasta uno de los cruces de Svartbäcksvägen y Rusthållarvägen, pero no más. No hasta que supieran con qué estaban lidiando.

Todos ocuparon sus puestos a paso ligero.

Svartbäcksvägen era una típica calle estrecha de casitas a ambos lados y en distintos puntos de conservación. Todas eran distintas y de diferente color, y estaban construidas con materiales y en estilos variados. Lo que tenían en común era que no eran muy grandes, pero todas disponían de un jardín bastante generoso. Algunas lo tenían pomposamente acicalado gracias a la labor de los robots cortacésped; en otras estaba más abandonado. El 77 pertenecía a la segunda categoría. Una casa de dos plantas, ajada y con cubiertas inclinadas de teja metálica. El revoco de la fachada gris se había desprendido aquí y allá, la pintura de las ventanas y los marcos estaba desconchada y la mala hierba asomaba alta entre las baldosas que conducían a la puerta de entrada. Al primer vistazo parecía abandonada. No había coche en la rampa de acceso, las ventanas sucias y sin cortinas estaban oscuras.

Vanja se percató de que sentía cierto cosquilleo de expectación. En un mundo ideal, terminarían la jornada con un detenido.

El caso quedaría resuelto, la Unidad de Homicidios estaría salvada y Sebastian dejaría de trabajar con ellos.

Pero al mismo tiempo, se dijo, también existía la posibilidad de que Adrian Petterson realmente hubiese perdido el pasapor-

307

te y que no tuviera nada que ver con todo este asunto. Hansson y un compañero de las fuerzas especiales rodearon la casa para vigilar la parte trasera. Una vez colocados, Vanja, Carlos y los refuerzos se acercaron a la puerta de la casa y llamaron al timbre. La casa estaba en silencio, no se oía nada en el interior. Vanja volvió a tocar el timbre varias veces, pero la puerta siguió cerrada y la casa en silencio. Tanteó la manilla. Estaba trancado.

Con un suspiro de decepción, dio unos pasos al lado. Se puso de puntillas en el estrecho canto de piedra que delimitaba el arriate bajo una de las ventanas y miró dentro. Una cocina vacía y oscura.

—¿Ha pasado algo? —oyó de pronto. Un hombre mayor, vestido con pantalones beige delgados y un polo gastado, había salido de la casa vecina y estaba observando a Vanja con curiosidad.

—Estamos buscando a Adrian Petterson, se supone que vive aquí —dijo Vanja, y dio unos pasos en dirección al hombre.

—Son policías —respondió este, señalando con la barbilla a los compañeros equipados del comando.

—Sí, ¿ha visto a Adrian hoy?

—¿Qué ha hecho?

—Necesitamos hablar con él por una investigación.

—Es un tipo raro —dijo el hombre asintiendo para sí—. Va a lo suyo, apenas saluda. Sale de casa a horas muy raras.

—¿Sabe dónde está?

—No, hace un par de días que no veo el coche, suele aparcarlo delante de la casa.

—¿Qué coche tiene?

—Un Audi de color marrón. Bastante nuevo. Lo compró hará cosa de un mes o así.

—¿Sabe qué modelo?

—A tanto no llego.

Vanja notó que el cosquilleo de expectación se hacía presente de nuevo en su barriga. El coche había estado allí. Delante de la casa de Adrian Petterson. Le hubieran robado o no el pasaporte, ya era un sospechoso confirmado y Vanja tenía suficiente para hacer un registro domiciliario. Le dio las gracias al vecino por la ayuda y volvió junto con los demás.

—Vamos a entrar —le dijo a Tavi—. ¿Te puedes ocupar?

Él asintió con la cabeza, dio unos pasos al lado y avisó por radio al agente ubicado en el cruce más próximo al vehículo; le pidió que bajara con un ariete. Mientras esperaban, Vanja llamó a Ursula; sería mejor examinar la vivienda de la forma más correcta posible ya desde un buen comienzo. Ursula iría hacia allí sin tardar. Vanja colgó y llamó a Lena. Esta había avanzado considerablemente.

Adrian Tomas Petterson había nacido en Norrtälje, había tenido un hermano un año y medio más tarde, Emanuel Rickard. Los padres eran granjeros en Syninge, a veinte kilómetros de Norrtälje, y se dedicaban a la cría de cerdos.

—O sea, que ahí tenemos la conexión con la granja de Västerås —dijo Vanja.

—Eso parece.

—¿Has encontrado algo que lo vincule a Sebastian?

—Todavía no.

La madre, Lisa Petterson, había fallecido cinco años atrás. Cáncer. El padre, Ingvar, seguía vivo, pero se había ido a vivir a España poco después de la muerte de la madre. Lena había intentado comunicarse con él, pero no había obtenido respuesta ni llamando a su móvil español ni escribiéndole a la dirección de correo electrónico que Ingvar le había facilitado a la Seguridad Social. En todos los registros aparecía como emigrado de Suecia. Antes de irse, les había traspasado la granja a los hermanos, y estos la habían vendido hacía tres años. ¿Podía ser tan

309

fácil? Eso podría explicar la elección del sitio donde abandonar el cuerpo de la primera víctima, que siempre les había parecido tan extraña. No guardaba ninguna relación con Sebastian ni con Susanne. Era algo personal, algo relacionado con la infancia de Adrian, lo cual convenció aún más a Vanja de que iban por buen camino.

—Trabajaba de encargado de mantenimiento para una empresa inmobiliaria. He llamado al jefe de la empresa: Adrian lleva un mes sin aparecer, así que ya no es bienvenido.

—Más o menos desde que se compró el coche en Lituania. Parece que ha estado muy ocupado desde entonces.

—Requiere bastante planificación lo que ha hecho.

—Vale, sigue buscando —dijo Vanja cuando vio al miembro de las fuerzas especiales acercarse con la herramienta para echar la puerta abajo.

Quince segundos más tarde pudieron entrar en la casa. Vanja dejó que el personal del comando diera una primera vuelta por el interior para asegurarse de que realmente estuviera vacía. Les pidió que no tocaran nada, solo que comprobaran que no había nadie. No merecía la pena despertar la ira de Ursula de forma gratuita.

—¡Policía! ¡Vamos a entrar! —gritaron Tavi y su compañero con las armas en ristre antes de desaparecer dentro de la vivienda.

Mientras esperaba, Vanja llamó a Sebastian para decirle que ya podía bajar hasta donde estaban.

—No hay nadie —confirmó Tavi unos minutos más tarde cuando volvió a salir—. Podéis entrar.

—Gracias —dijo Vanja, y mandó a Carlos a buscar a Hansson a la parte de atrás.

—Tenemos que irnos, ¿os las arregláis? —preguntó Tavi.

—Seguro que sí. Gracias por la ayuda.

310

Tavi y el resto de la unidad de las fuerzas especiales comenzaron a retirarse. Carlos y Hansson aparecieron de nuevo. Vanja les dijo cómo quería hacerlo: Carlos y ella examinarían la casa, y Hansson se iría a hablar con el hermano. Emanuel.

—Habla con Gutestam para que te dé la dirección y demás, ya está en ello. —Hansson asintió con la cabeza y se marchó.

Vanja le hizo un gesto a Carlos para que la acompañara al interior de la casa. Antes de entrar se pusieron guantes y protectores de calzado.

La sensación de que la casa no era demasiado grande se vio reforzada al entrar. Un recibidor con una puerta a la derecha que supuso que daba al sótano, unas cuantas chaquetas colgadas del perchero y, debajo, dos pares de zapatos. Solo ropa de hombre. Ni una sola prenda femenina. A lo mejor solo eran los prejuicios de Vanja, pero al avanzar un poco le pareció poder ver que la casa estaba habitada por un hombre que vivía solo. Estaba limpia y ordenada, no vieja y ajada como se veía por fuera, pero le faltaba cierto toque final, un sentido para los detalles. Todos los muebles de la planta baja parecían ser de IKEA, comprados exclusivamente por su funcionalidad, no porque hubiera algo estético ni personal tras su elección. La escalera que subía al piso de arriba estaba situada en la esquina del salón. Decidieron repartirse la vivienda. Vanja se quedó abajo, Carlos se iba arriba. Enseguida desapareció por la escalera. Vanja se dio la vuelta y echó un vistazo más de cerca al salón con forma de L. Sofá rinconero, mesita de centro, pósteres de cuadros anodinos en las paredes, alfombra a rayas verdes en el suelo de parquet sintético, televisor grande, el mando en el reposabrazos del sofá. Una estantería con un puñado de libros. Vanja deslizó la mirada por los lomos. O bien Adrian tenía un gusto literario muy amplio, o bien había comprado un par de metros de libros en un anticuario porque era lo que se esperaba que hubiera en una estantería.

311

Eso y objetos decorativos de lo más anónimos, por lo visto. En la fachada trasera había una puerta de balcón que daba a una tarima elevada de madera en la que los muebles de jardín, igual que el resto del exterior, habrían agradecido un poco de cariño y consideración. En un aparador debajo del televisor había unas pocas fotos con marcos muy elaborados de metal. Fotos de familia. Vanja las miró de cerca. Algo que debía de ser la boda de los padres; dos niños, que supuso que eran Adrian y su hermano, vestidos de cowboys, y una foto de los cuatro cuando Adrian debía de tener unos diecinueve años. Sonreía de oreja a oreja con un gorro blanco de graduación en la cabeza.

—¿Has encontrado algo? —oyó de pronto a su espalda, y Vanja se dio la vuelta.

—Joder, qué susto me has dado —le dijo a Sebastian, que se había detenido en el quicio de la puerta del salón. Para su alegría, vio que se había puesto tanto guantes como protectores de calzado. Había esperanza.

—Lo siento. ¿Es nuestro hombre?

—No lo sé, pero el vecino nos ha dicho que acaba de comprarse un Audi marrón.

—Ya es algo.

—Date una vuelta y mira a ver si hay algo que te suene, que te diga algo. Aquí hay algunas fotos.

—Claro —dijo Sebastian, y se acercó adonde estaban.

Vanja continuó con la cocina. Una mesa blanca plegable pegada a la pared, con una flor de plástico en el centro y dos sillas. En la otra pared estaba la encimera, con fregadero, fogones y microondas, seguida de una nevera con congelador. Sencilla y funcional. En la encimera había algunas cartas sin abrir. Vanja las ojeó. Recibos, algún extracto bancario y publicidad domiciliada.

Carlos bajó del piso de arriba y la informó. Había un dormitorio, un cuarto de baño y un pequeño despacho. En el dormitorio y el baño no había gran cosa de interés, pero en el escritorio había varios archivadores y bastantes documentos. ¿Esperaban a Ursula y los técnicos forenses o se ponían a revisarlo ya? Vanja quería echar un vistazo antes de tomar una decisión, por lo que subieron juntos.

Sebastian enseguida había concluido que el salón no tenía ningún interés. Las fotos no le decían nada y la casa era tan impersonal que, como experto en perfiles, no tenía nada a lo que agarrarse. Carlos y Vanja estaban en el primer piso. Sebastian salió al recibidor y abrió la puerta del sótano. Un leve olor a humedad y moho lo asaltó mientras tanteaba la pared en busca de un interruptor y encendía la luz. Una bombilla desnuda iluminó la escalera, y en la estancia de abajo titilaron unos fluorescentes hasta encenderse. Sebastian bajó.

El sótano era bastante sencillo y tenía el techo bajo. El cemento de la base estaba desnudo, había comenzado a desmenuzarse en varios sitios y se había acumulado en forma de polvo y pegotes en el suelo. En un rincón había un gran depósito de gasóleo; parecía desechado, o por lo menos llevaba mucho tiempo sin utilizarse. ¿Acaso había alguien que seguía calentándose con gasóleo? En la casa de su infancia en Västerås lo habían hecho así. Sebastian lo recordaba porque su padre se quejaba sonoramente del coste cada vez que les tocaba llenar el depósito.

Delante de la enorme cisterna, bajo un ventanuco de sótano que daba al jardín, había una secadora y una lavadora. Al lado, un cesto para la ropa sucia con algunas prendas. Todas de color oscuro, entre ellas una sudadera negra con capucha. Sebastian la levantó pellizcándola con el índice y el pulgar y la giró para mirar la parte delantera. Tenía el mismo logotipo ovalado que habían visto en el vídeo de la cámara de vigilancia de la cochera

313

de autobuses. Cada vez había más indicios de que estaban en el sitio correcto, de que habían dado con el hombre que buscaban. Pero ¿qué le había hecho Sebastian? No recordaba haber conocido nunca a ningún Adrian Petterson ni a nadie que se hubiera criado en una granja de cerdos en las afueras de Norrtälje. No lo reconocía de las fotos, no había ninguna conexión evidente en ningún sitio. Justo cuando iba a volver a meter la sudadera en el cesto, algo llamó su atención. Algo blanco, más abajo. Se inclinó hacia delante y, con cuidado, comenzó a tirar la ropa sucia hacia la pared del cesto para poder ver mejor. Apartó una última camiseta y se quedó atónito al ver lo que había debajo.

Una máscara de Guy Fawkes que, con una sonrisa burlona y segura de sí misma, lo miraba fijamente.

314

Otra vez en casa.

Tampoco podía hacer gran cosa.

Habían lanzado una orden de busca y captura, el ordenador que habían encontrado en el piso de arriba estaba siendo analizado por los informáticos y habían solicitado personal extra para inspeccionar a fondo todo el material que habían hallado en el despacho, mientras los técnicos forenses estaban aspirando, en sentido literal y figurado, toda la casa de Bandhagen. Habían comenzado a interrogar al vecindario, al círculo de amigos y a la gente del trabajo para ver si sabían dónde podía haberse metido Adrian Petterson. Hansson había hablado con el hermano, pero este llevaba bastante tiempo sin ver a Adrian. Ya sabían qué teléfono tenía, así que habían empezado a rastrearlo. El círculo se estaba estrechando. Obviamente, Sebastian podría haber cogido un puñado de los documentos hallados en el despacho de Adrian y haberse puesto a revisarlos en busca de pistas, pero eso no le interesaba ni lo más mínimo. Eso era labor policial, y él no era policía. Ya volvería a implicarse cuando lo detuvieran. Estaría presente en los interrogatorios, trataría de comprender y le enseñaría quién ganaba cuando se era tan tonto como para desafiar a Sebastian Bergman.

Pero ¿a qué se iba a dedicar mientras tanto?

No tenía hambre, pero debía comer algo. Miró en la nevera

315

y la despensa, aunque enseguida se percató de que si quería meterse algo entre pecho y espalda tendría que implicar por fuerza un poco de esfuerzo por su parte. Por ello, buscó uno de los restaurantes del barrio que no despreciaba activamente y encargó comida a través de la aplicación Foodora. Eligió el método de entrega «Llamar al timbre y dejar en la puerta», un eufemismo de «Dame la comida sin que tenga que verte la cara». Era una opción que se había instaurado durante la pandemia, pero se había mantenido después de que la gente hubiese experimentado la comodidad de no tener que mirar a los ojos al hombre a menudo de tez morena que a cualquier hora y en todo tipo de condiciones atmosféricas te llevaba la comida por un sueldo irrisorio.

Veinticinco minutos más tarde llamaron al timbre, y cuando Sebastian abrió la puerta vio la bolsa de papel marrón en el suelo y oyó los pasos del repartidor resonando más abajo en la escalera. Se fue a la cocina a coger un tenedor y un vaso de agua, se llevó la comida al despacho y se sentó al escritorio. Abrió los pequeños envases de aluminio con rollitos de lenguado en salsa de vino blanco, patata cocida y gambas. Mientras comía, le dio vueltas a lo que podía hacer.

El libro sobre Billy no se iba a escribir solo.

Por raro que pudiera parecer, Sebastian no le había dedicado ni un solo pensamiento en los últimos días. Después de la detención de Billy se había pasado varias semanas sin poder pensar en otra cosa. Billy había sacudido la Unidad de Homicidios y las vidas de todos de una manera que nadie había creído posible hasta que ocurrió. Sebastian había estado convencido de que tardaría mucho tiempo en verse capaz de dejarlo de lado y pensar en otra cosa.

Pero entonces apareció Adrian Petterson y, sobre todo, Cathy Cunningham.

316

Sebastian la había dejado ir, la había dejado marcharse lejos, muy lejos. ¿Por qué? Le costaba parar de pensar en lo que Torkel había dicho de que, en el fondo, había sido un acto egoísta por parte de Sebastian, porque así podría evitar los cambios. Que el padre autodestructivo y de luto era el papel que había interpretado durante tanto tiempo que ya no podía ser otra persona, no se atrevería a intentarlo ni aunque quisiera. Tenía que reconocer que no era del todo descabellado. Torkel era perspicaz y, por mucho que Sebastian hubiese hecho un esfuerzo para mantener las distancias, lo conocía bien. Quizá mejor que nadie.

Pero ¿había sido por eso?

¿Acaso no era simplemente porque resultaba de lo más irracional que ella fuera Sabine, su hija, y que si Sebastian comenzaba a alimentar esas esperanzas, si se permitía creer, la caída cuando se diera cuenta de que estaba equivocado, cuando sus sueños reventaran contra el suelo, sería demasiado dolorosa?

¿Para qué exponerse a eso?

Y si diera por buena la idea de que lo imposible pudiera ser posible, de que Cathy fuera suya, de que el matrimonio Cunningham la hubiera encontrado cuando buscaban a su propia hija y se hubieran creído realmente que era ella —o se hubieran autoconvencido de ello, fruto del shock—, que Sabine era su hija...

¿Qué pasaría entonces?

Primero, Sebastian tendría que volar hasta Australia, buscarla y convencerla de que no estaba trastornado por cruzar el planeta, para después hacer que se creyera aquella locura. Si contra todo pronóstico lo conseguía, ¿qué pasaría luego? Había tardado años en lograr mantener una relación más o menos normal con Vanja. Si Cathy quería quedarse donde estaba, ¿se mudaría Sebastian a Australia? No podía hacer eso. Su vida estaba allí, en Estocolmo.

317

Con Vanja y Amanda. No pensaba poner en riesgo nada de lo que ya tenía por algo que quizá podría llegar a tener.

Además, siempre existía la posibilidad de que ella no quisiera saber nada de él. Torkel también había comentado eso. ¿Y si no quería más padre que Tim? ¿Y si quería seguir siendo Cathy Cunningham? «Que es quien probablemente es», se recordó.

Cuantas más vueltas le daba, más sentía, por raro que pudiera sonar, que había hecho lo correcto al dejarla marchar. Al dejarla irse a Australia. Sebastian no estaba seguro de nada; ¿de verdad era correcto aparecer de pronto en la vida de alguien y ponerla patas arriba?

Quizá sería mejor no volver a ponerse en contacto con ella. Olvidarlo todo.

Eso podría hacerlo.

Era entonces, cuando todo era nuevo y doloroso, cuando se veía obligado a darle vueltas. Tim, Cathy, el anillo colgado de la cadenita al cuello... Con el tiempo, todo se iría borrando. Se desvanecería en el olvido. Sebastian llevaba casi veinte años sin Sabine. Había desaparecido. Estaba muerta. Jamás iba a recuperarla. La vida continuaba.

Bien, pues ya había tomado la decisión.

Billy. ¿Por dónde iba con él?

Buscó la libreta en la que tenía sus anotaciones de las conversaciones que habían mantenido en la cárcel, la abrió y recordó por dónde quería continuar la siguiente vez que se vieran. Los niños. ¿Cómo había ido con la idea de dar a los niños en adopción? Sebastian debería tomarse un poco de tiempo e ir a visitar a My otra vez. En el último encuentro, ella parecía hundida en un sitio muy oscuro. Al fin y al cabo, Sebastian se había autodenominado amigo suyo. Mientras sopesaba si llamarla o no, su teléfono tintineó. Un correo entrante. Miró el remitente y se enderezó en la silla.

MustDiGGIT@gmx.de.

La última vez que se habían comunicado por email no había dado nada de sí. Sebastian había visto claro que el autor de los hechos, a quien en aquel momento no habían identificado todavía como Adrian Petterson, se sentía halagado por la muestra de interés y porque la persona a la que había desafiado se pusiera en contacto con él. Sin embargo, la breve conversación que habían mantenido había sido una decepción. Sebastian le había planteado preguntas insinuantes y había hecho afirmaciones provocadoras, pero lo único que había obtenido a cambio eran respuestas genéricas. Ni siquiera se había tomado la molestia de contarles a los de Homicidios que habían estado hablando.

Y entonces el perpetrador volvía a escribirle.

Sebastian desbloqueó el móvil, pero cambió de idea y abrió el ordenador portátil. Con un teclado de verdad era más rápido y se cometían menos errores ortográficos. Abrió el correo.

¿Cómo va?

¿Qué quería decir con eso? ¿Era curiosidad genuina o era una mofa porque aún no lo habían detenido? Imposible saberlo.

¿No lo sabes, tú que lo tienes
todo controlado?

¿Demasiado duro? ¿Demasiado agresivo? ¿Demasiado, en general? A la mierda, ya sabían a quién estaban buscando, y aunque todavía no lo hubiesen encontrado no era más que una cuestión de tiempo. Era difícil mantenerse escondido. Más de lo que se daba a entender en las películas y en la tele. Sebastian se reclinó en la silla mientras esperaba una respuesta. A regañadientes, tuvo que reconocer que volvía a disfrutar de la situa-

319

ción. Esto era tangible, concreto. Se estaba comunicando con un asesino en serie. Se suponía que eso se le daba bien. No, se le daba bien, sin duda, siempre y cuando el adversario fuera competencia real y no ofreciera meros clichés y banalidades. Era cierto que después del mensaje escrito en la pared de la granja de cerdos, sus expectativas de enfrentarse a un igual se habían visto reducidas, pero Adrian aún podía sorprender. Podía darle un punto de partido en lo que quizá sería la última ronda.

Creéis que me habéis pillado.

«Venga —pensó Sebastian, y soltó un suspiro—. Dame algo con lo que trabajar.»

Sabemos que no te hemos pillado,
pero solo es cuestión de tiempo.

En realidad, todo es cuestión de tiempo.

¿Qué quieres decir?

Sebastian ya creía entender a qué se refería, pero no estaba de más hacerse el tonto, darle un poco de ventaja, hacer que se relajara. Quizá así acabara yéndose de la lengua.

El tiempo no es una medida exacta, porque
es infinito. Se podría decir que solo era
cuestión de tiempo que los neandertales
inventaran la bomba atómica, y sería cierto.

¿Qué era eso? ¿Qué quería, realmente? ¿Medirse con Sebastian en argumentaciones intelectuales pseudofilosóficas? Aque-

320

llo no daba nada de sí, joder. Había llegado el momento de subir un poco la temperatura.

> Sabemos quién eres, eres consciente
> de ello, ¿verdad?

Pero no sabéis dónde estoy.

«No me digas, Sherlock.» Sebastian no sabía muy bien qué se había esperado, pero desde luego eso no. Recordaba las horas que había pasado en distintas salitas de interrogatorio con Edward Hinde. Inteligente, observador, analítico, una fuerza manipuladora innata. Comparado con él, Adrian Petterson jugaba en tercera división.

> Me aburres. Sabemos quién eres, pronto
> sabremos dónde estás, lo que aún no hemos
> descubierto es por qué. ¿Algo que quieras
> desarrollar?

Tardó un rato. Más que para enviar los demás emails. Sebastian pensaba que había interrumpido la conversación y ya iba a cerrar el programa cuando de pronto oyó una notificación.

Te diré por qué. Mañana. Te escribiré
para decirte lugar y hora.

Después de eso, Sebastian tuvo una fuerte sensación de que ya no iba a saber nada más del perpetrador. Pero, por si acaso, le mandó un nuevo mensaje:

> ¿A qué te refieres con eso?

Y se quedó esperando. Casi un cuarto de hora, pero el portátil no volvió a tintinear. Cogió el teléfono y llamó a Vanja, le contó la conversación por email y que al día siguiente era altamente probable que pasara algo. Vanja avisaría a los demás, se encargaría de que pudieran disponer de todos los recursos posibles.

—¿Eso es que quiere que lo detengamos? —preguntó.

—No tengo ni idea de lo que quiere —respondió Sebastian con total sinceridad.

Después de colgar, Sebastian volvió a leer toda la conversación, pero era lo que era. Nada de interés, hasta el último mensaje de Adrian; tras eso, había interrumpido la comunicación. Sebastian apagó el ordenador. Miró la hora. Era bastante tarde, y a primera hora tendrían que estar preparados y en condiciones para lo que pudiera llegar. Por supuesto, lo correcto sería meterse en la cama, pero Sebastian no era conocido por hacer lo correcto. Además, dudaba mucho que pudiera conciliar el sueño, a pesar de haber sido una jornada inusualmente larga y llena de acontecimientos. Pero quedarse sentado en su piso vacío mirando las musarañas no era una opción.

Quería salir.

Pero no solo.

Y, hablando de malas decisiones, sintió que estaba a punto de tomar otra. Cogió el teléfono, titubeó un instante. Aquello era una soberana estupidez. Pero lo estúpido podía ser divertido. Podía mantener apartadas las cavilaciones sobre lo dura que era la vida. Buscó el número en la pantalla y pulsó el icono verde. Los tonos se sucedieron. Uno, dos, tres, cuatro. Cuando dejaron de sonar, Sebastian pensó que había saltado el buzón de voz, pero en realidad era ella quien había contestado.

—Hola, Gutestam, aquí Sebastian —dijo en tono alegre—. ¿Te apetece salir a tomar una cerveza?

No conseguía relajarse de ninguna manera.

El *jet lag* era uno de los motivos, pero no el único. En el vuelo a casa se había leído los apuntes que le había dado Sebastian Bergman. Bueno, «a casa». A Australia. Había nacido allí, pero en sus poco más de veinte años de vida no había pasado más de uno o uno y medio en ese país. Aun así, fue lo primero que le pasó por la cabeza cuando se quedó sola: que tenía que ir, que tenía que volver a casa. Su padre quería que lo enterraran junto a su madre en el Melbourne General Cemetery, Cathy lo sabía muy bien.

Tim Cunningham. Su padre.

La persona a la que había creído conocer mejor que a nadie en el mundo. Hasta que murió y apareció Sebastian Bergman. La lectura en el avión le había generado muchas preguntas sin brindar ninguna respuesta,

¿Por qué le había mentido a su terapeuta?

¿Por qué se había inventado que se le había muerto un hijo?

¿Por qué le había mentido acerca de la muerte de la madre de Cathy?

¿Por qué tanta obsesión con volver a Suecia y buscar a Bergman?

¿Por qué era necesario que Cathy lo conociera?

Pensó en el último encuentro que habían tenido Bergman y

323

ella. «Creo que Tim y Claire no eran tus padres... Creo que esa podría ser la gran mentira.»

Una auténtica locura, desde luego. Una afirmación absurda que solo podía salir de la boca de un chalado. Cathy la habría despachado de buenas a primeras, sin dedicarle ni un solo pensamiento, de no ser porque las diminutas cosas que siempre había logrado reprimir habían empezado a burbujear de nuevo y a salir a la superficie. No que Tim y Claire no fueran sus padres, eso nunca se le había pasado por la cabeza, pero sí que las cosas no eran del todo normales. Siempre había habido algo flotando en el aire. Algo que no se decía. Algo que ellos dos sabían que estaba ahí, pero que ninguno de los dos mencionaba nunca. Nunca nada en concreto, solo una vaga sensación, imposible de tocar, imposible de confrontar con ellos.

A lo mejor sí que había habido una mentira, a pesar de todo.

¿Qué había dicho Bergman? Que había pasado algo en Tailandia aquellas Navidades. ¿Qué podía ser? Algo tan grande, tan importante, que —puestos a creer que realmente había ocurrido algo— veinte años más tarde estaba afectando a sus vidas. No sonaba demasiado sensato.

Cathy se fue a la cocina del gran piso en Queens Road. Tenía 257 metros cuadrados. Séptima planta. Tres dormitorios. Tres cuartos de baño. Grandes ventanales desde el suelo hasta el techo en tres puntos cardinales. Vistas sobre el Fawkner Park y las aguas azules del Albert Park Lake. Desde el salón se veía todo el *skyline* de Melbourne. Un piso que, según el agente inmobiliario que se lo había vendido, tenía un equilibrio artístico perfecto entre una expresión arquitectónica exigente y una conexión intuitiva con la naturaleza.

Obviamente, eso no quería decir nada.

Verborrea comercial donde las hubiera.

Era lujoso, era caro. Habían pagado 1,7 millones de dólares

americanos por él. No habían estado presentes durante la transacción, la habían completado a distancia. Esta era la segunda vez que Cathy vivía en él. La primera habían sido unas semanas en las Navidades de hacía seis años. Era el hogar futuro. Allí era adonde Tim y Claire tenían previsto mudarse cuando se jubilaran, cuando dejaran de viajar por el mundo. Allí pensaban bajar de revoluciones y llegar juntos a la vejez.

Al final no había sido así.

Una nueva idea le pasó por la cabeza mientras abría las puertas de cristal esmerilado de los armarios colgados sobre la encimera en busca de un vaso. ¿Qué iba a hacer con el piso? No quería vivir allí, por mucho que se lo pudiera permitir. Seguro que alguien de Heyman & Schroder la ayudaría a venderlo. Después del funeral. Que debería empezar a organizar. Ni siquiera sabía qué iba a pasar con el cuerpo una vez que llegara a Australia. ¿Adónde llegaba? ¿Cómo se enteraba de dónde era? ¿Debía ir ella a buscarlo o lo trasladarían a una funeraria? Y, de ser así, ¿a cuál? Cuando murió su madre, Tim se había ocupado de todo eso, Cathy no tenía fuerzas para participar. Había sido una época difícil para ella, en la que la pena y la añoranza se mezclaban con el arrepentimiento. Lo típico: todas las cosas que habían quedado por decir, todo lo que sí se había dicho. Cuando menos, igual de doloroso. Claire tenía un carácter muy controlador, con unas opiniones muy fuertes que, a pesar de todo, pocas veces expresaba abiertamente. Era la personificación del carácter pasivo-agresivo. Solía interpretar las palabras y acciones de los demás de forma negativa, pero en raras ocasiones intentaba resolverlo, sino que prefería cortar por lo sano, cambiar de trabajo o, simplemente, ignorar a la persona en cuestión hasta que la relación se muriera. Durante toda la infancia de Cathy se había hablado siempre de las cosas de las que Claire había querido hablar, se había hecho lo que ella había

325

querido hacer, a su manera. Si no, nada. Para Cathy, la adolescencia había sido la peor parte. Nunca se producían grandes broncas ni enfrentamientos, pero sí muchas insinuaciones y mucho descontento mostrado con suma claridad. Durante varios años su padre había mediado incansablemente en la guerra de baja intensidad entre Cathy y Claire. Cathy aún se acordaba —y se arrepentía— de lo que había pensado cuando se había enterado de que el cáncer que padecía su madre no tenía remedio y de que tenía los días contados.

«Gracias a Dios que no es papá.»

Pero entonces sí que lo era, y no tenía ni idea de qué iba a hacer. Con el funeral, con el piso, con su vida, con nada. Estaba perdida.

Echó un vistazo a la hora y cogió el teléfono; titubeó un momento, pero luego buscó el número.

—Hola, ¿estabas durmiendo? —preguntó cuando le contestaron.

—Sí, ¿dónde estás?

—En casa. En Melbourne.

—¿Cómo te encuentras? He pensado mucho en ti.

—Estoy... no muy bien. Rara.

—Lo entiendo. Ya sabes que siempre puedes venir aquí, si no quieres estar sola en ese piso tan repelente.

Cathy no pudo contener una sonrisa. Su abuela nunca se había dejado impresionar por el estilo de vida privilegiado que llevaban. «Es como vivir en un maldito acuario» y «Si lo esterilizáis un centímetro más podréis hacer operaciones quirúrgicas aquí arriba» eran dos de los comentarios que había hecho acerca de la nueva vivienda cuando la habían comprado. Sin que la oyera Claire, por supuesto. Su relación madre-hija tampoco había estado exenta de problemas. Lejos de eso, a decir verdad.

—Gracias, pero creo que me quedaré aquí. Al menos una temporada.

—Haz lo que quieras, pero prométeme que me llamarás si necesitas ayuda con algo.

—Lo haré. Abuela...

Se quedó callada. Con el teléfono aún pegado a la oreja, se acercó a la ventana y miró el mundo exterior.

—¿Sí?

—Hay una cosa...

—Sí, dime, ¿qué pasa?

Cathy titubeó. ¿Era oportuno? No solo el momento, sino en general. ¿Acaso no había decidido dejar todo aquel asunto atrás? Obviar las preguntas que le habían surgido, olvidarse de Sebastian Bergman y de todo lo que su padre le había contado. Por lo visto, no.

—¿Tú te acuerdas de la Navidad que estuvimos en Tailandia? —se oyó decir—. En 2004. El tsunami.

—Pues claro que me acuerdo. Fue horrible. Recuerdo que estuve llamando sin parar, estaba tan preocupada por vosotros...

—¿Pasó algo raro, después?

Su abuela no respondió al instante. Cathy se la imaginó arrugando la frente en una mueca de confusión.

—¿Qué quieres decir?

—No lo sé —dijo ella con total sinceridad. ¿Qué quería decir, realmente? ¿Qué esperaba que le dijera? Nada, a ser posible. Para así terminar de consolidar su decisión de no dedicarles más tiempo y energía a los acontecimientos que habían tenido lugar en Estocolmo los últimos días—. ¿Había algo diferente cuando nos volvimos a ver?

—Pequeña, ¿no te acuerdas?

Cathy sintió que por un instante se quedaba helada. O sea,

327

que había algo. Algo que ella debería recordar. Cosa que no hacía.

—No, ¿qué ocurre?

—Estuvimos seis años sin vernos. La siguiente vez que te vi ya tenías diez años.

Seis años. ¿Habían pasado tanto tiempo fuera de casa? No que ella recordara. No tenía ningún recuerdo de lo que había ocurrido aquel 26 de diciembre, pero debió de ser un suceso traumático para todos los implicados. Destrucción y muerte. Habían estado a punto de perder la vida. ¿Podías seguir viviendo con normalidad, después de algo así? Estaba claro que no. Pero ¿seis años?

—¿Qué haces mañana? —preguntó Cathy.

—Nada, ¿por...?

—Me pasaré a verte.

Había sido una velada agradable. Realmente agradable.

Había sido un tiro a ciegas. Una compañera de trabajo, mucho más joven que las mujeres con las que solía salir. No se habían acostado. Rompiendo con su dinámica habitual, Sebastian incluso había decidido ni siquiera intentarlo, lo cual le había generado cierta inseguridad. No lograba recordar cuándo fue la última vez que salió con una mujer sin el objetivo de tener sexo con ella. ¿Qué hacías? ¿Cómo te comportabas? ¿Cómo mantenías viva la conversación y el interés cuando no había una meta en concreto, un punto final que o bien alcanzabas o bien no?

Pero no había tenido que preocuparse.

Lena Gutestam se lo había puesto fácil. Había sido ella quien había elegido sitio, un gastrobar en Vasastan, el casco antiguo, que permitía la entrada de perros. Ella había llevado dos consigo, dos beagles, le hizo saber a Sebastian, pero se habían acurrucado debajo de la mesa sin armar escándalo alguno. Lo primero que había hecho Sebastian al sentarse había sido dejar el móvil en la mesa.

—No hay nada para sentirse especial como un móvil en la mesa —había señalado ella con un brillo en la mirada.

—Lo siento, pero estoy esperando una respuesta de nuestro asesino.

—Lo sé, Vanja ya ha hablado con Rosmarie y la jefa le ha

329

dado luz verde para solicitar el apoyo de la Fuerza Nacional de Asalto. Solo te estoy tomando el pelo.

—La Fuerza Nacional de Asalto, poca broma.

—*Go big or go home.*

La velada había continuado en esa línea, liviana y desenfadada. Habían charlado de trabajo, desde luego, pero no habían dejado que ese tema dominara la conversación. Tras despedirse, sobre las once de la noche, Sebastian no podía decir que conociera mejor a Gutestam, pero había estado a gusto. Muy a gusto.

Poco después de medianoche había decidido meterse en la cama e intentar rascar algunas horas de sueño. Había enchufado el móvil al cargador y lo había dejado en la mesilla de noche. El volumen, al máximo. Así no pasaría por alto la respuesta que esperaba obtener. Tan solo de pensar en esa posibilidad se estresaba, así que el sueño en el que cayó fue ligero e inquieto. Cuando sonó el tintineo, sobre las dos de la madrugada, se había incorporado de un salto, solo para ver que se trataba de una notificación de que convenía actualizar el teléfono. Había intentado dormirse otra vez, pero al final se había cansado de estar en vela y dando vueltas en la cama, así que se había levantado. Lleno de frustración, decidió revisar sus diarios y libretas de pacientes. Si hubiese contado con una secretaria o si hubiese tenido el más mínimo interés personal, ya los habría digitalizado, pero de momento solo los tenía apilados en un armario de su despacho. Los sacó y los dejó sobre el escritorio. Se sentó en la silla de oficina y abrió la primera. Tardaría lo suyo, pero la noche era joven y no tenía nada mejor que hacer.

Fuera comenzó a despuntar el día, el sol ya salía a las tres y media, pero él continuó. No porque creyera que fuera a encontrar nada, pero así nadie podría decirle que no lo había intentado. Sobre todo, él mismo.

Esta vez lo había intentado con creces.

Había una conexión personal con él, lo sabía. Nadie mostraba ese nivel de obsesión sin que sus caminos se hubiesen cruzado de una manera u otra. Habían conseguido pistas, pero Sebastian no había logrado descifrar adónde conducían. Y eso lo irritaba. Él se jactaba de ser el mejor. Había llegado la hora de demostrarlo de una maldita vez. Cogió la siguiente libreta del montón.

Cuando faltaba poco para las ocho, se desperezó sin levantarse de la silla y bostezó. No había encontrado nada útil. Nada ni nadie que guardara ninguna relación con el caso. Salió del despacho y se fue a la cocina, notó lo rígido que tenía el cuerpo. Ya no era un jovenzuelo; pasarse veinticuatro horas despierto se cobraba su precio. El móvil tintineó. Lo sacó rápidamente del bolsillo.

Un mensaje. De Vanja.

¿Sabes algo?

Pero ¿qué carajo se pensaba? ¿Que Sebastian actuaría por su propia cuenta, como el jodido detective Kalle Blomkvist de los libros infantiles? Le respondió enseguida, y tuvo que controlarse para no revelar su irritación.

No, te aviso en cuanto tenga algo.

Continuó hasta la cocina, puso el hervidor de agua en marcha y se metió en el cuarto de baño para darse una ducha. Dejó el teléfono en el canto del lavabo. Con una toalla alrededor de la cintura, volvió a la cocina, se preparó una taza de té y se untó una tostada insípida que en verdad no le apetecía. Miró el móvil de nuevo.

331

A las 9.30 le llegó el email. Con manos temblorosas de expectación, lo abrió.

Ven a la calle Snösätragränd dentro de 90 minutos. Tú solo. Nadie más.

Sebastian llamó a Vanja. Ella lo cogió al primer tono. Sebastian le leyó el breve mensaje y ella mandó un coche patrulla para que lo pasara a recoger.

Tenían poco tiempo.

Después de haber sido contactado por Rosmarie Fredriksson el día anterior, Jesse Rudmark, el jefe de operaciones de la Fuerza Nacional de Asalto, había preparado a su equipo y lo había podido poner en marcha tan pronto como había recibido la llamada de Vanja. Pasaron a recoger a Sebastian y a Vanja delante de la comisaría de Kungsholmen y después el convoy de cuatro *jeeps* pintados de policía continuó su camino. Fueron encendiendo las sirenas y las luces cuando convenía, como en los semáforos en rojo y los cruces, pero por lo demás las llevaban apagadas. Salieron rápidamente del centro. La calle Snösätragränd quedaba a más de veinte minutos en dirección sur, a un cuarto de hora a pie desde el piso de Susanne en Rågsved.

Al asesino le gustaba la zona del sur del barrio de Söder.

La calle Snösätragränd estaba un poco apartada, a cierta distancia del resto de la zona urbanizada, y era una calle larga y con forma de L que terminaba en un *cul-de-sac* donde se podía dar la vuelta. El barrio se había urbanizado a finales de la década de los años cincuenta, al mismo tiempo que la línea verde del metro se prolongaba hacia el sur, y desde un buen comienzo se construyó pensando en industrias y almacenes. En la actualidad era más conocido por su parque de grafitis con su *Wall of Fame* y el arte callejero que cubría casi cada centímetro de los edificios abandonados y decaídos. Allí ya no había empresas ni arrendatarios, pero era una zona muy visitada, sobre todo los fines de semana. Por el momento, la asociación cultural local, que luchaba activamente por conservarlo como un reducto para artistas, grafiteros y otras actividades culturales, había conseguido detener los planes del ayuntamiento de demolerlo. Algunos edificios habían tenido que derribarse por motivos de seguridad, pero aún quedaban muchos en pie, que generaban una sensación de ciudad en ruinas llena de colores. Se podían decir muchas cosas de Snösätra, pero no cabía duda de que no era el sitio ideal para una operación policial.

—Lo mejor es que solo hay un camino de entrada y salida —dijo Rudmark señalándoles el área a Sebastian y Vanja sobre un mapa—. Lo peor es todo lo demás.

Les explicó que los muros caídos y los edificios listos para el derribo daban muchas posibilidades para que una persona se escondiera y mantuviera la retaguardia. El perpetrador se daría cuenta si evacuaban la zona de visitantes, así que era un factor. Habría civiles inocentes en la zona de riesgo.

—Pero lo más importante de todo —explicó con seriedad—. Es imposible que nos acerquemos sin ser descubiertos. Tendrás que apañártelas tú solo.

—Es lo que debe de haber calculado, el sitio no está elegido al azar.

—Él cree que vienes solo —apuntó Vanja.

—No estoy tan seguro. Es demasiado listo como para creer algo así, fijo que cuenta con que tengo algún tipo de apoyo.

—¿De verdad vamos a dejar que haga esto? —quiso saber Rudmark con voz dubitativa—. Una vez que esté allí dentro no podremos protegerlo.

—Él cuenta con que voy a venir. Esa es la idea.

—Pero también eres tú a por quien va él —constató Rudmark sin reparos, y se volvió hacia Vanja—. Tú mandas, pero

334

debo decirte que no me siento nada cómodo enviándolo allí dentro a solas.

Vanja guardó un rato de silencio, lo único que se oía era el sonido de los enormes neumáticos sobre la calzada.

—¿Qué opciones tenemos? —dijo al final.

—Ninguna —señaló Sebastian, y se inclinó hacia ella—. Tengo que hacerlo, Vanja. Quiero hacerlo.

Ella lo miró insegura, pero acabó asintiendo con la cabeza.

—Ningún riesgo innecesario. Prométemelo.

—Debemos detenerlo antes de que vuelva a matar a alguien. Si eso supone un riesgo para mí, tendremos que asumirlo y vivir con ello.

—Estamos a cinco minutos del punto de reunión —informó Rudmark—. Tenéis que tomar una decisión.

—Seguimos —zanjó Sebastian.

Vanja no lo contradijo.

Llegaron al sitio que Rudmark había elegido como base de operaciones: el campo de Bäverdalen, un campo de fútbol de césped artificial rodeado de bosque y bloques de pisos de cinco plantas que conformaban una barrera visual muy efectiva y que quedaba a más de cinco minutos a pie de la calle Snösätragränd, cruzando por el bosque. Allí no los descubrirían.

Los pesados *jeeps* entraron y estacionaron al lado del campo de fútbol. Los agentes de las fuerzas de asalto bajaron. En total sumaban una veintena y trabajaban de manera rápida y eficiente. Algunos de ellos sacaron varias cajas de metal con equipo técnico y armas de refuerzo, mientras otros se ponían chalecos antibalas y cascos. Un grupo de chavales que bajaba por la cuesta para jugar al fútbol se quedó mirando con los ojos abiertos como platos a lo que ya parecía más una operación militar que otra cosa. Rudmark se rodeó de los jefes de grupo. Vanja estaba cerca, pero se sentía prescindible. Aquella operación no iba a ser suya en absoluto.

—Sebastian estará allí dentro de veintidós minutos —dijo Rudmark echando un vistazo a su reloj—. Quiero que lleve chaleco antibalas, micro y cámara.

El compañero que estaba más cerca de Rudmark asintió con la cabeza y se fue a los *jeeps* para buscar el equipo mencionado, mientras Rudmark seguía informando y exponiendo el plan táctico con los jefes de grupo. Vanja relajó un poco el oído, los detalles no eran cosa suya. Miró a Sebastian, que estaba esperando junto a un coche a que lo equiparan, y le sonrió para animarlo. Entonces vio a Carlos llegar con el coche y aparcarlo un poco más allá. Se bajó acompañado de Hansson y Gutestam y les hizo un gesto para que se acercaran.

—Nunca he participado en nada así —reconoció Carlos, mirando impresionado la actividad de su alrededor.

—No, es bastante gordo. —Vanja dio los pocos pasos que la separaban de Rudmark y le tocó el hombro con suavidad—. Estos son Carlos, Lena y Roger, el resto de mi equipo. Él es Jesse Rudmark, jefe de operaciones —dijo.

Rudmark los saludó con un escueto gesto de cabeza.

—Bienvenidos.

—Gracias, avisa si hay algo que podamos hacer —se ofreció Carlos.

—Lo mejor es que os quedéis conmigo. Tendremos nuestra base de coordinación aquí, podréis verlo y oírlo todo.

—De acuerdo, gracias.

Gutestam se acercó a Sebastian y le sonrió.

—Hola, gracias por lo de ayer.

—Gracias a ti.

Vanja se mordió la lengua, tenían cosas más importantes

336

que hacer que enterarse de qué cojones estaba haciendo Sebastian. Pero, formando como formaba parte del grupo por compasión, no podía ser tan lerdo como para empezar una relación sexual con una compañera de trabajo, ¿no? Vanja ya se molestaría en enterarse en otro momento más apropiado.

—¿Cómo te sientes? —quiso saber Gutestam.

Sebastian se encogió un poco de hombros.

—No queda otra. Hay que hacerlo.

El agente que se había alejado del *briefing* volvió junto a él, le ofreció un pinganillo y le enseñó cómo tenía que metérselo en el oído.

—Podrás hablar con nosotros todo el tiempo —le explicó, antes de pedirle que se quitara la chaqueta y entregarle un chaleco antibalas.

Rudmark se acercó a los miembros del equipo de asalto que había preparado uno de los tres drones de que disponían. Carlos se acercó con curiosidad al aparato de un metro de largo, que tenía una hélice en cada una de las cuatro esquinas. UAS eran las siglas de Unmanned Aerial System (Sistema Aéreo No Tripulado), y era uno de los modelos más avanzados, que contaba tanto con cámara de infrarrojos como con localizador GPS y un zoom de cincuenta aumentos.

—¿Podemos ponerlo a volar para empezar a hacer reconocimiento? —dijo Rudmark metiendo prisa.

El piloto asintió con la cabeza, miró el panel de control que llevaba colgado sobre el pecho y comenzó a trabajar con los pulgares apoyados sobre los *joysticks*. Con un siseo silbante, el dron se despegó del suelo y se detuvo a unos pocos metros de altura. Allí se quedó un rato en suspensión, sin moverse, mientras el operador comprobaba a toda prisa que todo funcionaba como debía. Carlos observaba con atención la máquina que levitaba. Se había apuntado a un curso de dos semanas de conducción de

337

drones después del verano. Aprender cosas nuevas no hacía ningún daño. La policía había empezado a usarlos cada vez con más frecuencia en operaciones de vigilancia y en el trabajo de investigación. Salía considerablemente más barato y era más discreto que un helicóptero, y tras la última reforma legal el jefe de operaciones podía decidir por sí solo si quería usar uno y dónde. Se acabó la murga de solicitar permiso para hacer vigilancia por cámara.

El piloto tiró de uno de los *joysticks* hacia sí. La velocidad de las hélices aumentó y el zumbido de alta frecuencia se intensificó todavía más. El dron salió disparado en vertical y a los pocos segundos quedó reducido a apenas un puntito en el cielo azul, a doscientos o trescientos metros del suelo.

—Podéis mirar el monitor de aquí —les ofreció Rudmark girando la fina pantalla hacia ellos.

Vieron el campo de fútbol y los vehículos policiales aparcados en el centro de la imagen, inesperadamente nítida. El operador activó la pantalla de infrarrojos. El entorno pasó a blanco y negro, las personas se convirtieron en siluetas de luz amarilla, roja y verde, pero seguían distinguiéndose con facilidad.

—La cámara térmica funciona. Perfecto, empezamos.

El dron echó a volar. Carlos lo siguió con la mirada hasta que desapareció por encima de los árboles, y después se volvió hacia el monitor. El dron estaba sobrevolando una carretera estrecha y poco transitada, y pronto vislumbraron una calle en forma de L que identificaron como Snösätragränd, según habían visto en los mapas. Edificios bajos con tejados de chapa, unos cuantos vehículos aparcados, algunos de los edificios se habían derrumbado o estaban a medio derribar, y había escombros y chatarra por todas partes. El operador volvió a encender la cámara de infrarrojos, tras lo cual apareció un puñado de formas de calor en la pantalla. Rudmark miró detenidamente el monitor y contó con rapidez los puntos de colores.

—No estarás solo. Estoy contando dieciséis señales de calor —dijo—. ¿Te sientes preparado? —preguntó, y se volvió hacia Sebastian, quien asintió con la cabeza.

—¿Puedes llevar arma? —preguntó Gutestam.

—No —respondieron Vanja y Sebastian al unísono.

—¿Nos lo pasamos por el forro y te damos una igualmente? —propuso Gutestam.

—No —dijo Vanja con contundencia. Ya había suficientes cosas que no le gustaban de aquella operación como para tener que preocuparse de que un civil, que es lo que era Sebastian, le pegara un tiro a alguien con un arma de servicio.

—Bien, pues vamos a comprobar tu equipo una última vez —dijo Rudmark—. Después, al lío.

A las 10.55 todo el mundo estaba en posición. Rudmark había dividido sus fuerzas en cuatro grupos. La dirección operativa, encabezada por el propio Rudmark y la Unidad de Homicidios, se quedó en el campo de fútbol junto con una ambulancia que había acudido por seguridad. El grupo Norte, formado por tres agentes, se había acercado con sigilo a la zona de huertos urbanos justo al norte del polígono industrial y se había repartido al resguardo de pequeñas chozas y cobertizos para herramientas que había por allí.

El grupo Sur, también formado por tres agentes, estaba ubicado en el lado contrario y cubría el polígono desde allí. Nadie podía entrar ni salir de Snösätragränd sin ser visto.

El grupo A era el que se había acercado más, y sus componentes estaban escondidos detrás de un montículo enfrente de la entrada a la calle sin salida. El grupo estaba formado por cin-

339

co agentes de policía armados hasta los dientes y era la fuerza de reacción principal, que intervendría de inmediato en cuanto Rudmark diera la orden.

Muy por encima de sus cabezas, el dron sobrevolaba la zona lejos de los oídos de todos, observando con la lente de su cámara. En ese momento estaba enfocando al individuo solitario que andaba lentamente por el camino asfaltado que conducía a la zona.

Sebastian Bergman.

Había silencio a su alrededor, pero por el pinganillo podía oír como cada grupo iba informando de que había ocupado sus puestos y estaba preparado. A pesar de haber intentado quitarle hierro al asunto, la situación era más estresante de lo que se había esperado y el sudor ya comenzaba a correr bajo su ropa. Se sentía incómodo y pesado por culpa del chaleco antibalas, la correa que sujetaba la cámara en su sitio le rozaba y el pinganillo le picaba en la oreja.

Un muro de hormigón apareció a su izquierda. Medía unos tres metros de altura y estaba repleto de grafitis. Nada que ver con las pintadas que podías ver en el metro y que la mayoría de la gente vinculaba al término *grafiti*. Lo de ahí eran imágenes a las que se había dedicado mucho tiempo. Niños, niñas, flores, cielos estrellados, personajes de cómic, las típicas letras abultadas, formas geométricas e incluso un leopardo de un realismo casi fotográfico. No era el tipo de arte que le gustaba a Sebastian, pero tuvo que reconocer que algunas de las obras eran sugerentes y mostraban un talento artístico innegable. Oyó la voz de Vanja en el oído. Sonaba intranquila.

—¿Cómo te sientes? —dijo.

—Y dale con lo de cómo me siento —susurró Sebastian—. ¿Acaso importa lo más mínimo?

El tono hostil ocultaba su desasosiego y consiguió que sona-

340

ra más seguro de lo que se sentía realmente. A pesar de la incomodidad, se alegraba de los aparatos electrónicos que le habían colocado, sobre todo del pinganillo, porque le hacía sentirse menos solo.

—Ve con cuidado —dijo Vanja, y se volvió a quedar callada.

El camino terminaba en un aparcamiento en el que había cuatro coches. A la izquierda estaba la entrada a la calle Snösätragränd. Todo estaba tranquilo. Eran las 10.57. Faltaban tres minutos para que llegara al sitio indicado.

Siguió caminando, le pareció oír un silbido intenso y se preguntó si podía ser el dron o si sería el viento. Por acto reflejo, estuvo a punto de mirar arriba para ver si tenía la máquina encima, pero en el último instante se contuvo. Un error estúpido. Estaba convencido de que Adrian partía de la base de que no iba a acudir solo a la cita, pero tampoco quería ponérselo tan fácil.

Sebastian se detuvo al principio de la calle y miró al interior. Muros a ambos lados de una calle recta que a los cien metros giraba a la derecha en un ángulo de casi noventa grados. Sus ojos se encontraron con una auténtica explosión de colores. Allí también estaba claro que la gente había dedicado horas y energía infinitas a sus creaciones. A regañadientes, tuvo que reconocer que el sitio era bastante guay. Si es que esa palabra se seguía usando... Junto al muro izquierdo había un contenedor, también lleno de colores. Por lo demás, estaba todo vacío. Sebastian dio un paso al frente al mismo tiempo que oía la voz de Rudmark al oído.

—Ha salido un hombre de un edificio a tu derecha, diez metros después del giro.

—¿Es él?

—No podemos saberlo, solo lo vemos con el dron.

Sebastian miró la hora. Las 11.00. Momento crítico.

341

—Es lo que hay —dijo Sebastian en voz baja, y comenzó a caminar.

—Después del giro solo te podremos ver con el dron —le recordó Rudmark.

Sebastian aceleró los pasos, llegó a la curva de la acera y dobló la esquina. Redujo la marcha. El hombre estaba de pie, aparentemente estudiando al detalle un dragón asiático plateado cuya larga cola se prolongaba a lo largo del muro, continuaba por encima de un turismo familiar que llevaba muchos años sin moverse y llegaba casi hasta donde estaba Sebastian. Según las señas que tenían a partir de la foto de pasaporte, Adrian medía un metro noventa. La estatura parecía encajar con la del hombre que Sebastian tenía delante y que estaba mirando para otro lado.

—Adrian —dijo Sebastian quedándose quieto. El hombre no reaccionó—. Adrian —volvió a decir. Más alto, más asertivo.

En ese momento el hombre sí se volvió para mirarlo. Rondaba los treinta años, iba afeitado, igual que Adrian en las fotos, y guardaba un leve parecido con la foto del pasaporte, pero Sebastian lo notó al instante. No era él.

—Perdona, me he confundido —añadió a modo de disculpa, y alzó una mano.

El hombre se volvió de nuevo hacia las pinturas.

—No es él —les aclaró Sebastian a los demás.

—Tienes a otro muy cerca, de camino a la abertura en el muro que está a tu izquierda.

Sebastian se volvió hacia allí. Vio la abertura a la que Rudmark se refería. Cantos demasiado rectos como para que fuera una sección en la que el muro se había colapsado, así que lo más probable era que se tratara de un hueco donde en su día hubo algún tipo de portón o similar.

—Se ha detenido —oyó al oído.

—¿Dónde?

—Un poco más adentro. Está él solo, no hay nadie más.

Sebastian soltó un suspiro y dirigió los pasos hacia el muro, cruzó el hueco y se adentró en una superficie amplia que tenía pinta de haber sido una especie de espacio de carga. A un lado, los restos de un antiguo almacén. El muro se veía sustituido por una valla alta de acero que llegaba hasta el bosque del fondo. El asfalto estaba resquebrajado, y en varios sitios había despuntado la naturaleza. Había de todo, desde dientes de león y hierbas varias hasta matorrales y avellanos. Un poco más allá de donde estaba Sebastian, delante de una vieja centralita eléctrica, había un hombre con chaqueta amarilla con una especie de motivo japonés en la espalda. Debajo de la chaqueta llevaba unos pantalones de carpintero manchados de pintura y una sudadera negra con capucha, también manchada de colores. A su lado, en el suelo, había una cesta de plástico llena de botes de pintura en espray. No era Adrian. Más joven, pelo largo y rubio que le caía sobre los hombros por debajo de la gorra.

—No es él —anunció Sebastian brevemente, y se acercó al joven, que se volvió hacia él al oír sus pasos—. Hola —dijo Sebastian, y lo saludó un poco con la cabeza.

El otro se lo quedó mirando con una mezcla de curiosidad y suspicacia.

—Hola.

—¿Qué haces?

—¿Por...?

—Nada, simple curiosidad —contestó Sebastian, y se encogió de hombros en un gesto desenfadado.

—Pensaba tapar esto —dijo el hombre, señalando una de las paredes de la vieja centralita.

343

Sebastian la miró y vio un grafiti de una sirena medio tapado por otro que parecía un motivo espacial.

—Ya está tapado —constató.

—El de abajo ya lleva una buena temporada aquí. Aparte del *Wall of Fame* de allí fuera... —el joven señaló con la cabeza en dirección a la calle por donde había llegado Sebastian—, todo desaparece al cabo de un tiempo. Nada dura para siempre —dijo con una media sonrisa.

—¿Vienes mucho por aquí? —quiso saber Sebastian.

—Bastante.

—¿Has visto a este chico?

Sebastian sacó una foto de Adrian que llevaba en el bolsillo y se la ofreció al joven de la chaqueta amarilla. En lugar de cogerla, se quedó mirando fijamente a Sebastian.

—¿Eres poli?

—Más o menos —reconoció Sebastian.

—¿Qué ha hecho?

—Se ha cargado a dos. Y se cargará a más. ¿Lo has visto por aquí? ¿Hoy, quizá?

El joven continuó observando a Sebastian unos segundos como para decidir si se creía lo que le había dicho o no. Al final cogió la foto y la miró, asintiendo para sí.

—Hoy no, pero ayer estuvo aquí.

Sebastian notó que se le aceleraba el pulso y que sus expectativas aumentaban.

—Ayer. ¿Estás seguro? —preguntó con frenesí.

—Sí, se acercó a mí y me preguntó si le podía dejar un bote. Plateado.

—¿Un espray?

—Sí.

—¿Sabes para qué lo quería?

—No, pero se metió por allí y volvió al cabo de unos minutos.

El joven señaló una dirección. Con «por allí» se estaba refiriendo a un edificio bajo con dos agujeros vacíos y abiertos en los que antes había habido dos puertas de garaje. Un viejo cartel de un taller de coches seguía colgado, pero todo el edificio estaba lleno de grafitis y tapiado. Quedaba envuelto en una leve aura postapocalíptica.

Sebastian se dirigió hacia allí.

Vanja y el resto de la Unidad de Homicidios estaban colocados en un semicírculo detrás de Rudmark, que estaba sentado en una silla plegable con unos cascos en la cabeza y siguiendo con atención los acontecimientos en la pantalla. Vanja casi tenía la sensación de estar viendo un juego de ordenador. Ver las paredes de grafitis y la chatarra del polígono industrial a través de la cámara corporal de Sebastian brindaba una considerable sensación de proximidad, y al lado tenían la misma situación desde una imagen aérea ofrecida por el dron. Rudmark había subido tanto el volumen que podían oír la respiración de Sebastian y el crujido de la gravilla bajo sus pies cuando caminaba.

Vanja observó la imagen del dron al mismo tiempo que el operador activaba la cámara de infrarrojos y sobrevolaba el edificio al que Sebastian se estaba dirigiendo. No había ninguna señal de calor.

—Parece vacío —informó Rudmark.

—Algo tengo que hacer —oyeron por el altavoz, y vieron que Sebastian continuaba hacia delante.

Sebastian llegó al edificio medio derruido y se detuvo. O sea, que Adrian había pedido prestado un espray de pintura. Comenzó a

345

inspeccionar la fachada que tenía delante. Le habría resultado más fácil de haber sabido qué estaba buscando, allí todo estaba cubierto de pintura. Empezó a caminar lentamente resiguiendo la pared.

—¿Qué buscas? —le preguntó Rudmark al oído.

—Algo plateado.

—La cámara que llevas es en blanco y negro.

—Pues entonces no me seréis de gran ayuda, ¿no?

Siguió moviéndose en lateral. Se inclinó hacia delante para ver si ponía algo debajo del voladizo del tejado de chapa, escudriñó los marcos de las ventanas. Había alguna que otra estrella, alguna lata metálica y algún símbolo, todo plateado, pero nada parecía recién pintado; se fundían con el resto de las obras. Sebastian se metió por uno de los huecos de las puertas de garaje. Todo se volvió oscuro de repente, por lo que sacó su teléfono móvil y encendió la linterna. Comenzó a iluminar las paredes. Lo primero que alumbró con el pequeño foco fue una polla grande y peluda de un metro que se estaba tirando a un oso con la bandera rusa en el lomo. El grafiti tendría un año, como mucho, especuló Sebastian. Los rusos nunca habían sido especialmente queridos en Suecia, pero después del provocador ataque a Ucrania habían terminado de perder la poca consideración que tenían. Siguió paseándose por el local. Tuvo cuidado de no caer a los dos fosos de inspección que había en el suelo, cuyas paredes también estaban recubiertas de dibujos y letras.

Pero nada en plata.

Volvió a salir y dobló la esquina. Delante tenía una pared de ladrillo que en algún momento había contado con dos ventanales, pero que entonces eran dos marcos grandes vacíos, uno a cada lado de dos escalones de cemento que llevaban a una puerta de madera con un cristal esmerilado que, por increíble que

346

pareciera, estaba entero. Sebastian siguió caminando, al tiempo que notaba una creciente irritación.

Tenían un trato.

Habían acordado sitio y hora.

Aunque no se hubiera esperado en ningún momento que fueran a verse cara a cara —por lo que todo el montaje con las fuerzas de asalto le parecía exagerado, aunque prefirió no decir nada—, sí que había contado con que fueran a comunicarse de alguna manera, no solo que Adrian fuera a arrastrarlo hasta una guardería de adultos pintarrajeada y dejarlo allí abandonado. ¿Qué habría ocurrido si Sebastian no se hubiese cruzado con el joven de la chaqueta amarilla? ¿Acaso tenía que pasarse el día allí, deambulando y dando palos de ciego? Empezaba a sentirse cabreado, esperaba más de su adversario.

Y entonces todo sucedió a la vez.

Oyó el tintineo de su móvil al mismo tiempo que vio el candado roto en el primer escalón de la escalera de cemento. Al instante siguiente vio el texto escrito en espray plateado sobre el cristal esmerilado de una puerta.

—¿Qué ocurre? —preguntó Rudmark—. ¿Te ha llegado un mensaje?

—Sí —dijo Sebastian, y con la mirada aún fija en el cristal sacó el teléfono.

Un correo electrónico. De Adrian.

—¿Qué pone?

Sebastian abrió el escueto mensaje y lo leyó. Contento de que el perpetrador hubiese dado señales de vida, pero con una creciente sensación de que no le iba a gustar lo que estaba por venir. De que no le gustaría a nadie.

—¿Y bien? —lo atosigó Rudmark.

—Tranquilo. Pone: «¿Has encontrado mi regalo para ti?».

—«¿Has encontrado mi regalo para ti?»

347

—Sí.

—¿Qué quiere decir con eso?

—Que me ha dejado algo ahí dentro —respondió Sebastian, y giró el cuerpo para que los demás pudieran ver lo que estaba escrito en la puerta en letras plateadas.

Juan 12:46.

—No, no entres, Sebastian —oyó decir a Vanja, casi gritándole al oído, en cuanto vio las cuatro letras y las cuatro cifras.

—¿Qué pasa? ¿Qué significa eso? —quiso saber Rudmark, tratando de retomar el control.

—«Yo, la luz, he venido al mundo, para que todo aquel que cree en mí no permanezca en tinieblas» —recitó Sebastian, y apoyó un pie en el primer escalón—. Fue mi padre quien decidió que tenía que poner eso.

Se sentía singularmente tranquilo. Estaba bastante seguro de que sabía en qué consistía el regalo, solo le faltaba descubrir quién era.

—Es lo que pone en la entrada el Instituto Palmlövska de Västerås —oyó que explicaba Vanja—. El padre de Sebastian fue quien lo fundó, y tanto Sebastian como nuestra primera víctima estudiaron allí.

Sebastian ya había llegado a la puerta y apoyó la mano en la manilla oxidada. Respiró hondo.

—No entres —oyó a Rudmark por el pinganillo.

—Creo que tengo que hacerlo —dijo Sebastian con calma.

—No es seguro. No sabemos qué hay ahí dentro.

—Quiere herirme emocionalmente, no físicamente —repuso Sebastian, que abrió la puerta y entró.

Volvió a encender la linterna del móvil y paseó el haz de luz. Sus ojos comenzaban a acostumbrarse a la penumbra. Se hallaba en un pasillo corto que llevaba a una estancia más grande. Tiempo atrás habría sido el despacho del taller, supuso Sebastian.

Menos pintadas y grafitis allí dentro.

El candado había cumplido con su labor.

Despacio, siguió caminando.

—¡Cámara de infrarrojos! —ordenó Rudmark delante del monitor, y parecía que le costara quedarse sentado en la silla.

—No hay nadie, está solo en el edificio.

—Pero lo ha llevado hasta allí adrede. ¡Joder! —Pulsó rápidamente y con gesto de costumbre el botón de los cascos que hacía que Sebastian pudiera oírlo—. Da media vuelta. Abandona el edificio. Es una orden.

—Estoy bastante seguro de que solo le puedes dar órdenes a agentes de policía —respondió Sebastian, y siguió caminando.

Vanja se inclinó hacia la pantalla para ver mejor, al mismo tiempo que Rudmark ordenaba al grupo Sur, que estaba más cerca, que avanzara deprisa y entrara en el edificio indicado. Vanja se concentraba en la imagen. El cuerpo de Sebastian se mecía al caminar y la imagen no era nítida. Costaba mucho distinguir detalles, pero aun así le pareció ver como entraba en la sala grande. Un viejo armario archivador de metal en una pared. Un escritorio volcado en el suelo. La diferencia entre la luz del móvil de Sebastian y la oscuridad de alrededor hacía que el enfoque automático cambiara sin cesar.

Demasiado claro. Demasiado oscuro.

Vanja se acercó todavía más, tratando febrilmente de ver lo que pasaba. Por el altavoz se oyó la confirmación del grupo Sur de que avanzaban su posición. Poco después los vieron como figuras negras en el monitor, que se movían a toda velocidad en línea recta hacia el edificio en el que había entrado Sebastian. Vanja volvió a mirar la imagen de la cámara de Sebastian. Se había detenido delante de una estantería que estaba tirada en el

349

suelo, bloqueando el paso hasta un mostrador de algo más de un metro y medio de alto. Sebastian tropezó y la cámara apuntó a una vieja silla de oficina que estaba de espaldas a él. A Vanja le pareció ver una figura oscura que estaba encorvada hacia delante. Un brazo pálido que colgaba, con un reloj de pulsera que por un instante reflejó el haz de luz del móvil de Sebastian.

No estaba solo allí dentro.

Sebastian había pasado por encima de la estantería volcada y, poco a poco, avanzó hacia lo que en su día había sido un mostrador para clientes. Detrás de este, en una silla de oficina desvencijada, había una figura humana sentada que le estaba dando la espalda. Respiró hondo y rodeó el mostrador. El propósito de detener a Adrian antes de que volviera a matar a alguien había fracasado. Pero juró para sí que la persona en la silla sería la última.

—Sal de ahí. Mi equipo está llegando para ocuparse de todo —le dijo Rudmark al oído.

Sebastian quería obedecer. Retroceder y volver a salir. No quería ver de quién se trataba, pero estaba obligado a saberlo. «¿Es alguien cercano a mí?», tuvo tiempo de pensar. Cayó en la cuenta de que no había visto a Ursula en todo el día. Le había hecho daño, lo sabía.

«Por favor, Dios, que no sea ella.»

Siguió adelante. Fuera quien fuese la persona en la silla, estaba muerta. El brazo colgaba inerte en un ángulo extraño, demasiado pálido como para que la sangre estuviera corriendo por él. Un gran reloj de hombre con correa plateada alrededor de la muñeca. Sebastian agarró con cuidado la parte superior del respaldo de la silla y comenzó a hacerla girar sobre su eje.

Una mujer, tuvo tiempo de pensar el instante previo a darse cuenta de quién era.

Anna, la madre de Vanja. Los ojos inyectados en sangre, abiertos como platos. La lengua, engrosada y asomando por la boca. Alrededor del cuello, una soga de cuerda delgada. Sebastian trató de recomponerse y se volvió rápidamente hacia un lado para apartar la cámara, pero era demasiado tarde.

El grito de Vanja le rasgó el tímpano a través del pinganillo.

Ursula se lanzó al volante de su coche en cuanto recibió la llamada. Fue hasta Snösätragränd a la velocidad del rayo. Más tarde solo tendría un vago recuerdo de cómo había llegado hasta allí. Lo que recordaba era el intenso sentimiento de pena por Vanja que la había invadido. La chica aplicada que asumía toda la responsabilidad y lo arreglaba todo. La que cuando por fin fue nombrada jefa tuvo que vivir primero a la enorme sombra de Torkel y, justo cuando había empezado a hacer suyo el puesto, se había visto obligada a luchar con todo lo que tenía para que la Unidad de Homicidios no fuera desmantelada. Por culpa de Billy. Su mejor amigo.

Puto Billy.

Y, como guinda del pastel, Sebastian. Ursula sabía mejor que nadie qué consecuencias podía tener dejarlo entrar en tu vida. En muchos sentidos, Sebastian era una catástrofe con patas, y su aparición había puesto del revés toda la vida de Vanja. Hacía muy poco que parecía haber empezado a remontar, con pareja e hija, una buena relación con su primer padre, una funcional con el segundo. Pero con su madre había partido peras. Tal vez estuvieran yendo por el camino de la reconciliación, pero el tiempo que habían podido estar juntas no era suficiente para curar las heridas. Y en ese momento estaba muerta.

Era todo tan injusto...

Como si Vanja no lo hubiese pasado ya lo bastante mal.

Carlos la recibió en el aparcamiento. Tenía el rostro macilento y estaba claramente afectado. Ursula juraría que había estado llorando. Carlos le caía bien. No conocía a nadie a quien no le cayera bien. La invitó a pasar por debajo de la cinta policial del aparcamiento y la guio entre los muros de mil colores, mientras le contaba que solo quedaban él, Sebastian y Vanja. Hansson y Gutestam habían ido a comisaría para informar a Rosmarie. La noticia de lo ocurrido correría como la pólvora, y era mejor que Rosmarie se enterara por boca de alguien del equipo y no a través de rumores, para que no le diera por pensar que estaban tratando de ocultarle información.

—Después ya veremos qué se inventa —terminó Carlos; giró a la derecha y le enseñó el camino a Ursula a través del hueco en el muro de piedra.

Un poco más adelante, en la superficie abierta con el asfalto agrietado, estaban Vanja y Sebastian, al lado de un gran furgón policial. Vanja tenía una manta sobre los hombros y parecía haberse encogido, sintió Ursula. Pequeña y pálida, daba una impresión extraña, muy alejada de la Vanja espontánea y segura de sí misma con la que se cruzaba cada día. A Ursula le dolió verla así. Sebastian la estaba rodeando con los brazos y parecía intentar consolarla. Ursula se acercó a ellos.

—Vanja, lo lamento tanto, tanto —dijo, y le dio un abrazo a su compañera y amiga. Una expresión emocional que no era habitual ver en Ursula, pero fue bienvenida.

Vanja se dejó envolver y Ursula notó que estaba tiritando. Miró a Sebastian por encima del hombro de Vanja.

—¿Y tú cómo estás?

Cuando Carlos la había llamado para informarla de lo ocurrido, le había dicho que era Sebastian quien había encontrado a Anna. Ursula dudaba mucho que Sebastian le tuviera especial

353

cariño, pero a Vanja sí que se lo tenía. Sabía que Sebastian estaba dispuesto a cortarse cualquier parte del cuerpo antes que hacer algo que pudiera herir a Vanja. Pero también había destrozado la vida de Anna, y en ese momento estaba muerta. Ursula vio que el sentimiento de culpa, por muy irracional que fuera, lo estaba royendo por dentro.

—Me cargué la vida ordenada que tenía, es algo que no se puede negar —reconoció Sebastian confirmando la teoría de Ursula—. De no haberlo hecho, ahora ella seguiría viva.

—No puedes decir eso —repuso Vanja en voz baja y liberándose del abrazo—. No ha sido culpa tuya. —Se ciñó la manta a los hombros y las lágrimas comenzaron a correr por sus mejillas.

Ursula la miró con ternura.

—Cariño, deberías irte de aquí. Vete a casa.

—He llamado a Jonathan —señaló Carlos—. Está volviendo del trabajo. Puedo llevarte a casa cuando me digas.

—Gracias —dijo Vanja, y se volvió hacia Ursula—. ¿Vas a entrar? —preguntó, señalando el viejo taller con la cabeza.

—Sí —contestó esta, y pensó que ya debería estar dentro, vigilando el lugar del hallazgo mientras lo examinaban y catalogaban. Era una de las mejores del país en lo que hacía; muy meticulosa. Tenía una reputación archiconocida de no pasar nada por alto ni cometer ningún error. Si alguna vez tenía que estar a la altura de dicha reputación, era entonces.

Cometer un error era impensable.

Estaban hablando del asesinato de la madre de Vanja.

Además, el escenario era un sitio caótico, lleno de porquería e inmundicia, y, por mucho que confiara en el equipo de técnicos forenses, era fácil que se escaparan cosas. Debería estar allí, quería estar allí, pero tenía que hacer las cosas en el orden correcto. Se trataba de su amiga.

—Hay algo que no encaja —dijo Vanja negando con la cabeza, más serena de lo que Ursula pensaba que estaría.

—¿Qué es lo que no encaja?

—No es su reloj.

—¿No es su reloj? —repitió Ursula sin entender.

Vanja la miró, habló más despacio, como si no la hubiesen oído bien, más que no entenderla.

—Al principio he pensado que no era mi madre. Por el reloj. El reloj no es suyo.

—¿El reloj de pulsera? —dijo Carlos, que había visto lo mismo que Vanja en la pantalla. Tenía la sensación de que hacía una eternidad de eso.

—Exacto. No es suyo.

Ursula, que no había estado presente, miró desconcertada a Carlos y a Sebastian. ¿De qué reloj estaban hablando? Carlos le explicó lo que habían visto a través de la cámara corporal de Sebastian, y Ursula les pidió que esperaran. Se alejó un momento hacia el lugar del hallazgo, se agachó por debajo de la cinta policial y entró por la puerta abierta de madera. El espacio del otro lado estaba bañado en luz blanca que provenía de dos grandes focos LED montados en trípodes. Aún no iba adecuadamente vestida para entrar en un escenario, así que le gritó a uno de los técnicos que sabía que estaban presentes.

—¡¿Marko?!

Unos segundos más tarde, un hombre vestido con mono protector asomó la cabeza por la esquina que daba a la oficina.

—¿Sí?

—¿Puedes mirar si la víctima lleva puesto un reloj?

—Ahora mismo.

Ursula se quedó esperando en la puerta, oyendo, más que viendo, a sus compañeros mientras examinaban la estancia. A pesar de saber que eran los mejores, apenas podía controlar el

355

impulso de entrar y echar un vistazo general. Tenía tantas, tantas ganas de resolver aquello...

—Lleva uno. Un reloj pesado de hombre. Pulsera de plata —dijo Marko tras volver al corto pasillo.

—Sácale unas fotos y mándamelas, por favor.

—Claro. ¿Cuándo vas a venir?

—En cuanto pueda.

Mientras Ursula volvía al furgón policial donde estaban Vanja y los demás, su móvil fue tintineando. Ursula lo sacó y echó un vistazo a las fotos que le habían mandado. Eligió una en la que la esfera dominaba la imagen. La amplió un poco más para que se viera la menor parte posible del antebrazo. No había motivos para enseñarle a Vanja el cuerpo frío y como de cera que una vez había sido su madre. Llegó adonde estaban los demás, que la miraron con curiosidad.

—Aquí está —indicó, y le mostró la foto a Vanja.

Carlos y Sebastian inclinaron la cabeza para poder ver algo. Un gran reloj digital, grueso y de color negro, que parecía diseñado para personas que practicaban deportes extremos u hombres que querían dar esa impresión. Obviamente, una mujer también podía llevarlo, pero por lo poco que Ursula había oído hablar de Anna, le costaba creer que fuera suyo. Un reloj funcional y robusto con un montón de botones en los lados y varias pantallitas digitales que informaban de la hora, la fecha, la temperatura, la altura y la presión atmosférica.

—No es de tu madre, ¿verdad que no? —constató Ursula.

—Desde luego que no —dijo Vanja, y negó con la cabeza.

Carlos se inclinó un poco más para ver mejor.

—Va mal. Marca las 16.03 del 12 de abril. —Enderezó la espalda y miró a los demás—. ¿Qué pasó el 12 de abril a las cuatro y tres minutos?

Un cuarto de hora más tarde estaban sentados en el furgón policial para hablar sin que nadie los molestara. Delante tenían el reloj de pulsera en una bolsa de plástico para pruebas.

—Hemos buscado huellas digitales, pero está completamente limpio. El análisis de ADN tardará un poco —les explicó Ursula.

—¿El 12 de abril no te dice nada de nada? —insistió Carlos mirando a Sebastian.

—¿De cuándo? ¿De este año? Nada que yo recuerde, pero puedo mirarlo.

—Hazlo —dijo Carlos con gesto asertivo.

Sebastian comprendió que le estaba diciendo «hazlo ahora», por lo que abrió un poco las manos en un gesto de disculpa.

—No llevo la agenda en el teléfono.

—¿Y dónde la tienes? —preguntó Carlos mirándolo sin entender nada, como si no fuera capaz de considerar otra alternativa posible.

—En mi casa. Tengo una agenda de verdad, un libro con fechas...

Carlos le lanzó una mirada con la que dejó claro que Sebastian había quedado definitiva e irremediablemente relegado al rebaño de los dinosaurios. Se volvió hacia Ursula.

—¿Puedo probar una cosa, tocar un poco los botones?

—Mientras lo hagas a través del plástico...

Carlos cogió la bolsa con el reloj y comenzó a pulsar con cuidado los botoncitos. Estudió lo que ocurría, siguió pulsando hasta que las pantallas regresaron a la posición inicial.

—¿Qué buscas? —preguntó Sebastian.

—Un año. Adrian ha configurado el día y el mes, también debería haber un año.

Continuó probando al tuntún, y al pulsar el botón superior de la derecha pasó algo. La pantallita secundaria en la que an-

357

tes ponía la fecha con el día y el mes de pronto mostró un año de cuatro cifras. Carlos miró a Sebastian y giró el reloj para que pudiera verlo.

—Año 2019. Viernes 12 de abril de 2019. ¿Qué pasó ese día?

Sebastian cogió la bolsa con el reloj y lo contempló como si este fuera a brindarle alguna respuesta. Pero no lo hizo, y al devolverle la bolsa a Carlos, Sebastian parecía aún más confundido.

—La primavera de 2019 yo estaba en la universidad.

—¿La Universidad de Estocolmo?

—Sí.

—Que por la noche es la parada final del autobús de la línea cincuenta —constató Ursula.

Sebastian asintió levemente. Todas las piezas comenzaban a encajar.

—¿Y el viernes 12 de abril?

—No lo sé.

—«No lo sé», «No me acuerdo»... —se oyó desde el asiento de Vanja, que hasta entonces había estado sentada con los brazos cruzados sobre el pecho y la cabeza caída—. ¿Cuántas veces lo has dicho?

—Demasiadas, imagino, pero ¿qué quieres que haga? El viernes doce no me dice nada.

—¿Por qué no tienes la agenda en el móvil, como las personas normales?

—Porque no es una persona normal —dijo Ursula antes de que Sebastian tuviera tiempo de contestar.

—¿Guardas tus agendas antiguas? —quiso saber Carlos, redirigiendo de nuevo la conversación a lo que podía ser un terreno potencialmente menos minado.

—Todas y cada una de ellas —respondió Sebastian, y se levantó—. Llévame a casa.

358

Carlos también se puso en pie, pero se detuvo y miró a Vanja, que seguía sentada con gesto alicaído. Se volvió hacia Ursula con una expresión de súplica.

—Cielo, es hora de que te vayas a casa. Deja que los demás sigamos trabajando —dijo Ursula con delicadeza y poniéndole una mano en el hombro.

—Te dejaremos en casa de camino a la mía —propuso Sebastian, y le tendió una mano, tanto para ayudarla a ponerse en pie como para mostrarle su apoyo.

Para su gran asombro, Vanja la tomó.

—Prométeme que lo cogeréis —pidió, y le sostuvo la mirada a Sebastian—. Prométemelo.

Sebastian sabía que Vanja sabía que ese tipo de promesas eran imposibles. Harían todo cuanto estuviera en su poder, mirarían debajo de cada piedra, trabajarían sin descanso, pero prometer que lo capturarían... era imposible.

—Te lo prometo —afirmó Sebastian, y notó que ella le apretaba la mano, agradecida.

Se bajaron del furgón y, cuando Vanja miró el viejo taller mecánico, se le empañaron de nuevo los ojos. Respiró hondo varias veces para contener el llanto.

—Vamos —dijo Sebastian con calidez, y tiró suavemente de Vanja. De la mano, se dirigieron al aparcamiento.

Una vez que estuvieron sentados en el coche, comenzó a remitir el shock inicial. Sebastian, que iba sentado al lado de Vanja en el asiento de atrás, vio que su labio inferior empezaba a temblar y que su respiración se volvía más honda. Vanja se estaba esforzando, pero al final perdió la batalla y rompió a llorar en un llanto desconsolado. Sebastian no podía hacer gran cosa, aparte de abrazarla. Carlos los miró intranquilo por el retrovisor.

359

—¿Queréis que pare?

—No, sigue, así llegará a casa antes. Creo que es lo mejor.

Carlos aceleró un poco y Sebastian continuó estrechando a su hija, sabía que nada de lo que le pudiera decir iba a servir de nada, así que hicieron el resto del trayecto en silencio. Carlos les pasó un paquete de pañuelos de papel. Vanja lo cogió, sacó uno y se sonó ruidosamente.

—Justo habíamos empezado a vernos otra vez —le dijo a nadie en particular, quizá más a sí misma, pensó Sebastian—. Estaba tan contenta de poder ver a Amanda...

Y se echó a llorar otra vez, pero cuando se acercaron al centro de la ciudad y al piso de la calle De Geersgatan, Vanja respiró hondo varias veces, cogió un pañuelo limpio, se enjugó las mejillas mojadas y volvió a sonarse. Sebastian no podía dejar de impresionarse con Vanja. No conocía a nadie más que pudiera dominar el shock y la pena a base de fuerza de voluntad. Al mismo tiempo, eso lo inquietaba un poco. Esperaba que Vanja volviera a bajar la guardia, que se permitiera pasar el duelo, perder un poco el control. A la larga, reprimir y negar sentimientos tan intensos no era un factor de éxito. Siempre acababan devolviendo el golpe.

Cuando Carlos aparcó en doble fila delante del portal de Vanja, esta se liberó del brazo de Sebastian, se sorbió los mocos, se aclaró la garganta y se pasó las manos por el pelo.

—Te acompaño arriba —se ofreció Carlos.

—No hace falta —dijo Vanja casi sin voz.

—Lo sé, pero lo haré de todos modos. Quiero comprobar que Jonathan ha llegado a casa.

Carlos abrió su puerta y se bajó. Vanja se volvió hacia Sebastian, con la cara hinchada y roja de tanto llorar.

—Recuerda lo que me has prometido.

Sebastian asintió gravemente con la cabeza y puso una mano sobre la de Vanja.

360

—Llámame si hay algo en lo que te pueda ayudar. Amanda, hacer la compra, lo que sea.

—Tú solo atrapa a ese desgraciado —dijo; abrió la puerta y se unió a Carlos, que la estaba esperando en la acera.

Sebastian sabía que lo sucedido no era culpa suya. Vanja le había dicho que no lo era. Anna podría simplemente haber dejado de mentir, haber contado la verdad, como había hecho Valdemar. Ella misma se había destrozado la vida, no Sebastian. Aun así, él se sentía culpable. Cuando vio a Vanja desaparecer por el portal junto con Carlos, se reclinó en el asiento y cerró los ojos.

—Adiós —dijo al vacío.

Tuvo la impresión de que tardaría un tiempo en volver a verla.

Después de esperar lo que a Sebastian le pareció una eternidad, Carlos volvió al coche.

—Has tardado la vida, joder —dijo cuando su compañero se hubo sentado al volante—. Habría llegado antes a casa yendo a pie.

—¿Y por qué no lo has hecho?

—Porque me gusta que me lleves, me hace sentir como si tuviera mi pequeño chófer homosexual particular. ¿Podemos irnos ya?

Carlos le lanzó una mirada de claro desprecio por el retrovisor.

—Tú eres un tarado de cojones. Acaban de asesinar a la madre de tu hija.

—Lo sé, pero, lo creas o no, la paciencia y los buenos modales no le devolverán la vida. ¡Tira de una vez!

En silencio, fueron hasta la calle Grev Magnigatan. Sebastian pensó en pedirle disculpas a Carlos. Sabía perfectamente lo que estaba haciendo, reconocía su comportamiento. Se sentía presionado por el caso, más de lo que estaba dispuesto a admitir. No había logrado resolver nada, no le había sido útil a nadie. No había conseguido evitar que muriera gente. En un segundo plano tenía también la historia de Cathy y Tim royéndole. El asesinato de Anna, las viejas heridas que abría entre Vanja y él, era la

362

gota que colmaba el vaso. Cuando Sebastian no se gustaba a sí mismo, lo pagaba con los demás. Así de simple.

Debería pedir disculpas.

Pero eran tantas las cosas que debería hacer...

Llegaron, aparcaron el coche y subieron a toda prisa hasta el piso de Sebastian. Fueron directos al despacho, donde se puso a buscar febrilmente durante medio minuto hasta que encontró lo que habían ido a buscar. Su agenda de bolsillo de color negro del año 2019.

—¿12 de abril?

—Sí.

Buscó la hora correcta y leyó.

—Defensa. Emanuel D. 15.00. —Miró a Carlos—. Lo recuerdo. Yo era parte del tribunal y ataqué duramente su tesis doctoral, no me parecía que se mereciera el aprobado. El tribunal quedó convencido. Durante un tiempo hubo bastante lío.

—Emanuel D...

—Dolk, creo que se apellidaba.

—El hermano de Adrian se llama Emanuel.

—¿Crees que es él?

—Podría haberse cambiado el apellido.

—Eso fue lo único que hice el 12 de abril de ese año, así que supongo que suena probable.

—¿Por qué querías suspenderlo? —quiso saber Carlos con interés sincero.

—Era una tesis insuficiente. No era culpa del chaval. Yo ya había hablado con su tutor mucho antes de la defensa, no debería haber dejado pasar a Emanuel.

—¿Qué sucedió luego con él?

—No tengo ni idea —dijo Sebastian encogiéndose de hombros.

363

—O sea, que eso es todo lo que tienes —repuso Carlos en tono decepcionado.

Sebastian podía entenderlo. El hecho de resolver tan rápido la pista del reloj de pulsera debería haberles dado un premio mayor.

—Sí, me sabe mal.

—Vale, tenemos un nombre, pues empecemos por ahí —determinó Carlos, y se dirigió a la puerta. Enseguida se percató de que Sebastian no lo seguía. Al darse la vuelta, vio que se había sentado al escritorio.

—¿Vienes? —preguntó, impaciente.

—Me parece que los próximos días van a consistir en mucha labor policial.

—Sí...

—Yo no soy policía —dijo Sebastian, y abrió los brazos en un gesto con el que pretendía explicarlo todo.

—Lo que eres es un capullo —le espetó Carlos, y se fue del piso.

Fue directo a comisaría. Llamó a Ursula desde el coche. Con Vanja fuera de juego, sentía que ella era la que tenía que asumir el liderazgo y la responsabilidad de tirar adelante la investigación, le gustara o no. Era la que más tiempo llevaba, se conocía el trabajo y la organización como la palma de su mano, y Hansson, Gutestam y él eran candidatos impensables. Era todo extraoficial, obviamente. No era así como se designaba una jefa suplente, no se hacía por votación del resto del equipo, y Carlos tenía claro que Rosmarie no tardaría en hacer algún comentario respecto a la situación que se había dado.

Pero, mientras tanto, seguiría trabajando como de costumbre.

Y su intención era informar a Ursula.

Esta preguntó cómo estaba Vanja y él le explicó cómo había ido el trayecto hasta su casa y el encuentro con Jonathan; después le contó lo del nombre que habían encontrado, que probablemente se trataba del hermano de Adrian, y le dijo que iba de camino a la comisaría de Kungsholmen y que esperaba encontrarse a Hansson y Gutestam allí. A Ursula le pareció bien. Por su parte, ella acababa de enviar el cuerpo de Anna para que le hicieran la autopsia. Era demasiado pronto para decir nada definitivo, pero basándose en el *rigor mortis* completo y que la cámara de infrarrojos no la había detectado, Ursula sospechaba

365

que había sido asesinada entre diez y catorce horas antes de que la descubrieran. Es decir, en algún momento de la noche anterior. Aparte de eso, también estaba bastante segura de que en esta ocasión el asesinato tampoco se había realizado en el lugar del hallazgo.

—El siguiente paso debería ser examinar su piso, queremos recopilar todas las pruebas que podamos para cuando atrapemos a ese cabrón —dijo Ursula.

—Puedo mandar a Hansson para asegurarlo, si me lo encuentro en la oficina. Si no, empezamos a ir un poco cortos de personal.

—Díselo a Sebastian. Incluso él es capaz de sentarse delante de una puerta y vigilar que nadie entre.

—Está en su casa.

—¿Y qué hace allí?

—Labor policial no, desde luego —aseguró Carlos con acidez, y notó claramente el límite de la dosis de Sebastian Bergman que podía aguantar en un mismo día.

Acordaron que Ursula se encargaría de que una patrulla precintara el piso y que, en cuanto ella terminara en Snösätragränd, iría directa allí con todo su equipo.

Carlos bajó al garaje y aparcó. Subió en ascensor hasta la Unidad de Homicidios y se metió en el paisaje de oficinas. Tanto Hansson como Gutestam estaban allí.

—Hola, ¿dónde estabas? —preguntó Lena mientras él se quitaba el abrigo.

—¿Qué ha dicho Rosmarie? ¿Qué va a pasar? —inquirió Carlos en lugar de responder, y con un gesto de cabeza les indicó que lo acompañaran al *office*. Necesitaba café.

—No queda claro —dijo Hansson, que se levantó y lo siguió—. Que nos va a decir algo durante el día y que, mientras tanto, continuemos trabajando con normalidad.

366

—Ya sabes, lo típico que se dice cuando encuentran asesinada a la madre de la jefa en pleno curro —comentó Gutestam, sin pelos en la lengua.

Carlos cogió una taza de café, se acercó a la nevera, vertió un dedo de leche de avena y se volvió hacia sus compañeros.

—Ursula se alargará un rato, y Sebastian... No sé qué pasa con Sebastian, pero ahora somos nosotros tres.

—Vale.

Regresaron a la oficina. Carlos miró al despacho de Vanja. Se preguntó si iba a volver. Si tendría algo a lo que volver. Gutestam se sentó a uno de los escritorios mientras Hansson se acomodaba en una de las sillas de oficina y subía los pies a la mesa. Quedaba claro que ambos estaban esperando a que Carlos continuara.

—No sé si os habéis enterado, pero el reloj de pulsera que la madre de Vanja llevaba en la muñeca estaba programado con una fecha y un año. Esa fecha, ese año, Sebastian hizo que suspendieran una tesis doctoral, de un tal Emanuel Dolk, en la Universidad de Estocolmo.

—El hermano pequeño de Adrian —dijo Gutestam sorprendida—. Lo estuve investigando cuando fuisteis a la casa de Adrian.

—¿Por qué se apellida Dolk? —preguntó Hansson.

—A los diecinueve años adoptó el apellido de soltera de su madre —respondió Gutestam—. El porqué no lo sé.

—¿Qué impresión te dio a ti? Tú fuiste a verlo, ¿no? —inquirió Carlos dirigiéndose a Hansson.

Tanto Carlos como Gutestam vieron que Hansson se lamía los labios sin ser consciente del gesto y que se demoraba en responder.

—Eh... no del todo. Lo llamé por teléfono —explicó finalmente.

367

—¿No te dijo Vanja que fueras a verlo y que le preguntaras dónde podía estar Adrian?

—Lo hice. Se lo pregunté. Pero por teléfono.

—¿Hablaste con él por teléfono?

Hansson volvió a lamerse los labios, se rascó un poco la sien y vaciló con la mirada.

—Si nos ponemos quisquillosos, hablé con su novio. Pero llevaban meses sin ver a Adrian. No había razón para hacer todo el camino hasta allí para que me dijeran eso.

—Y fíjate, Sebastian acusándote de ser vago —dijo Gutestam sonriendo.

—No es impensable que los hermanos hayan hecho todo esto juntos —los interrumpió Carlos—. Tenemos que hablar con Emanuel cuanto antes.

—Entonces, ¿no puede hablar en absoluto?

Carlos y Gutestam estaban de pie en el cuarto, que parecía más una habitación de hospital que un dormitorio de un piso. Estaba dominado por una cama que tenía pinta de ser regulable, con barandillas de acero en los laterales. En el cabecero, una máquina que proveía a Emanuel de oxígeno. Al lado, una mesita con medicación variada, cremas y material ambulatorio. Junto a la pared había una pequeña grúa de acero inoxidable, y en un rincón, una silla de ruedas aparcada.

—No. A veces puede pestañear, sí y no, pero no siempre.

Lucas Mattsson posó una mano cálida sobre el brazo de Emanuel. Ninguna reacción. Los ojos entornados no se movían. Carlos observó al hombre rubio y joven y luego miró otra vez a Emanuel. La teoría de que los hermanos pudieran haber planeado y ejecutado todo de forma conjunta quedaba descartada. Adrian volvía a ser el único sospechoso.

—¿Cuánto hace que...? —Gutestam no terminó la frase, señaló la cama con la cabeza.

—Intentó suicidarse hace casi dos años —dijo Lucas fríamente, como si lo hubiera comentado con tantas personas que ya no le supusiera ninguna dificultad. Se sentó en el borde de la cama, tomó la mano de Emanuel en la suya—. No sé si están al corriente, pero Emanuel se esforzó muchísimo. Su familia eran granjeros de cerdos y, ya saben, nadie en la familia había seguido estudiando después del instituto, pero Emanuel quería continuar. Sin embargo, le fue muy difícil. En casa no le habían inculcado el hábito de leer, tenía una autoestima muy baja, una familia que opinaba que solo se estaba haciendo el importante... —Lucas se interrumpió y puso una mueca, como si se hubiese descubierto haciendo algo descortés o de mala educación—. ¿Podemos seguir hablando en la cocina? —Bajó la voz hasta un susurro—. No sé cuánto oye y entiende, pero me incomoda un poco hablar de él en lugar de con él.

—Claro.

Lucas dejó la mano de Emanuel suavemente en la cama otra vez.

—Enseguida vuelvo. Solo voy un momento a la cocina a hablar con nuestros invitados —indicó, y le dio unas palmadas en la mano una última vez antes de levantarse y salir de la habitación.

La cocina estaba limpia, ordenada y acogedora, igual que el resto del piso.

—¿Quieren café? ¿Té? —ofreció Lucas, haciendo un gesto hacia los fogones y la cafetera eléctrica que había en la encimera.

Carlos negó con la cabeza.

—Gracias, estoy bien así.

—Yo sí que me tomaría un té —dijo Gutestam, y retiró una de las sillas.

Lucas cogió el hervidor de agua y lo llenó. Carlos se sentó al lado de Gutestam y echó un vistazo al frondoso verdor que se veía al otro lado de la ventana. Dos personas tan jóvenes... Toda la vida por delante. La situación era deprimente.

—Lo dicho, Emanuel se esforzó muchísimo. Tuvo que luchar con todo y contra todos. Pero, sobre todo, consigo mismo. Con su baja autoestima —continuó Lucas; abrió uno de los armarios

370

altos y sacó una taza—. Pero superó todo el camino hasta el doctorado. Hasta que lo suspendieron. Su mundo se desmoronó por completo. ¿Té negro o verde?

—Negro, por favor —pidió Gutestam, atenta, algo confundida por el tono cotidiano con el que hablaba de un tema tan serio.

Lucas sacó dos cajitas de té, Earl Grey y Mezcla del Sur.

—Su madre murió en la misma época. Llegó la pandemia, nosotros no estábamos del todo bien y yo..., solo había oscuridad. Un día, hace dos años, ya no vio ninguna otra salida. Intentó ahorcarse. La soga se rompió y al caer al suelo se partió la columna. Pero ya había sufrido daños irreversibles en el cerebro por la falta de oxígeno.

—¿Y usted cuida de él? —preguntó Carlos.

—Recibo mucha ayuda de la atención domiciliaria y de mi madre.

—Pero aun así debe de ser una responsabilidad enorme.

Lucas se encogió de hombros, abrió la nevera y sacó un cartón de leche, que dejó en la mesa.

—Emanuel es la mejor persona que he conocido nunca. Ninguno de los dos lo ha tenido fácil, pero estábamos ahí el uno para el otro. Siempre. Éramos nosotros contra el mundo. Lo quiero; no puedo, simplemente, abandonarlo porque se hiciera daño.

Carlos pensó un momento en sí mismo y en Eric. Si hubiese sido uno de ellos el que estaba como Emanuel, como un vegetal en una habitación de casa. ¿Qué habría hecho el otro? La pesada verdad era que Carlos estaba bastante seguro de que Eric no habría sido un Lucas. Sí que pensaba que él mismo lo habría sido, pero vete a saber. Era difícil de imaginar.

—Pero sí, no hemos tenido la vida que nos imaginábamos hace cinco años —dijo Lucas, y por primera vez su voz quedó

371

desprovista de objetividad y se vio sustituida por un tono de tristeza—. Teníamos grandes planes. Trabajo, boda, críos...

Carlos y Gutestam permanecieron en silencio. ¿Qué podían decir? Carlos decidió redirigir la conversación al motivo real de la visita.

—Su hermano, Adrian.

—Sí, ¿qué pasa con él?

—¿Qué relación tienen? ¿Cómo se ha tomado todo esto?

—El intento de suicidio le afectó mucho —aseguró Lucas, negando con la cabeza al recordarlo—. Mucho.

—¿Estaban muy unidos?

—En realidad, no, para nada —dijo Lucas; cogió el agua, que ya estaba hirviendo, y la sirvió en la taza de Gutestam—. ¿Azúcar?

—No, gracias.

—A Adrian le costaba aceptar que Emanuel quisiera estudiar, que no le pareciera suficiente criar cerdos, tener el apellido Petterson, y cuando, además, se enteró de que yo existía, de que estábamos juntos, pues...

Carlos se limitó a asentir con la cabeza. Podía sentirse identificado. Relaciones familiares tensas después de salir del armario.

Los conflictos. El distanciamiento. La rabia.

Incluso la pregunta de si no había algo que se pudiera hacer para ponerle remedio.

—Pero algo pasó después del intento de suicidio —añadió Lucas; se sentó enfrente de Gutestam y sacó a Carlos de su ensimismamiento—. A lo mejor se sentía culpable por no haber estado ahí para su hermano, por no haberlo apoyado. Todas las palabras duras, la homofobia, toda la murga sobre el dinero y la granja y... Es fácil arrepentirse.

—¿Y qué ocurrió?

372

—¿Sinceramente? Creo que se rompió por dentro, de alguna manera.

—¿A qué se refiere?

—Discúlpenme, pero... —dijo Lucas, y cambió de postura en la silla—. Han venido para hablar con Emanuel, y ahora me están preguntando por Adrian... ¿De qué va todo esto, si me permiten que les pregunte?

—El nombre de Adrian ha aparecido en una investigación y necesitamos hablar con él.

Carlos cruzó los dedos para que la respuesta vaga y tan de cliché fuera suficiente. Pareció que sí.

—Vive en Bagarmossen, en la calle Svartbäcksvägen.

—Lo sabemos. No está allí.

—¿Sabe si tiene alguna novia, algún amigo o amiga con quien se pueda haber instalado o algo? —tanteó Gutestam mientras iba metiendo y sacando la bolsita de té del agua caliente.

—No que yo sepa, pero yo solo veía a Adrian a través de Emanuel, en realidad no lo conozco. —Se volvió de nuevo con curiosidad hacia Carlos—. Dice que su nombre ha aparecido en una investigación. ¿De qué investigación se trata?

—Ha dicho que se rompió por dentro —continuó Carlos, ignorando la pregunta—. ¿Puede explicarse un poco más?

—Fue al hospital y comenzó a venir a casa, aquí, más a menudo. Estaba... inestable. Enfadado. Al final tuve que pedirle que dejara de venir. Estaba tan enfadado... Con todo.

—¿Alguna vez mencionó a un tal Sebastian Bergman? —quiso saber Gutestam.

Lucas dio un respingo y se la quedó mirando estupefacto. Y entonces pareció caer en la cuenta de dónde había oído antes ese nombre. Abrió los ojos como platos y se llevó una mano a la boca, como para ahogar un grito de desconcierto.

—Dios mío... Dios mío.

Carlos y Gutestam permanecieron en silencio. Lena sorbió un poco de té. Estaban esperando a ver con qué les salía Lucas.

—Es el que hizo que suspendieran a Emanuel. Es él, el de las noticias... Dios mío. ¿Están diciendo que creen que Adrian tiene algo que ver con eso?

—Su nombre ha aparecido en la investigación —repitió Carlos, lo cual no dejaba de ser una manera de responder que sí a la pregunta de Lucas.

—No. No, es imposible. Adrian no es así. Vale, estaba muy cabreado con Bergman, lo acusaba de todo lo que le había pasado a Emanuel. Pero estaba enfadado, como podemos estarlo todos. Decimos cosas, pero son solo palabras.

—¿Qué palabras? ¿Recuerda lo que dijo?

Lucas se quedó callado, pensando. En su frente asomó una arruga, que fue pronunciándose cada vez más a medida que Lucas caía en la cuenta de lo que Adrian había dicho y el significado que tenía.

—Dijo que lo odiaba —contestó Lucas despacio—. Que pensaba vengarse. Por lo que le había hecho a su hermano...

Carlos guardaba silencio. Una tesis suspendida porque Sebastian Bergman había tenido un mal día. ¿De verdad era eso lo que estaba detrás de los acontecimientos tan terribles que habían tenido lugar? ¿Era esa la razón por la que tres personas habían perdido la vida?

—Incluso me parece que se puso en contacto con él —continuó Lucas, pensativo, y miró a los policías del otro lado de la mesa.

—¿Adrian se puso en contacto con Sebastian Bergman? —quiso saber Gutestam.

—Eso dijo. Dijo que Sebastian ni siquiera se acordaba de Emanuel. No le sonaba el nombre. Como si no hubiese significado nada para él.

—¿Cuándo fue esto?

—Poco antes de Navidad.

Carlos miró a Gutestam y comprendió que ambos estaban pensando lo mismo. Medio año de planificación. Era lo que se necesitaba para llevar a cabo las acciones de Adrian. Como mínimo.

—¿Cuándo fue la última vez que supo algo de él?

—Fue más o menos entonces, alrededor de Navidad.

—¿Y no sabe dónde podría estar ahora? —Gutestam hizo un último intento, sin esperar más respuesta que la que recibió.

—Ni idea.

Le dejaron sus tarjetas de visita, le pidieron que los llamara si se le ocurría algo más, le dieron las gracias por el té y salieron del piso sin sentirse ni una pizca más sabios que cuando habían entrado.

Volvían a estar reunidos en la sala. El pequeño cuarteto que quedaba: Ursula, Carlos, Gutestam y Hansson. Carlos había pensado y esperado que Ursula diera un paso al frente y asumiera el liderazgo del grupo, ahora que Vanja estaba fuera de juego, pero no mostró el menor interés en hacerlo. Así que él había tomado las riendas de la reunión, empezando por explicar lo que habían descubierto, las novedades que tenían. No tardó demasiado.

Tenían un móvil.

Pero poco más.

La combinación de toda la información que habían obtenido de Lucas, vecinos y compañeros de trabajo daba una imagen coherente de Adrian, pero ninguna novedad. Un hombre de pocos amigos, pero ninguno especialmente cercano. Una de las personas con las que habían hablado incluso había empleado el término *conocidos* para describir la relación que tenían. No contaba con una vida social extensa, no tenía implicación directa en ninguna actividad en particular ni practicaba ningún hobby que ocupara su tiempo. Un excompañero de trabajo había comentado que algunas veces había mostrado una baja autoestima, sobre todo de cara a tareas y situaciones nuevas. ¿Sabría hacerlo? Al fin y al cabo, no era más que un granjero que no había terminado el instituto. Pero era meticuloso y planificador. Si había algo que le despertara interés o que necesitaba aprender, no había límites para el tiempo que dedicaba a investigar la materia. Todo lo que les habían contado coincidía con el último perfil criminal que había elaborado Bergman. Se podían decir muchas cosas de Sebastian, pero se le daba bien su trabajo.

Ninguna de las personas con las que habían hablado sabía dónde podía haberse metido Adrian.

Había desaparecido sin dejar ningún rastro.

Pero la gran pregunta era si ya había terminado. ¿La madre de Vanja era la última víctima? Desgraciadamente, no había nada que diera pie a pensar que lo era. En el primer lugar del hallazgo, Adrian había desafiado a Sebastian, lo había exhortado a resolver el caso, lo cual era lo mismo que decir «atrápame si puedes». Aún no lo habían conseguido, así que no había motivos para pensar que fuera a parar. Era una idea espantosa y frustrante. Había tantas víctimas potenciales... y, al mismo tiempo, en cierto modo ya habían resuelto el caso, en la medida en que sabían quién lo había hecho y por qué.

Lo único que faltaba era una detención.

Un pequeño detalle.

Ursula había dejado a su equipo en el piso de la madre de Vanja. Habían encontrado señales de enfrentamiento, una silla volcada, un jarrón roto y una alfombra revuelta, como después de una pelea. Con suerte, el piso les daría evidencias forenses que podrían ayudar a dictar una sentencia condenatoria. Cuando al final detuvieran a Adrian.

—¿Y qué hacemos? —preguntó Gutestam con toda lógica—. ¿Cómo encontramos a este chico?

—¿Cómo va con su teléfono y sus tarjetas bancarias? —quiso saber Hansson.

—Todavía nada. El teléfono está apagado o roto, el banco no

377

ha informado de ninguna actividad de las tarjetas —tuvo que reconocer Carlos.

—Entonces, ¿qué hacemos? —repitió Gutestam.

Antes de que nadie tuviera tiempo de responder, llamaron brevemente a la puerta y esta se abrió.

Era Rosmarie Fredriksson.

Más malas noticias.

—Así que aquí es donde os escondéis —dijo con una sonrisa con la que pretendía dar a entender que se sentía parte del equipo, pero era un poco demasiado rígida como para ser efectiva.

—Aquí es donde trabajamos —repuso Ursula, seca.

Rosmarie volvió a sonreír, incluso más rígida que antes, sacó una silla y se sentó.

—Sí, y eso es de lo que tenemos que hablar, como comprenderéis. De vuestros trabajos. De la Unidad de Homicidios. —Se inclinó hacia delante y pasó la mirada por todos los presentes en la sala, como para recalcar la gravedad de la situación. Como si no la conocieran ya...—. Hemos llegado a una situación muy trágica y complicada —dijo para empezar, y negó con la cabeza como para remarcar el elemento trágico y complicado—. Una familiar cercana de la jefa de la Unidad de Homicidios ha sido asesinada por un perpetrador que se dirige de manera específica a una persona que ha sido contratada con anterioridad por esta unidad, bajo formas dudosas. —Volvió a deslizar la mirada por todos los demás—. No hace falta que os explique lo grave que es.

—No, lo sabemos, pero ¿qué implica eso en términos estrictamente prácticos? —preguntó Ursula en un tono con el que dejaba claro que Rosmarie podía saltarse la cháchara e ir al grano.

—Si no fuera por la historia de Billy Rosén, a lo mejor podríamos haber salido de esta —zanjó Rosmarie.

Carlos sabía que la idea general que los compañeros tenían de Rosmarie era que se trataba de una mujer que, si no era una

378

imbécil, por lo menos no entendía los departamentos sobre los que regía o no le importaban, pero tuvo que reconocer que en esa ocasión lo que decía tenía sentido. Con el titular de «El policía asesino» ocupando todavía las portadas de los periódicos, la Unidad de Homicidios no podría soportar un nuevo revés en la prensa.

Puto Billy.

Rosmarie se enderezó en la silla, respiró hondo. En ese momento era cuando iba a caer. La estocada final.

—Vamos a hacer algunos cambios. Vanja está de baja indefinida, y durante su ausencia el jefe interino será Roger Hansson.

La sorpresa fue total. El silencio que se hizo alrededor de la mesa casi podía cortarse como la mantequilla. Todos miraron a Hansson, quien se encogió de hombros casi en un gesto de disculpa. Dijo «lo siento» moviendo solo los labios.

—¿Hansson será el jefe de Homicidios? —preguntó Ursula sin dar crédito, como si tuviera la esperanza de haberlo oído mal.

—No, os reconvertís y pasáis a formar parte de Crímenes con Violencia —respondió Rosmarie, distante.

—¿Qué significa eso?

—A nivel puramente práctico, significa que Carlos y tú, que sois los únicos que de verdad estáis contratados en Homicidios, os trasladáis. Recursos Humanos se pondrá en contacto con vosotros para ultimar los detalles. Y esto también implica —continuó, sin coger más aire ni dar ningún espacio a posibles protestas ni preguntas— que toda colaboración con Sebastian Bergman cesa de inmediato. Ya no tiene permiso para estar en las instalaciones de la policía, a menos que sea invitado por Roger o por mí.

—Roger, ni más ni menos —murmuró Ursula, y miró de

379

nuevo a Hansson, quien no parecía en absoluto más cómodo que la primera vez que habían mencionado su nombre.

—Esto es completamente idea mía —replicó Rosmarie al comentario de Ursula—. Es una solución rápida y sencilla a los problemas que habéis generado vosotros solos, no yo.

Carlos sintió de nuevo que podía entender su razonamiento. Billy, Sebastian, la madre de Vanja... La situación era insostenible. Cederle el mando a un hombre como Hansson, con muchos años dentro del cuerpo, un caballo de tiro anónimo —si bien holgazán— que no había generado titulares ni controversias, no era mala idea. Dejar que las cosas se tranquilizaran, intentar pasar desapercibidos durante una temporada. Después tendrían todas las posibilidades de volver.

—Pero seguimos con nuestro caso, ¿verdad? —quiso saber. Le habían dedicado mucho tiempo, habían pasado por demasiadas cosas como para dejarlo de lado. Detener a Adrian Petterson se había vuelto casi una obsesión para él.

—Sí, pero desde Crímenes con Violencia y bajo el mando de Roger —confirmó Rosmarie.

—Solo para ver si lo he entendido bien —dijo Ursula con rabia contenida en la voz—. ¿La Unidad de Homicidios ya no existe?

—No —respondió Rosmarie, y se encontró con su mirada—. La Unidad de Homicidios ya no existe.

La casa de Abigail quedaba lo más alejado del piso espacioso e impersonal de la calle Queens Road que cabía imaginar. La primera sensación que daba era que los muebles, las lámparas, los cuadros, las estanterías y los objetos decorativos estaban colocados de forma aleatoria, casi que repartidos de cualquier manera, pero si te fijabas un poco más enseguida veías que había un sistema. La abuela de Cathy no era una Diógenes, pero nunca tiraba nada que tuviera algún significado para ella, que tuviera una historia. En el piso de Cathy no había nada que explicara nada de nadie, excepto que sus inquilinos tenían mucho dinero.

Abigail le había dado un abrazo a Cathy en cuanto llegó. Tan sentido y compasivo que la joven se había echado a llorar. Se percató de que no se había tomado ningún tiempo para hacer el duelo. Había habido tanta cosa práctica que resolver, por mucho que la empresa se ocupara de casi todo... Y todo el asunto de Bergman le había acaparado gran parte de la atención.

Pero en ese momento sí que se permitió llorar.

Echar de menos.

Se habían metido en la acogedora cocina y Abigail había preparado un té para ambas. Se habían pasado un buen rato sentadas a la mesa. Contándose cosas, recordando, llorando. Abigail

381

había vuelto a ofrecerle ayuda con los preparativos del funeral y Cathy la había aceptado. Notó que la reconfortaba no sentirse sola con todo.

—¿Has visitado la tumba de tu madre? —le había preguntado Abigail.

—No desde el entierro —había confesado Cathy.

Decidieron ir juntas. Abigail pensó que podría irle bien familiarizarse con el sitio antes de que llegara el momento delicado, por así decirlo. Por ello, se subieron a su viejo Dacia Duster y pusieron rumbo al cementerio. Atravesando la ciudad que Cathy aún se esforzaba por sentir como su casa, pero en la que suponía que iba a asentarse. O no. No lo sabía. No sabía qué pasaría después de enterrar a su padre. A lo mejor empezaría los estudios en Yale, como habían planeado. A lo mejor se haría estadounidense; al menos por un tiempo. Cathy nunca se había asentado, nunca había echado raíces en ninguna parte; quizá no merecía la pena cambiarlo.

Abigail aparcó delante de las enormes verjas de hierro y se bajaron. Cathy se abrochó el abrigo. El invierno se acercaba a paso acelerado; durante el día el mercurio apenas lograba superar los diez grados.

Caminaron una al lado de la otra entre las tumbas. La mayoría tenía una losa baja hecha de mármol y generaba una impresión más bien exigua, entre cruces de mármol de varios metros de altura, obeliscos y estatuas de ángeles gigantescas de piedra. Se detuvieron ante una lápida, limpiaron el mármol. «Claire Cunningham *1968 †2019», ponía en el bloque. Debajo de la inscripción había un rectángulo listo en blanco donde se podía grabar otro nombre. El de su padre. Junto a la estela había dos jarritos con flores.

—Yo intento venir una vez al mes —dijo Abigail, y retiró algunas hojas mustias de color marrón.

Cathy no podía imaginarse el sentimiento. Enterrar a tus padres ya era lo bastante malo; perder a tu única hija...

—Es un sitio muy bonito —comentó Cathy, mirando la frondosa vegetación tras la que asomaban los rascacielos de la ciudad, en la lejanía.

—Lo es —convino Abigail.

Se quedaron un rato en silencio mirando la losa bajo la cual yacía su madre y su hija, respectivamente. Nunca habría un momento adecuado, así que lo mejor sería zanjar el asunto cuanto antes. Cathy cogió una bocanada de aire.

—Necesito saber un poco más sobre la época de después de Tailandia —dijo, tanteando.

Abigail la miró desconcertada.

—¿Por qué?

Cathy titubeó. Tarde o temprano se vería obligada a contarlo, sobre todo si descubría algo que hiciera que ya no pudiera obviar las mentiras de Tim y las afirmaciones de Bergman. Pero eso tendría que ser más tarde. No en ese momento.

—Es una larga historia —optó por responder—. Pero dices que no nos vimos en seis años.

—No.

—¿Por qué?

—La verdad es que no lo sé —reconoció Abigail con un atisbo de pena en la voz—. Tim siempre estaba viajando, pero fue... distinto.

—¿En qué sentido?

—No fue solo que no estuvierais aquí. Es que yo no te vi. Literalmente. En seis años. —Negó con la cabeza ante el recuerdo como para librarse de él—. Ni una foto, ni una videollamada, nada. Fue como si no existieras.

Cathy no pudo evitarlo, sus pensamientos se aceleraron como si fueran por libre. Seis años. Una niña cambia mucho en

383

seis años. Casi se podría decir que después de tanto tiempo no se la reconocería.

—Nuestra relación siempre fue complicada, era un poco como si siempre estuviéramos haciendo malabarismos sobre una cuerda floja —continuó Abigail. Por lo que parecía, estaba interpretando el silencio de Cathy como una exhortación a continuar—. Yo partí de la base de que había hecho algo que había molestado a tu madre y que ella me estaba castigando a base de no dejarme ver a mi única nieta.

—¿Qué se supone que habías hecho? —preguntó Cathy con auténtica sinceridad. Su madre siempre había tenido opiniones muy fuertes y no había tenido ningún reparo en apartar a la gente de su vida, si le parecía que se lo merecía. Así que a lo mejor había una explicación natural, a pesar de todo. Que Claire era Claire, simple y llanamente.

—No lo sé. Con tu madre bastaba con muy poco para acabar mal. Muchas veces, ni yo misma sabía qué había hecho.

Cathy asintió para sí y toqueteó, sin darse cuenta, el pequeño anillo con la mariposa que llevaba colgado al cuello. Para su sorpresa, Abigail se sentó en el bloque de mármol, sacó un paquete de tabaco y le ofreció un cigarrillo a Cathy.

—No, gracias —rehusó esta, y se sentó al lado de su abuela, quien le prendió fuego a su cigarrillo y exhaló placenteramente el humo blanco—. No sabía que fumaras.

—No lo hago —contestó Abigail con una pequeña sonrisa—. Un paquete me dura meses. —Dio otra calada, retuvo el humo unos segundos antes de soltarlo—. Es una estupidez, lo sé, teniendo a una hija que murió de cáncer.

Cathy no dijo nada. Ni siquiera había relacionado el tabaquismo con la muerte de Claire. No había muerto de cáncer de pulmón. Y estaba segura de que, dijera lo que dijese al respecto, su abuela ya lo había pensado.

384

—¿Sabes qué me gustaría escuchar ahora? —preguntó Abigail, y expulsó el humo con la mirada perdida en el horizonte—. Una historia realmente larga.

Cathy comprendió al instante a qué se refería. ¿Por qué tenía tanto interés en la época después de Tailandia? ¿Por qué le preguntaba por acontecimientos que tuvieron lugar tantos años atrás?

—Es una locura —dijo Cathy, consciente de que sonaría aún más desquiciado cuando lo dijera todo en voz alta, cuando verbalizara sus pensamientos.

—Ahora ya me muero de ganas de saberlo.

—Es una locura tremenda, es... —No terminó la frase, no sabía qué palabra podría hacerle justicia al asunto. Respiró hondo una vez más, y después se lo contó.

Empezó por Italia. Lo importante que había sido para Tim mudarse a Suecia. Encontrar a un psicólogo que se llamaba Sebastian Bergman. Que tenían que verse los tres sí o sí. Que, después de la muerte de Tim, Cathy había visitado a Bergman, había descubierto las mentiras de Tim, la teoría de Bergman de que algo había pasado en Tailandia, sus últimas palabras antes de montarse en el taxi y que Cathy no podía quitarse de la cabeza.

«Creo que Tim y Claire no eran tus padres.»

Luego se quedó callada, se volvió hacia Abigail, que había apagado la colilla y se había quedado escuchando en silencio, con la mirada aún perdida.

—Sí... —dijo al final, despacio y pensativa—. Sí que es una locura.

—Ya te lo he dicho.

Abigail se volvió para mirarla. Con los ojos llenos de ternura, se encontró con su mirada.

—¿Crees que eres... otra persona?

385

—¡No! —exclamó Cathy con rotundidad—. No, no lo creo. Ese es el tema, que no me lo puedo quitar de la cabeza.

—Tu padre ha muerto. Estabais muy unidos, y ahora te has enterado de que se comportó de una manera que no era propia de él.

—Por decirlo de forma suave —señaló Cathy.

—Así es fácil empezar a dudar cuando piensas en el pasado. De todo. —Abigail puso las manos encima de las de su nieta. Siguió mirándola con cariño a los ojos—. El funeral y todo lo que lo rodea. Todo lo que vendrá después. Ya va a ser lo bastante duro por sí solo. Así que, si piensas mucho en ese tema, te sugiero que hagas algo al respecto.

—¿El qué?

—A lo mejor esto tampoco suena del todo sensato —dijo Abigail—. Pero hazte una prueba de ADN. Cógeme a mí como referencia. Quítatelo de encima.

Ocho días más tarde

«Quítatelo de encima.»

Cathy aún podía oír las palabras, recordar la sensación de alivio que le atravesó el cuerpo. Tan fácil, en realidad. Una simple prueba y todo quedaría aclarado. Jamás sabría por qué su padre había acudido a Bergman y le había mentido, pero tampoco lo necesitaba. La única respuesta que necesitaba la iba a tener.

De eso hacía ocho días.

Cinco días más tarde le habían llegado los resultados.

Los perfiles de ADN no encajaban de ninguna manera el uno con el otro. Era imposible que Cathy fuera hija de Claire Cunningham, así que las probabilidades de que Tim fuera su padre no eran especialmente elevadas.

Su mundo se había vuelto a desmoronar.

Durante veinticuatro horas no hizo nada en absoluto; se pasó el día entero sentada en el sofá de diseño con la respuesta del laboratorio en la mesita de centro que tenía delante. Incapaz de actuar. Ni siquiera podía elaborar un pensamiento coherente. Cada vez que lo intentaba, su mente se desviaba y terminaba en un callejón sin salida; imposible afianzar nada.

Cathy comprendía lo que había leído, pero al mismo tiempo no lo entendía.

Comprendía lo que significaba, pero al mismo tiempo no.

389

No cabía duda de que había habido una mentira. Ella. Ella era la mentira. Cathy Cunningham estaba muerta, se había ahogado en las masas de agua o había sido aplastada por los escombros. A ella la habían encontrado, y le habían otorgado el puesto de la otra.

Era una traidora. Un fraude.

Obligada a vivir una vida que no tendría que ser la suya. Mientras otra pareja a lo mejor se había visto obligada a superar la muerte de una hija. A seguir adelante. Igual que ella, pero muy lejos los unos de la otra. Era trágico, incomprensible, imperdonable, todo a la vez. A ratos sentía un odio tan iracundo contra sus «padres» que temía verse aniquilada por él, para al instante siguiente abrazarse al cojín del sofá entre sollozos.

Hasta que de pronto tuvo bastante. Ni ella misma sabía lo que le había pasado, solo que se había visto empujada a hacer algo. Se levantó del sofá, reservó un billete de vuelta a Estocolmo y, cinco horas más tarde, volvió a estar sentada en un avión.

En ese momento estaba de pie delante del portal de la calle Grev Magnigatan, casi mareada por la falta de sueño, el hambre y el *jet lag*. No tenía ningún plan. Más que ir a algún sitio, se había marchado de otro. Había sentido por instinto que necesitaba irse de Melbourne, pero ahora que lo había hecho, ¿qué? Nada, si no conseguía dar con Sebastian Bergman. Entonces, ¿a qué estaba esperando?

Cruzó la calle, introdujo el código en el portero electrónico y se metió en el portal. Subió los escalones de dos en dos hasta la cuarta planta e hizo un breve alto otra vez. Sabía lo que le iba a decir, y no era que tuviese que convencerlo. Al fin y al cabo, él había sido quien le había planteado la teoría desde un buen comienzo. Así que ¿por qué titubeaba? Porque sería definitivo. Si llamaba al timbre y hablaba con Sebastian, ya no habría vuelta atrás. Tendría que llegar hasta el final.

Llamó al timbre.

Oyó el débil sonido en el interior del piso, pero nada más. La puerta permaneció cerrada. Volvió a llamar. Casi dio un brinco de sorpresa cuando la puerta se abrió y apareció una mujer de unos cincuenta y cinco años, quizá alguno más. Pelo rubio cobrizo al que no le sentaría mal una visita a la peluquería, ojos verdes, con una manchita castaña en el iris izquierdo que hacía que la pupila pareciera tener una fuga.

—¿Sí? —dijo la mujer, logrando meter en el monosílabo una dosis de desagrado por la visita que no se podía pasar por alto.

—Hola, me llamo Cathy Cunningham —saludó Cathy, y le sonrió cálidamente a la mujer. Habló despacio y vocalizando bien. Su experiencia con la población sueca era que casi todo el mundo entendía y hablaba inglés, pero prefería no arriesgarse. Había algo en la mirada de la mujer que le generaba una sensación de que las cosas no estaban del todo bien—. Estoy buscando a Sebastian Bergman, ¿está en casa?

—No.

—¿Sabe cuándo volverá?

—No. ¿Por...?

—Necesito hablar con él.

—¿De qué?

—Es... complicado. Prefiero hablarlo directamente con él.

—Me llamo Ellinor, soy su novia, puedes entrar a esperar. Entonces la mujer sí sonrió y sus rasgos faciales se suavizaron, pero de pronto a Cathy le vino a la cabeza el verso «entra, entra, le dijo la araña a la mosca» y dio un pequeño paso atrás al mismo tiempo que le devolvía la sonrisa.

—Gracias, pero ya volveré. ¿Le podría decir que he venido?

—Desde luego.

—Me hospedo en el hotel Diplomat, junto a la bahía —dijo,

391

y señaló en la dirección en la que creía que quedaba Nybroviken—. Puede pasar a verme, si quiere.

—Se lo diré —contestó Ellinor, y cerró la puerta. Acto seguido pegó el ojo a la mirilla y vio que la chica en el rellano se quedaba un poco desubicada, hasta que comenzó a bajar la escalera. Ellinor la siguió con la mirada hasta que la perdió de vista, y luego se metió en el piso de nuevo.

O sea, que había vuelto. La jovencita. Ellinor aún no había dilucidado qué relación tenían, pero eso de invitar a Sebastian a su habitación de hotel en la cara de su novia era un claro indicio de furcia envalentonada.

Tendría que ocuparse de ello.

Al pasar junto a su teléfono móvil en la encimera, lo cogió y echó un vistazo automático a la pantalla. Desde que había empezado a rastrearlo, Ellinor lo miraba cada dos o tres minutos. Sebastian estaba en Riddarholmen. Seguramente estaría trabajando. Por lo que había podido deducir a partir del material de la investigación que se había llevado a casa, de nuevo estaban persiguiendo a un asesino en serie. Igual que la primera vez que se vieron. Eso significaba algo, era el destino. Que tuviera un caso parecido justo cuando iban a reencontrarse. Volvió a mirar la pantalla. Su amorcito no se había movido.

Tras aquel día en que Sebastian había entrado corriendo en pleno día y ella había tenido que esconderse debajo de la cama, Ellinor había salido a buscar el rastreador GPS más potente que pudo encontrar y había conseguido robar dos. Después los había cosido en la ropa que sabía que Sebastian utilizaba más, y aunque algún día dejara una prenda en casa, hasta la fecha siempre se había llevado la otra.

Ese día no era ninguna excepción.

Estaba en Riddarholmen, seguro que haciendo del mundo un lugar un poco mejor donde vivir.

392

Volvió a dejar el teléfono. No podrían seguir así mucho tiempo más, sintió Ellinor. Le encantaba estar en el piso, limpiando y ordenando, sintiendo el aroma de Sebastian, pero quería más. Quería tocarlo, hacer el amor con él, pasar las noches y fines de semana juntos, ir a museos y al teatro, comer bien y conversar. Muy pronto estarían así.

Pero tendría que hacer algo con esa perra promiscua que se presentaba en su piso cada dos por tres. Si le ponía remedio, ya no habría nada que se interpusiera entre ellos y la felicidad.

Conocía hasta el último rincón de los siete metros cuadrados.

La cama blanca y dura, un estante de madera en la pared sobre el cabecero de la cama, el escritorio debajo de la ventana de lamas metálicas, un pequeño televisor que colgaba del techo a los pies de la cama, y en la otra pared, un inodoro y un lavabo. Eso era todo. La celda que había sido su hogar las últimas seis semanas y que, si se salían con la suya, seguiría siéndolo en el futuro inmediato.

El día antes se celebró una audiencia de prisión provisional. El inútil de su abogado y él en la impersonal sala de reuniones, el fiscal y el juez en una pantalla. Habían despachado el asunto sin entretenerse y el resultado fue el esperado. Billy Rosén seguiría en prisión preventiva durante catorce días más. Y así iban a continuar. Períodos de dos semanas, uno tras otro, hasta que pusieran una fecha para el juicio, donde admitiría de nuevo haber cometido los crímenes que ya había confesado en el interrogatorio y donde lo condenarían a cadena perpetua. Todo el mundo sabía que su futuro no le depararía demasiadas sorpresas. El camino estaba predeterminado, la partida estaba perdida. Él era el expolicía que se había convertido en asesino, pero que, arrepentido y destrozado, no armaba mucho jaleo, sino que era un hombre colaborativo que se comportaba de manera ejemplar. Todo era pura rutina.

Billy estaba sentado en posición de loto en la austera cama de su celda, de espaldas a la pared, trabajando concentrado mientras pensaba en los acontecimientos de esa misma mañana.

Los habían despertado a las 8.00, como de costumbre, se había vestido —él usaba su ropa personal, se sentía más cómodo que con la ropa que ofrecía la penitenciaría— y había desayunado. A las diez había ido al gimnasio para hacer ejercicio una hora. Nunca era algo que estuviera esperando con ganas ni que le pareciera demasiado divertido, pero quería mantenerse en forma. Justo cuando se acababa de subir a la bicicleta estática se le había acercado un funcionario de prisiones y le había dicho que tenía visita.

Antes de entrar en la salita de visitas había dado por hecho que el visitante era Sebastian. No había absolutamente nadie más que fuera a verlo. Sin embargo, se quedó quieto en la puerta, paralizado por la sorpresa. En la silla de plástico estaba My, con las manos enlazadas encima de la mesa. Llevaba una blusa de flores abrochada hasta el cuello, una diadema blanca le retenía la larga melena. Maquillaje discreto, y a Billy le pareció percibir el aroma de su perfume. Serena, más delgada y más pálida de lo que la recordaba, pero preciosa. En cuanto la vio se percató de lo mucho que la había echado de menos. Se despistó y dio unos pasos rápidos para ir a su encuentro, pero se detuvo al ver que ella se echaba atrás con pavor en la mirada. El vigilante uniformado que estaba sentado en diagonal por detrás de My se levantó de un salto. Ningún contacto físico. Billy ya lo sabía. Separó las manos en un gesto de disculpa y se sentó enfrente de su esposa. A My se la veía claramente incómoda, le costaba mirarlo a los ojos.

—Estoy tan contento de verte... —dijo, y tuvo que contener el impulso de extender las manos por encima de la mesa.

395

—No lo estarás por mucho tiempo —respondió ella en voz baja, aún con la vista fija en la mesa.

—¿Cómo están los niños? ¿Cómo estás tú? —continuó Billy, haciendo caso omiso a sus palabras. Estaba claro que no era una visita de cortesía, pero prefería posponer la inevitable y desagradable realidad todo cuanto pudiera.

My alzó la cabeza y lo miró. La mirada que Billy recibió era oscura e intensa. Vio que tragaba saliva, pero no supo decir si era de rabia o de llanto.

—No estoy bien —contestó, serena—. No estoy nada bien y no sé si volveré a estarlo nunca.

—Lo siento, lo sabes.

—Eso no me sirve de mucho.

—Te quiero, a ti y a los niños —aseguró, y lo decía de todo corazón—. Nunca fue mi intención haceros daño.

Él mismo oyó lo vacío que sonaba, como si estuviera viendo un *thriller* policíaco de serie B cuyo guionista carecía de talento o ánimos para pensar en algo más original. Pero era la verdad. Los quería y nunca había tenido intención de hacerles daño.

—Pero lo has hecho —zanjó My.

Tenía razón. Por supuesto. No había nada más que decir al respecto. Nada que Billy pudiera hacer.

—¿Cómo están los niños? —preguntó en un nuevo intento.

—Bien, supongo. Están viviendo con mi madre.

—Sí, ya me lo dijo Sebastian. ¿Tienes fotos?

—No.

Estaba bastante seguro de que era mentira. ¿Qué madre primeriza no tenía fotos de sus hijos en el móvil? Una que los odiara, con toda probabilidad. Una que prefiriese olvidar que existían. Billy vio que My se recolocaba en la silla, cruzando los brazos sobre el pecho como para protegerse, comprendió que habían llegado al porqué de la visita y supo instintivamente que no le iba a gustar lo que venía. No le iba a gustar lo más mínimo.

—Hablas con Sebastian.

No era una pregunta, sino una afirmación.

—Sí, pero ahora hace un tiempo desde la última vez.

—Entonces ya sabes que pienso dar los niños en adopción —continuó My, como si no hubiese oído el breve comentario de Billy.

—Eso no va a ocurrir.

—No los quiero y tú te pasarás el resto de tu vida en la cárcel.

—Eso no va a ocurrir —repitió él, tranquilo pero tajante.

My se limitó a asentir con la cabeza, como si ya hubiese intuido que la conversación iría así y acabara de confirmarlo. Se levantó y pareció pensar en cómo continuar. Billy la siguió con la mirada mientras My se apoyaba en la pared amarillenta y se volvía a cruzar de brazos.

—Quiero el divorcio.

—Me lo imaginaba.

—Voy a pedir la custodia única.

—También me lo imaginaba, pero eso no te soluciona nada —dijo él con objetividad—. Seguiré teniendo derecho de visita.

—Eres un asesino en serie.

—Eso da lo mismo, y nunca he sido violento ni contigo ni con los niños.

—Nunca los has visto.

—Eso va a cambiar.

My guardó silencio, negando recelosa con la cabeza y sin apartarse de la pared. Parecía haberse quedado sin aire. Dio un paso al frente y se dejó caer de nuevo en la silla. Ambos permanecieron un rato callados. Cuando My volvió a mirar a Billy, tenía lágrimas en los ojos.

397

—¿No puedes aceptarlo y punto? Dame una oportunidad para seguir adelante con mi vida. ¿No te parece que ya me la has destrozado lo suficiente?

—Cualquier cosa, My. Lo digo en serio. Acepto cualquier cosa, pero no pienso dar a mis hijos en adopción.

—Si de verdad nos quieres, si me quieres a mí, como tú dices, lo harás.

—No puedo.

—¿Por qué no?

Billy respiró hondo y se inclinó hacia delante, esta vez sí que estiró las manos por encima de la mesa, pero estaba seguro de que ella no las tomaría.

—¿Qué razones tengo para vivir? Me lo he cargado todo. No tengo esposa, no tengo familia, no tengo amigos. Pero tengo a mis hijos.

—Que no te verán nunca.

—No puedo aceptarlo. —Billy negó con la cabeza—. Si lo acepto, se acabó todo.

—Es cierto.

—Sé que lo que he hecho es imperdonable —dijo despacio y en tono objetivo. Dejar que las emociones tomaran las riendas, perder la paciencia y enfadarse con ella sería contraproducente. Tendría que intentar hacérselo comprender—. Pero espero que algún día pueda establecer algún tipo de relación con los niños, precisamente por eso, porque no me habrán visto, no me conocerán, no sabrán lo que he hecho.

—Yo se lo pienso contar.

—Pero solo será un relato, meras palabras con las que no tendrán ningún vínculo emocional. Podrán conocerme, al Billy que soy ahora. Podrán quererme.

Volvió a hacerse el silencio en la anodina sala de visitas. Billy vio que My le daba vueltas a lo que él le acababa de decir, pero

398

sus rasgos faciales no revelaban nada de lo que pensaba al respecto. Entonces ella lo miró y él sintió que se le encendía una chispa de esperanza. Había compasión en sus ojos. Estaba seguro. Había conseguido llegar a ella.

—Estás completamente loco —dijo My al final; se levantó de la silla y comenzó a caminar hacia la puerta. Con la mano en la manilla, se dio la vuelta y se lo quedó mirando. Todo lo que él había interpretado como compasión se había esfumado y se había visto sustituido por una fría determinación—. Tú me conoces, Billy. Sabes que cuando decido que algo va a pasar, acaba pasando. Pienso luchar lo que haga falta para conseguir lo que quiero, y voy a ganar.

Con ello, salió por la puerta, llevándose consigo la última esperanza que le quedaba a Billy.

Sí, había sido una mañana entretenida. «Buena para mí», pensó, allí sentado en posición de loto en la cama. Las manos, ocupadas. Tras la visita de My, Billy había subido a su celda, apenas había probado bocado, y, cuando tocó dar el paseo de una hora, lo había hecho muy despacio, dando vueltas por el patio, sumido en sus pensamientos. My tenía razón: las cosas solían salir como ella quería. Billy no conocía a nadie que tuviera una pulsión como ella. Incluso Vanja se quedaba corta. Era un rasgo suyo que siempre le había gustado: que estuviera satisfecha con la vida que tenían, pero sin contentarse nunca. Que se negara a permitir que se quedaran quietos, estancados, que dejaran de evolucionar. Había tantas cosas que le gustaban de ella, tantas cosas que agradecerle...

En el camino de vuelta a su celda, el vigilante le había recordado que por la tarde tenía visita médica. Billy apenas le había prestado atención; el torrente de pensamientos que se había le-

399

vantado después de la visita de My había comenzado a ordenarse. Había llegado a una conclusión: My había cometido un error. Le había arrebatado lo único que lo mantenía en pie.

La esperanza.

Las personas que pierden la esperanza dejan de sentirse vivas, aunque sigan viviendo durante muchos años. Lo había leído en alguna parte. En ese momento podía entenderlo. Comprendía la diferencia. Él necesitaba sentirse vivo. Estar vivo, sin más, no era suficiente. Sobre todo conociendo —mejor que la mayoría— lo que realmente implicaba sentirse vivo. Aún guardaba un vago recuerdo de la sensación que había experimentado al mirar a sus víctimas a los ojos en el instante de su muerte. El poder embriagador. Los intensos sentimientos que no podía conseguir en ningún otro lado, de ninguna otra manera.

Se había metido en su celda. No le permitían cerrar la puerta, pero sin dejar de prestar atención a lo que ocurría en el pasillo había empujado el televisor de dieciséis pulgadas lo más cerca posible de la pared. Lo había estudiado. Le había parecido que podía retirar la parte trasera. Después de coger lo que necesitaba del interior del aparato, se había sentado en la cama de espaldas a la puerta y había recogido las piernas.

My no había cometido un error, sino dos.

Había despertado a la serpiente.

400

Los primeros días en el edificio de Crímenes con Violencia habían resultado extraños. Allí las oficinas no eran un espacio diáfano, como Torkel siempre había defendido e insistido en tener, sino que cada trabajador disponía de su propio espacio cerrado. Carlos no encajaba con eso. A él le gustaba el sentimiento de equipo que se generaba cuando compartías el espacio, el intercambio de información, las relaciones laborales distendidas. Por no hablar de lo fácil que era lanzar una pregunta y obtener una respuesta. En ese momento se pasaba la mayor parte del tiempo solo delante de las pantallas, mandando emails y mensajes de texto. Tenía la sensación de que así iba más rápido que levantándose y llamando a la puerta de alguien cada vez que necesitaba comentar una idea o comprobar un dato. Además, si la persona en cuestión no estaba en su despacho, la cosa se convertía en una búsqueda sin sentido por los pasillos.

Ursula se había cansado a los pocos días y cada vez pasaba más tiempo abajo, con el equipo de técnicos forenses. En una conversación aparte, Hansson había conseguido convencerla de que él no había tenido absolutamente nada que ver con la decisión de desmantelar la Unidad de Homicidios.

Él quería trabajar en ella, siempre lo había deseado.

Pero no dirigirla.

La responsabilidad que implicaba asumir el mando del per-

401

sonal y de las tareas era algo sin lo cual podía vivir perfectamente. Reconocía que había un rasgo de holgazanería en su carácter, pero lo que de veras había convencido a Ursula fue cuando Hansson había confesado que el riesgo de ser comparado con Torkel —en su opinión, toda una leyenda dentro del cuerpo de policía— le resultaba paralizante. No había un listón más alto que el suyo. Ursula había continuado trabajando, había vuelto a su puesto en el rebaño, pero se rumoreaba que, después del caso actual, se buscaría otra cosa.

Carlos también echaba de menos Homicidios. La antigua Unidad de Homicidios.

A lo mejor en breve volverían a estar allí. La decisión de Rosmarie de cerrar la unidad no había quedado libre de controversia, a juzgar por lo que Carlos había podido comentar con los compañeros en los pasillos. La opinión general parecía ser la de que Rosmarie había exagerado. Había gente que en ese momento veía la oportunidad de bajarla del pedestal. A pesar de las turbulencias del último año, la Unidad de Homicidios contaba con un fuerte apoyo dentro de la organización. Lo que Torkel Höglund había construido no se podía echar por tierra así como así, y a muchas personas les molestaba que Rosmarie le hubiese arrebatado todo el honor y la gloria.

Pero las políticas e intrigas internas eran una cosa. Lo más importante seguía siendo encontrar a Adrian Petterson, y en ese aspecto no habían avanzado lo más mínimo. Parecía que se lo hubiese tragado la tierra. El examen del piso de Anna no había dado nada de sí, aparte de que todo apuntaba a que había sido asesinada allí mismo y luego trasladada. Uno de los vecinos había oído un golpe por la noche, y los técnicos habían hallado fibras que coincidían con la soga que Anna había tenido alrededor del cuello. Un montón de ADN en el escenario del crimen, pero ninguno del autor de los hechos. La teoría era que, de algu-

402

na manera, Adrian había conseguido que Anna lo dejara entrar en el piso, después la habría reducido y la habría estrangulado en el suelo. Al lado de la silla volcada habían encontrado una cantidad notable —desde el punto de vista forense— de saliva suya.

Pero nada que les permitiera avanzar en la investigación.

Nada que señalara dónde podría estar Adrian Petterson.

Su trabajo no era como en la tele. Allí los técnicos de la policía siempre parecían encontrar la semilla de alguna flor que solo crecía en un único sitio en todo el país, o una pequeña larva que los llevaba a un matadero donde resultaba que trabajaba el sospechoso. El equipo de Ursula no había encontrado nada. El hecho de que Adrian hubiera trasladado el cuerpo sugería que tenía acceso a un nuevo coche, pero de ese tampoco sabían nada. El lugar en el que habían hallado el Audi marrón quedaba a apenas unos minutos a pie del piso de Anna, por lo que sospechaban que cuando Adrian se topó con Carlos y Gutestam había estado espiando a Anna. Sabían que era meticuloso y que se organizaba bien.

Sabían un montón de cosas de él.

Excepto dónde estaba.

Hansson estaba atribulado, se paseaba frustrado como una nube de tormenta, preguntando una y otra vez si de verdad no habían llegado a ninguna parte. Carlos lo entendía. Sabía lo presionada que se había sentido Vanja tras asumir el puesto después de Torkel. Hansson los estaba sucediendo a ambos. Y tenía todas las miradas encima.

Carlos se reclinó en la silla y se frotó los ojos enrojecidos de cansancio. ¿Qué podía hacer? Podía volver a revisar todo el material, ver si había pasado algo por alto, pero hacer lo mismo una y otra vez esperando un resultado diferente era el primer indicio de estupidez, según Einstein.

403

Enderezó la espalda y cogió el teléfono de la mesa, pero se detuvo. Estaba buscando una aguja en un pajar. Sin embargo, ahí era donde estaban: en el nivel de la aguja. Con un suspiro, marcó el número y puso el altavoz. Los tonos se sucedieron, y al cabo de un rato oyó la voz de Sebastian.

—¿Lo tenéis?

—No, aún no —se vio obligado Carlos a reconocer.

—¿A qué estáis esperando?

—No lo encontramos.

—Daos prisa, joder, ha pasado más de una semana, no se va a quedar quieto el resto de la eternidad.

—Ya lo sabemos —dijo Carlos soltando un nuevo suspiro. Saber que lo más probable era que no lograran impedir un nuevo asesinato era demasiado. Para Sebastian debía de ser aún peor.

—¿Tienes noticias de Vanja? —preguntó Sebastian.

—No. ¿Tú?

—Nada.

—Necesita un poco de tiempo...

—Igual que vosotros, por lo visto.

De pronto, por el altavoz se oyó un ruido que superó todos los demás. Carlos hizo una mueca en su silla.

—¿Qué es eso? —preguntó—. Joder, qué ruido.

—Es un tren, estoy caminando por el puente Centralbron, he ido a la editorial.

—De hecho, te llamaba por eso...

—¿Para saber cómo me va con el libro?

—No, me importa una mierda tu libro. Pero hemos ido a hablar con Emanuel Dolk. O su novio, mejor dicho...

Carlos le resumió a Sebastian lo más importante de la visita en casa de Dolk y de Lucas Mattsson, terminando con la llamada de Adrian.

404

—¿Adrian Petterson me llamó? —repitió Sebastian, como para asegurarse de que lo había oído bien.

—Sí, poco antes de Navidad. Te preguntó por Emanuel. ¿Lo recuerdas?

Se hizo el silencio en la otra punta de la línea. Carlos podía oír las respiraciones de Sebastian y la ciudad de fondo.

—Sí, puede ser. Alguien me preguntó si recordaba a un tal Emanuel y yo pregunté qué Emanuel y él solo repitió Emanuel, así que le dije que no recordaba a ningún puto Emanuel y colgué. ¿Por...?

En ese instante fue Carlos quien no respondió de inmediato. Comenzaba a arrepentirse de haber llamado. La idea que había tenido ya le había parecido rebuscada desde un primer momento, pero ahora que le tocaba verbalizarla cayó en la cuenta de que era algo más que eso. Era una auténtica tontería.

—Había pensado que... si recordabas la conversación... —Carlos se demoró, le costaba terminar la frase.

—¿Sí?

—A lo mejor oíste algún ruido de fondo que pudiera ayudarnos a descubrir dónde está.

Carlos cerró los ojos con fuerza, notó que se ruborizaba. Aquello rozaba lo indigno. Era la solución de una historia de detectives protagonizada por Mickey Mouse que había leído en un cómic del Pato Donald de pequeño. Tuvo que tragarse el impulso de colgar por la vergüenza que sentía.

—¿Me lo dices en serio? —preguntó Sebastian con una risotada burlona—. ¿Qué coño ha pasado? ¿Para entrar en Crímenes con Violencia hay que hacerse una lobotomía o qué?

—Solo era una idea, estaba pensando en posibilidades —dijo Carlos en voz baja.

—Pues vuelve a pensar, y piensa mejor. He hecho lo que

405

he podido y ya no soy bienvenido, así que ya va siendo hora de que espabiléis.

—Sí, lo sabemos.

—Bien. Llámame cuando tengas algo sensato que contar.

Y, con ello, colgó. Carlos se quedó un rato sentado respirando hondo. Su móvil tintineó. Estaba convencido de que sería Sebastian, a quien se le habría ocurrido algún comentario malicioso que necesitaba compartir sí o sí. Carlos cogió el teléfono.

Era un mensaje del Departamento de Seguridad de Swedbank.

Carlos se enderezó en la silla.

Una de las primeras acciones que habían tomado había sido mapear la economía de Adrian para ver si podían ver alguna transacción que pudiera ayudarlos a dar con su paradero. No le faltaba dinero. Tres años atrás, había tenido una entrada de varios millones de coronas a raíz de la venta de la granja, pero desde la compra de la casa en Bagarmossen solo había hecho extracciones de lo más discretas. Hasta mayo, cuando compró el coche en Lituania al contado. Después de eso había efectuado un par de retiros considerables, probablemente para disponer de dinero en metálico para cuando comenzara a ejecutar su plan. La semana antes de que hallaran a Susanne en la granja de cerdos había usado la tarjeta de crédito en tres ocasiones, había comprado guantes de plástico, cinta americana y una cuerda en unos grandes almacenes de material de construcción, un juego de cuchillos profesionales para despiece de carne de una página web especializada en caza y un mono de protección en una tienda de disfraces, también online.

Desde entonces, la tarjeta no había vuelto a ser usada.

Hasta ese momento.

La tarjeta de crédito de Adrian Petterson acababa de ser usada para comprar un billete solo de ida a Tallin con el ferri *Baltic*

Queen. Carlos miró rápidamente la página web de Tallink Silja. El *Baltic Queen* partía en treinta y cinco minutos.

Con las sirenas y las luces azules encendidas, bajaron a toda prisa hasta el muelle de Värtahamnen. También iba de camino una unidad de las fuerzas especiales que Hansson había solicitado y que le habían concedido. Acababa de mantener una conversación con Frida Karlsson, subinspectora de la policía aduanera, que tenía recursos y posibilidades limitados para ayudarlos, pero que aun así le había prometido que se encontraría con él en el lugar indicado.

—¿No es un poco raro? —comentó Gutestam en voz alta.

—¿El qué es un poco raro? —quiso saber Hansson, impaciente, y se guardó el móvil. El chute de adrenalina hacía que se le marcaran las venas en la frente.

—Que haya usado la tarjeta. Tiene dinero en metálico y debe de saber que la tenemos controlada.

—Piensa abandonar el país dentro de media hora, se creerá que no corre ningún riesgo, que no nos dará tiempo a detenerlo. El dinero en metálico puede necesitarlo para mantenerse escondido.

Hansson no parecía dispuesto a seguir discutiendo el asunto, así que Gutestam lo dejó correr.

Cuando se acercaban al muelle, Hansson ordenó que todos apagaran las sirenas para no advertir a Adrian de su llegada. Quería estirar el factor sorpresa todo lo posible. Se estaban dirigiendo a una terminal de embarque repleta de gente, a la captura de una persona que en otra ocasión no había dudado en abrir fuego. Bajo ningún concepto podían arriesgarse a que hubiera civiles heridos ni, Dios no lo quisiera, una situación con rehenes.

Llegaron al sitio doce minutos antes de la hora de partida.

Hansson le pidió a la unidad de las fuerzas especiales que esperara para darles la oportunidad de hacer un reconocimiento. Los cascos, los chalecos y las armas automáticas despertarían un interés no deseado. Acompañado de Carlos y Gutestam, entró corriendo en el edificio grande y moderno de la terminal y subió las escaleras mecánicas hasta las taquillas de venta. Estaban prácticamente vacías. La mayoría de los pasajeros ya se había subido a bordo del ferri y solo quedaban dos colas cortas con un puñado de pasajeros en cada control de billetes. No vieron a Adrian Petterson en ningún lado. El sistema de megafonía informó de que el *Baltic Queen* estaba a punto de zarpar y que todos los pasajeros debían dirigirse a la puerta de embarque. Hansson miró febrilmente a su alrededor; entonces una mujer con uniforme de policía se le acercó y se presentó como Frida Karlsson.

—Roger Hansson —dijo este, y le tendió una mano—. ¿Sabéis algo?

—Tenemos a un Adrian Petterson que ha escaneado su billete hace cosa de media hora.

Hansson asintió satisfecho con la cabeza y bajó un poco de revoluciones. Ya sabían dónde lo tenían, solo faltaba lo demás. Se volvió de nuevo hacia Frida.

—Haremos venir a las fuerzas especiales. Si tienes personal del que puedas prescindir, sería genial; les daremos una foto del sospechoso a todos y podremos detenerlo.

Frida se lo quedó mirando sin entender del todo.

—¿Qué quieres decir?

Hansson señaló el pasillo acristalado que conducía al ferri, al fondo.

—Vaciaremos el barco. Sacaremos a todo el mundo con tranquilidad y los pondremos en fila. ¿Lo coordinas con la tripulación?

—No puedes vaciar el ferri —dijo Frida en un tono como si Hansson le estuviera gastando una broma—. Es ilegal.

Hansson se la quedó mirando fijamente; las venas en la frente comenzaron a latir otra vez. Estaba demasiado cerca como para andarse con patrañas.

—¿Cómo que ilegal? Hay un asesino a bordo. Ha matado a tres personas.

Frida lo miró.

—Entiendo tu frustración, pero no podemos retener el ferri ni obligar a los pasajeros a bajarse.

—Claro que podemos, solo hay que apagar los motores y vaciar el puto barco.

—No se puede considerar sospechosos a todos los pasajeros del barco, por lo que no hay ninguna base legal para retener a los que no lo son. Lo lamento, pero no hay una resolución parlamentaria que lo respalde. No podemos hacerlo. Por mucho que se trate de un crimen.

Hansson estuvo a punto de explotar.

—Pero ¿qué cojones...? —exclamó, salpicando saliva—. ¡¿Vamos a dejar que se largue, así sin más?!

—Puedes pedir ayuda a la policía estonia para que lo detengan cuando baje a tierra en Tallin. No sería la primera vez que lo resolvemos así. Hay rutinas para ese tipo de medidas.

—Sintiéndolo mucho, a mí eso no me sirve —dijo Hansson negando con la cabeza—. Voy a detenerlo. Tengo que detenerlo.

El sistema de megafonía hizo la última llamada para el *Baltic Queen*.

—¡Mierda! —gritó Hansson—. ¡Joder!

—¿No podemos subir a bordo? —preguntó Carlos—. La policía sueca puede detener a personas a bordo, ¿verdad?

—Para aseguraros el tiro, hacedlo antes de llegar a aguas internacionales —le aconsejó Frida.

409

Un rápido intercambio de miradas entre Carlos, Gutestam y Hansson, y los tres salieron corriendo en dirección a la pasarela de embarque.

Una vez a bordo, buscaron al jefe de seguridad de la nave, un tal Vesa Kinnunen. Los tres le mostraron sendas identificaciones policiales mientras Hansson lo ponía al día de la situación y le decía que necesitaban apoyo para detener a un sospechoso que iba a bordo.

La tarjeta de embarque de Adrian servía también como llave de camarote, y no tardaron mucho rato en comprobar que había reservado un camarote de categoría E en la octava cubierta, en las entrañas del ferri, debajo de la cubierta de aparcamiento. La opción más barata posible. En cuanto supieron qué estaban buscando, no tardaron demasiado en encontrarlo. El ferri tenía un excelente sistema de cámaras de vigilancia que cubría la mayoría de las estancias comunes y pasillos. Al poco rato estaban delante de los monitores, viendo a un hombre con sudadera negra con capucha subida que se acercaba a la puerta del camarote en cuestión, la abría con el billete y se metía dentro. Aceleraron la grabación. Nadie salía del pequeño habitáculo. Adrian seguía dentro.

A los pocos minutos, Carlos y Lena estaban ubicados en un extremo del pasillo que pasaba por delante del camarote de Adrian. Hansson y Kinnunen estaban al pie de la escalera del extremo contrario. Era imposible salir del pasillo sin toparse con los unos o con los otros. Carlos no tardó en entender por qué los camarotes E eran los más baratos: no tenían luz natural. Allí abajo hacía calor —incluso para él—, olía a cerrado y había mucho ruido. Los motores generaban un temblor constante y monótono, las vibraciones subían desde el suelo y se propaga-

410

ban por las paredes. Carlos no tenía tendencia a la claustrofobia, pero allí se sentía encerrado, atrapado. No podía dejar de pensar en lo jodidos que estarían si comenzaba a entrar agua en el ferri.

—¿Qué piensas? —dijo Gutestam, echando un vistazo a la puerta del camarote de Adrian.

—¿De qué?

—De todo esto. La tarjeta bancaria, ir directo al camarote y encerrarse. Es como si quisiera que lo encontráramos.

—A lo mejor se ha vuelto muy seguro de sí mismo y ha pecado de descuidado.

—Sí, puede ser... ¿Vamos a descubrirlo?

Carlos asintió en silencio y ambos comprobaron sus armas de servicio y chalecos antes de comenzar a caminar uno al lado de la otra por el pasillo. Cuando llegaron a la puerta correcta, Carlos le hizo un gesto con la cabeza a Hansson, quien avanzó unos pasos por el pasillo. Guardaba las distancias para tener buena visibilidad y espacio de maniobra si Adrian conseguía escapar.

Carlos miró a Gutestam, quien asintió para confirmar que estaba preparada. Desenfundó el arma, se la pegó a la pierna y se quedó justo al lado de la puerta. Carlos también desenfundó, dio un paso al centro del pasillo, encontró el equilibrio que necesitaba y respiró hondo. Acto seguido soltó una patada justo por debajo del lector de tarjetas y la delgada puerta se abrió de un bandazo. Gutestam se precipitó al interior del camarote con el arma en ristre. Carlos la siguió de cerca.

—¡Policía! ¡Al suelo! —gritó ella, apuntando con la pistola al hombre en el sofá rojo que había en los nueve metros cuadrados de habitación.

—¡Las manos donde pueda verlas! —añadió Carlos.

El hombre puso los ojos como platos al ver las dos pistolas

411

de color negro mate apuntándole directamente. En shock, alzó las dos manos por encima de su cabeza castaña. Por lo demás, parecía haberse quedado de piedra por efecto del miedo. No obedeció la orden de tumbarse en el suelo, y Carlos vio al instante que Gutestam estaba en lo cierto.

Los había engañado.

El hombre que tenían delante no era Adrian.

Se llamaba Janis Kalnina y era un trabajador de la construcción estonio. En ese momento estaba custodiado a bordo del ferri junto con Hansson y Gutestam, tartamudeando explicaciones en inglés. Justo cuando estaba entrando en la terminal, un hombre de pelo oscuro se le había acercado y le había ofrecido cinco mil coronas y un viaje gratis a Tallin en barco si le hacía un favor. Tenía que coger el billete del hombre y su carnet de identidad, enseñarlo si alguien se lo pedía. Si no, solo debía seguir adelante. Janis hurgó en su bolsillo y les entregó el carnet que le habían dado.

—Estoy diciendo la verdad —dijo, y parecía a punto de romper a llorar—. Estoy diciendo la verdad.

Gutestam cogió el carnet de identidad. Era de Adrian Petterson, obviamente.

—Pero ¿no ha pensado que había algo sospechoso? —dijo Hansson, cansado.

Janis asintió con la cabeza; en efecto, lo había pensado, pero solo tenía que ponerse una sudadera con capucha y fingir que era otra persona, y por ello le daban cinco mil coronas y la posibilidad de volver a casa gratis. No tenía que hacer contrabando, robar nada ni hacerle daño a nadie, solo fingir. No parecía tan peligroso.

Hansson terminó el interrogatorio, procurando primero

412

que lo mantuvieran encerrado. Janis iba a hacer un viaje de ida y vuelta de una tanda, y al llegar a Estocolmo lo esperaba una denuncia por uso fraudulento de un documento administrativo. Y, quizá, también por encubrimiento.

Adrian los había engañado, y ellos estaban tan desesperados por detenerlo que habían picado. Habían mordido el anzuelo y se lo habían tragado entero, con plomada y todo. Por sí solo, eso ya era bastante grave, pero lo peor de todo era que se trataba de una evidente maniobra de distracción.

No quería tenerlos cerca.

Porque estaba planeando algo.

La cuestión era el qué.

Cathy había perdido la cuenta de cuántas veces se había planteado irse. Levantarse y abandonarlo todo, dejarlo todo atrás. Una idea atractiva, el problema solo era que estaba bastante convencida de que no podría hacerlo. Pasar página. Todo lo que había descubierto y vivido la última semana no era algo de lo que te podías olvidar así como así y, simplemente, seguir adelante.

Pero ¿era este el camino correcto?

Pregunta equivocada, vio al instante. ¿Había algún otro camino? No, no lo había. Vale, podría haberle preguntado a Stan Ludlow, quien parecía ser lo bastante íntimo de Tim como para saber que este podía morir en cualquier momento, algo que le había mantenido oculto incluso a su propia hija. «A ella», se corrigió. Pero estaba bastante segura de que, en verdad, Tim y Stan no habían estado tan unidos como para que un día Tim, en mitad de algún *afterwork*, se inclinara y le soltara: «Por cierto, mi hija no es mía, pero ella no lo sabe, así que no le digas nada». Por otro lado... ¿Qué sabía Cathy realmente del hombre al que durante casi veinte años había llamado «papá»? Tim podría haberle dicho cualquier cosa a cualquier persona. Ella no lo conocía, en ese momento lo tenía claro. Si Tim podía mentir acerca de quién era él, de quién era ella, durante todos esos años, todo era posible.

414

Miró a su alrededor, sentada en una silla de mimbre en la terraza de la pastelería Storgatans Café & Bageri. Hacía sol y un calor agradable, propio del mes de junio. En la pequeña mesa había un café con leche y un panecillo de queso, pero Cathy no los había tocado. Entonces lo vio. Con paso rápido y nervioso, se acercó a ella con la fina gabardina de verano ondeando alrededor de las piernas. En cuanto se dio cuenta de que ella lo había visto, alzó la mano para saludar. Ella le correspondió con una sonrisa insegura.

Demasiado tarde para huir.

Tendría que ir hasta el final.

Sebastian llegó a la mesa y ella se levantó. Por un instante tuvo la sensación de que él pensaba darle un abrazo, pero entonces le tendió una mano y ella se la estrechó.

—¿Quieres algo? —preguntó Cathy después de sentarse los dos junto a la fachada de la cafetería.

—No, gracias, estoy bien —dijo él; se quitó la gabardina y la colgó en el respaldo de la silla—. Me ha sorprendido tu llamada.

—Lo entiendo.

—¿Cuánto hace que estás otra vez en Suecia?

—No mucho.

Sebastian asintió con la cabeza y se hizo un silencio tenso. De nuevo, a Cathy le invadió la duda. En el momento de ponerse en contacto con él había sentido que estaba haciendo lo correcto. Se estaba volviendo loca en su habitación de hotel, solo tenía una cosa dándole vueltas sin parar en la cabeza. No soportaba quedarse esperando. A lo mejor Sebastian no se presentaba en absoluto. Su novia podría haberse olvidado de darle el mensaje; él podría sentir que no era tan importante, que podía esperar. Pero no podía esperar.

Así que lo había llamado por teléfono.

Y en ese momento estaban allí sentados.

415

—¿En qué te puedo ayudar? —quiso saber Sebastian.

Era lo que ella le había expuesto cuando lo había sorprendido por teléfono: le había preguntado a Sebastian si podría ayudarla con una cosa. Él la vio tomar un trago de agua del vaso que tenía al lado de su taza de café sin tocar y tuvo la sensación de que Cathy estaba intentando ganar algo de tiempo. De que necesitaba pensar un momento cómo quería formularlo. Él la miró con interés. Había vuelto a Suecia al cabo de una semana. ¿Qué podía significar? Sebastian tuvo que hacer un esfuerzo para no pasarse de expectativas. Podía ser que Cathy necesitara ayuda con cuestiones prácticas, algo relacionado con el chalet en Bromma, algún imprevisto que le había surgido. No se atrevía a esperar nada.

—He estado pensando en lo que dijiste —empezó ella, pensativa—. Antes de que me fuera.

—Ya.

—Lo de que mis padres no eran mis padres.

Sebastian se limitó a asentir con la cabeza; notó que su respiración se volvía más pesada. Cielo santo, esa era la razón por la que había vuelto. Por lo visto, Cathy interpretó el silencio de Sebastian como una invitación a continuar.

—No podía quitármelo de la cabeza. Así que cuando llegué a casa me hice una prueba de ADN. Utilicé una muestra del ADN de mi abuela como referencia.

—¿En serio? —soltó Sebastian, casi atragantándose. Apenas podía mantener la voz firme. Se aclaró la garganta—. ¿Y qué salió?

—No somos familia —dijo Cathy escuetamente y con tristeza en la voz.

Sebastian cerró los ojos; notó que las lágrimas le ardían detrás de los párpados. Luego volvió a abrirlos y miró de nuevo a Cathy. Le parecía reconocerla.

Sabine.

Su hija.

Notó que las lágrimas comenzaban a rodar por sus mejillas al mismo tiempo que se quedaba sin aire. Intentó respirar, pero el oxígeno no llegaba. Todos esos años. Toda la añoranza. Todo el anhelo, todo el deseo de que las cosas fueran distintas. Se inclinó hacia delante, bajó la cabeza hasta las rodillas. Sentía que se iba a desmayar. Se percató de que Cathy se había sentado de cuclillas delante de él.

—¿Cómo estás? ¿Te encuentras bien?

—Sí... Lo siento...

—¿Necesitas algo?

Él negó con la cabeza, haciendo un esfuerzo para controlar su respiración. Después se enderezó, se reclinó un poco hacia atrás y notó que el aire volvía a llenarle los pulmones. Se estiró para coger el agua de Cathy y apuró el vaso. Agarró la servilleta de papel que había debajo del panecillo y se enjugó rápidamente los ojos y las mejillas. Cathy se quedó un momento donde estaba, mirándolo preocupada.

—Lo siento... —Sebastian carraspeó otra vez, respiró hondo y soltó todo el aire con un suspiro—. Lo siento... Siéntate, estoy bien.

—¿Seguro?

—Sí, seguro —confirmó él, y consiguió esbozar una sonrisa.

Cathy lo miró sin verlo del todo claro, pero se levantó y regresó a su silla. Los demás comensales de la terraza volvieron a lo suyo. Cathy parecía un poco dubitativa, así que Sebastian sonrió de nuevo en un intento de infundirle calma. En ese momento la sonrisa le pareció más natural, y esperó que también se viera así desde fuera.

—Continúa —dijo, para animarla a proseguir con su relato.

—Estaba... Tampoco hay mucho más que decir. —Saltaba a

417

la vista que se sentía incómoda con toda la situación, con el extraño comportamiento de Sebastian—. Solo me preguntaba cómo lo habías sabido —concluyó, encogiéndose de hombros como para expresar que ya no era tan importante.

—No lo supe, solo lo intuí —contestó él. «Lo deseé», pensó por dentro.

—¿Lo intuiste? ¿Que mis padres no eran mis padres?

Sebastian comprendió a la perfección el tono escéptico de Cathy. Sin duda, sonaba del todo descabellado. Tendría que explicarse mejor, dar un paso atrás, ponerla un poco en contexto.

—Yo tenía una hija, ya te lo conté, ¿verdad? Una niña que murió en el tsunami.

—Sí.

—Se llamaba Sabine. Tenía tres años.

Se detuvo. ¿De verdad había alguna manera de contar aquello sin parecer loco de remate? ¿Sin que ella se levantara de la mesa y se fuera? La verdad. Eso era lo único que Sebastian tenía.

—Mi hija, Sabine, tenía un anillo exactamente igual que el que llevas colgado al cuello.

Cathy frunció el ceño y, sin apenas darse cuenta, comenzó a toquetear el anillo en su cadenita.

—Se lo compramos en un mercadillo en Tailandia. En Navidad. Uno exactamente igual. —Se quedó callado, observándola. Quería ver su reacción cuando las piezas comenzaran a encajar. Si era que encajaban.

—¿Igual que este? —dijo ella, demorándose un poco y agachando la cabeza para poder atisbar la pequeña baratija.

—Sí, y cuando lo vi y pensé en todo lo que Tim me había contado..., en por qué vino justo a mí..., por qué era tan importante para él que tú y yo nos conociéramos... —Dejó la frase colgada, poco seguro de poder terminarla. La voz se le atragantaba, los ojos se le empañaron.

Cathy lo miró con una sonrisa vacilante en la comisura de la boca, como si estuviera tratando de dilucidar si Sebastian le estaba tomando el pelo o no.

—Crees que soy ella —dijo al fin.

—Podría ser, sí.

—¿Sabine? ¿Tu hija?

—Nunca la encontré.

A Cathy se le escapó una risita extraña y desprovista de todo humor. No quedaba claro si era para manifestar duda o si era un mecanismo de defensa, una manera de mantener la distancia con algo que resultaba abrumadoramente impensable.

—¿En serio?

—Sí.

Se lo quedó mirando, vio que Sebastian lo decía muy en serio, y la pequeña sonrisa se esfumó. Él la miró a los ojos y observó que Cathy estaba procesando la información, tratando de asimilar lo que acababa de ocurrir en los últimos minutos. La vio tan desconcertada, tan perdida... Puso una mano sobre la mesa, a medio camino de la de ella. Un gesto que ella podría haber ninguneado. Pero Cathy se la cogió. La apretó fuerte, como si tuviera la necesidad de confirmar que aún había algo real en su vida. Algo tangible.

Como de costumbre, Ellinor había echado un vistazo rutinario al teléfono y había visto que Sebastian había salido de Riddarholmen. Iba de camino a casa. Se preparó para abandonar el piso, con buen margen; no quería arriesgarse a cruzarse con él. Todavía no. Cuando se volvieran a encontrar no sería por un cruce casual delante del portal. Sería algo memorable, magnánimo y, sobre todo, muy romántico. Esa última semana había dedicado cada tarde en el albergue de Solna a planificar el reen-

419

cuentro. Tenía varias ideas buenas, pero sabía que aún no se le había ocurrido la mejor. La óptima. La que barrería de un plumazo cualquier atisbo de duda que Sebastian pudiera albergar de que no deberían estar juntos otra vez y que conseguiría despertarle el arrebato definitivo. Hacerle entender que no había nadie más, nadie mejor, nadie que pudiera completar su vida como ella.

De camino al metro había mirado el móvil otra vez y había visto que Sebastian volvía a estar quieto. A Ellinor le había entrado la curiosidad. Sebastian estaba en la calle Storgatan, a un tiro de piedra de casa. ¿Qué podía haberle hecho parar? Dio media vuelta y los vio. Uno al lado de la otra bajo la marquesina verde y acogedora de la cafetería. Ella le estaba sosteniendo la mano. Al parecer, la pequeña furcia no había podido esperar, sino que había tenido que quedar con Sebastian sí o sí. Y en ese momento estaba allí sentada, mirándolo profundamente a los ojos y cogiéndolo de la mano. Por supuesto, él no tenía nada que objetar cuando una jovencita tan guapa y descarada se le ofrecía de aquella manera.

Sebastian era un hombre.

Un ser simple.

No había nada humillante ni denigrante en ello, era natural. La evolución. Los hombres estaban genéticamente programados para procrear y sacar adelante la especie. Era un comportamiento que podía aprender a evitar, desde luego. Cuando fueran ellos dos, cuando él la tuviera a ella, ya no tendría ni la necesidad ni el interés de estar con nadie más. Pero Sebastian no sabía que Ellinor había vuelto a su vida. Por tanto, rechazar a una mujer que se le ofrecía sin reparo alguno, siendo soltero, sería antinatural. Él no tenía ninguna culpa.

Ella, en cambio... La muy zorra.

Ellinor se había hartado definitivamente de ella.

420

Ya se imaginaba dónde terminarían, más pronto que tarde. En el piso de Sebastian. Al fin y al cabo, quedaba apenas a un par de calles de allí. Limpio y presentable gracias a ella. En ese momento Ellinor cayó en la cuenta de que quizá lo había pensado mal. A lo mejor se había obsesionado con una idea y no había podido ver que había otras alternativas, otras formas de honrar un amor, aparte de un reencuentro majestuoso. Luchar por él, mostrar lo lejos que estaba dispuesta a llegar para deshacerse de una rival.

Eso también era amor.

Eso también dejaba huella.

Con un último vistazo a los tortolitos del otro lado de la calle, Ellinor decidió volver al piso en la calle Grev Magnigatan y preparar el comité de bienvenida.

Él le estaba cogiendo la mano. La mano que en aquella ocasión, entre las virulentas masas de agua, había jurado no soltar jamás. Una promesa que se había visto obligado a incumplir. El instante en el que ella se escurrió de entre sus dedos y que lo había perseguido en sueños, que había revivido tantas veces. El instante en que su vida descarriló. En ese momento la volvía a sostener. Percibió la calidez en ella y, por muy esotérico y poco científico que sonara, Sebastian sintió una calma profunda, como si estuviera sanando la herida, como si el contacto con esa mano comenzara a arreglar lo que tanto tiempo llevaba roto en él.

—¿Y qué hacemos? —preguntó Cathy con voz débil. Su presión con la mano remitió un poco, pero no miró a Sebastian a los ojos, sino que dejó caer la vista al suelo.

—¿Tú qué quieres hacer?

—No lo sé... Es un poco demasiado.

Sebastian lo entendía. Para él habían sido unos pocos minu-

421

tos abrumadores que apenas sabía cómo gestionar. Cathy había perdido a su padre, había descubierto que toda su vida estaba construida sobre una mentira, se había topado con otro hombre que sugería que era hija suya. Todo en cuestión de dos semanas. Decir que era «un poco demasiado» no era exagerar lo más mínimo.

Sebastian notó que ella quería retirar la mano. Por un instante sintió el impulso de retenerla, no soltarla nunca más, pero entendía perfectamente lo raro e inquietante que parecería. Así que la soltó y ella juntó las manos en el regazo, entrelazando los dedos en un gesto nervioso. Él se quedó en silencio, le dio algo de tiempo, no quería presionarla de ninguna manera.

—¿Estás seguro? —preguntó ella al cabo de un rato, y lo miró al mismo tiempo que, sin ser consciente de ello, una mano comenzaba a toquetear de nuevo el anillo con la mariposa.

—Al noventa y cinco por ciento.

—¿Me reconoces?

—Me pareció reconocerte, pero a lo mejor fue por las ganas que tenía de hacerlo —dijo con total sinceridad.

—¿Y qué hacemos ahora? —volvió a preguntar.

—Tú mandas. Yo te apoyaré, decidas lo que decidas.

Cathy guardó silencio de nuevo. Sebastian se preguntó qué estaría pensando. Cruzó los dedos para que no llegara a la conclusión de que lo mejor sería regresar a Australia y olvidarse de todo. Pero ¿acaso podía hacer algo así? No después del encuentro que habían tenido. ¿O sí?

—Podría... —dijo, y titubeó un segundo. Sebastian contuvo el aliento—. Podría hacer otro test... Podríamos hacer otro test.

—Si eso es lo que quieres —respondió Sebastian, y tuvo que contener la alegría que sentía.

—Quiero saberlo —constató Cathy—. Si es..., si soy quien tú crees que soy... ¿Hay una madre?

—No. Ella murió en el tsunami. Se llamaba Lily.

—¿Hermanos?

—Una hermanastra, mayor que tú. Vanja. Es policía.

Era todo lo que Cathy necesitaba saber por el momento, sintió Sebastian. Intentar explicar todas las idas y venidas entre Vanja y él lo dejaría para el futuro, si es que iban a compartirlo de alguna manera. Un vehículo con luces azules se acercó por la calle. Una ambulancia, pudo comprobar cuando pasó de largo. De pronto Sebastian tomó conciencia de toda la gente que pasaba por la acera, los ciclomotores de los repartidores y los coches en la calzada, el bullicio del resto de los comensales en la terraza.

—Podemos ir a mi casa y seguir hablando —propuso él—. Allí estaremos más tranquilos, solos tú y yo.

—Y tu novia.

—¿Quién? —preguntó Sebastian. No podía haberlo oído bien.

—Tu novia. Ellinor. Esta mañana estaba en casa, cuando he ido a verte.

—¿En el piso?

—Sí.

Sebastian suspiró hondo y notó un repentino cansancio que le invadió todo el cuerpo. No le había dedicado ni medio pensamiento a Ellinor desde que había hablado de ella con Ursula. Realmente se había creído que no volvería a verla nunca, pero por lo visto se equivocaba.

—No se va a quedar —dijo lo más relajado que pudo. Igual que con Vanja, la historia de Ellinor era algo que prefería dejar para más adelante. Mucho más adelante. A ser posible, nunca. Se levantó y cogió la gabardina de la silla.

Ella se quedó sentada.

—¿Vamos? —preguntó Sebastian.

—No..., creo que no.

423

—¿Es por Ellinor? Te lo aseguro, no se va a quedar.

—No es eso, no es por ella. —Cathy alzó la cabeza para mirarlo y cogió su bolso, que tenía colgado en el respaldo—. Es... son muchas cosas, necesito tiempo para pensar.

—Sí, claro, lo entiendo —repuso él con empatía, mientras pensaba en algo que decir para hacerla cambiar de parecer. No quería, no podía, dejarla marchar. No después de verse durante tan poco rato, teniendo aún tantas cosas que decir y esclarecer.

—Te llamaré. Pronto —añadió ella.

—Prométemelo —se oyó decir Sebastian rápidamente. Notó que sonaba necesitado y desesperado. Pero le daba igual. Habría hecho cualquier cosa, si eso le garantizaba que pronto volverían a verse.

—Te lo prometo —aseguró ella con una discreta sonrisa.

Para sorpresa de Sebastian, ella le dio un abrazo. Él tuvo que hacer un esfuerzo enorme para no retenerla, para recordarse a sí mismo que eso no tenía nada que ver con la última vez que soltó a su hija. En absoluto.

—Nos vemos —se despidió Sebastian, y dio un paso atrás.

—Sí, nos vemos —contestó ella, y empezó a caminar.

Sebastian se quedó de pie en la acera, mirando cómo se alejaba. Ya la echaba de menos. Se esperó hasta perderla de vista, y entonces dio media vuelta y puso rumbo a casa.

Ellinor.

A pesar de todo, al cruzar la calle Styrmansgatan sintió cierto agradecimiento por que se hubiese presentado. Después de todo lo que había pasado en las últimas semanas, Ellinor era un problema de lo más concreto. Uno que Sebastian podía atajar de manera tangible y al que le podía poner algún tipo de remedio.

Pensaba echarla de casa y hacer que se largara. Así de simple.

Ellinor no tenía ningún sitio en absoluto en la nueva vida que Sebastian se había creado, y se encargaría de que se mantuviera alejada de ella. Para siempre.

El resto de su vida estaba patas arriba.

La Unidad de Homicidios había sido desmantelada. Ursula lo había llamado. No estaba contenta con que los hubiesen trasladado a Crímenes con Violencia, no le gustaba trabajar bajo las órdenes de Roger Hansson. Nadie sabía qué pasaría después, cuando hubiesen detenido a Adrian Petterson. Sobre todo, a Ursula le daba pena Torkel. Primero lo habían sometido a difamaciones, y ya no quedaba ni el departamento. La obra de su vida, a la que había dedicado prácticamente toda su adultez. Que le había costado un matrimonio, varias relaciones y la propia salud. Se acabó, sin más. Por su parte, Ursula no estaba demasiado preocupada, solo tenía que trabajar unos pocos años más antes de jubilarse, y su pericia estaba solicitada. Carlos y Gutestam eran jóvenes y extremadamente competentes. Además, a diferencia de Carlos, Gutestam tenía ambición y ganas de escalar. Ninguno de los dos tendría ningún problema en hacerse un futuro fuera de Homicidios.

Sebastian no había tenido noticias de Vanja desde que la habían llevado a casa, después de lo sucedido en Snösätra. Ursula sabía que se habían ido, toda la familia. Pero no sabía adónde ni por cuánto tiempo. Vanja necesitaba tiempo para lamerse las heridas. El asesinato de su madre la había afectado, desde luego, pero el hecho de que la Unidad de Homicidios dejara de existir apenas medio año después de que ella hubiese asumido el puesto de jefa también le había hecho mella. A Sebastian le parecía saber que Vanja consideraba todo lo que había hecho, toda su experiencia acumulada, todos los años dentro del cuerpo de policía, como una preparación para, algún día, asumir la responsabilidad de un departamento entero, y

425

preferiblemente de la Unidad de Homicidios. Lo que había sucedido entonces era un fracaso, y Vanja Lithner no estaba acostumbrada a fracasar, por lo que estaba mal preparada para cuando ocurría.

Y, por si no fuera suficiente con Adrian Petterson, Homicidios y Vanja, también había aparecido Cathy.

«Sabine —se dijo—. Es Sabine.»

En ese momento ya estaba convencido, y la prueba de ADN demostraría que estaba en lo cierto, pero aun así le costaba mucho aceptar del todo la nueva situación.

El hecho de que su hija estuviera viva. De que fuera adulta.

De que aún quedara algo de su vida con Lily que no fueran solo recuerdos dolorosos.

Sebastian ya se había acercado antes a una hija adulta y no había sido nada fácil, ni había ido demasiado bien. La relación con Vanja era correcta, pero aún tenía la sensación de que los dos estaban tanteando el terreno, después de varios años. Por ejemplo, ¿debería llamarla? ¿O era mejor esperar hasta que estuviera preparada para hablar? Como siempre, como solía ocurrir con Vanja, Sebastian no lo tenía claro. Podía equivocarse hiciera lo que hiciese. Esta vez, con Sabine, quería que todo fuera más fácil, mejor.

En la esquina de la calle Storgatan con Grev Magnigatan había alguien llamándolo. Sebastian se volvió y vio a un hombre joven y rubio al lado de un coche, haciéndole señales con la mano. Miró a su alrededor. ¿Lo estaba llamando a él, o tenía a alguien detrás? Sebastian no lo reconocía ni le sonaba de nada.

—¡Sebastian! —gritó el joven otra vez, y le hizo un gesto para que se acercara. Por tanto, el hombre no parecía haberse confundido de persona, pero Sebastian no tenía ningún interés en saber quién era ni qué quería.

—¿Te refieres a mí? —preguntó en un tono de indiferencia mientras se acercaba.

—Sí —se limitó a responder el otro. Sonrió de oreja a oreja y ladeó un poco la cabeza, como observándolo.

«Un cretino», pensó Sebastian. Ya se había cansado de la breve conversación.

—¿Y qué quieres? —soltó con apremio.

—Acabar con todo esto.

Una especie de alarma comenzó a sonar débilmente en la cabeza de Sebastian, pero era pleno día, estaban en un cruce lleno de gente, así que se sentía bastante seguro. Había algo en la rotundidad que irradiaba el hombre que le despertaba curiosidad.

—¿El qué, «esto»?

—Creo que ya lo sabes.

—¿Adrian? —preguntó, a pesar de que el hombre que tenía delante no se parecía en nada a Adrian. Era por lo menos diez centímetros más bajo, rubio y llevaba el pelo más corto. El color de sus ojos y las mejillas afeitadas eran lo único que coincidía con el retrato robot y la foto de pasaporte.

—¿Me parezco a Adrian?

—No —dijo Sebastian con total sinceridad, pero también observó que el hombre que tenía delante parecía saber de quién estaban hablando.

—Entonces, dudo que yo sea Adrian.

—¿Y quién eres?

—Súbete al coche y te lo explico.

Sebastian echó un vistazo rápido y crítico al coche, y luego volvió a mirar al hombre rubio.

—Creo que no.

—Insisto —dijo el hombre, e hizo un discreto gesto con la mano izquierda. Sebastian vio que sostenía un arma y que lo

427

estaba apuntando con ella—. Si no te subes, te pegaré un tiro aquí mismo, en plena calle.

Sebastian no tenía motivos para no creérselo. Recordó que mientras elaboraba el perfil del perpetrador había anotado «peligroso». Si necesitaba más argumentos, le bastaba con recordar que Susanne se había asfixiado porque alguien le había estado pisando la nuca, que a Persson Riddarstolpe le habían arrancado el corazón, probablemente mientras seguía vivo, o la manera en que había sido montada la escena del hallazgo de la madre de Vanja.

—De acuerdo —se limitó a decir, y el hombre le abrió la puerta del acompañante.

Apuntó a Sebastian con el arma hasta que se hubo sentado y después cerró la puerta. Rodeó rápidamente el coche y se sentó al volante. Apoyó la pistola en su regazo con un gesto casi de indiferencia, sin dejar de apuntar a Sebastian. Arrancó el coche, metió la marcha y se puso en camino.

Amenazar.

Ellinor tenía que ir recordándose a sí misma que eso era lo que debía hacer. Lo único que había que hacer. Amenazar, no hacer daño. Pero le costaba.

Por dentro veía a su amado Sebastian llegar a casa con esa tal Cathy Cunningham —o Cathy *Cuntham*, como la había rebautizado Ellinor, contenta tanto con su dominio del inglés como con su imaginación: «jamón de coño» sonaba tan gracioso como acertado—. Le parecía que podía oír la risita imbécil de la jovenzuela cuando Sebastian le decía algo ingenioso, como siempre, mientras le colgaba la chaqueta en el perchero y, quizá, de pasada, aprovechaba para acariciarle el brazo.

Nadie sabía hacer caricias como su Sebastian. Ellinor sintió una oleada de calor recorriéndole el cuerpo solo de pensar en aquellas manos tocándole la piel desnuda.

Sebastian le ofrecería a Cathy algo para beber, pero ella diría que no. Demasiado ansiosa, demasiado caliente para sentarse a conversar con él con una copa de vino. Ella quería su cuerpo. A lo mejor llegaban al salón, el vino en la mesita de centro, olvidado en cuanto se acomodaban en el sofá. Obviamente, esa mujerzuela no era capaz de controlar ni las manos ni los labios. Entre caricias y besuqueos, lo que pretendía ser un rato de compañía agradable se convertía en unos preliminares de lo más

429

intensos. *Cuntham* jadeaba de manera exagerada solo para satisfacer, le desabrochaba la bragueta y le colaba la mano dentro.

Ellinor adoraba el pene de Sebastian. Tamaño perfecto, buen sabor y olor, y además sabía lo que tenía que hacer con él para brindarle el mayor de los placeres. Era un amante fantástico, su Sebastian. Ellinor cerró los ojos y, sin darse cuenta, separó un poco tanto los labios como los muslos.

A los pocos minutos, Sebastian interrumpiría a *Cuntham*. Entre jadeos, le propondría que se trasladaran a otro sitio.

Al dormitorio de Ellinor y Sebastian.

A la cama de Ellinor y Sebastian.

Allí la descubrirían, sentada a los pies de la cama, justo donde estaba en ese momento. Verían el cuchillo que tenía al lado, tal como lo había dispuesto. Cathy *Cuntham* pegaría un grito, se escondería detrás de Sebastian en busca de protección. Ellinor se pondría en pie, ignorando las muestras de alegría descomedida de Sebastian de volver a verla por fin, que se mezclaban con sus sentidas disculpas por haber llevado a una furcia asquerosa a casa. Ellinor se acercaría a Cathy y le enseñaría el cuchillo, se lo pondría delante de los ojos abiertos como platos y le explicaría lo que le pasaría si no recogía sus cosas y se largaba *ipso facto*. Amenazar, no hacer daño. Sebastian estaría de su lado, le diría a Cathy que sus servicios ya no eran requeridos; ahora que su auténtica mujer había vuelto, Sebastian no deseaba ni necesitaba a nadie más.

En cuanto la puerta del piso se cerrara, Ellinor se volvería hacia Sebastian, le enjugaría las lágrimas de alegría, acallaría sus murmullos de disculpa con un beso tierno y le pediría que hiciera con ella lo que tenía pensado hacer con la zorra esa. Eso era lo que pasaría.

Cuando volvieran al piso.

Si es que volvían al piso.

La última vez que Ellinor había mirado el teléfono, estaban en el cruce de Storgatan con Grev Magnigatan, a apenas unos minutos de casa. ¿Qué estaban haciendo? Volvió a mirar el teléfono. Casi le dio un patatús. Estaban yendo a algún lado. A una velocidad que solo podía significar que iban en algún tipo de vehículo. ¿La *Cuntham* esa tenía coche? ¿Adónde se dirigían? El hotel en el que se hospedaba quedaba en la dirección contraria. ¿Acaso tenían un nidito de amor en algún sitio al que iban para poder fornicar en paz? Si era eso, se les había acabado el chollo.

Ellinor cogió el cuchillo, se levantó y salió del dormitorio y del piso con paso firme. Al minuto siguiente paró un taxi en la calle y le dijo al taxista que le iría indicando el camino a medida que avanzaran.

Notó el peso del cuchillo para filetear en el bolsillo.

Menuda sorpresa se llevarían.

—Es la hora.

Dos funcionarios de prisiones de la Unidad Nacional de Traslados estaban de pie en la puerta de su celda. Los vigilantes ordinarios no tenían autoridad para cambiar reclusos de sitio, sino que había que solicitar personal de la UNT cada vez que había que hacer un traslado. A veces era de lo más ridículo, bastaba con que tuviesen que cambiar a un recluso de planta para tener que llamar a la UNT. No estaba ubicada en las instalaciones de Kungsholmen, donde se encontraba la penitenciaría, sino en Solna, así que tenían que montarse en un coche e ir hasta el centro, por lo general tragándose un atasco, solo para acompañar a alguien durante un trayecto en ascensor de veinte segundos.

Billy asintió con la cabeza y se levantó del catre. A uno ya lo conocía, Lauge, un danés barbudo. El otro era uno nuevo. No era muy mayor, veintipico, quizá. Delgado, casi esquelético, no vestía el uniforme, más bien le colgaba. Eso, junto con su aspecto acicalado y su mirada insegura, hacía que no infundiera respeto de buenas a primeras. Trabajo de verano, conjeturó Billy.

—Este es Oscar, es nuevo —dijo Lauge, y se metió en la celda.

Billy saludó a Oscar con la cabeza, tendió las manos y el danés le puso las esposas. Eso era todo. No era como en las películas de Hollywood, en las que a los reclusos los esposaban de pies

432

y manos, conectados mediante otra cadena que iba sujeta a un cinturón de cuero, en cuanto los tenían que llevar a alguna parte.

Caminaron juntos por el pasillo. Billy en el centro, con un funcionario a cada lado. Podía notar, más que ver, que Oscar le iba lanzando una mirada de vez en cuando. ¿Curiosidad? ¿Impresión? Quizá estaba un poco fascinado. Al fin y al cabo, Billy no dejaba de ser «el policía asesino». Cuando llegaron al final del pasillo, Lauge le hizo un gesto con la mano al compañero que estaba al otro lado del cristal blindado. Este comprobó un monitor en el que se proyectaba la imagen de una cámara situada detrás de Billy y su escolta. Cuando el compañero estuvo seguro de que nadie se había escondido cerca de la puerta, en el ángulo muerto de su pequeña celda, levantó un pulgar y pulsó un botón. Al instante siguiente se oyó un zumbido eléctrico y la puerta se pudo abrir.

Continuaron caminando en silencio. Un nuevo pasillo, mismo procedimiento en la siguiente puerta. Otro paseo corto y llegaron a los ascensores. Lauge deslizó su tarjeta por el lector y pulsó el botón para llamarlo. Bajaron al garaje. Billy seguía entre medio de los otros dos, en silencio. Todo estaba como siempre. Se mostraba colaborativo, andaba algo cabizbajo. No interpretaba el silencio de los funcionarios como una muestra de desprecio. A lo mejor sí que lo habría hecho si hubiesen sido policías. La mayoría de sus antiguos compañeros lo detestaban genuinamente, por lo que le habían contado. Los policías que cometían delitos eran un problema que los acababa salpicando a todos. Y Billy no había cometido un delito cualquiera.

Era un asesino en serie.

Y, además, una de sus víctimas era policía.

La Unidad Nacional de Traslados estaba contratada por el servicio penitenciario, no eran agentes de policía. Por supuesto, también podían detestar a los asesinos en serie, pero Billy

433

no había hecho nada en particular para que todo el colectivo se viera mancillado, ni tampoco había matado a ninguno de sus compañeros. A veces, más bien tenía la sensación de que él les facilitaba la vida. Nunca armaba jaleo, nunca buscaba conflicto. Dócil, arrepentido y vencido como estaba, apenas hacía ruido. Todo lo que tenía que ver con él era pura rutina.

La rutina era algo bueno.

La rutina hacía que la gente bajara la guardia y se relajara.

Se subieron al monovolumen blanco con las dos líneas rojas en los laterales y el emblema del servicio penitenciario en el morro y salieron del garaje. No habían avanzado mucho cuando Oscar se dio la vuelta y miró con curiosidad a Billy, quien estaba sentado en silencio y sin moverse en el asiento de atrás.

—¿Qué se siente?

—¡Oscar! —dijo Lauge en tono asertivo y con reproche en la voz.

—Al matar a alguien. ¿Qué se siente? —continuó Oscar, aparentemente sin haber oído el tono correctivo de su compañero.

Billy lo miró a los ojos con calma.

—No quiero hablar de ello.

—Seguro que te gustó, porque lo seguiste haciendo —dijo Oscar, y Billy vio la mezcla de curiosidad y fascinación en sus ojos.

—¡Oscar, cierra el pico! No hablamos de esas cosas —lo amonestó Lauge casi rugiendo.

—No me gustaba hacerles daño —contestó Billy despacio y claro mientras clavaba la mirada en Oscar. La serpiente en su estómago comenzó a moverse de forma lenta y perezosa, como si acabara de despertarse. Hambrienta—. Me gustaba verlos morir.

434

—Que os calléis, los dos —les ordenó Lauge, y ambos obedecieron.

Continuaron el viaje en silencio. Tampoco tuvieron que hablar mucho al llegar al número cinco de la calle Idungatan. La sección de Urología estaba ubicada en la planta superior del impersonal edificio de ladrillo que estaba embutido entre casas notablemente más coloridas y bonitas. Lauge aparcó en doble fila, abrió la puerta corredera lateral y Billy se bajó. Cruzaron la calle y entraron por la puerta de cristal, se acercaron al ascensor.

—¿Qué planta? —preguntó Lauge mientras esperaban a que llegara.

—La sexta, la última —dijo Billy.

—¿Qué te ha pasado? —quiso saber Oscar.

—¿Para acabar en la cárcel, o para tener que venir aquí?

—Aquí —contestó Oscar.

—Será posible —se quejó Lauge con un suspiro profundo. El ascensor tintineó y las puertas se abrieron.

—Obstrucción de las vías urinarias. Problemas para mear —aclaró Billy con una sonrisa mientras entraban en el ascensor y Lauge pulsaba el botón de la sexta planta. Las puertas se cerraron otra vez y el ascensor comenzó a ascender lentamente.

Billy estaba inmóvil. Concentrado. Una oportunidad. Era lo único que tendría. El hecho de que estuviera allí en ese momento era pura casualidad, mero fruto del azar. Había conseguido que lo derivaran al urólogo hacía más de seis meses, pero habían tardado una eternidad en darle hora, y cuando al fin se la dieron, era una fecha a varios meses vista. La atención sanitaria en Estocolmo era de auténtica risa. Así que Billy había esperado pacientemente, había ido a Karlshamn a trabajar, lo habían detenido y metido en prisión preventiva, y la visita médica había caído en el olvido. Hasta que le llegó el recordatorio. Los reclu-

435

sos también tenían derecho a atención sanitaria, y el personal de enfermería y los médicos del centro penitenciario no estaban cualificados para atender su problema. Él necesitaba atención especializada. Por ello, le habían mantenido la hora, habían organizado el transporte y allí estaban.

Billy miró la pantallita que había encima de la puerta del ascensor. La cifra cambió del dos al tres. La serpiente se movía expectante. Se retorcía y siseaba, controlaba y reclamaba.

«Cógelos —susurraba—. Sabes que quieres hacerlo. Sabes que tienes que hacerlo.»

Billy respiró hondo y soltó todo el aire entre los dientes. Había llegado el momento. Gritó como si estuviera sufriendo un dolor repentino en el abdomen y se sentó en el suelo, encorvado hacia delante. Tanto Lauge como Oscar reaccionaron como era de esperar. Con sorpresa. Era obvio que no contaban con tener ningún problema. Ningún paso atrás, ninguna mano buscando la porra. Más bien, un paso al frente e interés por saber cómo se encontraba. Sin dejar de gritar y gimotear, Billy sacó rápidamente los dos trozos de metal que había retirado del televisor en su celda y que se había escondido en los calcetines. Eran pequeños y no muy firmes, pero sí afilados. Muy afilados.

Se levantó con suma velocidad y agilidad de su postura encorvada, con un arma en cada mano. Lauge primero. Era el más corpulento y experimentado. Le pareció ver un atisbo en el rostro del danés de que había entendido que algo estaba ocurriendo, pero el funcionario de prisiones no tuvo tiempo de reaccionar antes de que Billy, haciendo acopio de todas sus fuerzas, lanzara los puños armados contra su rostro y su cuello. Una de las afiladas piezas de metal le penetró sin dificultad alguna en el cuello, justo por debajo de la oreja, mientras la otra se le clavó en el ojo con la misma facilidad. Lauge gritó de dolor. Billy retiró los improvisados puñales, se volvió hacia el panel de control y pulsó el botón de parada de emergencia. Miró de reojo la pantalla sobre la puerta. El ascensor se había detenido entre la cuarta y la quinta planta. Después se volvió hacia Oscar, quien retrocedió todo lo que pudo, muerto de miedo. Los ojos, abiertos como platos. La boca se movía sin pronunciar nada. Las manos, en alto, suplicando. Billy se le echó encima y le hundió las hojas de metal en el abdomen. Lo empujó y levantó contra la pared y giró los puños. A juzgar por la expresión de la cara de Oscar, le dolía tanto que no podía ni gritar.

Billy lo dejó caer y se volvió de nuevo hacia Lauge. Se había quedado callado y se había sentado en el suelo, tratando de comprimir la fuerte hemorragia del cuello con ambas manos. Miró a Billy con el ojo que le quedaba. Respiraba a trompicones y con pesadez. Había algo suplicante en su mirada. Billy se sentó de cuclillas a su lado y le echó un vistazo a la herida del cuello. Mucha sangre, pero estaba brotando de manera continua, no a chorros. No le había perforado la arteria carótida. La serpiente se retorcía y reclamaba. Aún no había obtenido lo que anhelaba. Lo que necesitaba. Billy la ignoró y comenzó a hurgar en los bolsillos de Lauge con movimientos relajados y metódicos. Encontró las llaves, tanto de las esposas como del monovolumen. Se puso en pie, se quitó las esposas y las dejó caer al suelo. Después se volvió hacia Oscar, que estaba jadeando en la esquina. Se agachó delante de él. El joven sustituto de verano estaba en shock. Tenía la mirada perdida y estaba hiperventilando. Billy le palpó suavemente el tórax, localizó el esternón y subió un poco menos de diez centímetros en el lado izquierdo. No era médico, pero supuso que más o menos allí era donde se ubicaba el corazón. Se inclinó hacia delante, notaba la expectación como electricidad recorriéndole el cuerpo. Entonces hundió el afilado metal todo lo que pudo en el pecho de Oscar. Este cogió una bocanada de aire larga y siseante. La serpiente se re-

437

torció aún más, sabía que la recompensa le llegaría en cuestión de segundos.

—Gracias —susurró Billy, y el chute de adrenalina le hizo ver lo excitado que estaba realmente.

Oscar soltó un último resuello y, al instante siguiente, sus ojos azules se apagaron. Como en las ocasiones anteriores, Billy sintió que la vida que abandonaba a su víctima entraba de lleno en él. Una sensación que ninguna otra cosa podía brindarle.

Cerró los ojos y disfrutó el momento.

Pero no demasiado.

¿Cuánto rato llevaba parado el ascensor? Dedujo que no debían de haber pasado más de dos minutos. Tres, como mucho. Se puso de nuevo en pie, se dio la vuelta y pulsó el botón de la planta baja. El ascensor comenzó a moverse otra vez. Hacia abajo. Hacia la libertad. Lauge aún respiraba, pero para poder sobrevivir necesitaría ayuda inmediata.

Cuando estaban a punto de llegar a la planta baja, Billy apretó las armas que llevaba en las manos. Podría haber alguien fuera cuando las puertas se abrieran. Pero el vestíbulo estaba vacío. Billy corrió hasta la puerta, la abrió, cruzó la calle a toda prisa, se subió al monovolumen y se dio a la fuga.

En poco rato, todos y cada uno de los agentes de policía de Estocolmo lo estarían buscando. Sin embargo, Billy aún tenía una última cosa que hacer. No le llevaría mucho tiempo, y después desaparecería. Para siempre.

El trayecto en coche duró más de cuarenta minutos.

A los diez, Sebastian había deducido quién era la persona a la que se enfrentaban: Lucas Mattsson. El novio de Emanuel Dolk. Misma edad, un poco más bajo, pero con una constitución similar a la de Adrian. Con el pelo un poco más oscuro, se parecían lo suficiente.

—¿Te teñiste el pelo? —le preguntó directamente—. Para hacerte pasar por Adrian.

—Sí.

—¿Dónde está él? ¿Está vivo?

—De momento.

Sebastian se retorció un poco incómodo en el asiento, y Lucas le recordó al instante que le estaba apuntando con el arma. De ahí en adelante, Sebastian estuvo callado e inmóvil. Intentaba recordar todo lo que Carlos le había contado de su conversación con Mattsson. Estaban yendo en dirección sur, pasaron por Huddinge, se desviaron en Tullinge y se metieron por los caminos del bosque que rodeaban el complejo recreativo natural de Lida Friluftsgård. Al cabo de un rato, el camino se redujo a apenas dos roderas, y el coche iba dando tumbos por el terreno lleno de hoyos, con la maleza y las ramas rascando la chapa de ambos lados. Unos minutos más tarde llegaron a una casa desvencijada cuya época dorada hacía tiempo que había queda-

439

do atrás. Lucas detuvo el coche en el césped crecido y apagó el motor. Sebastian miró a su alrededor. La cabaña que tenían delante estaba semiderruida y abandonada. Le faltaban tejas por doquier, el color rojo estaba descascarillado, algunos listones de la fachada se habían podrido y la mayoría de las ventanas estaban rotas. Hacía mucho tiempo que nadie vivía allí. No había casas vecinas, solo bosque denso por todas partes. Lucas abrió la puerta del coche y se bajó sin dejar de apuntar en ningún momento a Sebastian.

—Sal —le ordenó.

—Mi equipo puede aparecer en cualquier momento —dijo él en un intento de generarle a Lucas un poco de inseguridad y así desviar su atención.

—No lo creo. Están ocupados en el muelle de Värtahamnen —contestó Lucas con una sonrisa arrogante—. Sal del coche.

Sebastian se bajó con toda la parsimonia del mundo. No tenía ninguna prisa. El tiempo lo mantenía con vida. Lucas había planificado meticulosamente los crímenes anteriores. Los lugares, el *modus operandi*, la hora, todo. La planificación rigurosa le infundía una sensación de confianza y de tener la situación bajo control. Sebastian necesitaba arrebatársela, conseguir alterarlo sin que se pusiera violento. Lo mejor sería si pudiera hacerle hablar.

Conversar era ganar tiempo.

El tiempo le brindaba la posibilidad de encontrar la manera de salir de esa.

—¿Tú también fuiste a la universidad? —preguntó Sebastian en un tono de charla lo más cotidiano posible—. ¿Es allí donde os conocisteis?

—Eso da igual —zanjó Lucas, y movió el arma para indicarle a Sebastian que quería que continuara en dirección a la casa.

—Debo decir que estoy un poco impresionado. Has conseguido engañarnos a mí y a toda la Unidad de Homicidios, y no son muchas las personas que lo logran —dijo, intentando abrir una nueva vía de conversación.

Pudo ver que Lucas esbozaba una media sonrisita de orgullo. Eso era bueno. Hablar de sus actos, halagarlo, para luego, poco a poco, empezar a cuestionarlo, hacerle dudar de sí mismo.

—Ha sido más fácil de lo que pensaba. Emanuel siempre hablaba de ti con tanto respeto... Saltó de alegría cuando se enteró de que ibas a formar parte del tribunal cuando fuera a defender su tesis. Así que creía que serías más listo —dijo, y volvió a agitar la pistola—. ¡Sigue caminando!

—Lamento haberte decepcionado.

—No importa, solo estás aquí para pagar tus deudas —repuso Lucas, y le dio un empujoncito a Sebastian en la espalda para que acelerara el paso. Se estaban acercando a la puerta.

Sebastian decidió probar suerte. Se detuvo y se volvió despacio, con las manos en alto.

—¿Qué deuda? ¿La de Emanuel? —dijo con toda la curiosidad que pudo reunir—. ¿Él quiere esto? ¿Estás seguro?

A Lucas le asomó una expresión dura alrededor de la boca.

—Yo lo quiero. Éramos felices. Hasta que apareciste tú.

—Pero tú matas a gente en su nombre. Por Emanuel. ¿Es algo que hablasteis en algún momento, él está de acuerdo con ello?

—No hables de Emanuel. Tú ni siquiera te acordabas de él —espetó Lucas alzando la voz.

Sebastian decidió seguir presionándolo con cautela, había encontrado una fisura en la armadura.

—¿Que te olviden es peor que el hecho de que te recuerden como el chico por el que asesinaron a tres personas? ¿Así es como quiere ser recordado?

La mirada de Lucas se volvió oscura y cansada.

441

—Cierra la boca y entra —ordenó alzando la pistola.

—Solo quiero saber si de verdad crees que Emanuel desea que hagas esto —dijo Sebastian, lo más tranquilo que pudo.

—Tú no nos conoces —replicó Lucas; empujó la puerta e hizo entrar a Sebastian a la fuerza.

Este entró trastabillando, recuperó el equilibrio y miró a su alrededor en el pequeño recibidor. Papel pintado lleno de manchas de humedad, que se había desprendido de las paredes por algunas partes, un sombrerero colgado de un solo tornillo. Un poco más allá había lo que en su día fue una salita de estar. Allí aún había muebles viejos, y el papel pintado también se había despegado de las paredes y colgaba como hojas mustias. Una manta, unas cuantas velas casi consumidas, botellas vacías y envoltorios de comida rápida en el suelo revelaban que alguien, en algún momento, había usado la cabaña como vivienda provisional.

—¿Qué es este sitio?

—Es donde pondremos punto y final. —Lucas agitó la pistola con determinación para que Sebastian se moviera—. La puerta de la derecha.

Sebastian empezó a caminar, bastante satisfecho a pesar de todo. Lucas era fácil de leer. Baja autoestima y necesidad de control en una combinación patológica. El convencimiento de que lo que estaba haciendo era un acto de amor, uno que su amado apreciaba, era el motor de su pulsión.

Sebastian había acertado desde un buen comienzo.

Necesitaba sembrar la duda.

Entraron en la cocinita. Las puertas de los armarios colgaban torcidas o faltaban por completo, los estantes estaban vacíos. La puerta del horno estaba abierta; el cristal, roto. En el suelo había una bandeja. Se podían ver huellas de zapato que conducían hasta una trampilla en la tarima de madera. Lucas

442

se adelantó a Sebastian, se inclinó hacia delante sin dejar de apuntarlo con la pistola y abrió la trampilla. Una escalera bastante empinada bajaba a las tinieblas. Lucas le hizo un gesto a Sebastian para que bajara. En el sótano olía a humedad y a moho. En la parte alta, justo por debajo del techo, había varios ventanucos en fila. Los cristales sucios filtraban la luz, pero aun así estaba bastante oscuro allí abajo. Cuando los ojos de Sebastian se hubieron acostumbrado a la penumbra, vio que al final del sótano había una puerta metálica que parecía recién instalada. Destacaba mucho respecto al resto de la casa, con su superficie limpia y brillante. Lucas procuró que Sebastian retrocediera unos pasos mientras él abría la puerta con llave. Un olor a amoníaco y heces inundó el pequeño sótano. Sebastian hizo una mueca y se llevó una mano a la cara por acto reflejo, para taparse la nariz y la boca. Lucas asomó la cabeza por el hueco de la puerta.

—Tienes visita —dijo Lucas, y le hizo un gesto a Sebastian para que se acercara.

Junto a una vieja estufa de leña había un hombre encadenado. Estaba escuálido, sucio y pálido, pero Sebastian lo reconoció al instante: Adrian Petterson. En el suelo, delante de él, había envoltorios de barritas energéticas, algunos cartones de pizza y dos botellas de agua que estaban por la mitad. En el rincón, un cubo de plástico blanco para las necesidades del cautivo. Al lado, un rollo de papel higiénico. El hedor era casi insoportable.

—Adrian, Sebastian. Sebastian, Adrian —los presentó Lucas cuando hizo entrar a Sebastian en la celda.

Adrian alzó la cabeza. El blanco de sus ojos brillaba en su rostro sucio y barbudo. Tenía la mirada hueca, como la de un hombre que se había rendido hacía tiempo.

—Ayúdame —le rogó a Sebastian.

443

—Sebastian no ayuda a la gente —afirmó Lucas—. La destruye. Es lo que le va.

—Susanne tenía un hermano con el que se estaba reencontrando, Håkan Persson Riddarstolpe tenía una esposa que lo amaba, Anna tenía una hija y una nieta a la que justo empezaba a conocer —dijo Sebastian con calma.

—¿Y eso qué tiene que ver?

—Como te gusta tanto hablar de destrozarles la vida a personas inocentes... —Señaló al hombre exhausto en el suelo con la cabeza—. Adrian tampoco ha hecho nada para merecer esto.

—Adrian es un pequeño homófobo ignorante que odia a su hermano.

—No es verdad... —replicó Adrian sin fuerzas.

Lucas negó con la cabeza.

—Odiabas nuestra relación y nos tratabas como a la mierda —soltó, tajante—. Siéntate —le ordenó a Sebastian, que se dejó caer junto a la pared.

Lucas se dio la vuelta y cogió una bolsa de papel que había al lado de la estufa de leña. Sacó unos guantes de látex y se los puso, para luego sacar una cuerda bastante robusta. Sebastian la reconoció. Era del mismo tipo que la que Anna llevaba al cuello.

—Emanuel estaría orgulloso de ti —dijo Sebastian, seco—. ¿Sabía que estaba saliendo con un psicópata?

—Yo no soy un psicópata, no disfruto con esto. En absoluto, es horrible, pero tiene que hacerse.

—¿Y tú crees que Emanuel estaría de acuerdo?

—Una palabra más sobre Emanuel y te pego un tiro —escupió Lucas, y le lanzó tal mirada a Sebastian que este no tuvo motivos para dudar de que lo decía en serio.

Lucas se acercó a Adrian, le cogió una mano, le puso la

cuerda en ella, le cerró los dedos y tiró de la cuerda unas cuantas veces. Después hizo lo mismo con la otra mano.

—He aprendido muchas cosas sobre evidencias forenses últimamente. Es fascinante lo determinantes que pueden ser para resolver un caso.

—Debes de haber aprendido mucho sobre muchas cosas —constató Sebastian—. Sabes más de mi vida que yo mismo.

—Está todo en internet, si sabes dónde buscar —dijo Lucas, y le sonrió.

Sebastian miró a su alrededor, intentando descifrar qué les tenía preparado y cómo podría evitarlo. Entonces vio la robusta anilla de metal que estaba clavada en una de las macizas vigas del techo. También parecía nueva. La silla solitaria y destartalada que había un poco más allá no lo era. Silla, cuerda y anilla en el techo. No era demasiado difícil deducir lo que iba a pasar. Con el ADN de Adrian en la cuerda, también era bastante fácil calcular quién iba a ser el ahorcado. Iban a encontrar a Sebastian colgando del techo y —de eso estaba bastante seguro— a Adrian suicidado en el suelo. La teoría sobre la que trabajaría la policía, y que se vería reforzada por las pruebas forenses, era que Adrian había acabado con su némesis y, una vez completado el plan, había decidido quitarse la vida.

No estaba mal, se vio obligado a reconocer Sebastian.

Existía la posibilidad de que Lucas saliera impune.

Ellinor le había pedido al taxi que se detuviera a cierta distancia del punto que aparecía en la pantalla de su móvil y que ya se había quedado quieto. El taxista le había dicho que, igualmente, no pensaba avanzar más, porque el camino estaba demasiado mal. Así que el último tramo lo hizo a pie.

Se habían ido muy lejos los dos tortolitos. El viaje en taxi le

445

había resultado insufrible. No había sido capaz de reprimir las fantasías de adónde podían estar dirigiéndose y lo que iban a hacer cuando llegaran. Ellinor se los imaginaba acurrucados en su nidito de amor.

Enredados. Desnudos. Absorbidos por el deseo.

En cierto modo, le habían facilitado las cosas. Podría pillarlos in fraganti. ¿De verdad Cathy *Cuntham* se creía que podía presentarse así como así y robarle al hombre de su vida? A ella, que, igual que Nelson Mandela, había estado en la cárcel por ser fiel a sus ideales. Él por algo relacionado con la igualdad y los derechos humanos; Ellinor por algo que le parecía mucho más importante. El amor eterno. No era una quimera. Era perfectamente alcanzable. Le mostraría el camino a Sebastian. Lo tomaría de la mano y lo guiaría hasta allí.

Llegó a la casa, que no parecía demasiado romántica, a decir verdad. Más bien todo lo contrario. Oscura, rota, abandonada. Se había esperado algo más idílico, como las casas de Bullerbyn de los libros de Astrid Lindgren. Arriates frondosos y bien cuidados, la bandera de Suecia ondeando en la brisa. Un pequeño cenador donde Cathy pudiera servir la comida ataviada con un vestido blanco de verano. Golondrinas empollando bajo las tejas. Lo que tenía delante no tenía nada de idílico. Más bien parecía una casa fantasma. De no ser por el coche que había fuera, jamás habría sospechado siquiera que pudiera haber alguien allí dentro.

Se palpó el bolsillo en busca del cuchillo. Seguía allí. Caliente y afilado. «Solo amenazar, nada más», se dijo otra vez a sí misma. Seguramente ni siquiera le haría falta sacarlo.

Ella tenía la superioridad moral.

Eran ellos dos los que estaban obrando mal.

«Cathy —se corrigió Ellinor—. Es ella la que está obrando mal.»

446

Sebastian caería de rodillas en cuanto la viera, apresado por el arrepentimiento. Él jamás le haría daño a Ellinor. Si Cathy elegía montar una escena era otra cosa. Las leyes de actuación en defensa personal que regían en Suecia eran bastante permisivas. Se lo habían contado las demás chicas en la cárcel, y Ellinor tendría un testigo de lo más creíble de su lado.

Cuanto más se acercaba a la casa, menos entendía cómo alguien podía elegir algo así para sus fantasías románticas. La puerta principal estaba incluso abierta de par en par. Ellinor se acercó, se plantó en el hueco y aguzó el oído. Al principio no oyó nada en el interior de la casa.

Pero después... ¿Acaso no eran unas voces? Débiles, amortiguadas, como si llegaran de lo más profundo de la casa, detrás de paredes y puertas cerradas. Titubeó un momento. Las voces eran tan débiles que costaba saber de dónde provenían.

No le pareció buena idea entrar a saco, así que decidió echar primero un vistazo por las ventanas, darse una vuelta. Mantener el factor sorpresa, pero al mismo tiempo tener más claro lo que estaba pasando allí dentro. Caminó a hurtadillas por la hierba alta y pálida siguiendo la fachada larga de la cabaña. En el centro había dos ventanas; una aún conservaba el cristal. Tuvo que ponerse de puntillas para mirar dentro. Una cocina que daba pena. Vacía. Siguió caminando. A la altura del suelo vio una hilera de ventanucos de sótano. Se agachó y se rodeó la cara con las manos para poder ver mejor.

Lo primero que le pasó por la cabeza fue que estaban llevando a cabo una fantasía bizarra de sadomasoquismo en el sótano. Había un hombre encadenado. Otro hombre estaba pasando una cuerda por una anilla de acero en el techo. Sebastian, también en el suelo. Se lo veía pálido y preocupado. Ellinor no pudo ver a Cathy por ningún lado. ¿Qué estaba ocurriendo? Entonces vio que el hombre de la cuerda sacaba una pistola y apuntaba a

Sebastian con ella. Ellinor se quedó de piedra. Sebastian estaba allí en contra de su voluntad. Alguien lo había obligado a punta de pistola y tenía intención de hacerle daño. Mientras se apartaba del ventanuco y, febrilmente, pensaba qué hacer, por un instante no pudo evitar sentir cierto alivio. Toda su preocupación había sido en vano.

Su amado no le era infiel.

Había sido secuestrado.

Y ella era la que lo salvaría.

Lucas pasó la cuerda por la anilla de acero de la viga, pegó un par de tirones a modo de prueba y se sintió satisfecho con el resultado. Echó un vistazo a Sebastian y comenzó a regular la soga y la distancia entre el suelo y la silla.

—Según internet, mides un metro ochenta y nueve, así que tiene que ser bastante corta —dijo, y miró a Sebastian, cuyo cerebro trabajaba a mil revoluciones. Tenía que desarmar a Lucas de alguna manera. Era la única forma. Ya no había tiempo para buscar otra solución.

—Hablando de colgarnos... Has dicho que erais felices, Emanuel y tú. Entonces, ¿por qué se colgó?

—Ya sabes por qué —respondió Lucas, conteniéndose.

—Le cateé la tesis hace varios años, después de eso estuvo contigo cada día. ¿Cómo de feliz era realmente? ¿Tanto como para intentar suicidarse?

Vio que los ojos de Lucas se tornaban negros y que su respiración se volvía más pesada. Sebastian tensó el cuerpo, preparándose para cualquier cosa. Una herida de bala no estaba incluida en el plan, porque entonces el examen forense sería mucho más completo, con ángulos, distancias y salpicaduras de sangre. En cambio, Lucas sí que podía golpearlo, agredirlo físicamente, hacer ver que se había dado algún tipo de pelea o forcejeo entre él y Adrian antes de que este último lo obligara a subirse a la silla. Pero para ello Lucas tendría que acercársele.

—Te he avisado. No hables de Emanuel —ordenó Lucas, y alzó la pistola desde donde estaba.

—No estoy hablando de él. Estoy hablando de ti y del pésimo novio que pareces haber sido.

Lucas soltó la soga, bajó de la silla de un salto y dio unos pasos hacia Sebastian.

—Cállate —le espetó.

La soga se mecía como un mal augurio a su espalda. Alzó de nuevo la pistola, se acercó un poco más, levantó la mano y golpeó a Sebastian en la cara con la culata.

—Eso no entraba en tus planes, ¿verdad que no? —preguntó Sebastian, y escupió al suelo—. Yo te he hecho hacerlo.

—Cierra la boca.

—Todo tan planificado. Todo bajo control —dijo Sebastian para chincharlo—. ¿Qué pasa si alguien te lo quita? Si ya no te sigue el juego.

Comenzó a levantarse. Una estupidez. Un riesgo monumental. Posiblemente, mortal. Pero, puestos a morir en aquel cuchitril asqueroso, prefería hacerlo bajo sus propias condiciones. Y entonces cayó en la cuenta.

No podía morir.

No *podía* morir.

Acababa de recuperar a Sabine. Pero sus probabilidades de sobrevivir si no hacía algo eran mínimas. Nadie acudiría a rescatarlo. Desafiar a Lucas, cruzar los dedos para que cometiera un error, era la mejor opción que tenía. Echó un vistazo de reojo a Adrian, que estaba sentado mirando al vacío, sin entender apenas lo que pasaba. Estaba completamente roto después de más de un mes allí encerrado. Una lástima, porque si se hubiese

449

encontrado un poco más en forma podrían haber librado un combate a dos contra Lucas. En ese momento estaba todo en manos de Sebastian.

—Tendrás que pegarme un tiro —señaló Sebastian, y se quedó mirando fijamente a Lucas, sin apartar la vista ni medio centímetro, mientras terminaba de ponerse de pie—. Pero entonces gano yo, no tú. Lo último que habré hecho habrá sido tomar el control. Darte una paliza, puto fracasado de mierda.

Lucas parecía estresado y agobiado. Su mirada vacilaba, pero aun así consiguió alzar otra vez el arma. Estaba temblando de rabia, literalmente. Sebastian pensó en qué más podía decirle para hacer que se le acercara. Ya estaba en pie, preparado. Si Lucas se le acercaba lo suficiente, atacaría, intentaría desarmarlo. Y que fuera lo que tuviera que ser.

Entonces vio que algo bajaba en silencio por la escalera de la salita contigua en el sótano, a espaldas de Lucas. Una mujer, le pareció.

—¿Sabes qué creo? —dijo Sebastian enseguida y en voz alta para que Lucas no oyera ni pensara en posibles ruidos detrás de él—. Creo que Emanuel se moriría tanto de vergüenza si te viera ahora que intentaría suicidarse otra vez.

—Puto desgraciado —soltó Lucas, que dio un paso al frente y apuntó a Sebastian a la cabeza.

Sebastian tuvo que hacer un esfuerzo para no mirar a la mujer que se le acercaba. Por el breve atisbo que había tenido habría jurado que era Ellinor Bergkvist. Ni más ni menos. Pero ¿cómo demonios iba a ser ella?

Solo que sí lo era, comprobó cuando esta aceleró los pasos sin hacer ruido, entró por la puerta metálica y se subió a la espalda de Lucas de un salto. Sebastian se echó a un lado, por si Lucas apretaba el gatillo, pero no sonó ningún disparo. Desde allí vio que Ellinor le hundía un cuchillo de filo estrecho en la espalda, hasta el mango.

—¡No lo toques, hijo de puta! —aulló ella.

Lucas se retorció de dolor y trató de quitársela de encima, pero ella se le aferraba al cuello con un brazo y volvió a apuñalarlo. Una vez, dos veces, sin dejar de gritar:

—¡Es mío! ¡Es mío!

Lucas giraba sobre sí mismo en un intento de liberarse. Los dos dieron una media vuelta grotesca más. Ellinor volvió a clavarle el cuchillo. Lucas chillaba de dolor, pero seguía luchando por desprenderse de ella. Alzó la pistola y la giró con intención de dispararse detrás del hombro, pero Sebastian dio un paso al frente, lo agarró del brazo y le retorció la mano para arrebatarle el arma. Esta cayó al suelo y Sebastian la apartó de una patada, haciéndola salir por la puerta hasta la estancia de al lado. Lucas cayó de rodillas por efecto del dolor y de la pérdida de sangre. Con la respiración forzada y superficial, miró a Sebastian con el rostro pálido y en pánico. Tenía la mirada borrosa. Ellinor estaba a punto de apuñalarlo una vez más cuando Sebastian la sujetó del brazo.

—Ya basta. Ya está bien.

Ella asintió con la cabeza; sus ojos verdes desprendieron algo que Sebastian interpretó, lamentablemente, como excitación. Lucas se desplomó bocabajo entre resuellos. Cerró los ojos. Parecía a punto de perder el conocimiento.

—Dame el cuchillo, por favor —le pidió Sebastian a Ellinor, y extendió la mano.

De pronto, ella parecía preocupada.

—No estarás enfadado, ¿no? Te estaba amenazando.

—No, no, no estoy enfadado. Nunca me había alegrado tanto de verte —dijo con total sinceridad.

—Oh, cielo —dijo ella, y esbozó una cálida sonrisa.

451

—Pero no quiero que se muera.

—¿Por qué no?

—Porque no. Tú solo dame el cuchillo —volvió a pedir lo más tranquilo que pudo.

Ellinor asintió con la cabeza y le pasó el cuchillo ensangrentado.

—Pensaba que me estabas siendo infiel y te he seguido —dijo ella, como si él le hubiese preguntado qué estaba haciendo allí, cómo lo había encontrado. Cosa que Sebastian no dejaba de preguntarse, sin duda—. Pero tú nunca me serías infiel, ¿verdad que no? Nunca me defraudarías.

—Nunca —aseguró él con intensidad mientras dejaba el cuchillo en el suelo y se sentaba de rodillas junto a Lucas—. Nunca jamás. —Le pareció estúpido decir cualquier otra cosa.

Ellinor se rio por lo bajini como una cría. Sebastian palpó a Lucas con dos dedos en el cuello. Notó un pulso débil e irregular.

—Sube y llama a una ambulancia y a la policía mientras yo me ocupo de todo aquí abajo —le pidió.

Miró a Adrian, que se había acurrucado lo más lejos que le permitían las cadenas. Estaba en shock. Ellinor asintió con la cabeza y comenzó a caminar, pero en la puerta se detuvo.

—Te he echado tanto de menos, tanto, tanto...

—Yo también. Ahora ve a llamar. Yo subiré enseguida.

Ellinor le sonrió con calidez, enamorada, le lanzó un beso y se alejó por la escalera.

«Soy demasiado vieja para esto», pensó Marianne Reding-Hedberg, y se dejó caer como un saco en el sofá. Puso el vigilabebés en la mesita de centro, acomodó un cojín contra el reposabrazos, se pasó una manta por las piernas, se tumbó y cerró los ojos.

Solo diez minutos, no más.

Aunque ¿por qué ponerse una hora?

Sería mejor que intentara descansar todo lo que pudiera. Todo lo que la dejaran. Fregar, recoger, pasar la aspiradora..., todo eso podía esperar. Lutero tendría que bajarse de su hombro y relajarse un poco. Acababa de cumplir sesenta años, sus fuerzas eran limitadas. Pero el cansancio físico no era lo que más mella le hacía, por mucho que a veces se sintiera tan agotada que no entendía cómo iba a poder aguantar otro día. Y después, otro. Lo peor era la preocupación y la incertidumbre. No había nada que te dejara tan tocada como cuando tus propios hijos lo pasaban mal.

Su cabeza siempre se iba hacia ese tema.

La preocupación por el futuro se mezclaba con los recuerdos mientras se analizaba a sí misma. ¿Hubo señales? ¿Podría ella haber hecho algo para ahorrarle todo el sufrimiento a su hija?

La respuesta siempre terminaba siendo que no.

Billy Rosén parecía perfecto para My. Divertido, amable,

servicial. Policía, además. Era imposible pasar por alto lo mucho que la quería. Lo mucho que se querían el uno a la otra. My era muy proactiva, siempre deseaba que hubiera cosas en marcha, siempre tenía un montón de planes. A veces podía ser muy exigente, Marianne tenía que reconocerlo, pero con Billy había funcionado. Él la había dejado tomar la iniciativa y el espacio que My necesitaba. Hablando con sus amigas, varias veces Marianne se había referido a él como el sueño de toda suegra.

—Suena demasiado bien para ser verdad —le decían ellas, y las felicitaban tanto a ella como a My.

Cuánta razón tenían. En ese momento todo era una pesadilla. Billy había confesado toda una serie de asesinatos. Asesinatos por placer, los había llamado My. Y uno era de su amante, por lo visto. No se podía entender, resultaba imposible.

El hombre con el que había estado bailando en la boda de su hija. Con el que habían celebrado Midsommar en la casa del campo. El que había hecho que sus vidas fueran un poco mejor durante un largo tiempo...

My había perdido completamente el rumbo. Había días en los que a Marianne le preocupaba que fuera a hacerse daño a sí misma. Además, ya casi nunca se veían. Los niños estaban viviendo con ella, estaban siempre con ella, y My ni siquiera podía mirarlos a la cara, no lo soportaba. Hablaban por teléfono, a veces en varios momentos del día, pero Marianne siempre colgaba con un nudo en el estómago.

My seguía con la idea fija de darlos en adopción. Toda la energía que tenía la centraba en eso. Marianne cruzaba los dedos para que se le pasara, para que cambiara de idea. Todo era muy nuevo y doloroso, y una adopción era definitiva. ¿Qué ocurriría si, al cabo de unos años, My se arrepentía? ¿Si el hecho de haberse desprendido de sus hijos le generaba un trauma mayor que el hecho de con quién los había tenido?

454

Era suficiente. Marianne se obligó a relajarse, a apartar todas esas ideas que se arremolinaban en su cabeza. Uno de los críos podía despertarse en cualquier momento, y entonces despertaría al otro. Y otra vez a tope.

Se esforzó en hacer respiraciones largas y profundas. No se oía nada en el cuarto en el que los había puesto a dormir. Poco a poco notó que comenzaba a caer en un sueño reparador. Una siesta para cargar las pilas.

Llamaron al timbre.

Marianne salió de golpe de su estado de relajación. ¿Quién coño era? Volvieron a llamar. Entre juramentos, tiró la manta a un lado y se levantó del sofá. Oyó un leve gimoteo a través del vigilabebés. Corrió al pasillo y cruzó los dedos para que le diera tiempo a abrir la puerta antes de que la persona que estaba fuera llamara otra vez al timbre. No lo consiguió. Un nuevo tono alto y exigente resonó por todo el piso. El gimoteo de los niños en el dormitorio fue en aumento; era evidente que se estaban despertando. Mierda.

Marianne quitó el cerrojo y abrió la puerta. Al principio no vio quién era. Por un instante, su cerebro cansado pensó que era Halloween. Que alguien demasiado mayor y demasiado grande estaba pidiendo golosinas. Sangre. En la ropa, en la cara y en el pelo. Las manos, totalmente untadas en ella. Y entonces vio quién era y se tapó la boca con la mano para ahogar un grito.

—Hola, Marianne —dijo Billy, y le sonrió con calidez—. He venido a buscar a mis niños.

455

Una ambulancia y dos coches patrulla consiguieron abrirse paso hasta la cabaña abandonada. Sebastian se liberó de Ellinor, quien insistía en cogerlo por la cintura desde que había subido del sótano y había salido al césped.

Sebastian no creía que Lucas fuera a sobrevivir.

Mientras Ellinor subía a llamar a los servicios de emergencia, él había intentado detener las hemorragias, pero las puñaladas eran muchas y muy profundas. La sangre corría en un flujo continuo y oscuro. Después de atender a Lucas lo mejor que había podido, se había vuelto hacia Adrian, quien parecía curiosamente impasible, o bien no tenía energía suficiente para albergar ningún tipo de emoción. Sebastian fue hablando tranquilamente con él mientras inspeccionaba la cadena que lo mantenía sujeto. Robusta, galvanizada, imposible de partir. Estaba atada a la estufa de leña mediante un candado. Sebastian volvió a Lucas y le palpó los bolsillos. Un manojo de llaves. Solo una lo bastante pequeña como para encajar en un candado. En cuanto hubo liberado a Adrian, lo había ayudado a ponerse en pie y lo había acompañado escaleras arriba. No sin cierto engorro, consiguieron salir y dirigirse a la puerta principal. Adrian se había visto cegado casi por completo con la intensa luz, por lo que había elegido quedarse sentado en el desvencijado recibidor.

—Vendrán lo más rápido posible —había dicho Ellinor, y contra la voluntad de Sebastian le había empezado a limpiar la sangre de la cara.

Cuando le pareció que ya estaba, le había dado un beso delicado en la mejilla y le había rodeado la cintura con el brazo. Al ver que él no respondía al gesto, Ellinor le había cogido el brazo y se lo había pasado a sí misma por los hombros. Y así se quedaron, los dos de pie bajo el sol del mes de junio. Como un viejo matrimonio que esperaba invitados delante de su cabaña de verano.

—¿Cómo me has encontrado? —le había preguntado Sebastian.

—He puesto rastreadores GPS en tu ropa —había respondido Ellinor con orgullo en la voz.

—¿Cuánto tiempo llevas en el piso?

—Un par de semanas. ¿Me has echado de menos?

—No.

—Bromista —había dicho ella, y le había dado un golpecito amistoso en la barriga—. Claro que sí.

Entonces llegaron la ambulancia y los coches patrulla. Sebastian se liberó de Ellinor y fue a su encuentro. Explicó enseguida quién era, lo que había pasado, que se trataba de los asesinatos que la Unidad de Homicidios había estado investigando y que el asesino estaba gravemente herido en el sótano. Y que había otro hombre, que había estado encerrado durante más de un mes. Él también necesitaba atención médica. El personal sanitario fue corriendo a la cabaña con movimientos ágiles y rutinarios.

—¡Esperad! —Sebastian los detuvo—. Mattsson iba armado, la pistola sigue allí abajo en alguna parte.

Los agentes de policía asintieron con la cabeza y se metieron en la cabaña junto con el personal sanitario. Otra patrulla de

457

agentes uniformados llegó al lugar. Habían aparcado un poco más lejos y fueron a pie. Sebastian les explicó lo mismo que les había contado a los primeros. Uno de ellos comenzó a acordonar la zona. Sebastian se preguntó qué necesidad había: estaban perdidos en el bosque, nadie acudiría a contaminar el escenario. Pero ellos sabían mejor lo que estaban obligados a hacer. El otro agente se quedó junto a Sebastian.

—¿Te has enterado de lo de tu antiguo compañero, Billy Rosén? —preguntó entornando los ojos bajo el sol.

—No —dijo Sebastian, y sintió que se le formaba un leve nudo en el estómago—. ¿Qué pasa con él?

—Se ha fugado. Ha matado a una de las personas que lo estaban trasladando y ha dejado a la otra gravemente herida.

—¿Habéis llamado a su mujer?

—No lo sé, me lo han contado los compañeros, no he estado implicado.

Sebastian se disculpó, se apartó unos pasos y sacó el móvil. Llamó a My. Sin respuesta. Volvió a llamar. Sin respuesta. Cerró los ojos e intentó poner orden en su cabeza. Puto Billy. Ellinor se acercó a él.

—¿Ha pasado algo?

—Sí. Ven —señaló compungido, y volvió al lado del agente uniformado—. Esta es Ellinor —dijo cuando llegaron—. Ellinor Bergkvist.

Ellinor tendió la mano y dijo que era un gusto conocerlo. El agente uniformado se la estrechó y dijo que se llamaba Åke.

—Soy la novia de Sebastian —añadió Ellinor.

—No, no lo eres —repuso Sebastian, y se volvió hacia Åke—. Quiero que la detengas. Está en libertad condicional y tiene una orden de alejamiento porque intentó matar a una compañera de trabajo en mi casa hace unos años.

—¿Sebastian...? —dijo Ellinor en un tono con el que dejaba

458

claro que, si se trataba de una broma, no tenía ninguna gracia. Ninguna en absoluto.

Åke parecía más desconcertado que otra cosa.

—Ha entrado sin permiso en mi casa, ha metido rastreadores GPS en mi ropa, ha venido hasta aquí con un cuchillo porque se creía que yo estaba con una mujer. —Se volvió hacia Ellinor, quien lo miraba fijamente, destruida—. Está obsesionada conmigo, es peligrosa y está loca de remate, y quiero que te la lleves de aquí para no tener que verla nunca más.

Las lágrimas comenzaron a rodar por las mejillas de Ellinor mientras Åke le ponía una mano en el brazo.

—¿Cómo puedes? —añadió casi entre susurros—. Te he salvado. —Se volvió hacia Åke—. Nos queremos.

—Eres una acosadora como la copa de un pino y estás como una auténtica regadera y no quiero volver a verte nunca más en mi vida —dijo Sebastian, y con el rabillo del ojo vio que el personal sanitario salía con Lucas en una camilla. Se acercó a ellos, dejando a Ellinor sollozando a su espalda—. ¿Cómo está?

—Su vida corre peligro, no cabe duda. Lo hemos estabilizado, pero... ya veremos.

Continuaron hasta la ambulancia. Sebastian asomó la cabeza en el recibidor, donde otro enfermero estaba de cuclillas delante de Adrian dándole algo de beber. Se las apañaría. Había llegado el momento de salir de allí. Dejar que Crímenes con Violencia se ocupara del resto. Con un poco de suerte, alguno de los coches patrulla podría acercarlo al centro.

Los agentes que habían bajado al sótano volvieron a subir. Uno llevaba el cuchillo ensangrentado en una bolsa de pruebas.

—Oye —le dijo a Sebastian al pasar por su lado—. La pistola no la hemos encontrado.

—Debe de haber quedado debajo de la escalera o por ahí.

—Hemos mirado, pero no la hemos encontrado.

—¡Sebastian!

Era Ellinor quien lo llamaba. Él se dio la vuelta, y justo en ese instante comprendió las implicaciones de lo que el policía le acababa de decir.

La había cogido ella.

Cuando él la había hecho subir para llamar al servicio de emergencias.

Ellinor había cogido la pistola.

Efectivamente. Casi a cámara lenta, Sebastian vio que Åke intentaba agarrarla mientras Ellinor se plantaba con las piernas separadas y lo apuntaba con el arma con la que ya lo habían apuntado varias veces ese día. Los otros policías también reaccionaron, pero demasiado tarde. Todo era demasiado tarde, comprendió Sebastian mientras Ellinor apretaba el gatillo y él salía despedido hacia atrás por el impacto de la bala en el pecho.

Oscuridad.

Oscuridad compacta.

Había sentido un dolor tremendo al recibir el disparo, un dolor físico como el que nunca antes había sentido, ni de lejos. Recordaba haber caído hacia atrás y el tremendo daño que le había hecho. Le dolían todos los átomos del cuerpo. Quería gritar, pero no podía. Creía que se había meado encima, pero no estaba seguro. De lo único de lo que estaba seguro era del dolor que sentía, allí tirado en la hierba, mirando al cielo soleado.

Después, oscuridad.

Oscuridad compacta.

Se puso de pie. Ya no le dolía nada. No sentía nada. Como si su cuerpo estuviera hecho de aire. Si es que tenía un cuerpo. Ya no estaba seguro. Muy muy lejos, en la distancia, le parecía oír que alguien gritaba, alguien dando órdenes. Pero era demasiado lejos, y no tenía que ver con él.

Él estaba allí. En la oscuridad.

Ya no había nada que le importara.

Y entonces pasó algo. Una luz intensa. De la nada. Primero había oscuridad total, y luego, de repente, luz. Un óvalo de luz resplandeciente y cegadora. Nunca había visto nada parecido. Nunca había visto nada brillar con tanta claridad.

No se había esperado eso. Él no creía. Ni en ningún dios, ni

461

en la vida después de la muerte; cuando se acababa, se acabó. Ni en un óvalo de luz que fuera a aparecerse como una especie de portal.

Pero ¿cómo era aquello?

¿Había que ir hacia la luz o no? Había oído algo en algún sitio, en una película o algo. ¿«*Walk into the light*» o «*Don't walk into the light*»? No tenía ni idea, no lograba recordarlo.

Llevaba tantos años tomando la decisión incorrecta... Nunca se había preocupado por las consecuencias que pudiera tener. Pero en ese momento sintió que estaba frente a algo que sí tenía que hacer bien.

Dirigirse a la luz. O caminar en la dirección contraria.

¿Cómo era?

Se decidió. Que fuera lo que tuviera que ser. Y se puso a caminar.